지옥에서 보낸 7일

신정일 자전소설

안기부에서 받은
대학 졸업장

지옥에서 보낸
7일

창해

"진실을 있는 그대로 얘기하라.

그것이 불가능할 때는 침묵하라."

- 《이사야서(The Book of Isaiah)》 6장 6.8절

우연한 만남 뒤에 돋아난 상처

"법이 옳은지 그른지는 모른다. 감옥에 누운 우리가 아는 것은
벽이 튼튼하고 하루가 일 년과 같다는 것이다."
- 오스카 와일드

"신정일 선생님 젊은 시절에 중정(중앙정보부)에 끌려가 고초를 겪
으셨던 적이 있지요?"

"네……, 중정이라뇨?"

"허허 오래전 일이지요. 정보부 말입니다."

나는 화들짝 놀랐다. 그가 말한 '중정'은 분명 그곳, 그 무시무시한
그곳의 줄임말이다. 중앙정보부. 그런데 어떻게 이 사람이 그 사실을
알고 있을까? 그리고 그는 누구인가?

"누구시죠? 그리고 어떻게 저를 아세요?"

어쩐지 이상하기는 했었다. 강연 내내 나를 뚫어지게 바라보던 그
사람이다. 그는 순창 지역의 역사와 순창 구간의 섬진강을 설명할
때, 수강생 중에서 가장 진지한 얼굴로 강의에 집중하던 사람이었다.

한순간이라도 놓치지 않을 듯 나를 뚫어져라 쳐다보는 그와 나는 몇 번이나 눈을 마주쳤다. 그렇게 열심히 경청하는 수강생이 있으므로 강의를 하는 나의 목소리에서 더 힘이 돋는 건 당연한 일이면서도 다른 한편으론 조심스럽기도 했다.

혹시 나를 아는 사람일까? 기억을 더듬으면서 강연을 이어갔지만, 처음 보는 사람이었다. 내 기억 속에 내재된 사람은 아니었던 것이다.

그런 그가 내게로 먼저 다가왔다. 두 시간의 강연을 끝내고 순창 지역의 우리 땅 걷기 도반들과 애기를 나누는 그 시간에 그가 다가온 것이다. 갈색 외투에 벙거지 모자를 깊게 눌러 쓴 그는 강의를 듣던 때의 모습보다 훨씬 나이가 든 지긋한 모습의 노인이었다. 우리는 누가 먼저랄 것도 없이 서로 손을 내밀었다. 그리고 강의실 의자에 마주 앉았다.

그가 말했다.

"강연 참 좋았습니다."

그리고 몇 마디 더 스쳐 간 뒤 그가 꺼낸 말이 중정이었다.

"그때 말입니다. 혹시 선생님을 취조했던 사람들 기억나시나요?"

"……."

"여러 명이 있었겠지만, 그 취조관 중의 한 사람이 제 친구였지요."

"아……. 그, 그렇군요."

참으로 아득히 먼 이야기다.

기억하고 싶지 않으면서도 나도 모르게 나는 그 시절을 기억하려고 안간힘을 쓰며 머리를 짜내고 있었다. 사내는 그런 나에게 어서 기억을 떠올려보라고 독려하는 듯 얼굴을 빤히 바라보았다. 그리고 오랫동안 사라졌던 그 기억들이 아침 안개가 피어오르듯 떠오르며 여러 명의 취조관들의 얼굴들이 스치고 지나갔다.

맨 처음 찾아왔고, 내 뒤를 8개월 동안이나 추적했다던 그 사람?

나를 고문했던 네 사람 중의 한 사람?

나를 취조하고 커피도 주면서 문학의 동향을 이야기하고 마지막에 자술서를 쓰게 했던 그 사람?

내가 안간힘을 다해 기억의 실타래를 풀어가고 있는데, 그가 말을 이었다.

"내 친구는 성격이 여렸지요. 그래서 가끔 선생님 얘기를 나누곤 했습니다. 이름이 특이하잖아요. 북한에 있는 정일이, 남한의 정일이."

아하, 그제야 생각이 났다. 다른 취조관들이 나의 육체와 나의 감정들을 결박하고 그 어둠 속으로 나를 몰아넣을 때, 유독 한 취조관만이 부드럽고 친절한 말로 나에게 다가와 커피를 건넸었다.

"커피가 그립지요?"

나는 갑작스레 변한 그 상황에 당혹했지만, 김이 모락모락 솟아오르는 커피잔이 그의 손끝을 거쳐 바로 내 눈앞까지 밀려왔을 때, 나는 진하게 코끝을 간지럽히는 커피 향에 벌써부터 정신줄을 놓고 있었다. 그는 친절했으며, 누구보다도 나에게 애잔한 눈길을 보내 주었던 사람이었다. 문학이며 철학이며 나의 관심사를 관통하며 이야기를 나누어 주었던 유일한 대화 상대이기도 했다.

마지막 자술서를 쓰고 나서, 그가 말했었다.

"힘들었지요?"

"……."

"이곳에 왔던 것을 '영광의 한 시절'이라고 여길 날이 있을 것이오." 라고 그는 내 어깨를 두드리며 말했었다. 그 사람이 바로 이 사내의 친구였다니, 나는 이 사내의 얼굴을 보면서 다시 그 취조관을 떠올렸다. 그는 나에게 물었었다.

"왜? 김일성이 아들인 김정일과 같이 정일이란 예명을 쓰고 있소?"

나는 그 이름을 열여섯에 스스로 지어서 쓰고 있다고 말했지만, 그는 그 이름이 수상쩍다고 여러 번 묻고 또 물었었다. 이름 때문에 겪은 고초는 그 이전에도 있었다. 시집 《섬진강》으로 일약 국민적 시인으로 떠올랐던 김용택 시인의 글에 내 이름에 대한 이야기가 기록되어 있다.

"민주화 열기가 한창일 때, 그리고 신정일이 '황토현문화연구회'를 만들어 문화행사를 전국적으로 확산해서 '여름시인학교'를 열어 그 이름을 떨칠 때였다. 안기부에서 직원이 두 사람이 나를 만나자고 했다.

이런, 저런 말을 묻던 중에 신정일의 이름이 가명인 줄 아느냐고 물었다. 나는 잘 모른다고 했다. 그러면서 그들은 아주 조심스럽고도 신중하게 '정일'이라는 이름을 강조했다. 아하, 그때서야 북쪽의 그 누구를 생각했다."

-김용택의 〈처음으로 시인학교 강사가 되다〉 중에서

어렵고도 쉬운 내 이름, 내 나이 열여섯에 궁여지책으로 내 인생을 송두리째 바꾸고 새롭게 살기 위해 지은 이름 신정일(辛正一), 세상에서 제일 유명한 성씨인 신라면 신(辛) 씨, 쓰고도 매운 성씨에 바를 정(正) 자, 한 일(一) 자라는 이름이 오늘, 이런 만남을 미리 예정 지은 채 나를 기다리고 있었던 것이다.

그때 그곳 안기부에서 우연처럼 필연처럼 만났던 그들은 그들의 직업을 대체로 회사 다닌다고 하지, 안기부나 국정원 다닌다고 말하지 않는다.

언젠가 열차를 기다리던 대전역 광장에서 서너 사람이 앉아서 이야기를 나누는 것을 들은 적이 있다. 그때 한 사람이 이런 말을 하였다.

"옛날 이 일대에 창녀들이 많았지. 시내버스에 차장들도 있었고."

"호랑이 담배 피던 시절 얘기하고 있네."

"그런데 그 많던 창녀나, 시내버스 차장들은 어디서 뭐하고 살아갈까? 그런 일을 했다는 사람을 한 사람도 볼 수 없으니."

"이 사람아. 설령 그런 일을 했던 사람을 만나서 물어봐라, 내가 '창녀' 했다고, '시내버스 차장' 했다고 말하는 여자 봤나?"

예로부터 밝히기 싫거나 부끄러운 직업을 가진 사람들, 또는 떳떳하지 않고, 부정하게 돈을 번 사람들이 대체로 그들의 직업이나 과거를 밝히지 않는다.

— 음지(陰地)에서 일하고 양지(陽地)를 지향(志向)한다.

그때 그들은 이런 슬로건을 내 걸고 불철주야 국가를 위해서 일하고 있다고 생각했다. 음지란 이념적 잣대로 정의된 국가 보안의 개념이고, 그곳이 그들의 일터인지라, 그들은 자신들의 직업을 죽는 날까지 밝히지 않는다고 했었다. 하지만 이제 세상도 많이 변하고 국정원의 역할도 바뀌었으니 지금 국정원 직원들은 자신들의 직업을 굳이 감출 필요가 없어졌다. 나에게 유독 친절했던 그 취조관이 이 사내에게 나의 이야기를 꺼낸 것도 세월의 변화와 무관치 않을 것이다.

물론 내가 그때 안기부에서 풀려나 고문의 후유증으로 시름시름 앓다가 일찍 죽어버렸거나, 아니면 이름 없는 촌부나 범부로 살았다면 그가 내 이름을 기억할 수 없었을 것이다. 그런데 내가 1990년대 초부터 방송이나 신문에 자주 등장하는 것을 보면서 나를 기억해내곤 사람들에게 나와의 인연을 얘기하다가 보니 오늘 같은 우연한 만남으로 이어진 것이리라.

"그분 건강하세요?"

"예, 건강합니다."

"어디 사세요?"

그 사람은 조금 망설였다.

"아~, 제가 그것까지는 좀……. 그냥 선생님과 그리 멀지 않는 곳에서 잘 살고 있다고만 생각하시지요."

말을 듣고 보니, 내가 부질없는 것을 물었다는 생각이 들었다.

내가 그곳에 있을 때 그곳이 어딘지, 무엇을 하는 곳인지, 그 사람들이 누군지 몰랐다. 훗날, 어느 날 그곳을 가던 길에 누군가가 그곳을 얘기했고, 그때야 생각이 났다.

"여기가 어디지?"

"그곳이 맞았던가?"

안기부! 나는 그 순간, 오래전, 그러니까 1981년 늦여름인 8월 말, 그때 그곳에서 일어났던 일들이 마치 조금 전 일처럼 떠올랐고, 그때 그 시절이 한순간에 파노라마처럼 펼쳐졌다. 《어린왕자》의 작가인 생텍쥐페리가 언젠가 "나는 내 시대를 증오한다."고 말한 것처럼 내가 겪었던 그 시절이, 다시는 생각조차 하기 싫었던 그때 그 기억이 그 순간 느닷없이 싸늘한 바람이 스치고 다가오듯 내 영혼을 스치고 지나갔다

"나는 천년을 산 것보다 더 많은 추억을 간직하고 있다."

보들레르가 〈우울〉이라는 글에서 노래했던 것처럼 그랬다. 추억도 아닌 추억, 절망도 아닌 절망, 그런 날들을 살았었는데 어떻게 그 시절을 까마득하게 잊고 살았지?

그날 밤 집에 돌아와 자면서 무시무시한 꿈을 꾸었다. 다시 안기부에 끌려가 모진 고문을 받는 꿈이었다. 그런데, 더 무서운 것은 고문하는 사람들이 다 내가 너무나 잘 아는 우리 땅 걷기 도반이었다.

"이럴 수가, 이 사람들이 지금껏 내 뒤를 쫓아다녔구나."

꿈에서 깨어나니 온몸이 땀 범벅이었다. 나는 이른 새벽 꿈에 나타난 그들에게 전화를 했다.

"당신들이 꿈에 안기부 요원이 되어 나를 고문했다고."

그것은 이미 오래전 일이다. 어쩌면 봄날의 꿈이었거나 망각의 깊은 늪 속에 잠겨 있으면 좋을 일, 그때 내 생을 관통해간 체험의 기억을 짜내는 일, 그것도 치욕스럽고 슬픈 기억을 정확한 표현으로 회상하는 일은 아프다 못해 고통스럽다.

하지만 한 번은 치루어 내야 할 통과의례라 생각하고 한 줄 한 줄 쓰는 내 마음은 쓸쓸하다.

"기억 속에 저장되어 있는 그림들을 현실 속에서 찾으려 한다는 것은 얼마나 역설적인가……. 특정한 이미지에 대한 기억이란 특정한 순간에 대한 회한일 뿐이다." 고 마르셀 프로스트는 〈스완네 집 쪽으로〉에서 말했는데, 나는 '희미한 옛사랑의 그림자'도 아닌 그 기억들을 불러내면서 얼마나 많은 회한과 슬픔을 느끼는지.

불현듯 떠오르는 사람들

고문의 목적이 오직 자백과 밀고의 강요에만 있는 것은 아니다.
피해자는 자신을 모멸해야 한다. 가해자들 앞에서 동물처럼 내지르는
비명 소리와 고문에 굴복하는 굴욕감으로 인해
인간 이하의 인간으로 자신을 낙인찍게 만드는 것이다.
- 장 폴 사르트르

일어날 일은 일어나고, 일어나지 않아야 할 일은 일어나지 않는다.
만나야 할 사람은 만나고, 만나야 하지 않을 사람은 만나지 않는다.
나이 들어서야 절실하게 깨달은 말이다. 우연일 수도 있고, 필연일
수도 있지만 달리 생각해 보면 '숙명(宿命)'이라고 밖에 할 수가 없는
것이 살아가면서 만나는 사람과 사람 사이의 인연이다.

나는 어느 날, 내가 모르는 곳으로 초대를 받았다. 그것도 정중하

게, 내 생애에서 가장 화려한 초대였다. 대기업 회장도 아니고, 고위 공무원도 아닌 나를 모셔 가기 위해(?) 몇 사람이 차를 가지고 왔고, 나는 처음 타 본 신기한 차에 실려 알지 못하는 그곳으로 갔다.

그때가 1981년 8월 말쯤, 정확하게 영화 〈변호인〉 사건의 주인공들이 잡혀 들어간 시점보다 한참 빨랐다. 내가 초대를 받아서 간 그곳, 그곳은 랭보의 시 구절 같은 〈지옥에서 보낸 한철〉과 같은 지옥이었다.

"누군가가 요제프 K를 중상한 것이 분명했다. 왜냐하면 그는 아무런 나쁜 짓도 하지 않았는데, 어느 날 아침 체포되었으니까 말이다."

프란츠 카프카의 소설 《심판》의 첫 구절처럼 나 역시 새벽에 잠을 자다가 비몽사몽 영문도 모르고 끌려간 것이다.

한참의 세월이 흐른 뒤에야 그곳이 안기부 전북 분실이었다는 것을 알았다. 생각하는 것조차 두려운 끔찍한 고통을 겪었던 그곳은 말 그대로 생지옥이었다. 그 뒤로 오랜 세월이 흘렀는데도 가끔씩 진행형인 그 사건은 잊을 만하면 어디선가 불쑥 용수철처럼 튀어나와 내 육신을 괴롭힌다.

'나쁜 기억은 긴 흔적을 갖고 있으며, 좋은 기억은 곧 사라진다'는 옛말이 하나도 그르지 않아서 그런 것일까?

아직도 내 기억 속에 잊히지 않고 살아 있는 끔찍하고도 잔혹한 고통의 시간들을 겪었던 때, 그때가 제5공화국 초기인 1981년 8월 말이었다.

더도 아니고 덜도 아닌 그 악명 높았던 그곳을 다녀온 지 몇 년이 지난 뒤였다. 사회과학서점인 금강서점과 홍지서점을 가기 위해 시내버스를 탔고, 고려당제과 앞에서 내렸다. 그때 내 앞에 낯익은 사람이 우뚝 서 있었다. 인사를 나누었다. 누군가 생각이 나지 않았다.

"누구지, 어디서 낯이 많이 익은 사람인데."

열 걸음쯤 걸어갔을 때 생각이 났다. 아아! 그 사람이었다. 안기부에서 간첩혐의로 체포되어 고문을 받고 취조를 받을 때, 나에게 가장 관대하면서 '자기가 문학도였다'고, 김승옥을 좋아하고, 서정주를 좋아한다며 문학을 이야기했던 취조관 그 사람이었다.

무오사화로 희생된 조선 전기의 문장가이자 정치가인 탁영 김일손(金馹孫)이 단양군 단성면 장회리에서 두석리로 들어가는 골짜기로 들어가던 때의 느낌을 이렇게 술회하고 있다.

장회원에 이르러 다시 말을 타고 길을 나서면 더욱 가경으로 접어들게 된다. 여기서 가득 버섯처럼 자라는 돌무더기를 발견했다. 산봉우리에서 봉우리를 연결한 푸른 아지랑이는 좌우와 동서를 분간하지 못하리란 말에 현혹하여 어떤 마술사의 기교와도 비교할 수 없었다. 언덕이 열리고 산협이 터지고 한강이 가운데로 유유히 흐르는 것이 똑같이 푸르다. 강 북쪽 언덕 옆 낭떠러지 험한 곳을 수백 보 오르면 성이 있어서 사람이 숨을 만하므로 가은암(可隱岩)이다. ……골짜기를 거쳐 동쪽으로 가니 산은 더욱 기이하고 물은 더욱 맑다. 10리를 가면 협이 다 되니 머리를 돌이키매 가인(佳人)을 이별하는 것 같아서 열 걸음에 아홉 번을 돌아보았다.

얼마나 아름다웠으면 "열 걸음을 걷는 동안에 아홉 번을 뒤돌아볼

만큼 아름다운 곳"이라고 침이 마르게 칭찬을 하고 그 마땅한 이름이 없어 애석하게 생각한 나머지 즉석에서 단구협이라고 칭하였을까?

그런데, 아무리 생각해도 생각이 나지 않다가 열 걸음쯤 걸어가다가 뒤돌아보니, 생각나는 그 사람, 그도 나와 똑같이 나를 돌아보고 있었다. 그것은 말 그대로 '부모를 죽인 원수를 외나무다리에서 만나는 것' 만큼이나 기적이었다. 밝은 대낮에 벼락을 맞을 확률보다 더 낮은 일이 일어난 것이다. 어떻게 도심 한복판의 시내버스에서 내리자마자 그가 내 앞에 불현듯 나타날 수 있단 말인가? 그런데 지나고 나서도 어이없다는 생각이 드는 일이지만 그때 문득 저 사람과 다방이라도 가서 차 한잔할까 하는 생각이 떠올랐다.

하지만 부질없을 것 같아서 다시 손을 흔들며 돌아서 발길을 옮겼다. 마치 영화 속 한 장면 같이 삼십여 년 기억의 저편에서 영화처럼 만났다가 영화처럼 헤어진 그 사람의 근황을 이렇게 느닷없이 듣게 되다니.

그 사람이 어디 사는 것이 무슨 의미가 있으며, 그 사람이 잘살고 못 사는 것이 무슨 의미가 있겠는가? 그리고 내가 그 사람을 만난다고 한들 어떤 얘기를 묻고 어떤 얘기를 들을 수 있겠는가.

지나간 것은 지나간 대로 묻어두어야 하는데 가끔씩 이렇게 다시 살아나 내 영혼을 흔들어 깨우기도 하는구나.

밝은 빛의 저편에 이렇게 짙은 어둠이 있었구나. 월든의 숲속에서 은거하며 새로운 세상을 깨달았던 소로는 1853년 11월 2일의 일기에 다음과 같은 글을 남겼다.

"여기 자연 속을 지나가는 파란 많은 인생이 없다면 자연에 무슨 의미가 있겠는가? 인생에서 겪는 많은 기쁨과 슬픔이 자연이 보여주는 가장 아름다운 빛과 그늘이다."

불현듯 내 생애의 어린 시절에서 지금까지 이어져 온 그 칠흑처럼 어둡고, 천만 가지의 찬란함으로 빛났던 슬픔과 기쁨의 음영이, 마치 해가 뜨기 전이나 해가 지기 전의 눈부신 노을처럼 눈이 부시게 쏟아져 내리는 것을 온몸으로 느낄 수 있었다.

지금의 나의 생활을 부러워하는 많은 사람들이 오늘 내가 느끼는 이 설명할 수 없는 심사(心思)를 천 분의 1, 아니 백 분의 1이라도 알 수 있을까? 프란츠 카프카는 이렇게 말한 적이 있다.

"누구에게 저 사람은 '팔자가 늘어졌다'고, '고생을 거의 모른 채 살았다'고 말하는 것은 듣기에 기분 좋은 소리가 아니다. 그보다는 '고생이 범접치 못하게 생긴 사람'이라고 해주는 것이 훨씬 듣기에 더 좋다. 그러나 가장 듣기에 좋은 소리는 '모든 고생을 다 헤쳐 나온 사람'이라는 것이다. 이것은 '팔자가 늘어졌다'는 것과 같은 뜻이면서도 얼마나 상대를 인정해주는 소린가 말이다."

나의 경우를 두고 이른 말 같다. 내가 '팔자가 늘어졌다'고 나를 부러워하는 사람들에게 내가 어떻게 나의 지난(至難)하고 신산(辛酸)했던 세월들을 있는 그대로 다 털어놓을 수 있을까?

누구에게나 그곳에 가거나 그 사람을 생각하기만 해도 스쳐 지나간 모든 추억들이 한 올 한 올 되살아나는 그런 장소와 사람이 있을 것이다.

나에게 있어 그런 장소, 특별하다 못해 통절한 그 장소가 바로 그곳이다. 그곳이 내게는 오래된 기억의 저편, 그러니까 1981년 8월의 무덥고 지루하던 그해 여름, 한겨울보다도 더 차디찬 엄동설한의 벌판 같던 지하실이다.

그런데 나는 의식적이든 무의식적이든 간에 그곳을 잊고자 했고, 그래서 그곳에서 보낸 그때 얼마나 많은 생각 속에서 피를 흘리고, 고통과 고난을 겪었는지 생각하면서 살고 싶지 않았다.

그것은 어떤 사람이건 개개인의 역사는 정도의 차이가 있을 뿐이지, 고난의 역사를 사는 것이라고 생각했기 때문이었다.

그런데 2016년 가을 순창도서관에서 생각지도 않은 기이한 만남이 이루어졌다.

그 만남을 통해 오래전, 나에게 닥쳐왔던 그 끔찍했던 사건이 다시 살아나 감정의 혼란을 불러일으켰다. 그리고 마치 조금 전에 일어났던 사건처럼 그 장소를 선명하게 떠올리게 된 것이다.

러시아의 국민시인 푸시킨은 말했지.

"말없이 추억은 내 앞에 그 긴 두루마기를 펼친다."고.

그 사람에게 지나간 시절의 그 이야기를 듣는 그 순간, 내 인생에 깊은 음영을 드리운 그 사람들과 그 이야기들이 아침 안개가 스멀스멀 피어오르듯 아스라하게 떠오르기 시작했다.

인생의 길에서 아주 낯선 길을 만나다
-내가 간첩이었던가?

"운명은 가장 연약한 사람마저도 가만히 내버려두지 않는다."

- 스타엘 부인

이미 오래전 일, 그래서 까마득히 잊고 살았던 일이다. 내 기억 속에서 말끔히 지워진 줄 알았던 그 일은 먼 옛날 아득한 꿈속에서 일어난 일처럼 여겨졌다. 그때, 내 나이 스물일곱 살이었다.

1981년 8월 하순, 어느 날 새벽이었다. 꿈인 듯, 생시인 듯, 들리는 소리.

"신정일 씨, 신정일 씨!"

아득한 기억의 저편에서 들려오는 메아리 같기도 했다. 아니면 간절한 그리움의 소리 같기도 한 저 소리, 내가 지금 꿈속에 취해 있는 것은 아닐까? 눈을 부비며 일어나 지금이 몇 시인가, 하고서 시계를 보니 3시 30분.

"꿈은 아닌데."

혼잣말을 하는 사이 다시 소리가 들렸다.

"신정일 씨!"

후문에서 문을 두드리며 내는 소리였다.

"저렇게 정중하게 이 새벽에 문을 두드리며 나를 부르는 사람은 누굴까? 어디서 들었던 목소리도 아닌데."

다시 혼잣말을 하며 덮고 있던 얇은 이불을 떨치고 일어났다.

그 무렵 내 생활은 말이 아니었다. 제주도에서 힘든 노동으로 겨우 모은 돈으로 시작한 사업은 열 달도 채 안 되어 거의 바닥이 났고, 가게의 월세마저 못 주어 밀려 있는 형편이었다. 그래서 월세방도 얻지 못하고 대여섯 개의 의자를 덧붙여 잠을 자며 살고 있었다.

여름방학 끝 무렵이라서 매일 파리만 날리고 있었다. 하지만 자질구레한 일들은 치워도, 치워도 나오는 쓰레기처럼 그렇지 않아도 피곤한 정신을 야금야금 갉아먹고 있었다. 더구나 그 전날에 갑작스럽게 밀려온 단체 손님들 때문에 오랜만에 그 피곤함으로 깊은 잠에 빠져 있었다. 그런 내 귓가에 내 이름을 부르는 소리가 꿈결처럼 들린 것이다.

"신정일 씨? 신정일 씨?"

문을 두드리며 나를 부르는 소리가 내 젊은 날에 가장 큰 사건의 전주곡이 될 운명이 문을 두드리는 소리라는 것을 어떻게 예감이나 했을까?

"누구지? 이 새벽에?"

혼잣말을 중얼거리며 잠근 뒷문을 열었다.

갑자기 예고도 없이 그것은 해일이나 다름없었다. 마치 집채보다 더 큰 파도가 덮치듯 대여섯 명의 덩치 큰 사람들이 밀려들더니 나를 덮쳤다. 놀랄 사이도 없었다.

"누구십니까?"

얼떨결에 부르짖었다.

"네가 신정일이지? 수갑 채워!"

덜커덕, 내 두 손에 수갑이 채워졌다.

"당신들 누구야?"

잠자다 일어나 잠도 덜 깬 채 태풍처럼 휘몰아오는 어이없는 상황을 목격한 동생들이 소리쳤다. 그들은 무표정하게 말했다.

"국가 공무차 나왔습니다."

더이상 항변조차 못 하고, 나를 바라보던 그 눈빛들.

"네 소지품이 지하 계단에 있다던데, 그곳이 어디지?"

그들은 카운터에서부터 내 소지품을 모아둔 지하실 계단의 작은 창고까지 찾아내어 소지품(그중에는 군대 생활 때부터의 습작품과 김지하의《오적》과 E.H. 카의《역사란 무엇인가》, 이영희 선생의《전환시대의 논리》, 신채호 선생의《조선사총론》을 비롯한 여러 사람의 책들, 그들이 불온하다고 여기는 불온서적들)을 다 챙겼다.

잔뜩 겁을 먹은 동생들이 나를 바라보고 있는 것까지는 기억이 난다. 하지만 그다음은 잘 기억이 나질 않는다.

그때 그 순간 나는 낯익어 익숙했던 장소와 사람으로부터 낯선 장소와 전혀 생각해 본 적도 없는 새로운 시간속으로 들어가고 있었다.

그들은 나를 앞세운 채 셔터 문을 열었다. 지하실에서 밖으로 나가는 계단, 눈을 감고도 오를 수 있을 만큼 수없이 오르내린 그 계단이 낯설었다. 마치 처음 계단을 오르는 사람처럼 두 사람 사이에 끼어서 오르는 계단을 오르면서 공포감 속에서 드는 생각, 내가 왜 이 새벽에 이 계단을 부축(?)을 받아가며 오르고 있지.

이 계단을 올라가면 어떤 일들이 펼쳐질까? 그곳이 어디일까? 내가 가는 그곳이 지옥일까? 천국일까? 내가 생각해도 한심한 생각을 하면서 나는 계단을 오르고 있지만, 그 무엇 하나 알 수 있는 것은 없다.

지하실 계단을 올라 좁다란 통로를 걸어 나오자 싸늘한 바람이 코끝을 스치는 아직 새벽이었다. 가게 앞 도로변에 세워 둔 두 대의 검은 차, 나는 앞차의 뒷줄 가운데에 탔고 내 좌우에 포진한 사람들이 체격이 무척 장대했다는 것만을 기억한다.

영문도 모른 나를 태우더니 내 두 눈을 수건으로 가렸다. 그리고 차는 떠났다.

나는 지금 어디로 끌려가는 것일까? 방향도 짐작할 수 없는데 차는 전속력으로 달렸다. '나는 왜? 어디로 가는 것일까?' 어디로? 어디로.

'내가 과연 다시 돌아올 수 있을까? 나는 어떻게 될까? 만약 돌아올 수 없다면, 몇 달 동안의 가게 월세가 밀렸다고 호통을 치던 건물주의 얼굴이 떠오르고, 저녁 무렵 흐릿한 13촉짜리 전구 밑에서 내가 오기만을 기다릴 아버지. 기다리다가 '오늘은 큰 애가 안 오는 갑다' 하고 그 자리 마른 재가 폭삭 무너지듯 쓰러져서 기침으로 밤샐 아버지, 더구나 오늘 오후엔 단체 손님이 오기로 했는데…….'

꼬리에 꼬리를 물고 일어나는 걱정과 의문부호 속에 내가 왜 끌려가고 있는지도 모른 채 나는 어딘가를 향해 가고 있다. 내 옆에 있는 사람이 말문을 열었다.

"과장님 의외로 쉽게 일이 끝났네요."

"수고했어, 김 계장이 잘 준비한 덕분이지."

무슨 일이 잘 끝났단 말인가? 나를 체포해 가는 과정이 순탄하게 진행되었다는 말인가? 그 뒤로는 서로 침묵의 레이스를 펼치기로 했는지 한마디 말이 없다.

도대체 이 차에는 몇 명이나 타고 있을까? 그런데 침묵만 흐르기 때문에 짐작할 수조차 없었다. 차는 가다가 멈추고, 가다가 멈추고를 몇 번 반복하였다.

미루어 짐작하건대 신호등 앞에서 멈추었을 것이다. 지금 나를 이 새벽에 체포 영장도 없이 데려가는 것은 대한민국의 현행법에 위배될 것이다. 그런데, 그 법은 지키지 않으면서도 도로 교통법은 지키는가 보지.

말 그대로 이율배반이다. 하지만 지금의 나로서는 어쩔 수 없는 일이다. '모든 것은 좋다는 전제하에서 모든 것은 허용되고 있다.' 그럴 수도 있다. 왜냐, 이 복잡다단한 인간사에서는 모든 것이 가능하기 때문이다.

가능하거나 가능하지 않거나 허용되거나 안 되거나 그것들은 내 뜻과는 아무 상관없는 일이고 모든 것은 그들의 뜻대로 되어질 것이다. 운명이다. 운명이란 무엇인가.

'운명에 따라 일어난 것이 일어났고, 일어나는 것이 일어나며, 일어날 것이 일어난 그런 원리,' 그것이 '운명'이라는데, 그 운명을 내가 어떻게 거역하겠는가? 내가 지금 나에게 보낼 수 있는 기원, 더도 덜도 아니다.

'운명이여, 당신 뜻대로 하소서.'

얼마 동안을 갔을까? 이윽고 차가 멈추고, 두 사람이 내 겨드랑이에 팔을 끼운 채 나를 내리도록 하였다. 어디쯤일까? 이곳이? 흙길은 아니고 시멘트 길이다. 약 50미터쯤 걸어갔을까? 문을 여는 소리가 났다.

"조심해, 계단이다."

나를 부축해 가는 사람이 무뚝뚝하게 나에게 말했다. 나는 계단을 천천히 내려갔다.

다시 문을 여는 소리 들렸다. 늦여름이라서 그런지 후덥지근한 공기가 온몸을 감쌌다. 그런데 다시 문을 여는 소리 들리면서 어디선가 들었던 굵직한 목소리가 공간에 메아리치듯 들렸다

"별다른 일 없었는가?"

"예, 무사히 다녀왔습니다."

"의자에 앉히고 수건을 풀어!"

수건을 풀자 광명의 세계가 열리면서 보이는 얼굴, 그 사람, 3월에 가게를 찾아왔던 의문부호로 남은 그때 그 사람이었다.

아! 나는 기겁을 했고, 절망의 탄성이 무심결에 흘러나오면서 가슴이 덜컥 내려앉았다.

"너! 신정일, 간첩이지?"

금시초문이다. 내가 간첩이라니.

"아닙니다. 저는 간첩이 아닙니다."

"뭐가 아냐, 너 간첩이잖아. 제주도에 있을 때 서부두에서 밤배 타고 북한에 가서 김일성에게 돈 많이 받아 가지고 왔잖아?"

이럴 수가? 내가 그 무시무시한 간첩이라니, 그리고 김일성에게 돈을 많이 받아 가지고 왔다니, 세상의 모든 무거운 짐이 다 내게로 내려앉는 것 같은, 이것이 꿈인가? 생시인가?

내가 간첩이라니, 《표준국어대사전》에 "한 국가, 혹은 단체의 비밀이나 상황을 몰래 알아내어 경쟁 또는 대립관계에 있는 국가나 단체에 제공하는 사람, 세작(細作), 또는 스파이(spy), 첩자(諜者)"라고 실려 있는 간첩이 나라는 말인가?

불과 얼마 전까지 달콤한 잠 속에서 세상을 잊고 있었던 내가 지금, 꿈속에서도 생각해본 적이 없는 간첩이라는 어마어마한 혐의를 받고, 어딘가 모르는 모처에 영장도 없이 끌려와 있다니, 그렇다면 나는 햄릿이 술회한 것처럼 나는 얼마 전의 시간과 지금의 시간 사이의 '이음매에서 벗어났다'는 말인가? 다시 '이음매'를 이어서 그 시간 속으로 되돌아갈 수 없단 말인가?

사람이 사람을 만나고 산다는 것

"이곳이 어디냐, 어느 지역, 이 세상의 어느 부분이냐?"

- T. S. 엘리엇의 〈성회수요일〉 중에서

"가장 높은 산은 어디에서 시작되지요?"

지인에게 물었다.

"바다에서 시작되지요."

"그러면 강은 어디에서 시작되지요?"

생각이 잘 나지 않는지 고개를 갸웃거리고 있다.

"한 방울의 물에서 시작되지요."

한 방울 두 방울의 물이 모이고 모여 샘이 되고, 그 샘이 넘쳐 흘러 가면서 시내가 되고, 강이 되면서 수많은 지류들을 만난다.

강의 덕목은 겸손함이고 넓은 포용력이다. 아무리 작은 지류거나 오염된 물이라도 거부하지 않고 받아들여 낮은 곳으로만 낮은 곳으로만 얼싸안고 흐른다. 흐르고 흘러서 드디어 바다가 되는 경이를 보여주는 것이 바로 강, 세세천년 흐르고 흐르면서도 변하지 않는 강의 진리를 두고 니체는 다음과 같이 설파했다.

"강을 보라! 수많은 우여곡절 끝에 그 근원인 바다로 들어가지 않는가."

사람의 일생도 마찬가지이다. 살아가면서 수많은 사람들을 만나게 되는데, 그 사람 하나하나가 강의 예를 들면 하나의 지류(支流)이다.

어머니의 뱃속에서 태어나서 아장아장 걷고, 학교를 다니고, 취직을 하고 결혼을 한다. 그러나 사람들은 아래로만 흐르는 강과 달리 오로지 높은 곳을 열망하면서 살기 때문에 매 순간 부딪치고 불협화하면서 살아간다. 그래서 인생을 두고 '고해(苦海)'라고 표현했는지도 모르겠다.

짧다면 짧고 길다면 긴 인생이라는 길 위에서 사람들은 수많은 사람들을 만나게 된다. 그 사람이 다른 사람과 만나는 것은 우주적인 사건이라고도 한다. 그렇게 만나는 사람 중에 얼굴을 알고, 이름을 알고서 더불어 살아가는 사람은 도대체 얼마나 될까?

강연 중에 사람들에게 물어본다. 어떤 사람은 백 명쯤 될 것이라고 하는 사람도 있고, 어떤 사람은 오백 명, 천 명, 많아야 약 2천 명이 될 거라고 대답한다.

하지만 통계학상으로는 약 4천 명쯤 된다고 한다. 이 지구상에 80억 명이 넘는 인구가 살고 있는데, 겨우 4천 명을 알고 살아가다니, 이생에서 만나고 사는 사람들이 얼마나 귀하고 소중한 인연인가?

그런데 그중에서도 이름만 들어도 얼굴만 생각해도 기분이 나쁘고 다시는 만나고 싶지 않은 사람, 기억하기도 싫은 사람도 있는 게 사실이다.

문득 그 사람만 생각하면 보고 싶고, 목소리 듣고 싶고, 달려가서 만나고 싶은 사람이 많아야 하는데, 나이가 들수록 손에 꼽을 몇 사람밖에 없다는 것은 나이가 들어간다는 표식이라고 한다.

잠시, 몇 사람 만나서 소풍 가듯 살다가 가는 이 지상에서 어떻게 사는 것이 잘사는 것일까?

사람이 사람을 그리워하고, 사랑하며 사는 나라, 나 역시 그 나라를 열망하며 살아왔지만 갈수록 그렇게 살기가 어렵다는 것을 실감한다.

어떻게 살면 그런 세상을 만들고 그 세상에서 새로운 꿈을 꾸며 살 수 있는지 알 수 없다. 하지만 어느 길목에선가 우리는 만나고, 오랫동안 나란히 도반이 되어 걸어간다. 그러나 어느 순간에는 한 번도 만난 적이 없는 사람처럼 데면데면하면서 살아가기도 하고, 그리고 어느 순간 서로가 어떤 위험에 직면하게 되면 적당히 돕기도 한다.

왜냐하면 인간은 원래 무소의 뿔처럼 혼자서 가기도 하지만 공동체를 지향하기 때문이다. 그리고 어려운 일이 다가왔을 때 당혹감과 함께 외로움을 느끼기도 하지만 인간에 대한 연민과 신뢰를 함께 느끼면서 자신의 길을 걸어가는 것이다.

그런 마음을 가질 수 있고, 그런 순간을 맞이하기 위해선 기다림만으로는 가능하지 않다.

좀 더 마음을 열고, 마음을 비우는 자세, 그게 필요할 것이다. 강물처럼 겸손하게 낮은 곳으로 더 낮은 곳으로 내려가면서 세상에 존재하며 부딪치는 모든 것들을 이해하고 사랑할 것, 그것을 남은 생이 요구하고 있다.

그런데, 그렇게 사는 것이 쉽지가 않은 것이다. 그것은 저마다 살아온 삶의 이력이 녹록하지가 않고, 그런 연유로 이런저런 일들이 복병처럼 툭툭 튀어나와서 스스로가 의도한 대로의 삶을 살기가 쉽지 않기 때문이다.

사람을 만나는 것도 마찬가지다. 이 세상의 길을 걸어가면서 여러 형태로 사람들을 만난다. 사람이 사람을 만나고 사는 것은 당연한 일이지만 내가 좋아하는 사람들만 만나고 산다는 것은 애당초 가능하지가 않다. 그런데 그 만남이 인생을 풍요롭게도 하고 영혼을 거듭나게도 한다.

하지만, 다시는 생각하기도 싫은, 그런 사람을 운명처럼 만날 때가 있다.

'우연'일 수도 있고, '필연'일 수도 있다.

오랜 시간이 지난 뒤에도 '긴가민가'하는 사건, 그 사건에 의해 한 인간의 삶이 한순간에 와르르 무너져 내리기도 하고, 생의 방향이 180도 바뀌기도 하는 우연 같은 필연, 그것을 훗날에야 '운명'이었다고 정의하는 그 사건이 어느 날 새벽, 문득 나에게 다가왔다.

그때가 1981년 8월 말의 어느 날이었다. 그 무렵 나는 전북대학교 부근에서 시식 코너를 운영하고 있었다. 시식 코너란 중식, 양식, 한식까지 다 파는 음식점으로 1970년대 말부터 우리나라 곳곳에 유행하던 음식점이었다.

그전 해인 1980년 5월은 광주민중항쟁이 일어나 세상을 경악시켰고, 그 뒤 곧바로 제5공화국이 수립되어 전두환 정권이 들어섰다.

1980년 10월 말, 광주민중항쟁이 끝난 지 6개월이 채 지나지 않았던 때, 나는 제주도에서의 2년 반 정도의 생활을 청산하고 전주에 정착했다. 어떻게 살 것인가, 내 딴에는 고심과 고심 끝에 익산역 앞에서 '이어도'라는 이상향의 간판을 내걸고 첫 번째 시작한 사업이 시식 코너였다. 하지만 초짜가 시작한 사업이 잘되겠는가, 금세 들어먹고 전주로 나왔고, 전북대학교 앞에서 다시 열었던 시식 코너도 말 그대로 죽을 쑤고 있었다. 그때 그 시절, 내 삶이 시작되어 끝나기 전까지 잊혀지지 않을 사람을 만났다. 그때 그 어둡고 눅눅한 지하실에서 그 사람을 만난 것이다.

그해 봄, 3월 중순쯤 어느 날이었다. 가게에서 책을 읽고 있었다. 종업원이 누군가 사장님을 찾아왔다고 했다.

"그래, 모셔와."

조금 있다가 나를 찾아온 사람을 보니 체격이 건장하고 얼굴이 두툼하고 구레나룻을 한 전형적인 조폭 같았다. 불길한 예감이 들었지만 내색을 하지 않았다.

"어디서 오셨지요?"

"신정일 씨 맞지요?"

"그런데요."

"신정일 씨에 대해 몇 가지 알고자 왔습니다. 혹시 고향이 어디세요?"

"진안 백운인데요."

"제주도에는 얼마나 있었지요?"

"약 2년 반 동안 있었습니다. 그런데 선생님은……."

"누구신데 나에게 그런 걸 묻느냐"고 말하려는 찰나, 밖에 나갔다 돌아온 큰동생 성현이가 끼어들며 내게 물었다.

"형님 무슨 일이세요?"

"글쎄다. 별일은 아닌데…, 이 사람이 고향과 제주도에 대해 묻는구나?"

큰동생 성현이는 나와는 달리 성격이 급한 편이었다.

"그래요?"

그리고 그 사람 앞으로 다가가 물었다.

"당신이 뭔데 형님에게 꼬치꼬치 캐묻지요? 어디 신분증 좀 내놔봐요."

그 사람은 당황한 듯 얼버무렸다. 그것을 보고 있던 동생 친구들이 우르르 나섰다.

"이 자식 이상한 놈 아냐. 아무래도 파출소로 데려가야겠어요."

결국 그 사람은 동생 친구들에게 멱살을 잡힌 채 파출소로 질질 끌려갔고 나도 뒤따라갔다. 파출소장에게 자초지종을 이야기하자, 그가 파출소장에게 이상한 눈짓을 보냈다.

"당신 나 따라와!"하고서 파출소장은 그를 안으로 데리고 들어갔다. 잠시 후 밖으로 나온 파출소장이 말했다.

"별일 아닌 것 같습니다. 이상한 사람 아니고 지나가다가 가게 이름이 특이해서 이런 가게는 어떤 사람이 하고 있을까 궁금해서 물어

보았답니다. 그냥 노여움 푸시고 돌아가십시오."

그때만 해도 인근의 파출소에 밉보이면 장사를 할 수 없다는 것을 익히 알고 있는 나로서는 방법이 없었다.

"별놈을 다 보겠네."

우리는 그렇게 투덜거리며 파출소를 나왔다.

그런데 그날, 나를 찾아왔던 그 사람이, 나는 그날 이후로 그를 잊었고, 한 번도 생각조차 해본 적이 없는 그 사람이 그림자처럼, 아니 저승사자처럼 내 앞에 우뚝 서 있었다.

"이 슬픈 예감은 틀린 적이 없어?"라는 노래 구절이 있다. 그런데 그때 그 일이 있은 뒤, 이런 비극적인 만남이 예정되었다는 것을 나는 꿈속에서도 예감하지 않았는데, 어쩌다 흐르는 세월 속에서 저 사람을 다시 만나게 되었지?

"아~!"

신음처럼 내뱉는 나의 한숨 소리를 들었는지.

"이 새끼? 신정일, 너 나하고 이렇게 만날 줄 몰랐지?"

"……."

"신정일, 내가 네 놈의 뒤를 8개월 동안을 쫓아다녔다. 너, 간첩이지? 맞지?"

뭐라고 해야 하는데, 대답할 말이 생각나지 않았다.

그런데 다시 낮게 깔려오는 무거운 목소리.

"너 간첩이 맞잖아."

이 무슨 청천벽력인가? 놀라서 여기저기를 바라보자 창문이 없는 것이 지하실이 분명했다. 둘러보니 사면이 다 하얗다. 하얀 방에 오래된 낡은 여관과 같이 침대가 하나 놓여 있고, 나무로 만든 가리개 사리로 욕조와 양변기가 보였다.

견고한, 누가 망치로 내려쳐도 흔적도 남을 것 같지 않은 철제 책상과 그 앞에 의자, 그리고 의자가 두 개가 더 있다. 밝은 형광등, 눈이 부시다.

'이곳이 대체 어디란 말인가?'

생각하는 사이에 그 사내가 의자에 앉은 채 내게 조용히 말했다.

"신정일, 옷부터 벗어!"

형광등 불빛이 대낮처럼 환한 지하실, 내 주위에 대여섯 명의 사람들이 서 있는 가운데 옷을 벗어도 되는가?

"어서 벗으라니까?"

방법이 없다. '로마에 가면 로마의 법에 따르라'는 말도 있지 않은가. 나는 그들의 나라 로마(?)에 왔고, 이제는 그들의 법에 따라야 한다.

상의부터 벗기 시작하여 하의를 벗었다. 마지막 남은 팬티를 벗기 전 그 사람의 눈빛을 보았다. 설마 이것마저 벗으라고는 안 할 테지. 그때 낮으면서도 굵은 톤의 목소리가 내 생각의 장벽을 여지없이 허물어 버렸다.

"어서 벗어! 팬티까지 벗어, 이 간첩 새끼야?"

냉정한 그의 목소리에 금세 주눅이 들었다. 내 육체를 가리고 있던 모든 옷 중에서 마지막 옷인 팬티를 벗을 때 문득 눈물이 앞을 가렸다.

내가 어디에 와 있지, 나는 과연 어떻게 될 것인가? 마지막 남은 옷을 벗고 나자 내가 그렇게 초라할 수가 없었다. 남들은 다 옷을 입고 있는데.

그랬다. 마지막 남은 옷을 벗고 나자 내가 그렇게 초라할 수가 없었다. 진실로 그랬다.

남들은 다 옷을 입고 있는데 혼자만이 그것도 왜소한 체구의 한 사내가 실오라기 하나 걸치지 않고 불빛을 받고 있다는 것, 한번 상상해 보시라. 얼마나 우스운 일인가를? 부끄러움도 잠시 막막한 두려움이 밀려오다가 금세 공포심으로 변했고, 여름의 한복판이라는 것이 무색하게 온몸에 한기가 엄습했다.

"맙소사, 내가 왜, 이곳으로 끌려왔을까? 나는 이곳을 나갈 수 있을까? 혹시 이것이 꿈이 아닐까? 어쩌면 나는 꿈속에 있는지도 몰라, 내가 이곳에 끌려올 이유가 없잖아?"

이제 그들의 소굴, 바로 말로만 듣던 지옥인가? 단테의 《신곡》 중 〈지옥문〉에 적힌 글이 섬광처럼 떠올랐다.

"여기에 들어오는 자는, 모든 희망을 버린 자이다."

그렇다면 나는 희망을 버리고 이곳으로 들어왔다는 말인가? 나는 망설인다. 내가 무슨 죄를 저질렀지.

"네 주머니에 있는 모든 것 다 꺼내."

무슨 뜻이지 하고 멍한 표정을 짓자, 천정이 무너져 내릴 듯, 크게 소리 질렀다.

"네 옷 속에 있는 모든 소지품을 다 꺼내놓으란 말야."

여름 점퍼에서 낡은 지갑과 볼펜, 그리고 메모지 몇 장이 나왔다.

"옷이랑 지갑이랑 사무실로 가져가서 분류해 놔."

"예."

내가 서 있는 좌측에서 나를 송골매의 눈으로 매섭게 쳐다보고 있던 사내가 내 옷가지를 가지고 문을 열고 나갔다.

　내가 내 옷과 이렇게 이별하는가, 하고 생각하는 순간, 우측에 서 있던 사내의 주먹이 내 가슴을 천둥이 치듯 내려쳤다.

　"악!"

　나는 내 마음을 정리할 사이도 없이 공포와 두려움으로 그들이 깔아 놓은 판에 자연스레 스며들었다. 지금은 어떤 방법도 통하지 않고, 그냥 나는 그들의 명령에 따라야 한다. 나를 가운데 두고 여러 사람이 내 주변을 둘러서더니 불이 꺼졌다.

　어떤 일이 벌어질까? 마음의 준비를 하기도 전에 불이 꺼졌다. 그리고 칠흑 같은 어둠 속에서 번갯불이 내 눈앞을 스치고 지나갔다. 내 온몸에 주먹과 발길질이 날아온 것이다. 그것은 뇌우였다. 그 번갯불이 내 온몸을 향하여 내리꽂힐 때마다 그 캄캄한 공간에 형형색색의 찬란한 불빛이 번쩍거렸다.

　"악!"할 사이도 없이 발길질이 함께 매질이 시작되었다. 그것이 몽둥이였는지, 아니면 곤봉이었는지는 모르지만 온몸이 마디마디가 떨어져 나가고 발려져 나가는 것 같았다.

　얼마나 맞았을까, 가늠할 사이도 없었다. 그들은 어둠 속에서 복날개 패듯 나를 집단적으로 나를 때린 것이다. 내가 할 수 있는 것은 이리저리 굴러다니며 단말마의 신음 소리를 내뱉는 것뿐이었다.

　어디를 어떻게 맞았는지 코에서 콧물이 나왔다. 이리저리 굴러다니며 얼마를 맞았을까?

　"불 좀 켜봐."

눈을 뜰 수가 없었다.

"야, 눈 떠! 눈 뜨라니까?"

가까스로 눈을 뜨자 나를 바라보는 저승사자 같은 얼굴들, 손을 보자 붉은 피가 보였다. 울컥 눈물이 앞을 가렸다. 눈물 흘리며 피에게 물었다. 왜 내가 피를 흘렸지? 피는 내 물음에 말이 없고, 어지럽게 나를 바라보는 시선들만 어지럽게 흩어지는 이 기묘한 상황, 어둠 속에서 내가 흘린 것이 콧물이 아니라 코피였던 것이다. 손으로 훔치자 손바닥이 새빨갛다. 장미꽃의 색깔이 이보다 더 붉을까?

"이봐, 휴지 같다가 줘. 병신 같은 새끼, 그것 맞고 코피 쏟아."

나는 얼이 다 나가서 어디를 어떻게 맞았고, 어디가 아픈 지조차 느끼지 못한 채 멍한 눈으로 밝게 빛나는 형광등 불만 바라보고 있었다.

예전, 이런 풍경을 내가 물끄러미 서서 바라본 적이 있었다. 그때가 철원에서 군대 생활을 하던 때였다. 어느 날 훈련을 나갔는데, 사람들이 큰 장대를 들고 빙 둘러서 있었다. 저 동그란 원 가운데는 뭐가 있는 것일까? 자세히 보니 개 한 마리가 나무에 매단 줄에 매여 있었다.

"어서 시작해야지."

한 사람의 구호에 맞추어서 무차별 구타가 시작되었다. 개는 몸부림을 치면서 길길이 날뛰고 사람들의 눈은 충혈된 채 개를 두들겨 패고 있었다. 이윽고 피를 토하던 개는 땅바닥에 눕고, 씩씩거리며 두들기던 사람들의 손놀림도 잠잠해졌다.

내가 물었다.

"왜 그렇게 개를 무지막지하게 때려서 죽이지요."

그중 나이가 가장 들었음직한 사람이 내게 답했다.

"개는 고통스럽게 죽을수록 맛이 좋기 때문에 여럿이서 그렇게 때려서 죽인 것입니다."

그렇구나. 맛있는 개고기를 먹기 위해 사람들은 빙 둘러서서 그렇게 개를 잔혹하게 때렸구나. 영문도 모르는 개는 그 자리에서 그렇게 피를 토하면서 죽었고, 그들은 그 개의 털을 제거하기 위해 불을 지폈다. 개는 금세 불에 타 새카맣게 변했고, 사람들은 그 자리에서 개의 배를 가른 뒤 토막토막 나누어서 그 자리에 걸려 있던 가마솥에 넣었다.

사람들은 아무 일도 없었다는 듯이 소주잔을 기울이며 껄껄거리며 담소를 나누었고, 나는 그냥 한 사람의 구경꾼이자 방관자로 그 풍경들을 가감 없이 보았을 뿐이다.

지나간 시절의 그 풍경이 왜 이렇듯 낯이 익지?

내가 지금 그때의 그 개가 아닐까? 나는 곧 그 개하고 같은 처지가 되는 것은 아닐까? 그런 생각의 나래를 펼쳐 가는 그 시간을 중단시킨 것은 우레와 같은 큰 목소리였다.

"신정일!"

"……."

내가 대답할 겨를도 주지 않고 다시 크게 말했다.

"신정일, 이젠 여기가 어딘지 알겠지? 자 이 의자에 앉아."

그는 의자를 내밀었고, 심문이 시작되었다. 나를 맨 처음 신문한 사람은 나를 찾아왔던 그 남자였다.

"고향이 어디야?"

"진안군 백운면 백암리 262번지입니다."

"아버지와 어머니의 이름은?"

"신자 영자 철자 신영철이고, 정자 병자 례자 정병례입니다."

"그렇게 대지 말고 쉽게 말해."

"생년월일은?"

"1954년 12월 4일입니다."

"몇째로 태어났어?"

"3남 1녀 중 큰아들입니다."

"학교는 어디까지 나왔어?"

"국민학교만 졸업했습니다."

"거짓말하지 마, 그 말이 사실이 아니지? 너 대학 졸업했잖아?"

"아닙니다."

"아니긴 뭐가 아냐?"

이 취조관이 나를 알기나 하는가? 나는 국민(초등)학교 밖에 나온 것이 없는데, 그래서 상급학교에 진학하지 못한 것 때문에 어린 시절에 얼마나 마음에 상처를 입었는데, 이 취조관은 내가 대학교 나온 것을 다 알고 있다며 거짓말을 하지 말라고 다그치고 있다.

참 웃긴다. 저들이 어떻게 중학교에 진학하지 못한 아이들의 그 진한 설움을 알까? 중학교에 진학하지 못한 그때의 나에게 제일 부러웠던 것은 친구들이 입고 있던 중학교 교복이었다. 마치 딴 세상에 사는 것처럼 중학교에 간 아이들은 활기에 차 있었고 중학교에 진학하지 못한 나를 비롯한 몇몇 친구들은 그들의 까만 교복만 보고도 괜히 주눅이 들어 그들을 피하곤 했다.

그때의 그 슬픔, 그때 산산조각으로 금이 간 내 영혼의 부끄러움을 저 사람은 알기나 할까?

"너, 제주도 어디에 살았지?"

"연동 삼무공원 근처에서 자취를 했습니다."

"삼무공원이라니?"

"박정희 전 대통령이 제주도에 열차가 없기 때문에 열차를 가져다 놓은 공원의 이름이 삼무공원입니다."

"제주도에서 알고 지낸 사람들 누구누구지?"

나는 내가 자취를 했던 연동의 김호택 씨, 벽돌 오야지, 최한성, 진두천, 방수 오야지, 최금석, 그리고 같이 일했던 사람들을 한 사람, 한 사람 떠올리며 썼다.

내가 쓴 이름들을 자세히 살펴본 그가 말했다.

"이것밖에 없어?"

"예, 없습니다."

"너, 제주도에서 북한을 간 것 맞잖아? 그때 너에게 북한 사람들을 소개한 사람이 그중 누구야?"

황당하다 못해 어처구니가 없다. 나는 자취방과 공사장, 그리고 휴일에는 제주 시내나 제주 중산간(中山間) 일대와 제주도 곳곳을 쏘다닌 것밖에 없다. 제주도에서 만난 사람이라야 벽돌 오야지, 방수 오야지, 그리고 공사판에서 노동을 했던 벽돌을 쌓는 조적공을 포함한 노가다 일꾼들만 알았을 뿐인데, 저 사람은 나에게 만나지도 않은 북한 공작원을 대라고 말한다.

"그런 일 없었고, 그런 사람 없습니다."

"조금 있으면 다 드러날 건데, 거짓말하지 마. 알았어?"

내가 잘못한 것이 무엇이 있어서 드러난다는 말인가? 알다가도 모를 일이다.

"제주도에서 나와서 전주와 익산에서 만났던 사람들은 또 누구누구지? 그들 이름을 하나도 남기지 않고 써 내? 그리고 그중 가장 가깝게 보낸 친구도."

글쎄, 생각해 보면 친척들과 건물주, 그리고 가게를 열며 만났던 사람들과 우리 가게를 드나들던 학생들, 몇몇밖에 없다. 내가 고향인 진안이나 청소년기를 보낸 임실에서 중고등학교를 다녔거나 전주에서 대학을 다녔으면 동창들이나 동기들이라도 있을 것이다. 그런데, 정규 학교라곤 국민(초등)학교를 외엔 다닌 적이 없기 때문에 그런 친구들도 없고, 그나마 있는 것이 군대 동기들인데, 제대 후에는 그들의 근황을 아는 사람이 하나도 없었다.

단 한 사람 있다면 최대길이다. 내 인생에 화인처럼 찍힌 최대길, 그에 대해 말해야 할까? 순간, 아니다. 말해선 안 될 것 같다. 그래서 말문을 닫았다. 최대길. 내 인생의 전반기, 전과 후를 나누게 될 그 전환점에서 만난 그는 어둡고 쓸쓸했던 내 운명의 신이 나에게 보내준 최초의 진정한 친구였다. 어둠 속에서 나를 밝고 넓은 광야로 나가게 해준 그를 만난 것은 1975년 5월 6일, 전주 35사단 신병교육대였다.

대한민국 육군에 입대를 하다

"나는 천년을 산 것보다 더 많은 추억을 간직하고 있다."

- 보들레르의 〈우울〉 중에서

1975년 5월 6일자 소집영장을 받았다. 1974년 전주병무청에서 신검을 받았을 때 현역 2종을 받았기 때문에 현역이 될 것이라고 여겼다.

"아쉬운 밤, 흐뭇한 밤, 뽀얀 담배 연기, 둥근 너의 얼굴 보이고 마주친 술잔에 사나이 정이, 내 나라 위해 떠나는 밤, 뜨거움 피는 가슴에 자 우리에 젊음을 위하여 잔을 들어라."

그 시대에 유행했던 최백호의 노래다.

"집 떠나와 열차 타고 훈련소로 가는 날, 부모님께 큰절하고, 대문밖을 나설 때, 가슴 속엔 무엇인가 아쉬움이 남지만, 풀 한 포기 친구 얼굴 모든 것이 새롭다. 이제 다시 시작이다. 젊은 날의 생이여~~."

훗날 김광석이 부른 〈이등병의 편지〉라는 노래다. 그 노래를 듣다가 보면 그 시절, 내 찬란했던 군대 시절이 마치 어제 일처럼 불현듯 떠오른다.

시장에 갔다 밤늦게 돌아오신 부모님은 영장을 보면서도 내가 군대에 가는 것이 실감이 안 나는 것 같았다. 그런데 1975년 5월 6일, 35사단 입대라고 쓰여진 것을 보더니 안색이 달라지는 것이었다. 어머님은 얼굴이 사색이 다 되었고, 아버님은 내 영장을 한참을 바라보더니 얼마 후 혼잣말을 하셨다.

"아무래도 내가 백운면사무소 한번 다녀와야겠다."

"왜요?"하고 내가 물었다.

"너는 국민학교밖에 안 나와서 군대를 안 갈 수도 있는데, 뭐가 잘못된 것 같다. 걱정 마라. 면에 가서 내가 손을 쓰면 될 일이다."

사실 현역 입대는 이미 예정된 일이었다. 병무청에서 신체검사를 받을 때 현역 2급 판정을 받았기 때문이었다. 가장의 역할을 한 번도 제대로 해본 적이 없는 아버지의 말씀이 미심쩍으면서도, 워낙 자신 있는 아버님의 말투에 무슨 수가 있는 게 아닌가 하고 잠깐이나마 어리석은 기대를 갖기도 했었다. 사회 경험도 없고, 국민(초등)학교 졸업이 전부인 내가 현역으로 입대한다는 것은 상상도 할 수 없는 두려움이었다. 그래서 은근히 방위(요즘의 공익근무요원) 정도로 떨어지는 행운을 기대한 게 사실이었다.

며칠 후 아버님은 나의 군 입대 문제를 해결한다고 어머님으로부터 얼마간의 비상금을 받아 집을 나섰다. 그리고 한 이틀쯤 지났을까. 일이 아주 잘되었다고 기분 좋은 표정으로 돌아오셨다.

입대하면 그곳에서 불합격 판정을 받아 다시 집으로 귀대하기로
했다는 것이었다.

아버님의 말씀을 믿고 싶었다. 그래, 돌아올 수 있을 거야. 그런 생
각을 하면서도 마음속에선 다른 생각이 들기도 했다. 사람 마음의 간
사함이랄까. 어쩌면 현역 입대도 나쁘지 않을 것만 같았다. 비록 내
가 방위소집 정도를 원하긴 했지만, 아버님 때문에 현역 입대의 길이
막힐지도 모른다는 약간의 허탈감이 솟는 것이었다. 시간이 흐를수
록 그런 생각이 더 들기 시작했다. 국민(초등)학교를 졸업한 직후부터
여태껏 나를 억누르고 있었던 내 삶의 불확실성에서 벗어나는 일이
바로 현역 입대라는 생각이 든 것이다.

초조와 불안 속에서 몇 개월이 순식간에 지나고 드디어 입영 전날
이 되었다. 막상 그날이 다가오자 아버님의 호언이 실현되길 간절히
바라는 것이었다.

'가자마자 나는 귀대 조치가 이루어질지도 몰라.'

혹시나 모를 그 기대감에 나는 머리를 자르지 않았다.

내일 아침이면 이 집을 떠나 군대에 간다. 실감이 나질 않았다. 이
루어질지 이루지 못할지는 모르지만 오로지 작가가 되겠다고 염소처
럼 남의 집에서 빌려온 책만 읽으며 보냈고, 심심풀이로 라디오의 음
악방송을 들으며 낯모르는 사람(남녀)들과 펜팔의 경험은 있지만, 데
이트 한 번 해본 적이 없었다.

애인은커녕 친구도 없이 늘 혼자서 청소년기를 보냈던 터라 친구
들과의 송별식도 없는 입영 전야였다. 아버님이 걱정 말라고, 내일
갔다가 며칠 후면 다시 올 거라고 여전히 호언장담했다. 그런데도 어

머님은 내심 불안한지 잠을 못 이루셨다. 나 역시 내일 가면 어쩌면 휴가 때에나 올지 모른다는 불안감과 무어라 설명할 수 없는 여러 가지 생각들에 한숨도 이루지 못했다.

전라북도 임실군 관촌면의 한 마을(지금은 치즈마을로 유명해진 임실읍 금성리의 중금마을)로 이사를 올 때만 해도 이 단칸방에 여섯이 누우면 그래도 자리가 흘렁했었다. 그런데, 그사이 훌쩍 커버린 동생들 때문에 몸을 돌아누울 수도 없이 좁아서 이리 뒤척이고 저리 뒤척이는 밤은 서서히 흐르고 흘러 아침이 밝았다.

임실역 앞에서 어머니와 동생들과 작별인사를 하고 아버님과 둘이서 새벽 열차를 탔다. 다른 이들에게는 출퇴근길도 되고, 여행길도 되는 열차였지만, 나에겐 한 번 떠나면 언제 돌아올지 모르는 입영열차였다. 전주 송천동의 35사단에 도착하자 머리를 깎은 내 또래 아이들과 가족들이 구름처럼 몰려 있었다. 내가 다시 집으로 돌아가지 못할 것이라는 것을 어렴풋이 깨닫기 시작했다.

문득 허만 멜빌의 《백경》 속의 한 구절이 섬광처럼 떠올랐다.

"내 이름은 이스마엘(구약성서에 나오는 이스마엘에서 따온 것으로 '방랑자' '미움 받는 사람' '사회의 적'을 일컫는 말)이다. …… 내 입가에 우울한 빛이 점점 늘어가는 자신을 발견할 때나, 내 영혼에 11월의 싸늘한 가랑비가 내릴 때, 또는 장의사 앞에서 나도 모르게 발길을 멈추고 장례 행렬 뒤를 따라가는 나 자신을 발견할 때, 그런데다 더욱이 우울증이 너무 심해진 나머지 거리로 뛰쳐나가서 그저 지나가는 사람의 모자를 낚아채 벗겨 버리고 싶은 충동을 억제하기 위해 냉정한 마음을 가다듬어야 한다고 생각할 때, 그런 때마다 나는 한시바삐 바다로 나가야만 하겠다고 생각했다."

    바로 지금이 내 인생에 '가랑비 오는 11월'이로구나. 나는 바다가 아닌 군대라는 배에 승선하여 '조직'이라는 이름의 배를 타고 망망대해를 떠돌다가 돌아올 것이다. 그렇게 생각해서 그런지 아버님과 작별하는 것이 그리 슬프지 않았다.

    돌아갈 것을 잊은 채 손을 흔들고 계시는 아버님을 뒤로하고 부대 안으로 들어가 머리부터 깎았다. 날이 무딘 그 기계로 머리가 뽑혀 나가는 것처럼 머리를 깎고서 군복을 받았다. 그리고 낯선 군대 내무반에서 군복에 바늘과 실로 이름과 군번을 새겼다.

    군번 62050003번

    62050003. 내 이름 옆에 새겨진 대한민국 육군의 자랑스러운 군번이었다. 그 군번을 실로 새겨나가는 순간, 내가 살았던 세계와 지금, 결별하고 있다는 것을 깨달았다.

    그래, 지금은 내 인생에 있어서 자연뿐만이 아니라 낯모르는 사람들 속으로 자연스레 들어가는 시간일지도 모른다. 그런 생각을 하자 마음에 평화가 찾아왔다. 마음이 정리가 되면서 서서히 사람들이 눈에 들어왔다. 나는 그곳에서 내 인생에서 최초인 운명적인 사람을 만난 것이다.

내 운명을 바꾸어 준 친구를 만나다

"너, 공부 많이 했다. 우리 살아서 다시 만나자."

- 최대길

'첫눈에 통하다.' '한순간에 반하다.' 나는 그 말을 믿는다. 그날 첫
날, 식사를 타러 가는 일곱 명에 끼어 가던 중, 한 사람이 눈에 띄었
다. 실로 새긴 이름표를 보니 최대길이었다. 그 친구가 나를 향해 물
었다.

"고향이 어디야."

"진안, 너는?"

"나는 부안."

그래서 몇 마디 말을 나누었다. 그런데, 그 몇 마디 속에서 요즘 말
로 한다면 서로 필이 통한 것이다. 이야기를 하다가 보니, 그는 서울
대학교 사범대학을 다니다가 학생운동을 했고, 그래서 강제징집을

당해서 군대를 온 것이었다.

그는 인생의 가장 중요한 시기에 상처받아 우울하고도 침울하기만 했던 내 영혼의 창문을 열고서 행운이 그렇게 오듯이 슬그머니 다가온 것이다. 첫눈에 마음이 통한 최대길과 나는 그때 우리에게 허용된 《신약성서》 한 권을 가지고 훈련 시간을 보냈다. 그때 내가 가장 자주 읽었던 구절은 《로마서》 5장, 3~4절 중에 '우리가 환난 중에도 즐거워하나니, 환난은 인내를, 인내는 연단을, 연단은 소망을 이루는 줄 앎이어라'라는 구절이었다.

우리는 그때 우리가 살아오면서 읽었던 문학, 역사, 철학, 그리고 경험했던 모든 것들을 다 동원해 토론하고 이야기했다. 군 입대 전까지만 해도 나는 늘 혼자였었다. 혼자였기에 오로지 길을 걷거나 책을 읽으며 시간을 보냈다. 《달과 6펜스》를 지은 서머싯 몸이 말한 "책 읽는 습관을 기르는 것은 인생의 모든 불행으로부터 스스로를 지킬 피난처를 만드는 것이다."라는 말을 그때 터득했던 것은 아닐까?

하지만 내가 읽은 책 이야기를 나눌 친구도, 내 생각을 펼쳐 보일 친구도 없었다. 처음으로 나에게 맞장구를 쳐 주는 친구를 만난 것이다. 그는 부드러운 모래 결 같은 성품을 지녔지만 명철한 날카로움을 가진 사람이었다. 그와 나는 말 그대로 서로 혼연일체가 되어 고뇌하고 토론하며 그 시절 훈련 기간 6주를 보냈다. 그때에야 비로소 나는 나와 다른 사람과 직접적이면서도 아주 확실한 접촉 속에서 나도 모르고 있던 숨어 있던 '나'를 발견하기 시작했다.

어느 날이었다. 훈련 중 아침에는 PX(Post Exchange) 가는 것이 금지되어 있었다. 그런데, 아침에 대길이와 함께 PX에서 과자를 사 먹다가 조교에게 들킨 것이다. 그것도 열다섯 명이나.

"이 새끼들, 군기가 빠져서, 나를 따라와!"

다른 아이들은 정상적인 훈련을 받으러 가는데, 조교는 우리들을 야산으로 데리고 올라갔다. 과연 어떤 벌을 받을까, 궁금했다.

"자, 내가 시키는 대로 한다. 너는 나와서 하나둘 차례대로 세고 나머지는 '다시는 과자를 사 먹지 않겠습니다'를 오백 번씩 복창한다. 알겠나?"

그렇게 해서 우리는 목이 터져라 복창했다.

"다시는 과자를 사 먹지 않겠습니다!"

500번, 내 생전 그 짧은 시간에 가장 많이 했던 말은 '다시는 과자를 사 먹지 않겠습니다'라는 말이었다. 나이가 어린 아이들도 아니고 다 큰 장정들이 어린아이처럼 그 우뚝 솟은 언덕에서 500번을 복창한 것이 '다시는 과자를 사 먹지 않겠다'는 다짐의 말이었으니, 얼마나 우스운 일인가? 하지만 중요한 것은 500번이나 과자를 안 사 먹겠다고 외쳤으면서도 며칠 뒤에 다시 PX에서 과자를 사 먹었다는 사실이다.

그 이후로 대길이와 나는 더욱 가까워졌다. 군대 사회의 폐쇄성과 잃어버린 자유에 대해서 자주 대화를 나누었지만, 끝끝내 잘 참고 제대를 하자고 다짐했던 나날이었다.

한국 사회에서의 군대 생활, 그것도 1970년대 중반의 군 생활은 수없이 많은 인내를 요하는 것인데, 서로 위로하고 기대며 그 초여름의 42일을 보낸 것은 고통 속에 피어난 한 줄기 꽃, 곧 고통의 축제이자 행운이었다.

나는 그전에 한 번도 단체생활을 했던 적이 없었다. 중·고등학교를 다니지 않았기 때문에 수학여행을 가본 적도 없고, 엠티(MT)를 가본 적도 없었다. 그런 내가 군대 생활에 잘 적응해서 훈련을 받을 수 있었던 것은 나 역시 인간이기 때문에 가능했을 것이다.

'인간은 어떠한 환경 속에서도 적응하는 동물이다'는 말은 맞다. 신병 훈련 중에 에피소드가 몇 가지 있다. 2주째 훈련을 받고 있는데, 연병장에서 6촌 동생인 명교를 만났다. 3주간의 방위훈련을 받으러 온 것이었다.

"형, 나 어떻게 3주 훈련을 받는대?"

나는 비식 웃었지만 그가 한없이 부러웠다. 나보다 2주나 늦게 온 6촌 동생은 나보다도 1주 먼저 집으로 가고, 나는 자대배치를 받아 3년간의 군 생활을 해야 하는데, 부러운 마음 한편에선 이제 뭐든 할 수 있을 것 같다는 막연한 생각이 들기 시작했다. 겨우 몇 주간의 군 생활이었는데도.

훈련을 마치고 뿔뿔이 흩어졌다. 6주간의 훈련을 마치고, 우리들은 3년 동안 근무를 하게 될 자대배치를 받았다. 그때는 몰랐지만 대길이와 같이 보낸 42일의 신병교육대 생활이 나의 운명을 송두리째 바꿨다고 해도 과언이 아닐 것이다.

무사히 42일간이 지났다. 신교대 연병장에서 모여 자대배치를 받는데, 그때 떠올랐던 노래가 〈바람만이 아는 대답〉을 부른 밥 딜런의 애인인 존 바에즈의 〈도나도나〉였다.

"마차 위에 처량하게 끌려가는 송아지, 하늘 높이 제비들은 즐겁게 날아오르네, 바람 소리 무심한 푸른 하늘 밑 끌려가는 송아지의 슬픈 눈동자."

그때에도 줄이 있는 사람은 카투사(KATUSA)로도 가고, 후방으로 간다는 말이 있었고, 운이 좋아 빽이 있는 사람 옆에 서 있으면 덤으로 좋은 부대에 따라간다는 말도 있었다.

친구 대길이는 그때 37사단이 있는 청주 바로 위 증평으로, 나는 의정부 101보충대로 배치를 받았다. 더블 백을 메고 트럭에 실려 전주역으로 가던 중, 교련 훈련을 받고 있는 고등학교 학생들로부터 박수갈채를 받았다. 그때 나는 처음으로 대한민국의 군인이라는 것을 실감했다.

최대길이라는 친구를 만나 같이 보낸 42일의 군대 생활이 나의 운명을 송두리째 바꿨다고 해도 과언이 아니리라. 그를 만나지 않았더라면 어떻게 폐쇄적인 훈련소 생활을 마쳤을까?

열차는 밤에 떠났다. 조치원에서 헤어질 때 대길이는 나를 찾아와 꼭 끌어안고 말했다.

"너, 공부 많이 했다. 우리 살아서 다시 만나자."

눈물 글썽이며 대길이가 떠난 뒤에도 용산역까지는 멀고도 멀었다. 나는 초등학교만 겨우 졸업했고, 공부를 했는지 놀았는지도 몰랐는데, 서울대학교를 다닌 친구에게 처음으로 공부 많이 했다는 말을 들은 것이다. 몇 번을 갈아타고 도착한 의정부 101보충대에서 3일간 머물다가 재배치된 곳이 강원도 철원에 있는 6사단이었다.

강원도 철원에서 보낸 3년

"태초부터 이 세상에 일어나는 모든 일들은
우주로부터 당신에게 주어진 것이고, 당신의 운명에 들어 있는 것이다."

- 마르쿠스 아우렐리우스

남쪽으로 가는 장병들은 고속버스나 일반버스를 타고 가는데, 우리들은 국방색 천막을 씌운 군 트럭을 타고 여섯 시간을 달려 날이 어둑어둑해질 무렵에 도착했다. 차에서 내려 주변 상황을 살펴보니 민가 한 채 보이지 않는 산속이었다.

'이곳이 어디란 말인가?'

내리자마자 조교가 우리들을 모아두고 다음과 같이 말했다.

"여긴 바로 민통선이다. 저 산 너머가 북한이다. 밤에 화장실에 갈 때도 두서넛이 함께 가지 않으면 안 된다. 북한 장병들이 여러분을 생포해 갈 수도 있으니……."

처음부터 바짝 쫄았다. 어떻게 한담, 도저히 다시 집으로 돌아갈 수는 도저히 없는 일이 아닌가?

그곳에서 한 주를 지내고 3년 동안 썩을(근무할) 부대로 배치를 받았다. 강원도 철원군 동송읍 동송리 금학산 자락 동송초등학교 서쪽에 자리 잡은 6사단 포병 27대대 알파 포대, 보직은 130 포수였다.

군대, 내게는 더할 수 없는 새로운 환경, 새로운 체험이었다. 이등병 계급장을 달고 "신고합니다."라고 포대장에게 신고하고 시작된 본격적인 군 생활이 내게는 넓게 펼쳐진 대학교 캠퍼스나 다름없었다.

제일 처음 포대장과의 면담이 있었다. 체격이 단단하고 눈빛이 지적이면서도 강렬한 육군 대위, 이름은 김승렬, 나중에 듣기로 육군사관학교 출신이었다.

그때 내게 취미를 물었고, 독서와 음악이라고 답한 뒤 몇 마디 이야기를 나누었다. 포대장은 나의 학력에 대해서 여러모로 물었다.

"국민학교 밖에 안 나온 거 맞아?"하면서 학벌을 속이고 있는 것이라고 생각한 포대장과의 면담 시간은 길기만 했다. 하여간 그날 면담 시에 내가 포대장의 눈에 잘 들었는지는 몰라도 나의 군대 생활은 다른 장병들에 비해 굉장히 쉬운 편이었다. 덕분에 장교들, 그리고 인사계를 비롯한 하사관들까지도 내게는 관대했다.

지금 생각하면 집안이 가난하기 때문에 탈영을 할지도 모른다는 생각에 요시찰 인물로 점을 찍어서 그랬을 수도 있고, 아니면 자기들에게 없는 뭔가 모를 독특한 감성을 지닌 나를 보호해 주었을 수도 있다. 하여간 그때 모든 장병들이 군대 생활이 힘들었던 것에 비하면 나는 그렇게 어려운 군 생활을 하지 않았다.

포대장은 가끔씩 나를 불러 이런저런 이야기를 나누었다. 직업군인이 되기 위해 육군사관학교를 나와 군대 생활을 하고 있지만 그는 남다른 감성의 소유자였다. 그래서 그랬던지, 다른 부대원들과 다른 감성을 지니고 있던 나와의 대화가 필요했던 것인지도 모른다. 언젠가 이런저런 이야기를 나누고 돌아서는 나에게 포대장이 친구 최대길이 나에게 했던 말과 똑같은 말을 건넸다.

"신정일, 너 공부 많이 했다. 사견이지만 공부를 혼자서 어떻게 했나?"

"그래 내가 어떻게 했지?"

"그저 집에서 수많은 책을 읽었습니다."

"그래, 신기하다. 하여간 신정일 대단하다."

포대장실을 나오면서 혼자서 자문했다. 나는 고등학교는커녕 중학교도 졸업하지 않았고, 더더구나 대학교는 문턱도 밟아보지 않았는데, 나에게는 꿈과 같이 공부를 많이 한 사람들이 나더러 공부를 많이 했다고 그런다. 내가 정말로 공부를 많이 했는가? 설령 했다면 나는 어떤 공부를 어떻게 했는가?

대중 속으로 들어가 사회의 구성원이 되다

"대중과 고독은 동의어이다.

능동적이고 창의적인 시인은 이 둘을 바꿔 쓸 수 있다."

- 에라스무스

혼자서 공부하며 혼자 속에 갇혀서 살다가 군에 입대하면서 나는 자연스럽게 대중 속으로 편입되었다. 27대대 알파 포대, 우리 포대 구성원이 백여 명 되었다. 모든 것이 구속된 군 생활이었지만 내게 는 아주 다행한 일이었다. 세상에 대한 것도, 사람들도 잘 모르고 살 았던 나에게 군대는 팔도에서 다 모인 아주 다양한 인간들을 접할 수 있는 아주 훌륭하면서도 기이한 학교였다.

제주도에서부터 부산, 서울, 할 것 없이 저마다 다른 환경에서 살 다가 모인 사내들이 계급으로 층층이 나뉘어 공동체 생활을 하는 괴 상한 학교가 군대였다. 더구나 계급사회의 여러 단면들을 두려워하면서도 터득할 수밖에 없는 신기한 공부의 현장이었다.

중요한 것은 자유를 제한받고 있지만 그 제한된 부자유 속에서도 얼마만큼의 자유를 누리는 그것이 묘미였다. 자유를 누리고자 탈영을 꿈꿀 수도 없이 그저 참을 수밖에 없는 부자유 속의 생활, 나는 그곳에서 참을성을 길렀다.

상관에 대한, 사람에 대한, 제도에 대한, 내가 정규 학교를 다녔거나 아니면 취직을 했더라면 진즉 배웠을 그 공부를 군대에서 그것도 월급을 받으며 배운 것이다. 언제, 어느 때나 어딘가를 갈 수 없는 부자유, 내 마음대로 잠자고, 책을 읽고, 해찰을 할 수 있는 그 자유를 반납한 채 보낸 곳이 바로 군대였다.

그때 군대를 가지 않았더라면 나는 도대체 무엇이 되었을까. 학교도 다니지 못했고, 배운 기술도 없이 시골말로 농판처럼 살았을지도 모른다. 하여간 그때까지 살아온 내 인생에 유일하게 통제를 받아본 전무후무한 곳이 군대였다. 수많은 사람들을 만났고, 낯선 고장 낯선 환경에서 그렇게 오랜 세월을 살아본 것도 최초였다.

내가 세상에 태어나 제일 처음 월급을 받았던 때가 1975년이었다. 그때 이등병 월급이 690원이었다. 당시 삼중당문고의 책값이 200원이었다. 철원읍에 있는 서점에 나가 삼중당문고 3권을 사고 나면 그 뿌듯함이라니, 남은 돈 90원을 가지고 한 달 동안의 간식(생라면 몇 개)을 사 먹을 수도 있었다.

자대에 도착하자마자, 집으로 편지를 썼고, 그 뒤 곧바로 우리 집으로 편지를 보내 나의 주소를 알게 된 대길이의 편지가 도착했다. 그는 37사단에서 행정병으로 군대를 시작했고, 그때부터 대길이와 나의 답신이 필요가 없는 편지를 주고받기 시작했다. 32개월 동안의 군대 생활을 하면서 그와 주고받은 편지, 그것 역시 군대에서가 아니면 만날 수 없던 진기한 체험이었다.

군 생활에서 가장 힘들었던 것, 나는 천성적으로 조직생활에 맞지 않는 것인지, 아니면 군대체질이 아닌지 몰라도 군인으로서 가장 중요한 사격, 수류탄 투척, 그리고 태권도를 잘하지 못했다. M16 소총을 열 발 쏘면 일곱 발은 맞아야 합격이다. 그런데, 잘하면 두세 발 맞았기 때문에 사격훈련을 마치면 몇 시간이고 기합을 받는 것이 정해진 코스였다.

그런 내가 한 번은 10발에 7발을 맞춘 적이 있었다. 사격을 잘했던 친구들은 그날따라 불합격으로 우르르 기합을 받았는데 말이다.

"야, 짬밥을 오래 먹다가 보니, 사격도 가능한 것이구나."했다.

하지만 다음에 사격을 했더니, 웬걸, 다시 두 발만 맞은 것이었다.

"사실 하루 종일 활을 쏘다가 보면 언젠가는 과녁에 적중하는 수도 있다."는 키케로의 말을 간과한 것이었다.

그렇다면 그날 대체 무슨 일이 있었길래 7발이나 맞추었을까? 생각해 보니 그날 친구들이 내 목표물을 겨냥해 사격을 했을지도 모른다는 생각이 들었다.

그때부터 제대하기 전까지 사격 시간만 돌아오면 울며 겨자 먹기로 보초를 나가는 것이 내 임무였다. 그래서 자의건 타의건 군대 생활 삼년 동안 사격은 단 한 번밖에 합격하지 못하는 전대미문의 기록을 세우고 군대를 제대했다.

사격만 못한 것이 아니다. 수류탄 투척 시간만 오면 나는 항상 좌불

안석이 되기 마련이었다. 수류탄은 아무리 못 나가도 25m 이상을 던져야 한다. 그런데 젖 먹던 힘까지 다 써도 12m만 나가는 것이었다.

"야, 이 새끼야, 너 때문에 아군들이 자폭하겠다."

고함 소리에 내가 놀라던 시절이 그 시절이었다.

그것만이 아니다. 운동신경이 둔해선지, 태권도 역시 못하기는 매일반이었다. 물론 기본은 하는데, 내가 생각해도 겨우 가는 길만 터득했지 힘이 하나도 안 들어간 태권도를 한 것이었다.

"야, 그게 춤이지, 태권도냐. 너한테 누가 맞아 죽겠냐?"

그래도 잘하는 것이 하나 있었다. 선착순 구보, 그것을 터득한 것은 신병훈련소였다.

내가 본래 기초체력이 튼튼하다고 생각하지 않기 때문에 선착순을 하게 되면 처음에 죽기 살기로 뛰어서 5위 안에 드는 것이었다. 처음에 안 되면 한나절 동안, 뛰어야 했다.

군대도 결국 요령이라는 것을 깨달은 것은 그리 오래 걸리지 않았다. 하여간 군대가 체질이 아닌 내가 어떻게 그 시절을 버티고 제대했는지…….

화려한 휴가? 쓸쓸한 휴가?

"우리가 모든 것들로부터 내버림을 받았을 때, '쓸쓸한' 풍경을 사랑한다는 것,
그것은 고통스런 부재감(不在感, absence)을 보상한다는 것이며, 우리들로 하여금
내버리지 않는 것을 기억한다는 일이다. …… 마음을 다 바쳐 어떤 현실을
사랑하자마자, 그 현실은 벌써 혼이 되고, 추억이 되어버리는 것이다."

- 가스통 바슐라르

군 생활 동안 총 다섯 번의 휴가를 나왔다. 집안이 부유하거나 친
구들이 많으면 휴가 기간이 금싸라기 같았을 것이다. 그러나 나 같은
처지의 사람들은 휴가를 나가는 것도 근심, 안 나가는 것도 근심이었
다. 지금이야 휴가 기간이 많이 짧아졌지만 그때는 정규 휴가 기간이
25일 임시휴가가 10일이었다. 정규 두 번에 임시 두 번을 나왔으니,
도합 70일을 휴가로 썼다.

우리나라에서 철원은 예나 지금이나 춥기로 소문난 지역이다. 매

년 9월부터 5월까지는 내의를 입어야 버틸 수 있었고, 그래서 겨울만 되면 장병들의 손이 하나같이 가뭄에 논바닥 갈라지듯 트기 일쑤였다. 1976년 1월 정기 휴가를 앞두고 밤마다 보초를 나갔다 돌아오면 손을 씻느라 보낸 것도 가족들을 안심시키기 위해서였다.

군의 보급품이 시원치 않던 시절이라 장병들은 항상 배가 고팠다. 그러므로 집에다 사제 편지(검열 없이 몰래 보내는 편지)를 많이 썼는데, 그 출구가 바로 휴가병을 통해서였다. 대개 다리가 부러졌다거나 목을 다쳤는데, 돈이 필요하다거나, 아니면 군수품을 잃어버렸으므로 사서 채워야 한다는 얼토당토않은 이야기를 써야 실정을 모른 집에서 돈을 보내주었다.

세상 물정 모르는 나도 고참들의 편지 몇 통을 가지고 철원읍으로 나가는데, 뒤에서 빵빵하고 경적이 울렸다. 사단 헌병대였다.

"네가 이 편지들 떨어뜨렸지?"하고 내미는 편지 뭉치들. 눈앞이 캄캄했다.

이제 휴가도 가지 못하고 감방에 가겠구나, 생각 중이었다.

"어디 근무하지?"

"예, 27대대 알파포대에 근무하고 있습니다."

"그래, 첫 휴가구나. 이런 편지는 가슴속에 깊이 간직해서 가져가야지, 흘리면 되나. 잘 가져가!"하고 되돌려 주는 것이었다.

사단 헌병대는 바로 우리 부대 아래에 있었다. 그들도 군인이라 동병상련의 정 때문에 그랬는지, 아니면 이제 첫 휴가를 가는 자그만 병사가 가여워서 그랬는지는 몰라도 무사히 버스를 탔지만, 마장동까지 가는 검문소에서 헌병들의 검문을 접할 때마다 얼마나 조마조

마했던지 모른다.

그렇게 해서 첫 휴가를 갔다. 집은 내가 떠날 때보다 더 악화되어 있었다. 그렇다고 그때가 엄동설한인 1월 중순이라 도와줄 길도 없고, 할머니가 계시는 진안과 임실을 오가다 보니, 휴가 기간이 다 되었고, 드디어 귀대 날짜가 다가왔다. 당시만 해도 복귀할 때 떡을 해서 가는 것이 일반적인 관례였다. 그러나 우리 집안은 떡 한 말도 해갈 형편이 아니었다. 그날이 바로 설날이었다.

버스를 탈 때에도 나 혼자였는데, 고속버스를 타고 서울까지 가는 동안에도 나 혼자였다. 하긴 누가 설날 이른 아침 차를 타고 가겠는가. 마장동에서 46번 도로를 따라가는 길, 포천에 접어들자 눈이 수북이 쌓여 있었다. 그 눈을 바라보자, 눈이 내릴 때마다 밤이든 새벽이든 불문하고 눈을 쓸어야 하는 우리 구역의 길들이 나타나 귀대를 안 했으면 좋겠다는 생각이 들었다.

철원읍 동송리에 도착한 것은 어둠이 서서히 내리는 시간이었다. 동송초등학교를 지나 부대에 이르는 길, 눈이 발목까지 빠지는 길이었다. 후문에 접어들자 후문 보초를 서던 사람이 내게 들려주던 말이 충격이었다.

"수송부 최창근 병장이 죽었다."

"왜요?"

보초의 말을 요약하면 다음과 같다.

"전역을 며칠 앞두고 몸을 사리기 위해 동계훈련을 안 나가고 견치석(犬齒石, 석축을 쌓는 데에 쓰는 사각뿔 모양의 석재)을 깨러 갔거든. 그런데 폭약이 불발된 거야. 그 폭약을 점검하는데, 터져 버렸어. 그 자리에서 즉사했데."

참으로 난감했다. 이제 첫 번째 휴가를 다녀왔는데, 불길한 소식에 들어갈 수도 없고, 탈영할 수도 없었다. 그 밤 부대로 들어가던 발자국 발자국에 웬 고뇌가 그리도 많이 쌓였던지…….

1977년 겨울, 마지막 휴가를 마치고 귀대할 때였다. 이른 아침 출발해서 임실역에 도착했다. 어머니와 막냇동생 형교가 따라왔다. 버스를 타기 전에 동생이 말했다.

"형!"하면서 내 주머니에 무엇인가를 쥐어 주고 돌아서 막 달려가는 것이었다. 버스에 타서 펴 보니 천 원짜리 지폐 다섯 장이었다. 동생이 이 큰돈을 어디서 났을까? 나중에 물어봤더니 큰형의 마지막 휴가 후 귀대 때 주기 위해서 조금씩 모아두었던 돈을 내게 주었던 것이다.

가끔씩 막냇동생을 생각하면 그때 내게 쥐어 주고 막 달려가 역사에서 바라보던 그 모습으로 떠오를 때가 있다.

"한 아이가 벽에 기대어 울고 있다. 만일 그 아이의 일그러진 얼굴에 웃음을 피어나게 하지 못한다면 그 아이는 평생을 두고 내 기억 속에서 울음을 그치지 않을 것이다."

생텍쥐페리가《인간의 대지》에서 말한 것과 같이 동생은 내 마음속에서 항상 그 모습으로 남아 그를 생각하면 아련한 슬픔이 휘몰아쳐 올 때가 있다.

가난했기 때문에 겪어야 했던 눈물겹도록 쓸쓸하고 허전한 장면들이 이 세상에는 얼마나 많이 존재하는가?

유격장에서의 추억

"개인의 생활은 전체적으로 개관할 때,

그리고 가장 중요한 특징만을 강조할 때, 사실상 언제나 비극이다.

그러나 자세히 살펴보면 그것은 희극적 성격을 갖고 있다."

- 쇼펜하우어의 〈의지와 표상으로서의 세계〉 중에서

　사회에서도 별다른 운동을 해본 일이 없는 내게 일 년 중 가장 두려워하면서 피하고 싶었던 것이 있었다. 일 년에 한 번씩 다가오는 유격훈련이었다. 왜 그랬던 것일까? 지금은 겁이 없는 편이지만 그때만 해도 겁이 많아서 그럴 수밖에 없었다.

　우리 부대가 유격장에 가서 유격훈련을 해야 하는 기간이 다가오면 대부분의 부대원들은 어떻게 하면 빠질 수 있을까를 고민하였다. 그러나 운 좋게 휴가를 가는 사람 이외에는 빠질 수가 없었다.

　유격장에 가면 계급도 상급자도 없다. 모든 사람이 다 번호로 몇 번 올빼미였다. 그 가열찬 PT 체조와 유격훈련도 훈련이지만 끊임없이 반복되는 구보, 유격, 유격하면서 뛰다가 보면 어느새 죽여, 죽여로 변하던 그 구호 소리, 유격의 하이라이트는 뭐니 뭐니 해도 넓은 저수지로 뛰어내리는 하강 코스였다.

백여 명의 장병들이 발가벗고 가곡 〈비목〉을 배우다

유격 훈련 중에 모처럼 한나절 부대원들만의 시간이 있었다. 포대부관이 백여 명쯤 우리 부대원들을 데리고 한적한 산자락으로 갔다. 뭐가 즐거운지 싱글벙글하더니 우리들에게 우리 가곡을 가르쳐 주겠다는 것이었다.

나야 원래 가곡을 좋아했으니, 지겨운 유격을 안 받고 가곡을 배우겠다는데 얼마나 다행한 일인가? 하고 마음을 놓았다. 그런데, 느닷없이 우리 모두에게 옷을 다 벗으라는 것이었다. 이유인즉, 가식 없는 자연 속에서 자연이 되어 자연과 같은 우리 가곡을 배우자는 것이었다. 그런데 그 자신은 안 벗고 우리들만 벗으라니, 참, 상관의 말을 거역할 수도 없고, 주저주저하는데, 장난스럽게 몇 사람이 옷을 벗자, 너도나도 옷을 다 벗는 것이었다. 할 수 없이 다 벗고 4열 종대로 섰다. 이름도 희미한 그 부관의 말이 이어졌다.

"반동 준비, 지금부터 나를 따라 노래를 배운다."

"초연이 쓸고 간 깊은 계곡, 깊은 계곡, 양지 녘에 비바람 긴 세월로 이름 모를 이름 모를 비목이여."

그래, 그 〈비목〉을 백여 명의 젊은 사내들이 발가벗고 좌우로 몸을 흔들며 배우고 있었으니, 처음엔 부끄럽고 슬픈 일이었지만, 나중엔 서로가 서로를 보며 웃었다.

우리는 네 시간 동안이나 그렇게 노래를 불렀다. 지금 같아서는 당장 성희롱 죄로 걸려야 할 일이겠지만, 그러한 일이 묵인되고 자행되던 때가 1970년대 말 대한민국 군대였다. 그가 관음증 환자였는지, 아니면 군복 아래에서 자유를 갈구하던 젊은 청년들에게 숨통을 트여주기 위해서 그랬는지 알 수는 없다. 하지만 그 시절을 회상하며 빙긋이 미소를 지을 때가 있다.

"나는 수풀 우거진 청산에 살으리라. 나의 마음 푸르러 청산에 살으리라."

그렇게 〈청산에 살으리라〉를 부르던 그 전라의 청년들은 지금쯤 어떤 모습으로 변모해서 살고 있을까?

연애편지 대필시대

"편지를 쓰려면 지필묵보다 마음이 가뿐한 시간과 고독이 필요하다."
- 라이너 마리아 릴케

그것이 지금 생각해 보면 바로 나의 글쓰기의 연장선이었는지도 모르겠다. "편지를 쓰려면 지필묵보다 마음이 가뿐한 시간과 고독이 필요하다."고 릴케가 말했다. 하지만 군대는 통제된 공간과 통제된 시간을 보내는 곳이다. 고독할 수는 있지만 마음이 가뿐할 수는 없는 곳이 그곳인 것이다. 그럼에도 통제된 시공간의 한 모서리에도 분명 마음의 가뿐함을 누릴 수 있는 작은 여유는 있었다.

그때 내가 얼굴도 모르고, 군대 생활에 어느 정도 적응을 하면서 다시 책 읽기를 시작했다. 그때만 해도 취미가 대개 독서나 여행이었다. 그런 시절이었기 때문에, 책을 읽는 사람이 더러 있었고, 펜팔도 많이 하던 시절이었다.

나는 군 입대 전 사람들을 만나지는 않았지만, 여러 사람들과 많은 편지를 나누었다. 라디오 전파를 통해 울려오는 〈한밤의 음악편지〉와 〈별이 빛나던 밤에〉에 음악 편지를 투고했고, 디제이의 그 낭랑한 음성을 통해 나오는 절절한 사연을 통해 누군가 나를 기억했고, 나 또한 누군가를 기억하며 편지를 나누었다.

나는 얼굴도 모르는 그들과 편지를 나누면서 혼자라는 외로움의 갈증을 해소했던 유일한 탈출구가 바로 그 시간이었다. 그러다 보니 군대에 와서도 편지는 나의 일상이 되었다. 포대 안에서 편지가 제일 많이 오는 사람이 바로 나였다.

충청도 증평에서 군 생활을 하는 대길이에게선 이틀이 멀다고 편지가 왔고(주로 책에 관한 내용이었다), 여기저기에서 편지가 잇달아 오자 자연스레 내가 편지를 잘 쓴다는 소문이 부대 안에 파다하게 났다.

그러자 많은 사람들이 연애편지를 나에게 부탁했다. 관측장교에서부터 고참들, 심지어는 편지를 잘 못 쓰는 부하에 이르기까지, 그때부터 제대하기 바로 전까지 '대필료'도 받지 않는 연애편지를 얼마나 많이 써 주었던가? 말 그대로 연애편지 대필시대가 열린 것이다.

그런데 다른 사람들은 다 괜찮았는데, 제일 문제가 직속 고참의 연애편지였다. 어찌나 그 고참에게 괴롭힘을 많이 당했던지, 지금까지 그의 주소도 얼굴도 이름까지도 기억하고 있다. 전라남도 무안군 몽탄면 사창리가 고향인 이상민 상병의 상대는 구로공단에 근무하는 아가씨였다.

편지라는 것이 그렇다. 동성이나 이성을 떠나서 나하고 상대방 간의 생각의 수준이 같으면 어떻게 쓰든 별문제가 없지만, 수준도 성격도 잘 모르는 낯선 이에게는 편지의 핵심을 잡아 쓰기가 너무 난감한 것이 편지였다. 하지만 더 난감한 것은 편지를 보낸 뒤의 일이었다. 바로 답장이 오면 모르지만 답장이 늦거나 오지 않게 되면 그것은 여간 골치가 아픈 게 아니었다. 편지를 다 쓴 뒤에 분명히 그가 마지막 검열을 하면서 통과 절차를 거쳤음에도 값은 모두 내가 치르도록 하는 것이 그였다.

"이 새끼 네가 편지를 어떻게 쓴 거야? 왜 답장이 안 와?"

"아닌데요, 열심히 생각해서 썼는데요."

"그럼 답장이 와야 할 것 아냐?"

관측장교였던 사람도 그랬다. 서울의 모 유명대학을 나온 중위였던 그 장교는 모든 것이 유능한데, 편지를 잘 못 썼던 모양이다. 상대방 여자는 글씨도 문체도 괜찮았다. 그 편지를 받은 뒤 보여주면 그 편지를 보고서 내 감정의 수위를 조절하고서 그 내용에 맞게 글을 써주었다. 그리고 분명 내 상대가 아닌데도 그 여자의 답장을 기다리고 또 기다린 것은 무슨 심사였는지 모르겠다.

그 뒤 내가 편지를 대필해 준 그들이 어떤 관계를 맺고 살아갔는지는 중요하지 않다. 그 시절의 그 연애편지 대필, 잘 써도 문제고 못 써도 문제이던 그 시절의 연애편지, 그것이 지금 생각해 보면 바로 나의 글쓰기의 연장선이었는지도 모르겠다.

그때 내가 얼굴도 모르고, 아니 내 이름으로도 보내지 못한 그 편지를 받은 사람들 중, 지금도 단 한 통이라도 간직하고 있는 사람이 과연 있기나 할까?

군 생활을 통해 내가 배운 것은 "사람은 세상 안에 있으며, 사람이

스스로를 아는 것도 세상 안에서이다." 메를로 퐁티의 말과 같이 세
상의 축소판 같은 군대에서 한 사람 한 사람이 우주라는 사람에 대한
공부를 하는 귀중한 시간이었다는 것이다.

　그게 나의 군대 이력이었다. 그런데, 대길이는 어떻게 하지?

그들에게 말하지 않은 비밀

"비밀이 없이는 행복도 없다는 것을."

- 장 그르니에

내 인생의 여정에 큰 발자취를 남긴 대길이에 대해 그들이 파악하고 묻지 않는 한은 말하지 말자, "비밀이 없으면 행복도 없다."는 장 그르니에의 말도 있지 않은가? 괜히 그 친구에 대한 이야기를 하게 되면 더 큰 화근이 될지도 모르니까?

내가 기억나는 범위 내에서 알고 있는 사람들의 이름을 써서 건네주자, 힐끔 그 명단들을 보더니 대뜸 눈을 호랑이의 눈처럼 부라리며 말했다.

"이걸 나한테 믿으라고 준 거야. 너 간첩, 빨갱이 맞지?"

"아닙니다."

"이 새끼 이 빨갱이 새끼. 너 김일성이에게 돈 받고, 김대중이도 여리 번 만났지? 김대중에게 돈을 얼마나 받았어?"

나는 기어들어 가는 소리로 말했다.

"아, 아닙니다."

"이 새끼, 빨갱이 새끼, 거짓말하지 마. 내가 모르는 줄 알아?"

"……."

"너, 제주도에는 왜 갔어?"

"군대 제대하고 달리 할 일이 없어서 돈 벌러 갔습니다."

"돈은 무슨 돈이야. 이 새끼, 너 그곳에서 빨갱이들 만났지."

"아닙니다. 오로지 노가다 사람들 만나 벽돌과 모래를 져 올리는 곰방 일만 했습니다."

"곰방이 뭐야?"

"벽돌이나 모래를 고층으로 운반하는, '고운반(高運搬)'. 그것을 줄여서 곰방이라고 부릅니다."

"푸하하핫."

소름이 끼치는 웃음을 크게 웃고 그는 내게 말했다.

"이 새끼, 그렇게 말하면 믿을 것 같아? 지나가던 개가 웃겠다. 네가 무슨 노동을 해. 손 내밀어 봐? 이 자식아, 이 손을 가지고 무슨 노동."

그가 그렇게 말해도 내가 할 말은 없다. 아니 할 말은 가슴 속에 가득한데 할 수가 없다는 것이다. 그의 말이 꼭 틀린 것만은 아니다. 내 손을 본 사람들은 꼭 샌님 손 같다고 했다. 가녀리면서 길게 뻗은 손가락, 하지만 내가 그 손으로 죽지 않을 만큼의 고통스런 순간순간을 견디며 엄청난 노동을 한 것은 사실이다. 그런데, 그때 내 등과 양어

깨에 주홍글씨처럼 낙인이 찍힌 흔적이 남아 있다는 것이 불현듯 떠올랐다.

"저……."

"뭐야?"

나는 등 가운데와 어깨에 혹처럼 나 있는 그 상처를 보여주었다.

"이게 뭔데?"

"그때 노동을 한 뒤에 생겨난 혹처럼 생긴 흔적입니다."

"이 자식, 그걸 말이라고 해? 누가 믿겠나."

그들은 나의 감출 수 없는 그 진실을 믿지 않으려 한다.

"이런 식으로 너를 변명하고 자꾸 거짓말을 하면 너 죽을 수도 있다."

그는 벽력같은 소리로 으름장을 논다.

"너, 그곳에서 누구 만났어? 네가 만난 사람들 다 털어놔."

내가 제주도에서 곰방 일을 하며 만난 사람들을 다시 하나하나 떠올리기 시작했다.

벽돌 오야지 최한성, 진두천, 방수 오야지 김학성, 미장 오야지 손우성, 그리고 같이 곰방 일을 했던, 최두선, 김병일, 장은일, 박영민, 그 사람들만 만났고, 연동 삼무공원 앞 김호택 씨 집에서 자취하면서 산 것밖에 없다. 내가 진실 그대로 말하면 풀려나지 않을까?

나는 한 사람 한 사람, 내가 만나고 살았던 사람들을 열거했다. 그런데 그는 내 말을 하나도 믿지 않았다.

"놀고 있네. 이 새끼, 숨기지 말고 다 말해, 제주도에서 서울로 올라가 김대중이도 만났잖아, 만나서 돈 받았잖아?"

"아닙니다. 저 같은 사람이 어떻게 무슨 연유로 김대중 선생님을 만날 수 있겠습니까?"

"하여간 만난 사람 다 대봐?"

그 밖에 내가 만난 사람들이 누가 있을까? 매주 음반을 사러 들렀던 이도백화점 음반 가게와 ○○서점, 그것이 다인데. 나는 복날 개 떨듯, 온몸을 떨면서 그들의 말이 나오는 입만 주시한다. 일찍이 솔로몬은 말했다.

"주의 깊은 제자는 항상 스승의 입술에 매달려 있습니다."

얼마나 스승의 한마디 한마디 말이 소중하면 그 말이 나오는 스승의 입술만 바라보고 있을까? 그 상황과는 어느 것 하나 맞지 않지만 나도 솔로몬의 말처럼 그 취조관의 입술만 바라보고 있다. 도대체 어떤 말이 튀어나올까 벌벌 떨었다.

"너 제주도에 있을 때 서부두에서 밤배 타고 북한에 갔지? 몇 번 갔다 왔어? 김일성이는 몇 번 만났고, 돈은 얼마나 받았어? 그 돈으로 사업 벌렸잖아?"

그의 말을 듣고서야 내가 여기에 온 이유를 알았고, 내 죄가 얼마나 무거운지를 짐작할 수 있었다. 그런데, 상식적으로 생각해 봐도 어떻게 내가 북한을 가고, 그곳에 가서 최고 권력자인 김일성에게 돈을 받고, 간첩으로 지령을 받겠으며, 김대중 선생으로부터 무슨 명목으로 돈을 받겠는가?

담배 연기로 석탑을 만드는 것이나 마찬가지고, 계란으로 바위를 깨뜨리는 것과 다를 바 없는 황당무계한 일이다. 그런데 그들은 내가 그렇게 했다고 알고 있고, 그래서 나는 지금 간첩혐의로 이곳에 끌려 온 것이다.

소가 웃을 일이고, 개도 웃을 일이리라. 하지만 그들의 입장에서 보면 과히 틀린 생각이 아니다. 우리나라 속담에 '서울 사람은 비만 오면 풍년 든다고 한다'라는 말이 있다. 이 말은 서울 사람들은 농사를 잘 모르기 때문에 비만 자주 오면 풍년이 든다고 여겼기 때문이다. 거기다 의심할 여지가 없는 이유 중 가장 큰 것이 제주도에 머물러 있던 젊은 사람들이 대학교 근처에다 큰 가게를 열었고, 운동권 학생들이 들락거리고 있으니, 얼마나 큰 혐의점인가?

"황달병 환자에게는 만물이 다 황색으로 보인다."

루크레티우스(Titus Lucretius Carus, 기원전 99년~기원전 55년, 고대 로마의 시인·철학자)의 말과 같이 빨간 안경을 쓴 사람은 모든 사물이 빨갛게 보이고, 검은 안경을 쓴 사람은 모든 사물이 검게 보이고, 노랑 안경을 쓴 사람은 모든 사물이 노란색으로 보인다. 그런데, 그들은 직업상 빨간 안경을 썼기 때문에 온 세상이 빨간색으로 보였기 때문에 이런 일이 일어난 것이다.

"네가 여기 온 줄, 여기 있는 줄 이 세상 사람 아무도 몰라? 네가 여기서 죽어 나가도 쥐도, 새도 영원히 몰라, 알았어? 너에 대한 모든 것을 우린 다 알고 있어? 하나도 숨김없이 다 말해야 해."

천정이 무너질 정도로 큰 목소리의 그 사내, 그 사내의 턱에 난 새카만 수염 하나하나가 날 선 비수가 되어 가슴을 콕콕 찌를 듯 저렇게 무시무시하게 나를 윽박지른다. 그뿐인가? 십만 대군을 거느린 대군사의 대장들 같은 건장한 사람들이 나를 먼발치에서 감시하고 있다. 여러 가지 상황을 유추해 보면 어쩌면 내가 여기서 영원히 못 나갈지도 모른다는 생각이 들면서 불현듯 두려움이 해일처럼 밀려왔다.

자, 어쩔 수 없다. 영원도 어쩌면 한순간에 불과한 것이 아닐까? 그런데, 내가 왜 빨갱이이고, 간첩인가? 왜 나는 지금 이곳에 있는 것일까? 그리고 이 사람들은 나의 할아버지가 북한에서 내려온 북한군, 우리가 빨갱이라고 알고 있는 그들에게 돌아가셨던 것을 모르는 것일까?

매년 이월 초아흐레는 할아버지 제삿날이었다. 마흔여덟 살에 세상을 뜨셨다는 우리 할아버지 제삿날, 마을의 열두 집이 같은 날 같은 시간에 제사를 지냈었다. 60여 가구쯤이 오손도손 살았던 우리 마을에서 열두 집이나 제사를 지내는 날은 막바지 추운 긴긴밤을 보내야 하는 사람들에게 해마다 기다려지는 날 중의 하나였다.

왜냐하면 제삿날 제사를 마치고 나면 잘 차려진 음식에 갖가지 나물을 넣고 비빈 비빔밥까지 사랑방마다 보내주었기 때문이다. 그 음식을 단자라고 불렀는데, 제삿날마다 내 의구심은 어째서 오늘 우리 마을에 이렇게 제사가 몰려 있는가였다.

나중에 알고 보니 한국전쟁과 깊은 관계가 있었다. 할아버지가 돌아가시던 무렵 한국전쟁은 막바지에 이르러 있었다. 그때 빨치산들의 주둔지였던 우리 고향에서 마을 사람들과 함께 끌려간 할아버지가 즉결 처분되어 총살형으로 돌아가신 것이었다.

나중에 할아버지와 할머니의 묘를 합장하던 중, 영진이 당숙에게 들은 바로는 할아버지가 지금 백운면 파출소 부근에 있던 작은댁(술집을 차려준 여자 집)에서 자다가 끌려갔다는 것을 알았다.

그때 다행히 그 빨치산과 친분이 있었던 사람이 끌려가다가 풀려나와 그때의 사정이 낱낱이 밝혀져 그 뒤 할아버지를 대신해서 할머니가 국가보훈처로부터 훈장을 받기도 했다. 그렇지만 그렇게 상장을 받은 것도 할아버지가 돌아가신 지 20여 년의 세월이 흐른 뒤였다.

할아버지의 제삿날이 이월 초여드레인 것은 할아버지가 끌려가신 날을 기준 삼았기 때문이다.

할아버지를 비롯한 그때 희생된 마을 사람들의 시신을 찾아온 것은 그 뒤로도 석 달이 흐른 뒤였다고 한다.

그런 할아버지가 좌익, 즉 빨치산들에 의해 처형된 그런 사연을 간직한 내가 무엇 때문에 간첩, 아니 빨갱이가 되었단 말인가?

이렇게 나에게 올가미를 씌우는 것을 보면 나는 어쩌면 이곳을 벗어나지 못할지도 모르겠다. 나에게 과연 어떤 일이 일어났고, 앞으로 나는 어떤 일을 겪어야 하는가?

두렵다. 두려움은 곧 두려움에 대한 두려움이 아니고 무엇이랴. 무섭다. 정말, 두려움과 무서움으로 숨도 제대로 못 쉬고 있는 나에게 그는 나직한 목소리로 물었다.

"너, 솔직하게 말해, 농대 다니는 신문식, 경제학과에 다니는 김순철이 알지?

"압니다."

"어떤 사이야?"

"동생의 고향 후배들입니다."

"그들이 저번 오월에 삐라 뿌리고 도망칠 때 그들에게 돈 준 적 있지?"

'어떻게 그 일을 저들이 알지?'

"예, 있습니다."

"무슨 이유로 줬어?"

"대학을 안 다녔기 때문에 나는 그들이 어떤 일을 하는지 몰랐고, 그들이 나에게 찾아와 어디를 가야 하는데, 돈이 필요하다고 해서 카운터에 있는 돈을 준 것일 뿐입니다."

"그들이 골수 운동권이라는 걸 몰랐어? 그들을 포섭해서 대학교 앞에 거점을 만들려고 모의했잖아?"

청천벽력 같은 이야기고, 금시초문이다.

"아닙니다."

"아니긴 뭐가 아냐? 너, 그리고 광주사태 때에 제주에서 배 타고 광주에 들어가 폭도에 가담했었지?"

갈수록 점입가경이다.

"아닙니다."

"이 자식, 얼마나 혼나야 불겠나? 네가 그들에게 말했잖아. 제주시에서 광주사태가 일어나자 배 타고 가서 광주사태에 가담했다고?"

그 말을 듣고서야 내가 그 말을 그들, 신문식, 김순철과 소주 한 잔을 놓고 이야기를 나누었던 것이 떠올랐다.

1980년 5월 19일이었다. 공사판에서 같이 일을 하고 있던 광주에 사시는 분이 집으로 전화를 하다가 느닷없이 전화가 끊겼다고 투덜대는 것이었다. 다시 걸었는데, 그때부터 전화가 불통이 되었다. 이상한 낌새를 채서 서울로 전화를 했더니 어디고 불통이었다. 5·18 비상계엄이 발효된 것이었다. 아무래도 나갔다 와야 될 것 같아서 여객선 터미널로 가갔다. 하지만 부산행을 제외하고는 어디고 나갈 수 없었다. 그때부터 제주도는 고립무원의 섬이었다.

서울이나 광주, 그리고 여수로 가는 뱃길도, 하늘길도 막혔고, 오직 부산으로 가는 뱃길만 열려 있었다. 이렇게 요새 같은 아니 감옥과 같은 제주에서 가만히 침묵하고 있어도 되는가?

그때 제주도에도 민주화의 바람이 불고 있었고, 잠시 다녔던 교회에서 주로 불려지던 노래가 "참과 거짓 싸울 때에 어느 편에 설간가?"(제목은 〈어느 민족 누구게나〉)라는 찬송가였다.

그 노래를 부르며, 김지하 시인의 〈타는 목마름으로〉를 읊조리기는 했지만 내가 대학물을 먹은 것도 아니고, 달리 그러한 단체에 관여한 친구도 없었다. 그래서 여러 생각들이 머리를 계속 어지럽혔지만 그렇다고 달리 뾰족한 수도 없었다. 불길한 소문들만 세상을 안개처럼 떠돌았다. 나가지도 못하고 애만 태우는 사이 광주민중항쟁은 종결되었고, 제5공화국 전두환 정권이 들어섰다.

마음은 있지만 어느 것 하나 결단하지 못한 세월, 2년 반 동안 나는 수많은 공사판을 전전했다. 그랬는데, 그때의 내 생각이 이렇게 새끼를 치고 또 쳐서 내가 광주민중항쟁 때에 광주에 가서 폭도가 된 것으로 둔갑했구나.

"네가 거짓말하면 다 통할 줄 아는가 본데, 천만의 말씀, 만만의 콩떡이다. 그 두 녀석도 저 옆방에 들어와 있어, 그리고 다 자백했어."

마른하늘에 날벼락이 치듯 소름이 끼쳤다. 그런데, 그들과 내가 무슨 관계가 있지? 단지 동생 후배들이라서 가게에 찾아오면 커피 한 잔씩 타 주고, 정치 상황 이야기하고, 단지 그랬을 뿐이다. 그것도 죄가 될 수는 있을 것이다. 그들이 삐라를 뿌리다가 도망칠 때 돈 얼마

준 것, 그것밖에는 없는데, 물론 그들이 수배를 받고 있다는 것은 학생들을 통해서 알았지만 내가 왜 그들과 연관이 있지? 그들이 뭘 자백했다는 말인가? 나하고 그들이 도대체 나하고 뭘 했기에 무슨 자백을 했지?

"너, 이 새끼. 제주도 서부두에서 밤배 타고 북한에 갔지? 너, 추자도 알지, 그 앞바다를 거쳐 영종도 부근으로 해서 휴전선에서 배 갈아탔지? 그리고 진남포 거쳐서 평양에 가서 김일성이 만나 돈 받았지? 지난해에 제주도에서 나와 전주에 정착해서 그 돈으로 사업 벌렸지? 그 가게를 아지트 삼아 순진한 학생들 포섭해 가지고 폭동 일으키려고 했잖아?"

아니다. 나는 추자도도 영종도도 가본 적 없다. 평양은 어디에 있는지도 몰랐다.

"아닙니다. 정말로."

"아니긴 뭐가 아냐. 너 이렇게 나오면 그들을 불러 대질시킨다?"

내가 아무 죄가 없는데, 대질만 끝나면 나는 곧 풀려날 것이 아닌가?

"예, 대질시켜 주십시오."

내 말을 들은 그는 코웃음을 치면서 말했다.

"그 말, 정말이야? 곧 데려온다. 그러기 전에 순순히 얘기해."

그래, 서부두는 내가 잘 알지, 태풍경보가 내리면 서부두에 나가서 방파제를 넘어오는 거센 파도를 보면서, 숨죽여 살고 있는 내가 저렇게 포효하며 일어서는 날 있을까 하며 꿈을 꾸었지. 누가 나더러 '너에게 그런 날은 오지 않을 거야, 꿈 깨! 꿈 깨!'라고 고춧가루 뿌리는 사람도 없고.

나는 글을 쓸 것이다. 작가가 되어 내 식대로 한번 살아볼 것이다. 그런 꿈을 꾸면서 그 파도가 숨을 죽이고 잔잔해지는 시간까지 망부석처럼 서 있었지. 그런데, 내가 그곳을 자주 나갔는지를 저 사람들은 알고도 모른척하며 나에게 '간첩'이었다고 자백을 강요한다는 말인가?

신기한 것은 어떻게 저 사람들은 내가 하지도 않은 일을 한 줄로 알고 있으니 귀신인가, 사람인가. 더구나 그들은 내가 나중에 해야 할 일이 세상 그 어디고 간에 알려서는 안 되는 천기누설인데, 그것이 미리 알고서 나를 다그치는 것은 아닐까?

아무리 용한 점쟁이라도 예언가라도 남의 꿈속에는 도저히 들어가볼 수가 없는 법인데, 그들은 내 꿈속이거나 내 마음속에 들어가보기나 한 것처럼 큰소리를 치고 있다.

그들은 내가 하지도 않은 일을 했다고 말하라 한다.
그들은 만나지도 않은 사람을 만났다고 말하라 한다.
또한 그들은 받지도 않은 돈을 그들에게 받았다고 말하라 한다.
너에 대한 모든 것을 다 알고 있다고 말이다.
하지만 나는 아니다. 그들이 알고 있다는 것은 단지 그들의 생각일 뿐, 진실로 아닌 것은 아닌 것이다. 나는 아니라고, 그런 적 없다고 말할 수밖에 없었다.
독일의 시인 휠덜린(Johann Christian Friedrich Hölderlin, 1770~1843, 독일의 시인)은 말했지.

"벗이여, 나는 나를 알지 못하고 나는 다른 사람들도 전혀 알지 못하네."

그렇다. 나는 지금, 지금의 나도 다른 어떤 사람도 인정할 수가 없다. 카프카의 《변신》에서는 주인공이 잠에서 깨어나 이상한 괴물로 변신해 있는 자기 자신을 바라본다. 지금의 내가 그렇다. 믿을 수도 없고, 안 믿을 수도 없는 현실이다. 하룻밤 새에 이렇게 괴물과 같은, 아니 세상에 이런 사람이 어디 있을까 싶을 정도로 초라한 몰골을 하고 앉아 있는 나를 어떻게 내가 나라고 인정할 수 있고, 다른 사람들도 뭐라고 하겠는가.

이러한 상황을 예감했기에 알베르 카뮈는 하루에 가장 위험한 시간을 잠에서 깨어나는 '아침'이라고 말했던가?

"네가 제대로 불지 않으면 그들을 불러 대질신문을 할 것이니까, 바른대로 말해, 알았나?"

그의 말을 듣는 순간, 소름이 끼쳤다. 그러나 다음 순간, 그래봐야 별것 없을 것이라는 생각이 밀려왔다. 그러거나 말거나 내가 그것을 어떻게 막겠는가.

"알았습니다."

"다시 한 번 묻겠는데, 학교는 어디까지 나왔지?"

나는 다시 국민학교만 졸업했다고 대답했다.

"이 새끼 국민(초등)학교만 졸업한 것 맞아? 아니지? 너 대학 졸업하고 위장으로 노동판에 들어갔지? 일부러 숨긴 것이지? 거짓말했지?"

"아닙니다."

"너, 국민학교 밖에 안 나온 놈이 어떻게 그렇게 어려운 책을 읽어? 똑바로 말해, 이 새끼야."

내가 아무리 혼자 독학을 했다고 해도 아니라고 우기며 바른대로 말하라고 했다.

나는 있는 그대로 바르게 말하고 있는데, 취조관은 더 바른말을 하라고 한다. 내 말이나 모습이 진정성이 결여되어 보여서 그런 건 아닐까?

하지만 내 삶의 근간을 이루고 있는 것은 진정성이다. 열여섯 살에 이름도 그렇게 바꿨지 않은가. 내 이름 '신정일(辛正一)'. 바르게 한길로 가자. 내가 가장 힘들여 지은 가장 어려운 이름, 그거 하나 가지고 살았는데, 그들은 나를 믿지 못하고, 바르게 대라고, '내가 바로 간첩이라고, 진정성(?)을 보이라'고 다그치고 있다. 아니, 유혹하고 있다.

내 학력을 믿지 못한 건 군대에서도 마찬가지였다. 신병 훈련을 마친 뒤 자대(철원의 모 부대)에 배치되어 포대장과의 면담 중에도 여러 번의 질문을 받았다.

"너 국민학교 밖에 안 나온 것 맞아. 사실이 아니지?"

아니라고 그렇게 말해도 고개를 갸우뚱거리며 반신반의하던 포대장처럼 안기부 취조관도 나에게 '바른말 하라'고 눈을 부라렸다.

저들은 요즘 세상에 독학이 가능하냐고 다그친다. 그들의 말에도 일리가 있다. 개나 소나 다 중고등학교를 다니는 세상에 정규학교를 다니지 않은 사람이 그 어려운 책을 읽으면서 독학을 했다니, 그걸 어떻게 믿겠는가?

그들이 조선 유학의 거장인 퇴계 이황이나 회재 이언적, 그리고 화담 서경덕을 비롯해 수많은 조선의 유학자들이 혼자서 공부를 했다는 것을 어떻게 알 수 있을까? 더구나 간첩 혐의로 취조를 받고 있는 나는 조선 시대 유학자들과는 또 다르게 세계의 문학과 철학, 그리고 역사를 알고 있었다.

"네가 쓴 노트에 이런 글이 쓰여 있던데 네가 썼나?"

나는 곧 기어들어 가는 목소리로 물었다.

"어떤 글입니까?"

어느 날 누가 앞에 나서지 않아도

모이는 우리들

....

노래 부르지 못하는 자신이 들킬 때,

혹은 들켜서 도주하지 못하고 노래 부를 때,

비로소 우리는 우리가 되는 것이 아닐 건가.

"아, 그 시! 그 시는 황동규 시인의 〈겨울의 빛〉이라는 시의 내가 좋아하는 부분입니다."

"무슨 뜻이야?"

서릿발처럼 날카로운 목소리로 그가 물었다.

"그냥 나 같이 내성적인 사람들이 어디 나서지도 못하고 사는 것을 안타까워하는 사연을 담고 있는 것 같아서 좋아합니다."

"그 말이 사실이야?"

"그렇습니다."

"황동규, 그 사람 누구야?"

"서울대학교 영문과 교수입니다."

"그래! 그 사람 수상하네, 아무래도 불길한 냄새가 나."

나는 그들에게 그 시가 지난해 봄에 나온 〈문학과지성〉 봄호에 실린 시였다고는 말하지 않았다. 그 잡지는 내가 제주에 정착하고서부터 정기 구독한 〈창작과비평〉 〈문학사상〉과 함께 전두환 정권이 들어서던 그해 7월 31일에 정기간행물 등록이 취소된 불온서적이 된 문학지였다. 그들이 그것까지는 모를 것 같아서 얼버무리고 말았다. 하지만 내심 편치는 않았다. 그들이 내가 거짓말했다는 것을 아는 순간, 내가 그들에게 당할 그 엄청난 고문이 무섭기 때문이다.

그런데 과연 '어느 날' 그런 날이 우리에게 오기는 오고, 내가 다시 햇살 빛나는 밝은 대낮 거리를 활보하며 오늘을 추억하는 날이 오기는 할 것인가? 그럴지도 모른다. '추억은 건드리는 모든 것을 미화시키는 마술사'라는 말도 있지 않은가? 그런데 그게 과연 가능할까?

내가 지금 처한 상황이 꿈이나 연극이라면, 아니, 소설 속의 한 부분이나 연속극 속의 한 장면이라면 얼마나 좋을까? 그러나 그 순간 이 꿈이 아니고 사실이라는 생각에 미치자 온몸에 소름이 돋았다. 이럴 때가 가장 무서운 때다. 정신 바짝 차리자.

"나는 돈 벌러 제주도에 갔었고, 그래서 2년 반에 걸쳐 제주도에서 힘든 노동을 했습니다. 그리고 절대 그런 일은 없습니다. 김일성이나 김대중, 내가 어떻게 그런 사람들을 만날 수 있었겠습니까?"

그들은 툭하면 발로 차고 주먹을 날렸다. 그리고 의자에 움직이지 못하게 묶어 놓고 잠을 못 자게 했다. 정신 바짝 차리자, 이러다 잠들면 혼이 날 것이다. 그렇게 정신을 놓지 않으려고 해도 잠을 못 자게 해도 눈이 스르르 감긴다. 어떤 시인은 말했지.

잠은 '죽음의 정다운 방문'이며, '잠의 형제가 죽음'이라고. 하지만 잠이 쏟아질 때에는 그것이 죽음이거나, 지옥이거나, 그렇게 중요하지 않을 때가 있다. 지금이 바로 그때다. 그때 내 눈앞으로 번갯불이 휙 스치고 지나간다.

"이 새끼, 잠자지 말고 눈 떠!"

"예."

나는 얼떨결에 대답을 하고, 메아리처럼 전해오는 그 고통을 실감한다. 그는 말 그대로 지랄을 했다. 내가 마치 장난감인 양 데리고 놀고, 원수나 된 듯이 두들긴다. 욕이란 욕은 다 바락바락해 대면서 발광을 하더니, 가쁜 숨을 몰아쉬다가 의자에 앉았다.

언젠가 어떤 소설에서 4천 대의 체형을 받았던 사람에 대해서 읽은 적이 있다. 3천 대를 맞고 다시 마지막 남은 1천 대를 맞을 때에는 한 대 한 대가 마치 날카로운 칼로 심장을 쑤시는 듯했고, 한 대 맞는 고통이 세 대 맞는 고통처럼 느껴지도록 그들이 무자비하게 때렸고, 그렇게 느꼈다고 한다. 마지막 남은 2백 대는 그 전에 맞은 모든 매보다도 더 고통스러웠다고 술회한 그는 다음과 같이 말했다.

"당신은 아십니까? 내가 지금도 밤중에 꿈을 꾸면, 그것도 맞는 꿈이라는 것을, 도무지 다른 꿈은 꾸어지지 않아요."

나도 그랬지, 군대 제대 후에 다시 영장이 나와 군대에 끌려가는 꿈을 꾸었고, 제주도에서는 매일 밤마다 벽돌 올리는 꿈만 꾸었지.

혹시 이곳에서 내가 나가게 되면 그런 꿈을 꾸게 될지도 모르겠다. 꿈마다 발가벗은 채 매를 맞으며 신음하는 꿈, 그런 꿈을.

다시 침묵의 시간이다. 나는 이 시간이 더욱더 싫다. 곧이어 다가올 그 광란에 시간의 서막 같기 때문이다. 이럴 때일수록 내가 나를 믿자. '나는 존재한다. 나는 살아 있다. 나는 살아서 나갈 것이다. 나는 새로운 삶을 살아갈 것이다'라고 내가 나에게 주문을 걸면서도 자신이 없다.

이를 악물고 이 순간들을 버티고 이겨내리라 마음을 먹었지만 자꾸만 허물어져 내리는 마음을 주체할 수가 없었다. 어쩌면 지금 이 순간이 더는 갈 수가 없는 막다른 골목이 아닐까? 이럴 때일수록 나는 더 침착해야 한다. 정신을 바짝 차리고 명철해야 하는데, 실상은 더 흔들리고 두서가 없다. 어차피 나의 운명은 정해져 있는 것이 아닐까? 좀 더 침착하자. 어차피 맞을 매, 어차피 당할 고문, 반항은 꿈도 못 꾸고, 그냥 순응하자. 그것이 더 현명한 일인지도 모르겠다. 그냥 받아들이자. 지금은 한 발짝, 아니 열 발짝이라도 물러서야 할 때다.

"이 새끼 생각보다 독하네. 금방 실토할 줄 알았는데, 내가 잠시 나갔다가 올 테니 김 계장 자네가 저놈 잘 데리고 놀아봐."

"예, 알았습니다. 잘 놀아보겠습니다."

놀다니, 이게 바로 그들의 놀이라는 말인가? 나는 숨이 턱턱 막히는 공포 속에서 순간순간을 겨우 넘기고 있는데, 그들은 나를 취조하는 것을 논다고 말한다.

잘 논다. 잘 논다는 것은 스스로가 즐거울 때가 아니면 가능하지 않다. 어떠한 장애도, 어떠한 경계도 없는 상태에서만 잘 놀 수 있다. 잘 논다는 것은 그렇게 즐거울 수가 없고 몸과 마음이 혼연일체가 되어 모든 것으로 벗어날 수 있다. 그것이 잘 노는 것이다.

그런데 그들은 아무 거리낌도, 어떤 가책이나 변명도 없이 타인의 가장 약한 고리를 찾아내서 자백을 받기 위한 취조를 하거나 고문을 하는 것을 '잘 논다'고 말한다. 하긴 알렉산더 3세를 모신 필로타스도 말했지 않은가?

"어쨌든 고문은 약한 인간이 발명해 낼 수 있었던 가장 효과적인 방법이다."

나를 심문하던 실장이라고 불리는 취조관이 나가는 소리 들리고, 나하고 잘 놀겠다는 김 계장을 비롯한 네 명이 나를 둘러쌌다.

"이 새끼, 생각보다 질기네. 그래 한판 놀아볼까?"

말이 떨어지자말자 불이 꺼지면서 나는 그 자리에 고꾸라졌다. 무자비한 구타가 다시 시작되었다.

"이 좆만한 것이 어떻게 해야 정신을 차릴래? 너, 여기서 죽어 나갈래?"

그 취조관은 입에 거품을 물고 으르렁거리며 나를 윽박지른다. 그 취조관은 나를 부모 죽인 철천지원수나 만난 듯이 날뛰면서 나를 때린다. 저 사람은 아마도 부모가 빨갱이에게 죽었거나, 아니면 요 근래에 화가 난 일을 풀 길이 없었던 터라 '이놈 잘 만났다' 하고서 저렇게 불같이 화를 내면서 몰아붙이는지도 모르겠다. 그들은 입에 담을 수 없는 욕설을 퍼붓는 것이 오히려 마음이 상쾌해지는가 보다. 내 정신은 그것까지다.

나는 정신이 없는 사람이다. 아니 사람도 아니다. 정신이란 모습은 없지만 그 본체라도 남아야 하는데, 나는 아프고 멍든 육체만 남아 있고, 정신은 그 정신을 차릴 정신도 없는, 나는 마른 삭정이나 다름 없는 물체일지도 모른다. 이를 어떻게 한다.

"이 빨갱이 새끼, 물맛 좀 볼래. 일어나?"

김 계장이라는 사람이 나를 일으켜 세우고서 욕조 옆으로 데려가더니 그 안에 들어가라고 그런다. 물이라면 나는 우선 겁부터 나는 사람인데, 이 난관을 어떻게 극복한단 말인가?

"잘못했습니다. 다시는 그러지 않겠습니다."

"이 새끼 지가 잘못한 것을 알기는 아는가 보네. 하여간 물맛 좀 봐라."

그는 나에게 그 욕조로 들어가라 누우라고 했다. 작은 욕조에 내가 들어가자 물을 받기 시작했다. 어느 정도 물이 차자 물속에 내 머리를 들이밀고 사정없이 누르는 것이었다. 아악! 소리를 지를 사이도 없이 숨이 턱턱 막혔다. 그리고 곧 질식해서 죽을 것 같은 막막함, 그때 지나간 옛일, 군대 생활 중 유격장에서의 일이 한순간 떠올랐다.

유격장에서 가장 피하고 싶은 일이 하강 코스였다. 높은 장대에서 저수지로 뛰어내리는 말 그대로 담력 시험이었다. 나 같이 수영을 못하는 사람은 말 그대로 죽음의 도가니 그 자체였다. 하지만 누구나 피해갈 수 없는 것이 바로 하강 코스다. 그런데 이상하지, 그날은 다 모이라고 하더니 수영을 못하는 사람들은 잘못하면 사고를 당할 우려가 있으니, 하루 종일 PT체조로 대치하겠다는 것이다. 수영을 못하는 사람이 의외로 많았다. 3분의 1 정도가 오전 내내 죽기 살기로 PT 체조를 했는데, 주력군이 다 끝내자 조교들이 불러 모으는 것이었다.

"자, 여러분들은 수영을 못하니까, 떨어질 때에 애인 이름을 부르는 것이 아니고 '맥주병, 맥주병!'하고 떨어진다. 그러면 여러분을 물속에서 구해줄 것이다. 단 물속 깊이 들어가면 양손을 벌리고 허우적거리다가 보면 물 위에 뜰 수 있다."

이게 무슨 날벼락인가, 하강을 피하기 위해 오전 내내 PT체조로 버텼는데, 우리더러 하강을 하라니 참. 그래도 우리에겐 어찌할 방법이 없었다. 하강하기 전에 물속에 빠지면 떠오르는 방법을 알려주었다. 두 손으로 허우적거리면 물 위로 올라올 것이라는 것이었다.

내 차례가 다가오고, 지옥의 아가미처럼 푸르게 입을 벌리고 있는 저수지를 향해 줄을 잡고 내려가면서 '맥주병'을 두세 번을 외쳤을까? 저수지 가장 밑바닥으로 들어가고 말았다. 당황한 내가 허우적거리다가 보니 물 위에 떠올랐다. 바로 위에 조교들이 탄 배가 보였다. 살았구나, 하고 안도의 한숨을 쉬는 것도 잠시, 조교들이 "이런 수영도 못하는 놈 봐라."하고는 나를 다시 물속으로 들이미는 것이었다. 얼마나 물을 먹었는지, 몇 번 '들어갔다, 나오다'를 반복하고서야 나를 보트에 태우는 것이었다.

그런데 그것이 끝이 아니었다. 땅 위로 올라가자, 우리를 기다린 것은 대형 뻘밭이었다. 수영을 못한 죄로 그 뻘밭으로 들어가 두어 시간을 앉은 포복, 높은 포복, 철조망 통과를 하고 났더니, 눈만 빼놓고는 새카만 검둥이가 되었고, 온몸은 파김치처럼 축 늘어지고 말았던 기억, 그렇게 유격을 세 차례나 받고서야 유격이 두렵지 않은 대한민국 국군이 되어 있었다.

그때의 물에 대한 공포가 아직까지도 가시지 않았는데, 내가 실험실의 청개구리가 되어 그것도 국가의 공권력에 의해 이렇게 물속으로 얼굴을 들이박고 생사의 기로를 헤매고 있다니, 국가가 국민을 이렇게 해도 되는가? 그럴 수도 있을 것이다. 니체는 《권력에의 의지》에서 다음과 같이 말했다.

"선(善)이란 무엇인가, 그것은 힘[권력(權力)]의 감정을, 힘의 의지를, 힘 그 자체를 인간에게 고양시키는 모든 것을 말한다."

이렇게 니체가 '힘이란 무엇인가'를 말했을 때 그것을 곧이곧대로 받아들이고, 오로지 힘, 권력과 부를 위해 일생을 헌신하기로 마음먹었던 수많은 사람들이 힘을 무소불위의 권력으로 여기고 오로지 그 힘을 얻기 위해 전 생애를 걸었다. 그들에 의해 조종되면서 국가의 월급을 받는 그 하수인들이 지금 나를 간첩으로 만들기 위해 이렇게 불철주야 안간힘을 다 쓰고 있는 것이다.

그러나 그 힘은 얼마만큼의 위력을 갖는가? 단지 그가 누울 한 평의 땅, 그뿐이고, 그마저도 그가 죽은 뒤에나 얻어지는 것이다. 바람과도 같고, 흐르는 물결과도 같은 힘, 그리고 어느 순간에 사라져 버리고 마는 그 신기루 같은 힘을 위해 사람들은 그들의 전 생애를 다 걸고 있는 것이다.

우습지 않은가? 내가 이렇게 그들의 뜻대로 속수무책 당하고 있는 것을, 그들은 당연시하고 바라보고 있고, 가끔씩은 불타오르는 적개심으로 눈망울이 이글거릴 때도 있다. 이 세상의 모든 것은 모두 다 아름답다고 누군가는 말했지.

그렇다면 지금, 이렇게 한 편에선 죽기 일보 직전만큼 고통을 주고 한 편에선 죽어가기 일보 직전만큼의 고통을 받는 이것도 아름다울 수가 있을까? 아마도 저들은 한 사람의 인간이 어디까지 견디어 낼 수 있을지 서로 내기를 걸고 나를 괴롭히는 것인지도 모르겠다.

T. S. 엘리엇이 말했었지.

"인간은 너무 지나친 사실에는 견디기 어렵다."

이것은 연극도 아니고, 연습도 아닌 사실이다. 연극이라면 얼마나 좋을까? 하지만 나는 지금 사실 그대로를 아무 대책 없이 온몸으로 견디고 있는 중이다.

고통이 지나가고 나면 아름다움이 남는다. 고통을 받은 만큼 사람은 더 강해진다. 그럴 수도 있다는 생각이 들면서도 가슴속에서 치밀어 오르는 분노, 저들이 나에게서 죄를 캐내려는 용감함이 어떻게 감동적인 일이고 어떻게 아름다울 수 있을까?

숨이 막히며 이러다가 질식해서 죽을지도 모르겠다는 생각이 미치자 미칠 것 같았다. 그들은 내 머리를 눌렀다가 다시 올리고, 다시 들이밀고를 반복했다. 나는 마음속으로 외친다.

'나는 더 살고 싶다. 살고 싶다고.' 하지만 그것은 내 마음속에서만 가능한 일이다.

나에게 지금, 필요한 것은, 고요도, 마음의 준비도, 고요한 휴식도 아니다. 나에게 그것들은 사치다. 나에게는 지금, 이 상황을 견디어 낼, 마지막 힘, 그 힘이 남아 있어야 한다는 그 절박감, 그것뿐이다. 나는 마음속으로 소리친다.

'나는 삶이다. 견디기 힘든 이 참혹하기 짝이 없는 삶도 살아야 한
다. 그래 살아야 한다. 나는 책을 써서 작가가 되어야 한다. 내가 살
아야 할 이유는 그것이다. 작가가 되어야 하는 것.'

그런데 나는 이 출구가 없는 시간 속의 삶을 잘 견뎌 낼 수 있을
까? 어쩌면 이러다 죽을 수도 있겠다. 그런데, 지금 이 순간이 일시
에 변해서, 칠흑같이 자욱한 안개가 갑자기 개어 버리듯, 그렇게 줄
기차게 퍼붓던 비가 멈추듯 풀려날 수도 있지 않을까?

꿈꿀 수 없는 것을 꿈꾸다가 이 상황이 도저히 벗어날 수 없는 현
실이라는 것을 깨닫고 난 뒤의 허망함, 그런 시간이 얼마만큼 지나갔
는지 나는 모른다.

"이 빨갱이 새끼, 죽여 버릴까."

내가 마지막 순간에 메아리처럼 은은하게 들었던 그 목소리가 점
점 멀어지는 순간 '나는 이러다가 죽을 것이다'라는 생각이 떠오르다
가 정신이 혼미해지면서 저절로 졸음이 밀려들었고, 어느 순간 의식
을 잃어버리고 말았다.

얼마나 오랜 시간이 지났는지, 알 수 없다. 깨어나 보니 어느새 낯
익은 풍경, 내가 이곳에서 보낸 얼마가 지나갔는지 모르는 그 시간
속에서 자연스레 몸에 스며든 습관이 풍경을 길들이게 한 것이다. 주
위는 고요하다.

낯설고도 낯익은 풍경, 팔월의 성하(盛夏)가 무색하게 추위가 엄습
해 오는 풍경 속에서 나는 포근하면서도 따뜻한 그 무엇이 사무치게
그리웠다.

그때 문득 문을 열고 누군가가 들어왔다. 할머니였다. 내 기억 속에서 언제나 포근함으로 남아 있는 이름, 슬프고도 아름다운 이름, 박심청.

"우리 큰손주가 왜 이렇게 울고 있다냐?"

눈물이 그렁그렁한 채 나를 쳐다보고 있는 나의 할머니. 하얀 머리를 치렁치렁 늘어뜨리고, 어떻게 내가 이곳에 있다는 걸 알고 찾아왔을까? 내 어린 날의 그늘진 영혼에 한 줄기 빛이었던 사람이 할머니였다. 박심청이라는 이름을 가진 할머니. 언젠가 물었다.

"할머니 왜 이름이 심청이야?"

"내 이름이 궁금해? 태어나자마자 어머니가 죽어서 지은 이름이란다."

어린 시절 몇 년간을 할머니와 단둘이 자랐기 때문에 할머니는 나에게 태산 같은 준령이자 모든 것을 감싸 안아주는 포근한 요람이었다. 작고 호리호리한 그 몸에서 풍겨 나오는 강인함은 어디서 왔던 것일까?

일찍 어머니를 여의고 홀로 새어머니 밑에서 자라다 할아버지를 만났다. 하지만, 할아버지도 나처럼 세상을 떠돌기를 좋아했기에 거의 혼자서 집안을 건사했다. 그 숙명성에서 기인한 것인지도 모른다. 농사일이 거반 끝난 이때 할머니를 떠올리면 생각나는 것이 가을의 끝자락에 문종이를 바르는 것이었다.

가을이 깊어 가면 할머니는 혼잣말처럼 '오늘은 풀을 쑤어야겠다.' 그런 말을 한 날이면 할머니는 얼굴빛부터 달라졌다. 무슨 새로운 일을 시작하는 사람 같은 결연함이 엿보였다. 몇 년 동안에 걸쳐 할머니가 그 시절에는 어떤 일을 했었는지를 알고 있었기 때문에, "아하, 오늘이 문을 바르는 날이로구나."라고 직감했다.

할머니는 나에게 방으로 통하는 모든 문의 창호지를 다 떼어내게 하셨다. 당시 우리 집 방문은 요즘 흔하게 볼 수 있는 사대부집의 정돈된, 직사각형의 나무로 된 문이 아니고, 약간은 비뚤어진 나무에 문살은 대나무를 잘게 깎아서 만든 문이었다.

질서가 없는 듯싶지만 자세히 보면 질서정연한 무질서한 그 문이 풀이 많이 붙어서 잘 떨어지지 않는 곳은 수건에 물을 축여서 닦으면 거짓말같이 쉽게 떨어졌다. 그런 다음 할머니는 나에게 채반을 내려 주면서 서리가 내리기 이전의 그 푸르름이 맴도는 들국화 꽃잎과, 파르스름한 기운이 남아 있는 단풍, 그리고 대나무 잎을 따 오라고 시켰다.

할머니는 부엌에서 정성스레 풀을 쑤어 세숫대야에 가져오고, 그다음에 나는 그 문종이를 바르는 할머니의 가녀리면서도 잔물결같이 미세한 주름살만 부각되어 보이던 그 손길만 바라보면 되었다.

이 방 저 방의 문을 다 바르고 마지막엔, 문고리 부근에 내가 준비해온 대나무 잎과, 국화의 푸른 잎, 노란 단풍잎을 붙이고 다시 문종이를 덧붙였다. 그리고 그때서야 할머니가 만들어 낸 마법 같은 문살 사이를 빛내는 한 무리의 그늘 속에 감추어진 아름다움을 발견할 수가 있었다.

그 문종이 속에 숨어서 보일 듯 말 듯, 아름다움을 한껏 펼쳐 보이던 댓잎이랑, 국화잎이랑, 그리고 샛노랗고 빨갛던 단풍잎들이 문득 내 눈앞에 살아나 흔들거리는 듯하다. 그리고 할머니는 마지막으로

문틈으로 새어 들어오는 바람을 막기 위하여 문짝 주변을 돌아가면서 문풍지(門風紙)를 발랐다. 그 작업이 끝나면 할머니의 겨울 준비는 마무리가 되었고 길고도 긴 겨울밤 내내 바람에 흔들리는 문풍지 소리를 들으며 지냈던 것이다.

할머니는 심청이라는 이름으로 불리며 살았던 서러운 시절을 한 해가 다하는 늦가을에 문종이를 바르면서 그처럼 화려함의 극치라고도 불릴 수 있는 전시회를 열었던 것은 아닐까?

나의 할머니! 박심청이라는 이름의 할머니가 내가 지금 이렇게 고통 속에 혼란 속에서 몸부림치는데, 살며시 찾아오다니, 싶었는데, 다시 쳐다보자 흔적조차 없이 사라졌다. 환영이었을까? 아니면 내가 잘못 본 것일까? 신기루처럼 살며시 왔다가 사라진 것일까? 아쉬움 가득한 눈으로 바라보는 문과 내 눈 사이의 간극은 얼마나 될까?

할머니! 할머니! 하고 속으로 되뇌는 그 시간 속에서 세상은 쥐 죽은 듯 고요했다. 태초의 적막처럼 고요한가 싶더니 어디선가 두런두런 소리가 난다.

"저 새끼 생각보다 독한 놈이네. 물맛이 좋았나, 그런데 이 빨갱이 새끼, 어서 불었으면 좋겠는데."

"조금만 지나면 불 테지."

나를 두고 하는 말인가 보다. 그런데 내가 불 것이 있어야 불지. 나에게 그들이 어서 불라고, 불어서 터지라고 풍선껌이라도 주었단 말인가?

그들은 바닥에 널브러져 있던 나를 일으켜 세우고 의자에 앉혔다. 내가 만난 취조관 중 체격이 가장 크고 얼굴이 가장 험악한 사내, 그리고 금테 두른 안경을 쓴 김 계장이라는 사람이 안경 너머로 나를 지긋이 바라다본다. 숫제 '나는 너의 모든 것을 알고 있다'는 것을 나에게 알리고 있는 것 같다. 그렇게 그윽하게 나를 바라보다가 내 앞 책상에 앉았다.

"자, 다시 시작해 볼까?"

"너, 이름을 왜 정일이라고 바꿨지?"

"열여섯에 불리고 있던 이름들이 싫어서 바꿨습니다."

"웃기고 있네, 이 새끼. 일부러 바꿨잖아?"

"아닌데요?

"북한의 김일성 아들이 김정일이지, 남한의 신정일. 그걸 노리고 바꾼 것 아냐?"

참 말도 안 되는 억지다.

열여섯 살, 그때는 내가 김정일이라는 이름은커녕 김일성이라는 이름도 잘 모르던 나이였다. 그때 나는 어린 나인데도 삶에 지쳐 있었다. 가출과 출가가 실패로 돌아갔고, 내 인생은 말 그대로 암흑과 같은 시절이었다. 이름을 바꾸면 어떨까? 어린 시절 몸이 자주 아프니까 이름을 여러 개를 지었다. 호적에는 신동렬로 올라 있고, 항렬로는 교자 돌림이라 '상교'라고 지었으며, 또 하나 불리던 이름이 춘석이었다. 그 이름들이 하나도 마음에 들지 않았다. 이름부터 바꾸자고 지은 이름이 정일이었다. 한문으로 바를 '정(正)' 자에 한 '일(一)', 그렇게 지은 이름이 살면서 여러 번 나를 옥죄는 쇠사슬이 될 줄은 꿈에도 몰랐다.

그런데 내가 무슨 혁명열사라고 정일이라고 이름을 지었겠는가.

이현령비현령(耳懸鈴鼻懸鈴)이라. 귀에 걸면 귀, 코에 걸면 코라는 말은 이를 두고 한 말인가 보다.

그 뒤 세월이 한참 지난 뒤 2003년 가을, 북한에 갔을 때의 일이다.

개천절 남북한 공동행사에 초청을 받아서 인천공항에서 남으로 내려온 고려항공을 타고 평양의 순안공항에 갔고, 순안공항에서 백두산 자락 삼지연공항에 갔었다. 그때 함께 간 방용승이라는 친구가 북한의 안내원들과 함께 다닐 때 정일이 형님, 하고 부르면 북한 안내원들이 깜짝깜짝 놀라는 것이었다. 처음엔 몰랐다. 하루가 지난 뒤에야 그러한 상황을 눈치를 채고 '왜 그럴까?' 생각했더니, 그들(북한)이 사는 나라에서는 일성이나, 정일이라는 이름은 쓸 수가 없었던 것이다.

설령 쓰고 있었을지라도 이름을 바꾸도록 했다는 것이다. 그런데 내가 열여섯에 쓰고 있던 이름이 마음에 안 들어서 개명한 그 이름을 두고 시비를 거는 것이다. 내가 남한에서 정일이라는 이름을 쓰고 산다고 해서 무슨 이득이 있겠는가? 하지만 그들은 나에게 자꾸 왜 이름을 '정일'이라고 바꾸었는지를 추궁하고 있다. 참 그렇게 나를 북한의 김일성과 그의 아들 김정일하고 엮고 싶은 것일까?

피츠제럴드의 위대한 소설 《위대한 개츠비》의 주인공 개츠비가 이름을 바꾼 것은 나보다 한 살 늦은 열일곱이었다.

"제임스 개츠 ─ 바로 이것이 그의 진짜 이름, 아니면 적어도 법률상 그의 이름이었다. 그는 열일곱 살 때, 진정으로 인생이 시작되던 바로 그 순간에 이름을 고쳤다. …… 어쩌면 그는 이미 오랫동안 그 이름을 준비해두고 있었는지도 모른다. 그의 부모는 무능하고 별 볼 일 없는 농사꾼들이었다."

　제임스 개츠는 호숫가에서 빈둥거리고 있던 제이 개츠비를 만나
이름을 바꾼 것이다. 그런데 그 이름 때문에 내가 이렇게 곤욕을 치
르고 있으니, '정일'이라는 이름이 나에게 불행인가, 행복인가?
　내 생각은 아랑곳없이 그는 시시콜콜 말도 안 되는 것을 나에게 묻
고 또 묻는다. 내가 아는 것을, 내가 한 일을 묻는다면 그들의 속이
다 시원하도록 얘기해줄 수 있을 것인데. 참 그들도 딱하긴 나나 마
찬가지다.
　"너 참 질기구나."
　"자, 다시 물맛 좀 볼래?"
　그들은 나의 머리를 약간 세우고 물에 젖은 수건을 씌웠다. 무슨
일을 하려고 이러지? 한참의 시간이 흐르더니, 이마에 물 한 방울이
떨어졌다. 참 싱겁기는, 이게 무슨 놀이지, 조금 있다가 한 방울, 또
한 방울, 처음에는 시원하기도 하고, 장난처럼 느껴지더니, 시간이
지날수록 한 방울 한 방울 떨어지는 물이 공포감으로 변했다.
　이게 무슨 일이지, 똑, 똑, 똑, 일정한 시간을 두고 떨어지는 물소
리가 지옥의 문을 열고 저승사자가 나를 향해 달려오고 있는 것 같
아, 소름이 끼쳤다. 떨어져 콧등을 적시고 흐르는 물이 마치 바늘로
콕콕 세부(細部)를 찌르는 듯했다. 이러다가 떨어지는 물방울이 낙숫
물이 바위를 뚫듯 내 이마를 뚫는 것은 아닐까?
　다른 사념이 들어올 사이를 주지 않고 '똑똑' 소리를 내며 떨어지는
물방울, 문득 쇼팽의 〈빗방울 전주곡〉이 떠올랐다. 천국에서 내려오

는 천사가 구원의 꽃다발을 한 아름 안고 오며 노래를 부르듯 내 가슴에 사뿐히 스며들었던 곡, 감미로우면서 수많은 상상의 나래를 펴게 했던 그 음악……. 그런데 내가 즐겨 들었던 그 음악이 저렇게 공포감으로 모골이 송연하게 하면서 내 육신을 두드리면서 지금 내 의식의 가장 깊숙한 곳을 후비고 있다. 구원의 꽃다발을 든 천사가 아니라, 지옥의 물길로 끌어가는 저승사자가 되어 가슴을 난도질하고 있는 것이다.

"이 새끼, 물맛이 어때? 좋냐? 그래도 안 불 거야?"
나는 대답할 힘도 없이 떨어지는 물방울을 거부하지 못한 채 한없이 맞고 있다가 물에 젖은 수건 같은 것이 내 입을 덮는 것을 느꼈다. 그리고 양쪽에서 그 수건을 양쪽에서 당기면서 한 방울의 물도 남기지 않고 짜듯이 조였다. 곧 숨이 막힐 것 같이 답답해 오면서 숨을 내쉴 수가 없었다. 온몸이 부풀어 터질 것 같은 그 압박감, 나는 온몸을 뒤틀고, 그들은 더 수건을 조이고, 차라리 죽여주는 것이 더 나을 것 같은 생각이 들었고, 그러다 어느 순간 나는 의식을 잃었다.

그리고 얼마의 시간이 지나갔는지, 의식을 되찾은 뒤에 나를 보니 나는 바닥에 길게 누워 있었다.
"이 새끼, 지독한 놈이네, 그렇게 물맛을 보고도 독할 수 있을까? 일으켜 의자에 앉혀!"
의자에 앉은 뒤에 그들은 수건을 벗겼다. 환한 형광등 불빛 아래 김 계장이라는 사람이 내 앞에 저승사자처럼 서 있고, 아니 금테 안경을 쓴 취조관의 모습이 보였다.

그들은 시시각각 들어왔다 나가기를 반복했다. 한 사람이 문을 열고 나가면 또 한 사람이 들어왔다. 어떤 때는 두 명이 되기도 하고, 어떤 때는 세 명이 되기도 하며, 어떤 때는 다섯이 되었다가, 어느 순간 정신을 차리고 보면 아무도 없이 나 혼자 우두커니 앉아 있을 때도 있다.

그때, 혼자 있을 때, 바늘 하나 떨어져도 소리가 날 것 같은 그 고요 속에 있을 때가 제일 두렵다. 다음에는 무슨 일이 나에게 일어날 것인가? 오싹, 소름이 돋는다. 그들은 반복해서 내가 '간첩'이라고 말했고, 나는 '간첩'이 아니라고 말했지만, 시간이 지날수록, 내가 '간첩'일지도 모르겠다는 생각이 들었다.

내가 저들이 말하는 간첩인가? 그 칠흑같이 어두운 제주 서부두에서 밤배를 타고 진남포를 갔고, 다시 평양에 가서 김일성에게서 자금을 받았다는 저들의 말이 사실인가? 알 수 없다. 알 수 없다. 내가 나를 믿을 수도 안 믿을 수도 없는 이 모호함. 그래도 나는 이 난관을 뚫고 나가야 한다. 그런데 어떻게 나가지? 지금 나에게 가장 큰 문제는 바로 어떻게 저 인간들 속에서 무사하게 빠져나갈 방법이 있을까?

"죽느냐, 사느냐, 그게 문제로다."

셰익스피어 4대 비극 중 《햄릿》에서 햄릿의 독백과 같은 나의 현실. 그런데, 가능하지 않을 것 같다. 나는, 말하자면 내가 생각하기로는 아무 죄도 없는데, 한순간에, 정말로 한순간에 영문도 모르고 이 나라에서 제일 나쁜, 그래서 이마에 뿔이 서너 개 돋았을 것이라고 치부하는 간첩이 되었다.

그리고 그것을 알아차린(?) 그들은 성난 황소가 그러듯이 뿔을 밑으로 하고서 목적지를 향해서 맹렬한 기세로 달려들었고, 나는 패자의 흰 깃발을 내밀 여가도 없이 참패하고 말았다. 아니 그냥 쑥대밭이 되고 만 것이다.

출구, 빠져나갈 구멍이 있어야 하는데, 어디 한 군데도 출구가 보이지 않는다. 하느님의 눈엔 99명의 정의로운 사람들보다 한 사람의 죄인이 더 소중하다고 하는데, 여긴 아무래도 하느님의 영역이 아닌가 보다.

옛말이 있었지, '필요는 법을 무효로 한다'고. 그들이 필요로 하는 것은 내가 간첩이라고 스스로 자백을 하는 것이다. 그런데, 간첩이 아닌 내가 간첩이라고 '자백'하는 것은 위증, 아니 위법이 아닐까? 그런데도 그들은 한사코 나에게 간첩이었다고 자백을 하란다.

그런데, 기댈 언덕도 없는 나는 어떻게 될까? 이러다 내가 꾸었던 모든 꿈은 헛된 것이 되고, 내 꿈은 포말처럼 부서져 이 지상에서, 사라질지도 모르겠다. 나의 노래는 소리도 내지 못한 채 허공에서 흩어질 것이고, 한 번도 제대로 피어 보지도 못하고 웅크린 채 살았던 내 몸은 타고 난 재처럼 흩날리고 말 것인지…….

육중한 문, 그 문을 열고 한 사람이 들어온다. 그 문에서 한 올 바람도 들어온다. 그 바람과 함께 들어온 사내. 저 사람은 어디서 있다가 오는 것일까? 집? 그렇지 않으면 친구들과 즐거운 모임을 갖다가 왔을지도 모르고, 어쩌면 아픈 어머니거나 아내를 병원에 두고 떨어지지 않는 발걸음을 옮기며 왔을지도 모른다.

알 수 없다. 하지만 분명한 것은 지금 그가 내 앞에 나타났다는 것이고, 그는 나를 만나야 한다는 그 약속 때문에 온 것인지도 모른다.

서늘하게 이 막막한 공간을 바꾸어 놓을 아침 이슬 같은 한 올 바람을 데리고, 나타난 그는 나하고 어떤 약속을 이행하고 싶어 할까? 그는 나에게 진실을, 즉 간첩이라는 것을 자백하는 것이 최고의 선(先)이며, 나로서는 아니라고 계속 말하는 것이 최고의 선(先)이다. 선은 똑같은 선(先)인데 그들이 생각하는 선과 내가 생각하는 선이 마치 남극과 북극처럼 다른 것이다.

그들은 나의 이력을 그들의 이익에 부합하도록 바꿨다. 나는 가공의 인물이다. 그들이 나도·모르게 둔갑시킨 나의 이력이 지금 이렇게 그들의 뜻대로 실현되고 있는데. 무기력하기도 하지만 달리 방법이 없는 나는 그들의 처분만 바라보고 있다.

이것은 비극인가? 아니면 희극인가? 물론 원래의 '나'는 지금의 '나'는 아닐 것이다. '나'는 지금 누군가가 잘 쓴 소설 속에 펼쳐진 미로(迷路), 끊어질 듯 끊어질 듯, 이어지다가 사라지고 다시 나타나는 미로를 헤매고 있는 주인공이거나 아니면 조연일지도 모른다.

"모든 것은 허용되고 있다."

그 말은 맞다. 세상의 모든 것은 허용되는데. 단지 내 마음속에 금기를 그어놓고 이것은 안 된다, 저것은 된다, 하고 내 마음속의 금기를 꼭 지켜야 할 '법'이나 '율법'처럼 여기고 있었을 뿐이다. 그런 의미에서 볼 때 저 사람들은 나에게 물을 권리가 있고 나는 대답할 권리도 있을 뿐만 아니라 묵비권을 행사할 권리도 있다.

세상에는 보편타당한 법이 있고, 정해진 규격, 즉 룰이 있지만 중요한 것은 저마다 마음속에 정한 '기준' 즉 '룰'을 지키고 사는 것이 바람직한 일이리라.

"모든 자유인은 판결이나 법에 의하지 않고서는 체포, 투옥, 시민권 박탈, 유배를 당하지 않는다."

1215년 영국 왕 존이 귀족들의 강압에 의해 승인한 칙허장(勅許狀)인 〈마그나 카르타(대헌장大憲章)〉에 실린 글이다.

그런데. 지금, 내가 처한 상황은 보편적인 잣대에서 아주 멀리 벗어난 이상한 상황이다. 그들의 필요에 따라 법은 실종 중이고, 그런데도 이러한 상황이 허용되는 이 세상, 지금의 '룰'이라는 것이다. 그런데 아무리 악을 써도 거부해도 그것을 벗어날 길은 없다.

"나는 아무것도 바라지 않는다. 나는 아무것도 두려워하지 않는다. 나는 자유다."

내가 그렇게 선망했고 살고자 했던 니코스 카잔차키스의 자유로운 삶은 요원한 것일까? 자유, 모든 것 훌훌 털고, 자유롭게 이곳을 벗어날 수는 없을까?

지금이 밤인지 낮인지도 모르는 시간이 흐르고 있다. 지금이 몇 시일까? 한 시간 전의 시간을 알 수가 없고, 한 시간 뒤의 시간도 알 수가 없다. 분명한 것은 한 시간 전이나 한 시간 뒤의 시간도 내 의식 속에서 사라진 시간이라는 사실과 시간은 흐른다는 것, 아니 내 인생의 시간 속에서 어김없이 소멸되고 사라져 간다는 것이다. 내가 지옥 같다고도 여기고. 내 인생의 대학이나 다름없다고 여긴 군대에서는 그 조직 내에서의 시간(군 생활)을 썩는다고 표현했는데, 이곳에서의 생활은 도대체 무엇이라고 정의할 수 있단 말인가?

괴테는 말했지.

"나의 영역은 시간이다."

그런데 괴테의 말과 달리 나의 영역이 어느 순간 사라진 것이다. 사라진 시간이 처음엔 그처럼 낯설 수가 없었는데, 낯설지 않다는 것이다. '시간은 모든 것을 익숙하게 한다'는 말이 맞다는 것인가? 지금은 지옥 같은 이곳이 어느 순간 익숙해져서 마치 마실 나온 사랑방이나 아늑한 찻집 같다고 할까?

생각이 생각의 강을 넘어 번져 나가는 시간 속에 내가 머물고 있는 그 방이 고요 속으로 들어갔고, 방이 고요하자 세상 역시 조용했다.

쥐 죽은 듯한 고요와 정적이 밝은 아침 햇살처럼 나를 비롯한 모든 사물들을 감싸고 있었다. 누구였던가? '정적은 근원으로 돌아가는 것이며, 본성으로 복귀하는 것'이라고 말했었는데……. 나조차도 '고요'가 되어버린 순간, 정적을 깨고 문이 열리면서 머리가 덥수룩한 사내가 혼잣말을 하면서 들어왔다.

"비가 제법 오네. 심심한데 라디오 좀 틀어봐."

"알았어. 틀어줄게."

노란 체크 무늬의 남방을 걸친 사내, 마치 동네 인철이 아재를 닮은 사내가 무심하게 대답을 하고 라디오를 트는 모양이다. 나는 이 자리에 없는 사람이나 마찬가지다. 고요처럼 눈을 지그시 감는다.

"둘일 때는 좋았지, 행복했지, 마주 웃는 웃음에 하늘도 빛났지, 걱정일랑 없었지, 아무렴 없었지, 눈에 띄는 모두가 아름다웠지, 아, 그러나 그 님은 떠나가고……. 다시 또 한 번 와주려나, 빛나던 그 시절."

'……. 송창식 노래 〈둘일 때는 좋았지〉네. 둘일 때는 좋았지, 왜 저 노래가 이때 나오지, 괜히 옛사람 생각나잖아?'

"왜? 비가 오면 생각나는 사람이 있는가 보네."

"그래 한 삼 년 사귀었나. 결혼까지 하려고 했는데. 에이. 생각하면 뭘 해. 맥주 한 잔씩 나눠 마시고 서로 헤어지는데 비가 한 방울 두 방울 내리기 시작했고, 눈물이 그렁그렁하던 그 여자는 뒤도 안 돌아보고 내 앞에서 사라졌지."

이 무슨 신파조인가. 감옥도 아니고 사무실도 아닌 애매모호한 밝은 형광등 아래에서 온통 터지고 찢긴 한 사내가 개처럼 두들겨 팬 사내들의 지나간 사랑 이야기를 들으며 그 이야기를 눈물겹다고 해야 할까, 아니면 기막히다고 할까. 지금, 그들 말로는 밤비가 내리는지, 아침 비가 내리는지는 모르지만 비가 내리고 있다는데, 이렇게 초라한 몰골로 그들의 흘러간 사랑 이야기를 듣고 있다니.

"그런데 피서는 다녀왔어?"

"그럼, 대천해수욕장에 갔다 왔어. 애들이 어찌 성화든지. 김밥 싸 가지고 가서 애들은 수영하라고 하고 나는 맥주 몇 잔, 홀짝거리다가 왔지. 자네는 피서 갔다 왔나?"

"아니 갈려고 다 준비했는데. 집 안에 일이 생겨 가지고 출발도 못 했어."

"무슨 일인데?"

"아내가 배가 아프다고 얼마나 날뛰던지. 이러다 홀아비 되겠구나! 하고 병원에 데려 갔더니 급성맹장이었어. 하마터면 큰일 날뻔했어. 내가 아내를 사랑하는지, 않는지도 모르고 지냈는데, 이번에야 알았네. 더 아팠으면 어쨌겠어. 열심히 사랑할 수 있는 사람이 있다는 것은 행복한 일이지. 무어니, 무어니 해도 건강이 최고야."

"다행이네."

"그런데 어머니는 좀 어때?"

"수술 뒤 끝이 좋지 않아서 그냥 몸져누워 있어. 우리들 키우시느라 너무 고생하셨는데, 조금 살만하니까 병원만 왔다 갔다 하시네."

"그나마 다행이네."

"교회는 잘 다니는가?"

"가끔 이놈의 일 때문에 못 나가는 날도 있지만 잘 나가고, 기도도 열심히 하고 목사님이 우리 집안을 위해 열심히 기도해주신대. 우리 집안이 그래도 평안한 것은 다 하나님 덕분이지."

"좋은 일이지, 무엇인가를 믿는 것은. 더구나 하나님이 도와주신다면야."

하나님이 과연 존재할까? 생각하는 그때 누군가의 말이 떠올랐다.

"내 안의 기독교는 그것이 잘못된 행동이라고 말한다. 하지만 내 안의 교도관은 '나는 다 큰 남자가 바지에 오줌을 싸게 만드는 게 재미있다'고 말한다."

나는 지금 아침 드라마를 보고 있거나 외국 소설을 읽고 있는지도 모르겠다. 신파조의 드라마에서 의좋은 친구들이 오랜만에 만나 서로의 집안 안부를 묻는 중인가? 저들에게도 신이 있고, 그래서 열심히 믿으면서 기도하며 살고 있다는데, 나는 불행하게도 신을 믿지 않아서 이런 상상할 수도 없는 괴이한 일이 생긴 것일까? 머리가 지끈지끈 아프다.

그런데 그들은 이곳이 그 숨이 막힐 것 같은 지하실, 취조관이라는 것을 잊은 듯이 내가 있다는 사실조차 잊어버린 듯이 마음을 풀어놓고 사소한 이야기를 이어가고 있다.

"곧 가을이 올 테지?"

"그럼, 며칠 후에 비가 온다는데, 그 비 오고 나면 나락이 누렇게 익어가고 대추가 붉어질 거야. 우리 집 대추가 실하거든, 언제 따러 와."

그새 그렇게 되었는가? 그들의 이야기 속에 초대되어 내가 나를 잠시 잊고 있는 이곳은 어디인가? 취조관들이 마치 고향 마을의 인철이 아재와 영만이 당숙 같기도 하고, 밝게 빛나는 형광등이 봄날의 밝은 햇살 같기도 하다. 그렇지, 저 햇살 아래 둥그런 느티나무가 있고, 그 아래 옹기종기 모여 앉은 사람들이 새참으로 막걸리를 마시고 감자를 먹던 한가로운 풍경이 있었지, 저 느티나무 그늘 아래는 얼마나 시원할까? 더구나 바람이 불기라도 하면 이마에 송송 맺힌 땀방울을 금세 식혀주겠지. 어린 날 우리 집에 서 있던 감나무, 호두나무, 대추나무, 그리고 마을에서 제일 먼저 익어가던 뽕나무의 오디들.

그래, 그냥 긍정하기로 하자. 그들을 이해하자. 내 마음이 지금 상현달인가, 하현달인가, 알 수 없지만. 그런데, 저 취조관의 어머니가 아프시다는 데, 우리 집, 우리 어머니, 아버지는 지금 어떻게 지내고 계실까? 문득 눈물이 가을비처럼 쏟아지면서 부모님들과 지낸 어린 시절들이 주마등처럼 떠올랐다.

그 어린 날의 방황
―출가에서 탈속까지

"쉴 줄 알면 속세도 진경이 되고, 깨닫지 못하면 절간도 속세가 된다."

―《채근담》 중에서

"사람이 때를 모르니 때가 사람을 따를 리 없다."고 노래한 정현종의 시구처럼 그때나 지금이나 내가 속세를 떠나 중이 될 운명은 아니었던 모양이다. 아니면 그 절의 스님이 "쉴 줄 알면 속세도 진경이 되고, 깨닫지 못하면 절간도 속세가 된다."는《채근담》의 한 소절과 같은 내 마음속 풍경을 다 들여다보고 나를 세속으로 떠밀었는지도 모르겠다. 하지만 그때 중학교도 가지 못했고, 있는 듯 없는 듯 살다가 전주 진북동의 고등공민학교에 들어갔고, 그곳에서의 삶도 만만치 않았다. 아버지가 서중학교 편입을 시킨다고 준비했던 그 돈을 노름에 바친 것이다. 고모집에서 얹혀사는 것도 만만치 않았고, 세상은 아름답지도 진실하지도 않았다.

어느 날 새벽이었다. '이대로는 살 수 없다.' 그날 밤 어린 내가 뜬 눈으로 밤을 지내고서 내린 최선의 결론이었다.

"절로 들어가자. 절에 들어가 중이 되어 온 세상을 떠돌며 살자."

곧 출가(出家)를 결심한 것이다. 나의 출가는 이미 오래전부터 예정된 것이었는지도 모른다. 언제였던가, 책에서 보았던 지리산 자락의 화엄사가 떠올랐다.

"나는 학교를 혐오했다."

독일의 작가 토마스 만이 〈30년의 에세이들〉에서 말한 것과는 다르지만 학교는 내 인생 항로에서 학교와는 인연은 그때까지였는지도 모른다. 학교에 대한 모든 미련의 끈을 접고 화엄사로 가는 전라선 아침 열차를 탔던 시절은 여름이 무르익어 가는 시절, 그때 내 나이 열다섯 살이었다.

구례구역에 도착해서야 내가 집이라는 곳, 나의 울타리에서 떠나온 것을 실감할 수 있었다. 어떻게 한다. 이젠 방법이 없다. 화엄사 가는 버스를 타고 가며 버스 앞에 나타났다 사라지는 강이 섬진강이라는 것을 사람들을 통해 들었고, 멀리 펼쳐진 산이 지리산이라는 것도 사람들을 통해 들었다. 내가 잘 선택한 것일까? 내게 물어도 자신은 없었다. 집에서 도망쳐 나왔으면 왜 서울로 가야지 절로 들어갈 생각을 했을까? 지금도 의문이지만 그 당시 나는 어린 나이였지만 산다는 것 자체에 지쳐 있었고, 특히 사람 자체가 끔찍하게 싫었다.

용기를 내어 화엄사에 들어갔고, 지나가는 스님에게 다시 한 번 용기를 내어 내가 이 절에 찾아온 이유를 이야기했다. 그 스님은 지금은 기억 속에 희미한 암자(얼마 전에 가서 보니 바로 화엄사 뒤편의 구층암이었다)에 있는 한 스님을 소개해주었다.

굵게 패인 주름살이 세월의 두께를 짐작케 할 정도로 스님은 어린 나에게 무척 인상적이었고, 과묵한 그의 표정에서는 함부로 범접하기 어려울 정도의 근엄함이 엿보였다.

"어디서 무슨 일로 왔느냐?"

"예. 전주에서 중이 되고자 왔습니다."

"그래 무슨 사연이 있어 왔느냐?"

나는 "오래전부터 스님이 되고자 했으며, 지금이 그때일 것 같아서 왔습니다."라고 말했다.

내 의도를 알아차린 스님은 더 이상 묻지 않았다. 그리고 내가 묵을 방을 알려주었다. 그곳에서 나무를 하고 방을 치우고 밥하고 치우고 빨래하는 것을 거드는 허드렛일을 하며 두어 달을 지냈다.

그러던 어느 날이었다. 스님이 방 안에서 나를 불렀다.

"얘야, 힘들지 않느냐?"

"예, 힘들지 않습니다."

아무래도 스님이 허드렛일이 아이라, 나에게 새로운 과제를 부여할 것인가?

한참 동안을 나를 바라보고 계시던 그 스님이 나직한 목소리로 내게 말했다.

"내가 너를 예의 주시해 보았는데, 너는 아무래도 절에는 맞지 않다고 생각되는구나?"

"네~, 무슨 말씀?"

"세상에 나가서 사는 게 좋겠다."

스님은 단호하게 말을 이어갔다.

"물론 네가 큰마음 먹고 찾아와 두어 달 동안을 머문 이곳에도 길이 있지만. 사람의 마음이나 생김생김이 제각각 다르듯이 길은 여러가지가 있단다."

"……."

"네가 걸어야 할 길이 있고, 네가 건너야 할 강이 있고, 네가 넘어야 할 산이 있느니라. 여기는 아닌 것 같구나."

마치 부처님의 설법처럼 말씀을 이어가는 스님은 내 어깨를 두드리며 내가 반문하기도 전에 다시 말을 이었다.

"네가 나가서 마주치게 될 모든 순간, 모든 사람에게도 저마다 다른 길이 있듯이 너에게도 너만의 길이 있느니라. 그 길을 걸어 보아라. 어차피 세상에선 누구나 혼자란다. 그 혼자의 길을 가거라, 가서 세상의 바다를 마음껏 헤엄쳐 보아라."

나는 눈앞이 캄캄했다. 내가 처음으로 선택한 길, 더 이상 갈 곳이 없는 막바지라고 찾아온 곳에서 나가야 되다니, 내 생각은 아랑곳없이 스님은 자신이 하고픈 말만 하시는 것이었다.

스님에게 조금만 더 있으면 어떻겠느냐고 말씀을 드리려고 하자, 스님은 더 이상의 내 말을 가로막은 대신 내 손 위에 '노잣돈' 주머니를 얹어 주셨다.

"어서 떠나는 게 좋아."

그게 어렴풋한 기억 속에 스님이 내게 한 말씀의 요지였고, 스님과 맺은 인연은 그것으로 끝이었다. 더 이상 내가 스님에게 매달리는 것은 무망하다는 것을 스님의 눈빛을 보면서 온몸으로 느꼈다.

마지막 밤이었다. 이른 저녁 공양을 끝내고 내가 기거하던 방에 누워 있는데, 내가 그렇게 한심할 수가 없었다. 어디로 갈 것인가? 불과 두어 달 전에 다시는 안 돌아가겠다고 나온 그 지옥 같은 집으로 돌아갈 수도 없고, 그렇다고 남들이 다 올라가는 서울로 따라 올라가는 것도 내키지 않았다. 서울도 내가 갈 곳은 아니지, 이런저런 생각에 잠은 멀리 달아나 버리고, 방문을 열고 절 마당으로 나갔다. 하늘에는 반짝이는 별, 그 별이 큰 산 밑에서는 주먹보다 더 크다는 것을 나는 그 밤에 알았다. '별빛은 빛나는데, 내 마음은 왜 이리 어둡지.' 내가 나에게 물어도 나는 해답을 제시해 줄 수 없고.

반짝이는 별빛 사이를 한 무리의 구름이 지나가고, 그 밤도 덩달아 어디론가 흘러서가고, 그때 한 줄기 바람이 내 뺨을 스치고 지나가며 속삭이는 것 같았다.

"너무 걱정하지 마, 길은 어딘가로 이어질 거야."

그 암자에서 보낸 그 밤은 그렇게 흘러서 갔다.

다음 날 아침, 내가 그 암자를 나올 때 스님은 먼발치에서 나를 안쓰럽게 바라보고 계셨다. 그때 그 스님의 눈빛이 지금도 선명하게 남아 있는 것은 무슨 연유일까?

하지만 세상의 물정은커녕 세상을 살아가는 1, 2, 3도 모르며, 갈 곳도 없는 어린 나에게 스님의 말은 너무 가혹했다.

스님의 말에 어린 내 영혼은 상처와 절망이 뒤범벅이 된 채로 절을 나설 수밖에 없었다.

나의 행자(行者) 아닌 행자. 나의 스님 아닌 스님 생활은 그렇게 끝이 났다. 그때나 지금이나 내가 속세를 떠나 중이 될 운명은 아니었던 모양이다. 하지만 그때 그 절망 속에 가깝지도 않지만 그리 멀다고도 할 수 없는 화엄사에서 구례구역까지 걸어 나오면서 나는 '인생이란 예기치 않은 일들로 가득 찬 놀라운 것들로 가득 차 있는 것인지도 모른다'는 생각을 하고 터덜터덜 걸어 나왔었다.

화엄사에서 구례읍까지 걸어가는 길은 제법 멀다. 절에서 나온 나는 무작정 걸었다. 어디로 갈까? 서울과 부산? 어디로 갈 것인가 두 갈래 길에서 나는 부산을 택했다. 부산으로 가자. 부산으로 가기 위해선 먼저 구례구역으로 가야지. 구례읍에 들어서기 전부터 '구례구역으로 가려면 어디로 가야 하느냐'고 사람들에게 여러 번 물었다.

그런데 느닷없이 '빵빵' 하는 경적 소리가 들려서 바라보니 경찰차였다.

"수상하면 신고하고 의심이 나도 신고하자."

"길을 묻는 사람은 간첩이 많다."

"아침에 산에서 내려오는 사람도 신고하자."

"신발에 흙이 묻은 사람도 의심해라."

나는 큰길에서 낯모르는 사람들에게 길을 물었고, 수상하게 여긴 사람들의 제보에 의해 간첩 혐의를 받고 경찰서로 끌려가게 된 것이다. 그때 그것이 최초의 관공서 출입이었다.

키도 크지 않고 체격도 크지 않은 나를 간첩으로 신고한 사람도 그렇지만, 그런 나를 데리고 경찰서로 가는 경찰은 또 무슨 경찰이었는지. 그곳에서 내 가방에 들은 온갖 내용물까지 다 꺼내어 보고서야 보내주었다.

"어서 집으로 가라."

요즘엔 가출 청소년들이 파출소에 오면 곧바로 집으로 전화를 해서 데려가도록 하지만, 그 당시만 해도 마을 어느 집에도 전화가 없던 시절이었다. 그래서 집으로 돌아가라는 것이 가출 청소년들에 대해 그 당시 경찰관들이 할 수 있는 최선이었다. 그 친절한(?) 경찰들을 뒤로하고 구례구역에 도착한 것은 늦은 오후였다.

구례구역에서 여수로 갔고, 밤배를 타고서 통영을 거쳐 부산에 닿았다. 울산에서 마지막 돈을 다 쓰고 얼마나 어렵게 이 땅을 떠돌았던가, 그리고 얼마나 오랜 세월을 번민과 절망으로 날을 새었던가? 그런데 지금 나는 열다섯 살 어린 나이에 간첩 혐의자로 끌려갔던 것과는 달리 간첩죄로 체포되어 와 낯선 방에서 한 치 앞을 못 내다보고 고문을 받고 있으니……. 이 무슨 운명의 장난인가?

나는 지금도 그 지하실에 있고

"인간은 천사도 아니지만 짐승도 아니다. 그러나 불행한 것은
인간은 천사처럼 행동하려고 하면서 짐승처럼 행동한다는 것이다."

- 파스칼

지난날의 기억들이 실 꾸러미처럼 풀려서 어지럽게 흩어져 있는
자리에 내 슬프고 쓸쓸한 심사는 깊은 상처로 남아 욱신거리면서 아
프다. 이미 지난날들이다. 지금은 잊어도 좋을 그 슬픈 기억들의 생
채기를 어루만지며 돌아서오니 내가 머무는 현주소는 어딘지 도무지
짐작조차 할 수 없는 지하실, 나는 너무 먼 여행을 떠났다가 돌아왔
구나.

아직도 그들의 그 소소하고 담백한 이야기가 이어지고 있다.
"곧, 가을이 올 것 같아. 바람이 좀 서늘해진 것 같지 않아?"

"응, 그런 것 같아."

"가을엔 지리산을 가야 할 건데, 어떻게 틈을 낼 수 있을지 모르겠어. 붉게 타오르는 단풍을 보면, 가슴이 막 불타오를 것 같아."

"아직 젊음이 남아 있는가 보네."

"그런가."

그들의 이야기를 듣다가 보니 그들도 사람이고, 여기도 사람 사는 곳이로구나. 저 사람들도 가족들이 있고, 그들 나름대로 사랑하고, 아파하고 피서도 가고, 산에 가서 단풍 구경도 하면서 살고 있구나.

"인간은 천사도 아니지만 짐승도 아니다. 그러나 불행한 것은 인간은 천사처럼 행동하려고 하면서 짐승처럼 행동한다는 것이다."

파스칼은 이런 때, 이런 사람들과 나와 같은 처지에 있는 사람들을 위해서 한 말은 아닐까?

그럴 수도 있고, 아닐 수도 있다. 지금, 내게 중요한 것은 이 부정적이고, 이해할 수 없는 시대에 저들의 철두철미한 직업성을 이해하고, 긍정하기로 하자. '잘한다! 잘한다'라고.

그러면 나는 저렇게 국가관이 투철한 공무원들을 저들이 원하는 대로(내가 간첩이라고) 도와줘야 할 것인가? 아니면. 지금 이 방식(간첩이 아니니까)대로 도와줘야 할 것인가. 나는 내식대로 저들은 그들의 식대로 하는 것이 낫다고 혼자서 결정한다.

민주주의도 한국식이 있고, 미국식이 있으며, 독일식도 있다고 하지 않은가.

자, 지금의 상태, 정말로 애매하기 짝이 없다. 그들은 그들의 뜻대로 되지 않으니까 애매하고, 나는 나의 진실을 어느 것 하나 숨기지 않고 얘기해도 믿지 않아서 애매하다.

그러므로 애매할 때는 자유를 줘야 하는데, 무엇이 문제인가? 남는 피해나 상처, 그것이 아닐까? 그러나 다시 생각해 볼 것도 없다. 상처는 상처일 뿐, 영광이 되지 못한다. 그 상처, 그것만이 고스란히 내 몫이 될 수밖에 없다.

밤인지 낮인지 저녁인지 아침인지, 오늘이 며칠인지 분간을 할 수가 없었다. 그렇다면 저들은 어떨까? 확실하게 알지는 못해도 저 사람들은 정시에 출근하고 정시에 퇴근하지는 않아도 돌아가면서 교대로 나를 고문하고, 나를 취조할 것이다.

국가에 충성하면서 가장의 역할, 국민의 역할을 정직하게 수행하고 있다고 자부심을 가지고 있을지도 모른다.

저들이 한 사람의 인간으로서 국민으로서, 그 권리를 수행하기 위해 나를 취조하고 있듯이 무슨 죄를 지었는지도 모른 채 취조를 받고 있는 나도 한 사람의 인간이고 국민이다.

동학에서 말하는 것처럼 넓게 말한다면 저들도 하나하나의 우주이고, 나도 우주다. 한 우주와 한 우주가 동시대에 태어나 어느 순간에 만나 이야기를 나누고, 이해하고, 사랑하면서 살아가는 그것이 가장 바람직한 삶 중의 하나일 것이다.

그런데 한 우주와 한 우주가 만나 미워하고 때리고 분노하고 있다. 그런데 저들은 내가 그들에게 받은 구타와 고문으로 고통을 받고 아파하고 있을 때, 저들도 혹시 나처럼 가슴이 미어지게 아픈 것은 아닐까? 그럼에도 마치 한번 놀아보자는 그들의 말과 같이 노는 것처럼, 즐기는 것처럼 그런 표정을 짓는 것은 아닐까? 하지만 그럴 리가 없다. 그건 나의 쓸데없고, 허망하기 짝이 없는 인간애이고 어처구니 없는 인도주의적 발상일 뿐이다. 그들은 처음부터 나를 곤충이나 뿔 달린 짐승처럼 여겼기 때문인지 더 가증스러운 미움의 대상일 뿐이었을 것이다.

하여간 인간으로 살면서 가장 이해할 수 없는 시간 속에서 이해할 수 없는 사람들과 나는 세상에서 가장 혹독한 시간을 보내고 있다. 시간은 망각의 강물이라고 하는데, 이 기이하고도 괴기한 시간도 시간은 시간이란 말인가?

지금이 며칠인가? 앞으로 운명이 어떻게 전개될 것인가? 가늠할 수 없고, 밤인지, 낮인지, 아침인지, 저녁인지도 모른 채 시간을 잊어버린 한 사내를 감시하면서, 그 사내를 통해 무언가를 밝혀내야 하는 사람들이 담배를 피우고, 그들이 내뿜은 연기가 내 눈앞에서 안개처럼 어른거리다가 흩어진다.

문득 지금의 이 상황이 실제가 아니고 연극이나 단막극, 아니면 가면무도회가 아닐까 하는 생각이 들었다. 그들이 가면을 쓰고 있는 이 공간 속으로 나도 나를 감추는 가면을 쓰고 이 사람들 앞에 나타날 수 있다면 얼마나 좋을까? 그래서 지금의 상황이 아닌 정반대의 입장이 되어, 그들을 피고인으로 감금할 수 있다면……. 내가 그들 위에 군림하고 그들에게 명령하면서 그들이 나에게 퍼부었던 욕설과 나에게 가했던 고문의 십 분의 일이라도 선사해 줄 수 있다면, 내 가슴에 각인된 그 분노와 슬픔이 가실 수 있을 것인가?

말도 안 되는 생각을 하고 있는 사이 내 생각은 금세 큰 벽에 가로
막혔다. 어디서 날아왔는지도 모르는 주먹과 발길질이 내 온몸으로
하늘에서 우박이 떨어져 내리듯 쏟아진 것이다.

"악악!"

내 비명이 메아리가 되어 되돌아오는 시간, 절망의 늪에서 점차 숨
소리가 잦아들어 가는 듯한 그 시간에 뜻하지 않은 음성이 들려왔다.
마치 아이스크림이 입에서 살살 녹는 듯한 달콤한 목소리였다.

"어, 친구, 잘 쉬었나?"

친구라니, 내가 잘못 들었나 싶었다. 정신을 가다듬고 그를 보았
다. 그 취조관이었다. 재미있다는 듯한 그의 웃음이 더 가증스러웠
다. 그렇게 부모 죽인 원수처럼 분노로 나를 개 패듯이 패면서 '간첩'
이라고 닦달하더니, 지금은 친구라고 나를 놀린다. 웬 친구? 알다가
도 모를 일이다. 아니 도대체 영문을 모르겠다.

"자, 다시 놀아볼까?"

뭘 논다는 걸까? 그들은 노는데 나는 아프다. 이렇게 불합리한 일
이 어디 있으랴. 잘 노는 것 때문에 사람이 아프고 슬프고, 이런 말도
안 되는 일이 어디에 있으랴. 그렇지 않아도 좁고 연약한 어깨가 으
스러진 것 같았고, 갈비뼈가 부러진 듯 아팠다.

거친 숨소리 속에 아파서 내지르는 내 비명과 신음 소리는 오히려
묻혀버렸고, 기진맥진한 나는 녹다운이 되어 잠든 것은 아닌 의식을
잃고는 했다. 그들은 시체처럼 누워 있는 나에게 물세례를 퍼부어 깨
어나게 했다. 그 차디찬 물로 흡사 물에 빠진 생쥐처럼 바르르 떨면
서 일어나며 정신이 깨어날 때, 내 영혼을 후비고 지나가던 한마디

말이 있었다.

"절망하지 말라. 네가 절망하지 않는다는 것에도 절망하지 말라. 이미 모든 것이 파국에 이르렀다고 보일 때에도 새로운 힘을 불러일으키는 것, 그것이야말로 네가 살았다는 것을 의미하는 것이다."

나는 그 말로 버티고 또 버티었다. 몸은 자꾸만 심연 깊숙이 가라앉아 가는데, 정신의 여명은 점점 더 밝아져 오는 것, 그것은 설명할 수 없는 말 그대로 아이러니였다.

하지만 더 이상 버틸 수 없을 것 같은 절망감이 온몸으로 전율처럼 마디마디 퍼져갈 때, '차라리 지금 죽는 것이 가장 행복하지 않겠는가?'하는 생각이 몸서리치듯 내 영혼 깊숙한 곳으로 밀려왔다. 그리고 J. 키츠가 지은 〈나이팅게일 송시〉 몇 소절이 떠올랐다.

"죽어야 할 때는 바로 지금, 한밤중 고통도 없는 죽음."

신 선생, 대학 졸업한 것 맞지요?

"아무리 해도 흔적이 보이지 않는군, 길을 잘못 들었네. 어떡한담,
아무래도 악령이 우리를 들판으로 내몰아서 사방을 헤매게 만드나 봅니다."

— 알렉산드르 푸시킨(뿌쉬낀)

    남들의 평가에 전혀 신경 쓰지 말고, 나 자신이 기뻐하는 것만 하
고 살자, 내가 기쁘고 행복해야 주변 사람들, 그리고 세상 사람들 역
시 행복하지 않겠는가? 그것이 이 세상에 살고 있는 동안 내가 살아
가고자 하는 삶의 자세다.

    물론 나도 그렇지만 나를 제외하고 대부분의 사람들이 그렇게 사
는 것은 쉽지 않다는 것을 안다. 왜냐하면 조직 생활이나 직장 생활
을 하는 사람들은 이런저런 이유 때문에 가능하지가 않기 때문이다.

    조직 생활이라고는 군대 생활 3년밖에 없어서 세상 물정을 나는 잘
모른다. 하지만 세상 어느 조직이나 저마다의 역할이 있다는 것은 풍

문으로 들어서 잘 알고 있다. 어떤 사람은 재무를 잘 보고, 어떤 사람은 홍보를 잘하고, 어떤 사람은 일을 잘하고, 저마다 자기만이 잘하는 일이 있어야 조직이 잘 굴러간다고 한다. 그러므로 조직의 책임자는 조직 구성원들을 가장 잘하는 역할에 투입하면 되는 것이다.

내가 잠시 귀한 손님(피의자)으로 초대받았던 그곳도 저마다의 역할이 있었던 듯싶다. 실장이라고 불리는 그 사람, 나를 찾아왔던 그 사람을 중심으로 과장과 김 계장이라는 사람을 포함하여 여섯 사람이 있었는데, 다섯 사람은 모두 나를 알기를 자기 아버지를 죽인 원수처럼 대했다. '사람만이 사람을 그리워 한다'는 말은 이곳에서는 통하지 않는 말이라서 그런지, 그들은 나를 사람으로 여기지 않았기 때문에 나를 때리거나 나를 대하는 것이 한 마리 짐승처럼 대했다. 이들도 집에 가면 자상한 남편이며, 부드러운 아버지이고, 효성스런 아들이고, 형이며 오빠일 것이다.

그런데 왜 이들은 이렇게 이곳에서 철면피가 될 수 있을까?

미국의 철학자인 윌리엄 제임스는 《회상과 연구》에서 인간을 두고 다음과 같이 말한 바 있다.

"생물학적으로 고찰해보면 사람은 가장 무서운 맹수이며, 유일하게 조직적으로 같은 종족을 사냥하는 맹수이다."

더도 덜도 아닌 정답이다. 오죽했으면 "귀신보다 사람이 더 무섭다."는 우리나라의 속담이 있을까?

그들은 옷차림부터 달랐다. 엷은 점퍼 차림에다 남방 셔츠를 입었고, 노동판에서나 들음직한 욕설이 그들이 하는 말에 절반도 넘었다. 나에게 가해졌던 지금까지의 문초들이 얼마나 가혹하고 무자비한 일이었는지, 그들은 결코 자신들의 행위를 돌아볼 사람들 같지가 않았다. 오히려 내가 '간첩'임을 어서 시인하기를 바라며 또 다른 고문 방법이 동원될 것이라는 생각이 들었다.

바로 그때였다.

"이봐요, 신 선생!"

참 이상한 일이다. 좀 전에는 나를 '친구'라 부르며 놀리더니, 이번에는 '신 선생'이라고 부른다. 아무리 나를 가지고 놀기 위해서 그런다 해도 친구에다 선생까지 붙이면서 농락할 필요는 없지 않은가 말이다. 속으로는 내 마음이 부글부글 증오심으로 끓어오르지만, 나는 고개를 들지 못한 채 애원하듯 그 목소리에 답한다.

"왜 그러세요, 갑자기?"

"신 선생, 어디 아픈 데는 없소?"

그런데 생각해 보니 목소리가 달랐다. 지금까지 다섯 명의 취조관을 만났는데, 그들의 목소리가 아니다. 나는 축 늘어졌던 고개를 들어 그를 보았다. 아까 그 취조관이 아니었다. 다른 사람이다. 아직 한 번도 보지 않은 사람. 언제 이곳에 들어왔는지 의식도 하지 못한 순간에 전혀 모르는 사람이 들어와 있었다. 누굴까?

그가 말했다.

"자네들은 잠시 나가들 있게."

취조관들이 자리를 비웠다. 이제 그와 내가 마주 앉은 것이다.

검정색 양복에 넥타이를 반듯하게 맨 그는 육체적으로 정신적으로 견딜 수 없는 고통만 주던 그전 취조관들과 달리 말투부터 부드럽고 상냥했다. 나이는 삼십 대 중후반 정도랄까. 그에게선 교양을 갖춘

지식인의 풍모가 엿보였다. 어쨌든 이 밀실을 호령하던 취조관들에
비해 예사롭지 않은 인물임에 틀림이 없었다.

그가 나를 지긋이 바라보았다. 따뜻하면서도 애처로운 눈빛이었
다. 적어도 지금까지 거쳐 간 취조관들의 모습으로 돌변할 사람 같지
는 않았다. 그는 깍듯이 예의를 갖추어 나에게 말했다.

"선생님, 많이 힘드셨겠습니다."

무슨 소린가? 믿기지 않았다. 지금 이 말투가 잠결인지, 현실인지
이 갑작스런 변화가 전혀 믿겨 지지 않는 시간이었다. 나를 두고 선
생이라니, 내 생애 처음으로 들은 선생이라는 호칭, 내가 나이도 열
살쯤은 어릴 것 같은데, 선생은 무슨 선생, 이해할 수가 없다. 무슨
꿍꿍이속이 있는 것은 아닌가?

살다가 보면 별일이 다 있다는데, 지금이 딱 그때 같다. 태어날 때,
그대로의 모습, 실오라기 하나 걸치지 않고, 온몸이 상처와 멍투성이
인 나에게 선생이라니, 세상에 나 같은 선생이 어디 있을까?

그런데 나에게 '선생'이라는 고귀하고도 아름다운 호칭을 쓰면서
자상하고 공손하게도 그는 날더러 '아픈 데 없느냐'고 다시 묻는다.

"보면 모릅니까?"라고 할 수도 없고, 아파서 죽겠다고, 말도 못 하
겠다고 할 수도 없고, 그렇다고 침묵할 수도 없는 처지의 나. 가장 뚜
렷한 침묵은 입을 다물고 있는 것이 아니라 입을 열고 얘기를 하는 것
이라는데, 대답을 안 하면 괘씸죄에 걸릴지도 모르니까 대답을 한다.

"아! 예."

"내가 선생 집에서 가지고 온 책과 소지품들을 보니 문학도였지요?
나 역시 청소년 시절 문학에 심취했던 사람이요. 나는 소설가 김승옥

을 좋아했고, 그중 가장 좋아했던 작품은 〈무진기행〉과 〈서울 1964
년 겨울〉이요. 얼마나 좋아했던지 필사도 했었지요. 시는 미당 서정
주 시인의 시와 폴 발레리를 좋아했었소. 〈해변의 묘지〉에 '바람이
분다, 살아봐야겠다.' 지금도 좋아하는 절창이지요. 당신은 어떻소?"

내가 그에게 지금 무슨 대답을 해야 하는가? 지금 내 마음이 그토
록 한가하지가 않은데.

"신정일 선생은 어떤 시인들을 좋아하시오?"

그는 재차 물었다.

나는 아무런 말도 할 수 없다. 사실, 나는 김수영 시인과 김지하 시
인을 좋아하고, 로버트 프루스트와 헤르만 헤세를 좋아하며, 니체와
도스토예프스키, 카프카를 좋아하는데. 내가 지금 그들을 좋아한다
고 그에게 말한다는 것이 얼마나 우스꽝스러운 일인가. 게다가 지금
내 몰골을 보라. 벌거숭이다. 상대는 각진 정장을 입고 있는데, 나는
실오라기 하나 걸치지 않고 그것까지 드러내놓은 채, 여기저기 멍투
성이 벌거숭이다. 정장을 입은 사내와 벌거숭이 사내가 마주앉아 문
학을 이야기하다니, 이 얼마나 희극이고 비극인가?

아무래도 이 사람은 나와 같은 문학도라서 선생이라는 호칭으로
나를 부르는지도 모르겠다. 나는 가만히 그를 바라보고 그는 나에게
자꾸 질문을 던졌다. 심심해서 그런가? 아니면 다른 취조관들처럼
놀고 싶어서 그런 것인가?

어쩌면 내가 극심한 구타와 고문으로 인해 측은해 보이니까, 나의
구원이자 희망이라고 할 수 있는 문학을 통해 얼어붙은 마음을 녹여
주고자 하는 마음일 수도 있을 것이다.

아니면 조직 구성원 중에서 고도의 전략을 구사하는 사람으로, 나의 상처 난 마음의 한 귀퉁이로 슬그머니 비집고 들어와서 나의 본마음을 알아내고자 하는 전략적 발로일지도 모르고 '천사의 가면을 쓴 악마'일지도 모른다.

옛말도 있지 않은가. '정중할수록 교활하다.' '공손할 때에 거짓말을 한다.' 니체도 말했었지. "태풍을 일으키는 것은 가장 나직한 말이다. 비둘기 걸음으로 오는 사상이 세계를 움직인다."고.

그러나 세상 어디건 나쁜 사람들도 있는 법이지만 나쁜 사람들 가운데도 좋은 사람이 있지 말라는 법도 없지 않은가. 그래도 방심하지 말자. '악마가 부르는 노래가 가장 아름답다'는 말도 있지 않은가, 내게 잘할수록 조심해야지. 하지만 다른 한 편에선 이런 생각이 떠오르기도 한다. 유혹을 두려워하지 말고 그냥 넘어가라. 그냥 되는 대로 살아라.

"미당 서정주 시인은 우리말을 가지고 시를 너무 잘 쓰기 때문에 존경합니다. 신정일 씨는 어떻소? 나는 김승옥 씨의 소설 문체를 좋아하오. 당신은 어떻소?"

이 정도라면 문학에 상당한 깊이가 있는 사람이다. 그렇지만 내가 지금 그의 말에 맞장구를 칠 수는 없지 않은가? 나는 그저 내색도 보이지 않고 그의 말을 듣고 있을 뿐이다. 그는 내가 반응을 보이지 않으니까 말끝을 흐린다. 나는 그에게 그저 고개만 끄덕일 뿐이고, 의자에 시체처럼 누워 있을 뿐이다.

지금 내게 서정주는 무슨 의미가 있고, 김승옥의 문학이 무슨 의미가 있겠는가? 어쩌면 다시 살아나갈지, 아니면 쥐도 새도 모르게 이 세상에서 사라질지도 모르는데.

그런 나의 생각이나 표정은 아무런 의미가 없다는 듯이 그 사람은 시와 소설을 이야기했다. 저 사람도 나처럼 문학도였나? 김승옥이나 서정주를 이해한다면 어설픈 문학도는 아닌 듯하고, 문학에 뜻을 두었었지만 글은 안 써지고, 그러다 이곳에 밥벌이를 위해 취직한 건가? 그런 상황에도 나는 그런 쓸데없는 생각을 하고 있었다. 현실은 냉혹하기만 한데…….

내가 지금 이 사람과 이렇게 한가한 시간을 보내도 된단 말인가? 생각은 그렇게 했지만 부드러운 그의 말에 대답을 안 할 수도 없고, 기어들어 가는 목소리로 말했다.

"어린 시절부터의 꿈이 작가가 되는 것이었고, 집이 가난했기 때문에 상급학교에 진학하지 못했습니다. 그래서 학교도 안 가고 닥치는 대로 책만 읽었습니다."

"하나 물어보고 싶은 것이 있소. 솔직하게 말해야 합니다. 선생 진짜로 대학 졸업했지요?"

참, 이 사람들이 비싼 밥 먹고 쓸데없는 말, 코미디 같은 얘기를 하는구나. 대학은커녕 중학교도 졸업하지 못했고, 고등학교 근처도 안 가본 나에게, 그래서 솔직하게 안 갔다고 말하는 나에게 대학을 졸업하지 않았느냐고 다그친다. 저 사람들은 나에 대해서 얼마나 알면서 '나에게 나를 말하라'하는 것인가?

어쩌면 '나' 아닌 사람을 데리고 오려다가 그 사람이 아닌 '나'를 데리고 와서 헛물만 켜고 있는 것은 아닌가? 그렇다면 지금이라도 당신들이 데리고 오려고 한 사람이 내가 아니라고 가르쳐 주어야 할 것이 아닌가?

하여간 느닷없이 그들로부터 대학을 졸업한 사람으로 취급 받는 것은 좋은 일인가? 나쁜 일인가? 내가 대학을 졸업했다고 말하면 그들이 나에게 대학 졸업장을 줄지도 모르겠다. 남들은 큰돈 들이고 많은 시간 들여서 대학을 졸업하는데, 나는 이곳 안기부에서 며칠 그들 말대로 잘 놀면서 보내고서 은근슬쩍 대학 졸업장을 받을지도 모르겠다. 그러나 아닌 것은 아닌 것이지. 나는 시니컬하게 대답했다.

"아닙니다. 대학 근처도 가지 않았습니다."

"대학을 졸업하지 않고 어떻게 그런 어려운 책을 읽고, 아무나 접근하기 어려운 고전 음악을 들을 수가 있소? 선생은 진짜로 국민학교 외엔 학교를 다니지 않았고, 독학한 것이 맞소?"

군대에 들어가 훈련을 마치고 자대에 가서 포대장에게 들었던 말을 다시 이곳에서 듣게 되다니. 나는 그냥 있는 그대로 말했다.

"국민학교를 마치고 오로지 책만 읽다가 군대에 갔고, 그래서 정규 학교는 국민학교 6년이 다입니다."

신기하다. 계속 여러 사람을 통해서 반복적으로 대학을 졸업하지 않았느냐는 다그침을 듣고, 북한에 가서 김일성으로부터 돈을 받았지 않느냐는 다그침을 반복해서 듣자 내가 진실로 대학을 졸업한 것 같고, 북한에 가서 김일성으로부터 많은 돈을 받은 것 같은 착각이 들면서 대학을 다니고 졸업한 것 같이 느껴진다.

내가 어느 곳에서 어느 대학을 다녔지? 그래, 반복, 반복 교육이라는 것이 이토록 무서운 것이다. 지금의 나는 그 반복을 기다리지도 않고, 아직까지는 그 반복되는 질문에 빠져들지 않았지만, 그 반복된 질문이 쉬지 않고 지속된다면 내 의식도 어찌 될지 장담하지 못한다. 그러는 사이 그의 질문은 또 반복되고 있었다.

"나는 선생의 모든 잘못을 다 알고 있습니다. 그리고 나는 선생이 무엇을 생각하고 있는지도 다 압니다. 그러니 어서 고백하시지요?"

그는 '자백' 대신에 '고백'이라는 단어를 썼다. 범죄자 대신 양심범 취급을 하는 것처럼 느껴지긴 했지만, 실제로 그런 의미로 '고백'이라는 단어를 일부러 썼는지는 나도 모른다.

그렇지만 내가 무엇을 고백한단 말인가? 내가 간첩 노릇을 했어야, 그 간첩에 대해 말하고 누구와 모의를 했어야 그 과정을 자백이든 고백이든 할 것 아닌가?

굴[석화(石花)]은 놀란 사람의 입처럼 열린다고 제주도에서 바닷가에서 들은 이야기가 있다. 그 한가한 풍경 속에서 들었던 말이 엄혹하고도 참혹한 이 시간에 떠오르는 것을 보면 맑은 정신은 어떤 환경 속에서도 끊임없이 움직인다는 것을 실감한다. 그들은 지금 내가 입을 여는 '굴'이기를 바라고, 어서 열기를 갈망하고 있을 것이다. 참 우습고 가당찮은 이야기고, 참, 기이한 풍경이다.

한참 동안 나를 바라보고 있던 그는 자기 앞에 놓인 봉투에서 책 몇 권을 꺼냈다. 책 표지를 보니 《역사란 무엇인가》와 신채호 선생의 《조선사총론》이다. 손때가 묻도록 읽고 또 읽었던 내 책이다. 도대체 무슨 일이 벌어질 것인지.

"자, 지금부터가 중요하오. 당신은 내가 말하는 요지를 잘 듣고 사실대로 말해야 하오. 나도 문학을 좋아하는 사람이지만 밥 먹고 살기 위해 사회과학서적을 웬만큼은 다 읽었소. 이 책《역사란 무엇인가》에 접혀진 부분을 보니 당신이 밑줄을 그은 부분에 이런 글이 있었소."

"정치는 대중이 있는 곳에서 시작된다. 수천 명이 아니라 수백만 명이 있는 곳에서, 곧 진정한 정치가 시작되는 곳에서. 러시아 혁명가 레닌이 말한 것 같은데, 이 말은 무슨 뜻이오?"

"그저 중요한 말 같아서 밑줄을 그었을 뿐입니다."

"아닌 것 같은데, 당신, 대학교 앞에서 대학생들을 포섭해서 민중봉기를 준비하고 있었던 게 아니오?"

무슨 별소리를 다하는 건가, 정치(政治)에 '정(政)' 자도 제대로 모르는 사람이, 그리고 하루 세끼 끼니도 제대로 잇지 못하고 빌빌거리는 사람이 무슨 힘이 있어서, 무슨 야망이 있어서, 어떤 일을 하기 위해서 누구를 포섭한단 말인가.

"아닙니다."

"자, 다시 신채호 선생의 《조선사총론》을 봅시다. 이 책에도 이런 구절이 있소."

"정여립이 '충신은 두 임금을 섬기지 아니하며, 열녀는 두 남편을 바꾸지 않는다'라는 유교의 윤리관을 한마디로 부정하여 '인민에 해가 되는 임금은 죽여도 괜찮으며, 올바름을 실행하기에 부족한 지아비는 떠나도 괜찮다'라는 구절이 있소, 그리고 '군신강상실을 타파한 동양의 위인이다'라는 말에 밑줄을 그었는데, 정여립은 도대체 누구며 그 말의 뜻은 대체 무엇이오?"

"정여립은 조선 선조 때의 문신으로 대동계를 조직해서 혁명을 꿈꾸었던 사람입니다."

"당신은 그 사람의 어떤 점이 좋아서 그렇게 밑줄까지 그었소?"

나는 할 말이 없다. 어린 시절부터 습관이 되어 품성이 된 것이 여러 가지가 있지만 내가 돈을 주고 구매한 책에는 마음에 드는 구절이 있으면 밑줄을 그었다. 그런데, 저 사람들은 하필이면 그런 부분만을 들춰내서 지금의 대통령인 전두환을 비방하고 궁극적으로는 몰아내기 위해 어떤 조직을 만들려고 한 것이라고 연관을 시키고 있는 것이다. 물론 그 구절만 보면 저들의 세상을 뒤집고자 반역을 꾀하는 불순분자임에 틀림이 없을 것이다. 그러나 나는 아니다. 아닌 건 아닌 것이다. 그렇지만 밑줄 그은 부분만 파고들어 나에게 물어오는데 내가 저들에게 뭐라고 대답할 수 있겠는가?

"저는 그냥 책을 구하면 닥치는 대로 읽었습니다. 그리고 정규교육을 받지 않았기 때문에, 누가 책을 추천해준 것도 아니고, 책에서 책을 소개받아서 읽었을 뿐이고, 그런 의미에서 《조선사총론》은 우리 역사를 공부하는 데 많은 도움을 준, 여러 책 들 중 한 권이었지요. 특히 그 책에 나오는 정여립이 전주 사람이라서 더 흥미를 가지고 읽었을 뿐입니다."

그의 목소리에 점차 힘이 들어가고 있었다. 자신도 그것을 느꼈는지, 나에게 따져 묻긴 하면서도 애써 목청을 억눌렀다. 부드러운 말투를 놓치지 않으려 노력하고 있음을 감추지 못하는 것이었다.

"나더러 당신 말을 액면 그대로 믿으라는 거요? 왜 하필 나라에서 금기시하는 책들만 그렇게 많이 가지고 있는지 이상하지 않소? 어째서 그런 책들을 즐겨 읽었단 말이오"

좋아하는 책을 읽은 것이 잘못이라는 말인가? 나라에서 지정한 책만 읽어야 된단 말인가? 그런데 다행히도 저 취조관이 놓치고 있는 부분이 있었다. '천하는 공공한 물건인데, 어찌 일정한 주인이 있는 가?'라는 구절을 저 사람은 읽지 않았나 보다. 불행 중 다행이란 생각이 들었다.

그들은 나의 모든 것을 '안다'고 말하고, 나는 그들이 나에 대해 말하는 것을 '모른다'고 말한다. 그들의 말과 나의 말이 같지 않고, 평행선을 달리고 있다. 언제까지 이렇게 서로가 서로를 인정하지 않는 기이한 시간이 흘러갈지는 나도 모르고 저들도 모를 것이다.

그러나 저들은 내가 곧, 그들의 의견에 따를 것이라 믿어 의심치 않을 것이다.

그렇다면 나는 누구인가? 내가 나를 잘 안다고 말할 수 있을까? 아니다. 가장 잘 알 것 같으면서도 가장 모르는 사람이 나다. 나도 모르는 나를 안다고 말하는 사람은 진실로 나를 잘 아는 것일까? 그 역시 알 수 없다. 저들은 나에게 대학을 나왔다고 말하고, 저들은 나에게 김일성을 만나 돈을 받았다고 말한다. 그들은 하나도 아니고 둘도 아니고, 다섯도 넘는 여섯 명이고, 나는 둘도 아닌 하나다. 그들은 숫자 상으로도, 아니 확률적으로도 나를 훨씬 더 잘 알 수 있다.

그리고 그들에게 자꾸 다그침을 당하자 내가 정말로 대학을 나와 위장 취업을 해서 제주도에서 노동판에 뛰어들었고, 그때 북한에 들어가서 김일성에게 돈을 받긴 받았나 보다. 그런데 내가 어떤 대학을 다녔고, 언제 그 대학을 졸업했지? 그리고 김일성에게 돈을 받았다면 그 돈이 어디 있지? 머리가 터질 듯 아프다.

순간 아프고 지친 내 영혼과 육신의 깊숙한 곳에서 오직 나를 향해서만 들려오는 또 다른 나의 소리가 있다.

"너 사실대로만 말하면 이 자리에서 죽을 수도 있어?"

"그래, 살려면 어떻게 해야지?"

"살려 달라고 싹싹 빌어. 그리고 그냥 북한에 가서 김일성에게 돈 받았고, 전북대 앞에서 가게 열고 간첩 노릇 했다고 해."

그래, 받았다고 하는 것이 낫지 않을까? 그들의 각본대로 움직이는 이 상황을 내가 벗어날 수 없을 것 같고, 그냥 받았다고 하는 것이 나를 살리는 길이 아닐까? 나는 혼란스러웠다. 그 집요하게 물고 들어오는 반복된 질문에 내 의식이 무너지려는 찰라였다. 내 영혼을 흔들어 깨우는 소리가 들린다.

"정일아, 그러면 안 돼. 네가 너 '신정일'을 속이면 그것은 삶에 대한 모독이고, 정말로 중요한 '너'에 대한 모독이야."

나는 아직 젊은데, 아직 꽃이 활짝 피어 보지도 못했잖아. 살아야 해, 나는. 그런데, 내가 나를 이겨낸다. 가능할까? 에스파니아 속담에 "거짓말을 하여 진실을 발견하라."는 말이 있는데, 그게 진실을 발견할 수 있는 첩경이라면, 그렇게 해야 하는 것이 옳지 않을까?

그 생각 속으로 시간이 흘렀다. '시간은 촌음(寸陰)의 배반자'라는 말은 맞다. 내가 나를 배반하고, 다시 또 배반을 배반이 배반한다. 나는 다시 말했다.

"아닙니다. 나는 대학도 다니지 않았고, 김대중이나 김일성이를 만난 적도 없습니다. 더구나 나는 간첩이 아닙니다."

"좋소, 믿기지 않습니다만, 지금은 선생의 말을 믿기로 하겠소. 신 선생 힘들지요. 참아야 하오, 참아내시오."

그렇게 고마울 수가 없었다. 그가 내게 다가와 물었다.

"배가 고프지 않소?"

밥, 내가 언제 밥을 먹었던가? 생각이 나지 않았고, 그러니까 이곳으로 오기 전날, 내가 무엇을 먹었지? 아하, 짬뽕 국물에 밥을 말아 먹었구나. 그리고 이곳으로 온 뒤 내가 뭘 먹었지? 이렇게 저렇게 물만 먹었구나. 그런데, 하나도 배도 고프지 않았다. 아냐, 몇 번 먹었는지도 몰라. 단지 생각이 나지 않을 뿐이야. 이곳에 온 지 얼마나 오랜 시간이 흘렀는지 알 길도 없고, 뱃속은 텅텅 빈 것 같다는 생각이 들자, 문득 배가 고팠고, 문득 생애에서 가장 배고팠던 옛 추억이 떠올랐다.

내가 라면이라는 것을 맨 처음 본 것은 삼촌이 휴가를 나왔을 때였다. 나오면서 라면을 사 가지고 온 것이었다. 그게 무엇인가도 모르고 겉표지만 보았는데, 그것이 어떤 용도인가는 그날 저녁 잠을 자던 중에 알았다.

너무 일찍 저녁을 먹고 잠을 잤기 때문에 배가 고파 잠에서 깨어나 가만히 누워 있는데, 할머니의 목소리가 들렸다.

"얘야, 네가 끓여오라는 것 끓여 왔다."

말소리가 조심스러운 것은 내가 깨어나는 것을 원치 않는다는 것이리라. 그러한 상황을 눈치로 알고 있는 나는 가만히 누워 삼촌이 라면을 먹는 모습과 한 번도 맛본 적이 없는 라면의 맛을 그저 눈감고 상상할 뿐이었다. 배가 고픈데, '나도 배가 고프다'고 일어나 조금이라도 나눠달라고 할 수도 없고 가만히 누워서 뒤채지도 못하고 숨소리도 더 크게 내지 못하고 가만히 있던 시간, 삼촌은 나직하게 무엇인가 말을 건네면서 라면을 먹고 있었다. 이윽고 할머니도 삼촌도 라면을 먹던 시간이 끝나고 호롱불을 끄고서 누워서 잠이 들었는데도 나는 잠들지 못했다. 나의 일생 중 가장 배가 고팠던 밤이 그날 그 밤이었을 것이다.

거의 뜬 눈으로 배가 고프다는 생각만 곱씹으며 보내다 보니 아침이었다. 그 밤의 기억들, 지금 생각해 보면 할머니에게는 대를 이을 장손보다 막내아들이 더 소중했고, 그만큼 살아가는 것이 힘들었던 탓이리라. 하면서도 서운한 마음이 남아 있다.

"내가 깊이깊이 잠들었을 때
나의 문을 가만히 두드려 주렴.

내가 꿈속에서 돌아누울 때
내 가슴을 말없이 쓰다듬어주렴."

어쩌다 최승자 시인의 〈누군지 모를 너를 위하여〉라는 시를 읽다가 보면 가슴이 뭉클해진다. 그 누구도 내 꿈속에 따스한 웃음 지으며 오지 않았고 그 누구도 상처받은 내 가슴을 쓰다듬어주지 않았던 그 밤, 그런 밤이 왜 그리도 많았고 길기만 했던지.

라면에 대한 추억 한 가지가 더 있다. 첫 휴가를 나오니 초등학교에 다니는 여동생이 "오빠 내가 라면 끓여줄까?"하는 것이었다. "그

래라"하고 방에서 책을 읽고 있는데, 시간이 오래되었는데도 감감무
소식이었다. 그래서 부엌에 나가 보니 여동생이 불을 때고 있었다.
"잘 끓이고 있니?"하고 솥뚜껑을 열어 보니, 이렇게 황당할 수가, 그
큰 검정 솥에 물이 가득 담겨 있고, 물이 끓을 기척도 않는데, 라면이
동동 떠 있는 것이었다.

한 번도 라면을 끓여보지 않았던 여동생이 큰오빠에게 해주고 싶은
마음이 그런 촌극을 빚은 것이었다. 그토록 배고픔에 잠을 이루지 못
했던 추억이 스치고 지나가자 신열처럼 배가 고팠지만 금세 그 배고
픔도 사라지고 배가 고픈지, 아니면 고프지 않은지 가늠할 길이 없다.

지금이 아침인가, 점심인가. 아니면 저녁인가 분간할 수도 없고,
그렇다고 물어볼 수는 더더욱 없는 일, 하여간 식사 시간이 맞는가
보다.

그가 문을 열고 소리쳤다.

"어! 밥 좀 가져 와."

무표정한 표정의 한 남자가 육개장을 가지고 들어왔고, 그가 내게
말했다.

"어서 드시오."

안 먹을 수도 없고, 주린 배 채우듯 막 먹기도 곤란하다. 그들 몇
사람이 내 동작 하나하나를 예의 주시하고 있는 그 살벌함 속에서 먹
는 밥이 편할 리가 있겠는가? 호랑이 굴 속에서 어린 양이 잡아먹히
기 전의 풍경이 이러할까. 하지만 밥을 먹는 것까지도 이곳에서 치러
내야 할 나의 막중한 의무요 책임이니까, 먹긴 먹어보자.

내가 그때 당당하게 밥을 먹었던 것 같지는 않다. 여러 사람들이

지켜보는 가운데, 어쩌면 세상에서 가장 처량한 차림새로 밥을 먹었을 것이다. 더구나 허겁지겁 퍼서 넘기는 밥알이 마치 모래알이나 소태같이 쓰기만 했다.

우물우물 밥을 먹긴 먹었지만 절반도 못 먹었다.

나는 이날 이때까지 살아오면서 '밥이 한울'이라고 알고 있다. 먹어야 산다고 매일 먹기 위해 많은 시간을 허비하는 것이 인생이라고, 그런데 지금은 먹는 것이 인생의 큰 즐거움이 아니고, 밥을 먹는 것이 고역이라는 것을, 밥이 '가장 처량한 슬픔의 한 표상'일 수도 있다는 것을 절절히 실감한 것이다.

비우지도 못하고, 그렇다고 처음 가지고 온 그대로의 모습도 아닌 그 어정쩡한 밥그릇을 보면서 그가 나에게 말했다.

"밥맛이 없지요? 후식은 아니지만 커피 한잔하시겠습니까?"

커피는 무슨 커피, 그래도 습관적으로 내가 좋아하는 '커피'라는 말을 듣자, 무의식적으로 고개를 끄덕였다. 천사가 따로 없다. 이런 상황에서 커피까지 준비해주다니, 문을 열고 그가 누군가를 불렀다.

"어, 여기 커피 한잔 가져 와!"

조금 있다가 커피를 들고 한 여자가 들어왔다. 그녀가 나를 향해 웃음을 지으며 인사를 건넸다.

"안녕하세요."

화들짝 놀랐다. 온몸에 찬물을 끼얹은 것처럼 소름이 돋았다. 아니, 이럴 수가! 지반이 흔들리는 듯, 나는 말 그대로 혼비백산하고 말았다. '넋이 날아가고 넋이 흩어지다'라는 의미를 지닌 그 말은 이런 때를 예상하고 만들어진 사자성어가 아니었을까? 나는 그만 아연실

색하여, 할 말을 잃고 말았다.

그 여자! 양식 주방장의 사촌 누이동생이 아닌가? 얼굴이 갸름하고, 눈웃음이 예쁜 그 아가씨가 왜 이곳에 와 있지? 참으로 이해할 수 없는 일이 일어난 것이다. 저 아가씨가 이곳의 직원이었던가? 아하! 이제야 이해할 수 있었고, 이해될 수 없었던 그 모든 수수께끼 같은 것들이 두루마리가 펼쳐지면서 그 내용이 드러나듯 선명하게 떠올랐다. 그랬구나. 알 수 없는 그 무엇이 바로 저 아가씨로부터 비롯되었구나.

그 순간 구역질이 치밀었다. 조금 전에 먹었던 음식물들이 용수철이 튀어나오듯, 총구에서 총알들이 튕겨져 나가듯 목구멍을 지나 입을 열고 뽈뽈이 흩어져갔다.

아! 찬란하게 파편처럼 흩어져 간 밥알이여!

내가 머물면서 고문을 받고 취조를 받는 그 공간을 불안한 꿈처럼 뒤덮었던 밥알이여!

그렇다. 그토록 성스러운 밥알이 입을 거쳐 뱃속으로 들어갔다가 다시 세상에 나오자마자 오물이 되는 우주 순환의 이치를 나는 그 순간 속에서 깨달았다.

"가장 좋은 위(胃)는 음식물을 쓰레기로 만들어 버리는 것을 의미하지 않는다."고 그리스의 철학자인 플라톤이 말했는데, 그때 그 밥알은 어떤 의미를 지닌 채 그 공간에 흩어졌을까?

마치 서리 맞은 화초처럼 오그라든 내가 금방 먹은 것을 다 토해내는 그런 나를, 그런 상황을 그 아가씨는 측은한 눈빛으로 지켜보았고, 그 사람 역시 어안이 벙벙한 듯 바라보고 있었다.

세상의 그 누구도 그때의 나보다 더 불행하고, 비참하다고 말할 수 있을까? 분명한 것은 그들은 나를 바라보았고, 나도 역시 부끄러움이나 모멸감도 잊은 채 그 순간을 너무도 선명하게 사진을 찍듯 투시하고 있었다는 것이다.

'의미 있는 것을 의미 있게 바라보고, 의미 없는 것을 의미 없게 바라봄으로써, 진정한 이해의 눈을 갖는다.'

그들과 나의 마음이 그때 그 순간 하나가 되면서 먼 피안의 세계로 잠깐 순간 이동을 한 것은 아니었을까?

양식 주방장 사촌 여동생의 정체

"악마를 조심할 수는 있으나 인간을 조심하기는 불가능하다."
- 덴마크 작가 루드비그 홀베르 남작

내가 시식 코너를 운영하던 1981년 봄, 하루 중에 내가 가장 좋아하는 시간이 있었다. 가만히 앉아서 책을 읽기도 하지만 하루를 준비하는 시간이다. 아침 여덟 시에서 열 시까지, 커피포트에다 커피를 내리고, 커피 향기 가득한 공간에서 고전 음악을 듣는다. 내 인생의 여정에서 그나마 가장 안정되고, 평온하던 때가 그때였다.

멘델스존의 〈무언가〉를 들으면서 감미로운 음률에 빠질 때도 있지만, 브람스의 〈헝거리 무곡〉 제5번을 듣기도 하고, 어떤 때는 아침부터 베토벤의 교향곡 3번, 2악장 〈장송행진곡〉을 듣기도 했지만, 어떤 때는 파가니니의 바이올린 협주곡이나 쇼팽의 피아노협주곡 1번 등 그때그때 내 마음속을 휘젓고 찾아오는 음악을 들었다.

그런 어느 날이었다.

1981년 4월 초였던가. 이른 아홉 시 반 무렵, 이십 대 후반의 웬 여자가 찾아왔다.

"저, 장연근 씨라고 여기 근무하지요?"

"예, 그렇습니다. 무슨 일로 찾아오셨는지?"

"제가 사촌 여동생인데 집안일로 상의 드릴 게 있어서 왔어요."

"집이 익산이잖아요. 아직 출근을 안 했네요? 조금 있으면 출근할 것입니다. 여기 앉아 기다리십시오."

"예."

"커피 한잔하시겠습니까?"

하고 묻자, 고개를 끄덕였다.

지금도 그렇지만 커피는 아침밥 먹기 전인 식전(食前) 커피가 제일 맛이 좋다. 혼자서 미리 한 잔을 마셨지만 손님이 오셨는데, 한 잔 더 해야지, 하고서 커피를 가지고 왔다.

"사장님 카운터에 책이 많은데, 어려운 책들이 많네요. 사장님이 읽으시는 책인가요?"

"그렇습니다. 제가 오로지 책만 좋아하거든요."

책을 좋아하는 사람은 상대방이 책에 대한 관심만 보여도 반가운 것이다. 대부분의 사람들이 취미를 물어보면 '독서'라고 말은 잘하면서도 정작 책은 좋아하지 않기 때문이다.

그는 새초롬하게 앉아서 여기저기를 두리번거렸고, 내가 가져온 커피를 마셨다.

"사장님 책 좀 봐도 되지요?"

"그래요."

카운터 벽에 꽂힌 책을 보더니 김지하 시인의 《황토》를 뽑아왔다.

"사장님! 이 책 빌려다 볼 수 있어요? 제가 김지하 시인의 시를 무척 좋아하거든요. 다음에 올 때 가져다 드릴게요."

"그러십시오."

요즘 세태에선 보기 드문 아가씨네. 대개 그 또래 여자들은 대체로 시를 좋아하지 않는데, 더구나 내가 존경하는 김지하 시인의 시를 좋아하다니. 신기하기도 하네.

오빠를 기다리던 청순한 그 아가씨, 주방장의 사촌 여동생과 커피를 마시면서 이런저런 이야기를 나누었다. 그러던 중에 주방장이 가게로 들어서자 "오빠!"하고 부르면서 뛰어나갔다.

두 사람이 뭐라고 얘기를 하더니 양식 주방장이 나에게 다가왔다.

"사장님, 집안일로 동생과 상의할 일이 있어서 잠시만 나갔다가 오겠습니다."

"그러십시오."

"사장님 커피 잘 마셨습니다. 안녕히 계십시오."

고개 숙여 인사하고 사촌 오빠와 사이좋게 나가던 그 여자. 주방장은 그 여자와 함께 나갔다가 두세 시간 뒤에 들어왔었다.

그 뒤로도 가끔씩 그 여자는 우리 가게에 찾아왔고, 나는 커피를 타주면서 이런저런 이야기를 나누었다. 그런데, 그 여자가 이곳에 적을 둔 여자였다니, 옛날 속담에 도둑을 도둑인 줄 모르고 잠재워 준 순진하기 짝이 없는 시골 사람, 그게 나였다니, 모골이 송연해지면서 그때 그 시절의 여러 정황이 마치 조금 전 일과 같이 파노라마처럼 스치고 지나갔다.

머리가 터질 것처럼 지근거리면서 아팠다.

"자, 저 아가씨, 여러 번 만났던 사람이지요? 우리는 선생에 대해 이미 다 알고 있었습니다."

이런 인연이 세상에 또 있을까? 참으로 기이한 인연이다. 불과 두어 달 전까지 가끔씩 우리 가게를 찾아와 나를 만났던 주방장의 사촌 여동생은 이곳의 직원으로 커피를 가지고 나를 찾아왔다. 위문공연을 하기 위해 온 것도 아니고, '너'의 현재 상황을 각인시키기 위해서 온 것이다. 그런데, 그때 사장이라고 불렸던 나는 발가벗긴 채 온몸을 두들겨 맞아 상처투성이 피멍이 든 채 간첩 혐의로 취조를 받고 있다니, 이런 희극이 또 어디에 있단 말인가?

내가 이 세상에 태어나서 처음으로 실오라기 하나 걸치지 않은 나의 몸 전체를 이런 해괴한 공간에서 정체 모를 여자에게 보여주고 있다니, 이 얼마나 수치스럽고 기괴한 일인가? 그래, 기괴하다 못해 괴이한 이런 풍경이 세상 어디에 또 있을까? 나는 차마 부끄러움과 놀라움에 눈도 뜰 수 없지만, 이 현실을 직시해야 나를 이겨낼 것 같아 그 아가씨를 바라보았다.

그 아가씨는 이웃집 아저씨를 보듯 무표정하게 나를 바라보고 있었다.

나와의 관계를 알고 있는지, 그 어색한 상황을 눈치채서 그런지 취조관이 그 아가씨를 향해 말했다.

"어서, 나가 봐."

"예."

문을 열고 밖으로 나가며 나를 바라보던 그 처연한 모습, 그것은 동정이었을까? 아니면 그것조차 잘 짜여진 연극의 대본이었을까?

"이제 짐작하겠소? 신 선생이 어떤 상황에 놓여 있는가를. 저 아가씨도 우리 회사의 직원이요. 지금부터 내가 묻는 말에 솔직하게 대답하시오. 그래야 이곳에서 나갈 수 있소. 다시 한 번 더 묻겠소. 신 선생은 북한에 몇 번 다녀왔습니까?"

"아닙니다. 북한에 다녀온 적 없습니다."

"거짓말하지 마시오. 신 선생의 지난 일들이 손바닥처럼 다 우리에게 있습니다. 어차피 밝혀질 것, 솔직하게 말하는 것이 피차 좋을 것이요. 1979년 6월과 9월, 그리고 지난해 1980년 7월 제주시 서부두에서 밤배 타고 북한에 가지 않았소. 그곳에서 김일성이를 만나 돈 받은 것 다 알고 있소. 그 돈으로 가게 차린 것 맞지 않소. 아지트로 쓰기 위해서?"

말도 안 되는 얘기다. 《시경》에는 이런 말이 있다.

"다른 사람의 마음을 미리 헤아려서 안다(他人有心予忖度之)."

그들이 어떻게 이미 지나간 나의 지난날의 일들을 안다는 말인가? 소가 들어도 웃고, 말이 들어도 웃을 일이다. 하지만, 그렇다고 피식 웃을 수도 없다.

"저는 모르는 일인데요?"

나도 사돈 남 말하듯 내 이야기를 한다.

그는 내가 '평양에 갔다'고 말했고, 나는 '평양에 안 갔다'고 말했다. 그는 내가 '김일성으로부터 돈을 많이 받았다'고 말했고, 나는 '북한을 간 적도 없고, 김일성을 한 번도 만난 적도 없고 돈도 받지 않았다'고 말했다.

"신 선생, 상과대 다니던 김영호, 이성민이 하고, 모월 모일 아무개 다방에서 만나서 학생운동을 선동했지 않았소? 그리고 이렇게 쿠데타로 집권하고, 광주사태를 일으킨 부당한 정권을 타도해야 한다고 말하지 않았소?"

기가 찰 일이다. 아닌 밤중에 홍두깨가 바로 이런 것인가. 나는 김영호나 이성민이라는 학생들을 만난 적도 없고, 그런 말을 한 적도 없다고 말했다.

지루한 법정에서의 법리 다툼도 아니고, 밝은 형광등 아래에서 발가벗긴 한 사내가 검은 양복을 차려입고, 단정하게 넥타이를 맨 한 사내와 나누는 소통이 아닌 불통의 이야기를 일방적으로 나누고 있었던 것이다.

동학에서 말하는 '불연기연(不然期然)'. 아니다. 그렇다. 여기에 인생의 묘미(妙味)가 있다. 그런데 지금 이런 이상한 대화도 인생의 묘미일까? 대화는 앞에 있는 정체를 알지 못하는 양복 입은 취조관과 나누면서도 생각의 파편은 다른 곳으로 날아가고 있다. 프란츠 카프카의 글에 이런 글이 있다.

"많은 사람들은 현자들의 말이 언제나 우화에 불과하다고 불평한다. 그러나 아무리 일상생활에서 쓸 수 없다고 하지만 우리가 가지고 있는 것은 오직 이것밖에 없다."

현자가 '넘어가라'고 얘기했을 때, 그는 '이쪽에서 다른 쪽으로 넘어가라는 것.' 즉, 결과가 방법에 합당하다면 언제든 할 수 있는 것을 의미하는 게 아니라, 어떤 전설적인 저편, 즉 우리가 알 수 없는 어떤 것. 그가 더 자세히는 묘사할 수 없는, 따라서 여기서도 진혀 어찌할 수 없는 어떤 것을 의미한다.

원래 이러한 모든 우화는 단지, 파악할 수 없는 것은 파악할 수 없다는 사실을 얘기해줄 뿐이고, 또 우리도 이를 잘 알고 있다. 그러나 우리를 날마다 지칠 대로 지치게 하는 것은 다른 시실이다.

첫 번째 사람이 얘기했다.

"너희들은 왜 저항하느냐?"

그 우화에 따르면 너희들 자신이 우화가 될 것이고, 일상의 노고로부터 자유로워질 것이다."

두 번째 사람이 얘기했다.

"나는 그 말도 우화라고 생각한다."

첫 번째 사람이 얘기했다.

"네 말이 맞다."

두 번째 사람이 얘기했다.

"그러나 유감스럽게도 내 말은 우화 속에서만 맞는 말이다."

첫 번째 사람이 얘기했다.

"아니다. 현실 속에서만 맞는 말이다. 우화 속에서는 틀렸다."

카프카의 〈어느 싸움의 묘사〉라는 글이다.

지금 이 자리도 어쩌면 우화일지도 모르고, 어쩌면 '한여름 밤의 꿈'일지도 모른다.

지금의 나는, 내가 아닐 것이다. 지금 누군가가 소설 속에 설정한 가시밭길이나 출구를 찾지 못하는 미로를 헤매는 중일지도 모른다.

아니면 지금의 나는 어떤 깨달음을 얻게 되거나, 아니면 망상이 되고 말지는 모르는 일이지만 깨달음을 얻기 위해 이런 과정을 거치는 중이고, 조금 있다가 깨달음을 얻는 그 순간, 이 지옥과 같은 그 꿈에서 깨어날지도 모른다. 하지만 그 꿈은 나의 부질없는 순간에 부서지고 말 유리잔 같은 꿈이라는 것을 그의 목소리를 들으며 깨닫는다.

"신 선생 여기 증거가 있잖아요."

인생이란 참으로 놀라운 것이지 않는가? 나도 그렇지만 다른 모든 사람들도 생각조차 할 수도 없고, 이해할 수도 없는 간첩혐의로 지금 내가 이렇게 이 자리에 있다. 그리고 더 놀랍고 무서운 것은 내가 간첩이라는 증거가 확실하게 있다는 것이다?

나도 모르는 '내가 간첩이라는 증거,' 그 '증거'가 무엇일까? 그런데 그보다도 더 놀라운 사실은 그다음 일이었다. 내가 가까운 사람들과 나눈 시시콜콜한 이야기들까지 그가 내게 내민 기록 속에 한마디도 틀리지 않게 기록되어 있었다. 이럴 수가? 그 순간, 그 이전에 내가 만났던 모든 사람들의 얼굴이 주마등처럼 스치고 지나갔다.

예수가 말했지.

"너희는 내가 어디서 오며 어디로 가는 것을 알지 못하느니라. 너희는 육체를 따라 판단하나 나는 아무도 판단치 아니하노라(《요한복음》 8장 15절)."

그런데, 내가 지금 누구를 의심한단 말인가? 하면서도 나는 내가 만난 사람들을 헤아리고 있다. 내가 만난 여러 사람들 중, 누가 이렇게 소상히 내가 한 말을 알려주었을까? '누구란 말인가?' 적은 도처에 있고, 적은 가까운 곳에 있는데, 적의 정체를 모르는 그것이 문제였다는 말인가?

그나마 아는 사람이 별로 없는 내가 가장 가까운 사람까지 그 누구도 믿을 수 없다는 사실, 우리 속담에 "십 년을 같이 산 시어미 성을 모른다."는 말이 있는데, 내가 누구를 얼마만큼 알고 살았단 말인가 하는 자괴감, 그것이 슬펐다. 이제 내가 누구를 믿고 나의 고뇌를 이야기하고, 세상을 이야기한단 말인가? 고뇌를 통해 고뇌를 사랑한다는 말은 얼마만큼의 진실을 갖고 있는 것일까? 혹시 그것은 사기가 아닐까?

그런데 신기한 것은 그들에게 자꾸 간첩이라고, 북한을 얼마나 여러 번 갔고, 돈을 얼마나 많이 받았느냐고 다그침을 당하다가 보니 내가 북한에 갔었고, 그들로부터 지령과 함께 돈을 받았던 것이 아닐까 하는 착각이 아닌 드는 것도 사실이었다. 신을 만나기를 열망하다가 정말로 신을 만나게 되었다는 종교인들의 말과 같이 말이다.

아닌데, 내가 제주도에서 줄곧 했던 일은 온몸이 바스라지게 혹사하며 행했던 노동과 책 읽기, 그리고 어설픈 습작밖에 더 있었던가? 중요한 것은, 지금 나는 지금은 인간도 아니다. 머리에 뿔이 달려 있을 것이라고 여겼던, 간첩, 간첩이 될지도 모르고 아니면 잘못이 없었다는 것이 드러나 풀려나든지 둘 중의 하나일 것이다

그런데, 시간이 흐를수록 마음이 약해진다. 어쩌면 내가 이렇게 숨을 헐떡이며 간첩이 아니라고 말해도, 결국은 그들이 하라는 대로 아니 그들이 의도하는 대로 매듭지어질 것이다.

"이렇게 두들겨 맞고 고문을 받다가 결국 여기서 내가 죽을지도 모르겠구나."하고 내가 생각을 하는 사이 양복 입은 취조관이 나가고,

다시 노란 점퍼를 입은 취조관으로 바뀌었다.

"나는 가네, 잘해 봐!"

무얼 잘하라는 것인가? 알 수 없다.

"알았어, 편히 쉬게."

그들이 임무를 바꾸며 나누는 말은 지극히 평온한 말, 어디서나 쓰이는 일상적인 말이다. 그러나 나는 알고 있다. 조용하면서 편안한 시간, 말 그대로 천국의 시간이 지나고, 다시 지옥의 시간이 도래했다는 것을.

영국의 역사학자인 프루드(James Anthony Froude, 1818~1894)는 다음과 같이 말했지. "야생동물들은 스포츠로 다른 동물들을 죽이는 법이 없다. 오로지 사람만이 다른 사람을 고문하고 죽이는 것 자체를 즐긴다."라고. 그 말이 너무 지당하다는 것을 나는 이 엄숙하고도 괴기한 공간에서 온몸으로 느끼고 있다.

나는 또 그 무시무시한 간첩혐의자, 아니 노리개가 되어 나는 간첩이 아니라고 변명도 못하고, 마음속으로만 말했다. 아니 애원도 하고 하소연도 했다.

"그만둬, 그만두지 못해? 나를 제발 풀어줘, 나를 풀어줘요? 집으로 가게 해주세요?"

마음 깊은 곳에서만 옹졸하게 반항하고 하소연하면서, 그들에게 무자비한 취조와 함께 고문을 당하기 시작했다. 그들이 나를 둘러싸고 불이 다시 꺼지면서 나는 다시 사람이 아닌 아무리 때려도 반항도 못 하는 짐승이 되었다.

암흑 속에서 무차별 구타가 이어졌다. 신기했다. 아픔이 사라지고 어느 순간 설명조차 할 수 없는 어떤 쾌감이 온몸을 스치고 지나갔다. 절망 속에서, 아니 세상의 깊은 심연 속에서부터 올라온 심오하다 못해 경건한 쾌감, 그 쾌감이 그러한 것이 아니었을까? 아니면 온전한 정신이 온전하지 않은 정신으로 넘어서는 그런 순간이었을까? 때릴 테면 때려라. 오냐, 나는 맞아주겠다.

그렇다. 그건 지금으로서는 상상도 할 수 없고, 그 어떤 공식으로도 풀지 못하고 설명할 수 없는 기이한 쾌감이었다. 아파야 하는데, 몸을 대굴대굴 구르며 신음하면서 눈물을 흘려야 하는데, 그 순간에 오르가슴 같은 쾌감을 느끼다니. 누구나 살면서 느끼는 쾌감이 저마다 제멋대로, 다르다. 이를테면 남녀가 섹스를 할 때 여자가 느끼는 오르가슴이 남자보다 아홉 배를 더 강렬하게 느낀다고 한다. 그 느낌, 남자가 여자의 음부에 정액을 사정할 때의 그 황홀한 오르가슴 같은 쾌감을 무차별로 얻어맞으면서 느낀 것이다. 그 무렵 나에게 가학성이 있었던 것은 아닐까?

나는 이날 이때(그 안기부에 있을 때까지)까지 여자와 한 번도 키스나 섹스를 해 본 적은 없었다. 하지만 무수한 책을 통해서 터득했고, 사람들에게 들은 바로는 오르가슴이 꼭 섹스를 할 때만 느끼는 것이 아니라고 했다.

누구나 느끼는 치통(齒痛), 그 치통에서도 잠깐 잠깐씩 오르가슴 같은 쾌감을 느끼고, 참았던 소변을 볼 때나 대변을 볼 때도 유사한 쾌감을 느낀다.

그런데 신기한 것은 이렇게 심하게, 말로는 표현도 할 수 없게 마치 짐승처럼 구타를 받는 기이한 상황 속에서 내가 짐승처럼 신음 소리를 내면서 쾌감을 느끼고 있다는 것, '부조리'가 있다면 이것이 바로 부조리가 아니겠는가?

이 기이한 상황 속에서 내가 짧게 내 속으로 들어가서 나는 한 줄기 희망을 보았다. 나는 지금 여행을 하고 있다. 여행은 말 그대로 온갖 고생을 겪어야 하는 것이고, 내 앞에는 수많은 갈림길이 있다. 나는 그 길을 지나가는 초라한 나그네이다. 인간은 원래 나그네로 태어났고, 지금 나는 환란의 그 한복판을 지나가고 있는 중이다. 참고, 또 참아라.

왜냐하면 인생이란 잘 만들어진 정원의 꽃길을 걸어가는 것이 아니고 황량한 광야를 지난 뒤에야 평온한 일상에 이르는 여행이기 때문이다. 이처럼 기이한 상황 속에서 내가 나를 떠나 있을 수 있기도 하고, 내가 내 속으로 들어갈 수 있다는 것, 인간, 인간이기 때문에 가능한 일이다.

인간이란 이 얼마나 위대한 것인가? 내가 혼자 생각해 보아도 얼마나 신기한 일인가? 내가 내 속에서 머물러 있던 그 시간 여행 속에서 돌아오니. 다시 담배 연기가 자욱한 그곳이었다.

처음엔 낯설었지만 지금은 어쩔 수 없이 낯익은 그 사람들이 보이고, 한동안 침묵이 이어졌다.

담배를 피우고 있던 인상이 가장 고약하게 생긴 취조관이 엎어져 있던 나를 일으켜 세운 뒤 의자에 앉혔다. 그리고 금세 그 험한 얼굴을 누그러뜨리더니 나에게 물었다.

"너, 글 잘 쓰지?"

신기하다. 카멜레온이 자신의 몸을 순식간에 바꾸듯 그 무시무시한 음색을 변화시켜 나에게 다정한 목소리로 말을 건넨 것이다. 능글맞은 저 표정으로 무슨 말을 하고 싶어서 저러지. 그는 나에게 마치 어릴 때부터 사귀며 마음을 같이 한 친구가 친구에게 묻듯, 아니 잔잔한 파도가 봄바람처럼 부드럽게 속삭이듯 나에게 질문을 던졌다.

"예. 책을 많이 읽었고, 그중에 작가가 되기 위해 문학책을 많이 읽었습니다."

"그럼, 여자들 많이 따 먹었었겠다."

"아닌데요?"

"너, 첫사랑, 몇 살 때 했어?"

문득 그가 물었다.

나에게 첫사랑이 있었던가? 생각해 보니 있긴 있었다.

나의 첫사랑.

이십 대 중반을 넘어 후반으로 접어들도록 제대로 된 사랑 한 번 못해본 나에게, 저 사람은, 아니 국가는 첫사랑을 고백하라고 한다. 아니 윽박지른다. 신기하고도 기이한 일이다. 남들이 다 하는 미팅은커녕 데이트 한 번 안 해본 나. 그렇다고 내가 문제가 있는 남자라서 그런 것은 아니다. 내 상황이 그랬다는 것이다.

"진귀한 보석을 돌같이 여기고, 부귀와 빈천을 지나가는 나그네처럼 여기며, 모장(毛嬙)과 서시(西施)를 절름발이 추녀로 여긴다."

《회남자(淮南子)》의 〈정신훈(精神訓)〉에 나오는 글과 같이 살았던 사람이 나였다. 왜? 가난했고, 세상에 자신이 없었기 때문이다. 그렇다면 내 기억 속에서 그 첫사랑의 여자를 찾아내야 할 것인데. 어머니

말고 가장 중요한 내 첫사랑의 여자는 누구일까?

생각해 보면 내 나이 열여덟에 만났던 그 여자애 내가 처음 예쁜 여자라고 느낀 그 여자애일지도 모르겠다. 그를 만난 것도 우연이었고 그를 비롯한 다섯이서 진안의 마이산을 갔던 것도 우연이라면 우연이고 인연이라면 인연이었다.

하룻밤을 민박집에서 지낸 뒤, 아침에 깨어나 보니 다른 사람들은 보이지 않고 그와 나 단둘이서 한 이불 속에 있었다. 어찌된 영문인지를 몰라 당황해하고 있는데, 이불 속에서 그 애가 내게 말했다.

"내가 나중에 돈 벌을 것이니 우리 둘이서 오칸 집을 지어놓고 살자."

나는 그녀의 말에 당혹해했고, 그러면서도 그가 나를 사랑한다고 착각했다. 그러나 그뿐 "만남은 이별의 시작"이라는 말처럼 그 여자와의 만남은 그 뒤 단 한 번도 이루어지지 않았다. 하지만 그날 이후 내 기억 속에 남아 있는 그 애의 이름은 군대 입대하기까지 계속 입안을 맴돌기만 했다. 아릿하게, 아릿하게 내 가슴 깊숙한 곳에 남아 살아 있던 그 여자, 어쩌다 들리는 소문으로는 그가 고등학교를 졸업하고 좋은 곳에 취직해서 잘살고 있다는 것, 그 이상도 그 이하도 아니었다.

그 소녀 아닌 그 여자를 다시 만난 것은 군대에서 처음으로 휴가를 왔다가 귀대를 하던 날이었다. 임실역에서 한 여자가 한 아이를 데리고 남편인 듯한 남자와 손을 잡고 나오다가 나와 눈길이 마주치자 어색하게, 아니 당황한 듯 고개를 돌리고 가던 그 뒷모습, 내 첫사랑, 그 여자였다.

그때 나의 부질없는 첫사랑이자 헛된 사랑은 끝이 났다. 오랜 나날

내 기억 속에 각인되어 입술에서 맴돌고 있던 그 여자의 이름은 내 기억 속에서 서서히 잊혀져 갔다.

천천히, 천천히 그렇게 멀어져간 사랑, 그것이 이제껏 가슴이 아프고 아린 첫사랑인 줄 알았다.

"입가에 은은하게 울려 퍼지는
그대는 찬 빗속에 사라져 버려. 때론 눈물도 흘리겠지.
그리움으로 때론 가슴이 저리겠지 외로움으로."

가끔 지나간 과거들이 물밀듯 밀려올 때 옛일을 회상하며 부르는 김광석의 노랫말이다. 미국에는 다음과 같은 속담이 있다.

"산은 결코 움직이지 않기 때문에 만날 수 없다. 그러나 사람은 서로를 찾아갈 수 있다. 그러니까 언젠가의 즐거운 해후를 믿도록 하자."

하지만 오랜 세월이 지난 뒤에 만남이란 것이 무슨 의미가 있겠는가. 영화 〈시네마 천국〉에서의 만남도 아니고, 그 여자는 어떤 곳에서 어떤 모습으로 살고 있을까? 가끔씩 그도 나처럼 누군가를 그리워하며 살고 있을까?

치욕의 시간도 세월 속을 흐르긴 흐른다

"고통을 자랑스러워해야 한다. 모든 고통은 우리의 고귀함에 대한 기억이다."
- 헤세의《황야의 이리》중에서

가물가물한 기억들을 더듬어 가는 나에게 느닷없이 번개가 치듯 목소리가 들렸다.

"너, 내 앞에 똑바로 서 봐."

나는 지금 똑바로 서는 것이 쉽지 않다. 온몸이 파김치처럼 축 늘어졌고, 어디 한 군데 성한 곳이 없기 때문이다. 하지만 지금 이곳에서는 그가 법이고, 나는 법을 지켜야만 하는 노예나 다름이 없다. 구부정하게 서 있는 나는 그때서야 비로소 옷을 벗고 있다는 사실을 깨달았다.

"이 새끼 똑바로 안 서? 다시 맞고 설래?"하고 목소리를 높이던 그가 내 거시기를 막대기로 툭툭 건드리더니 혼잣말하듯 한다.

"이 자식 좆이 꼭 송이버섯같이 생겼네. 너, 원래부터 이렇게 까졌
었냐?"

"예."

"인기 좋았겠다."

"아닙니다."

"아니긴 뭐가 아냐, 이 자식아."하면서 다시 툭툭 건드린다.

인간이 사랑하는 사람이 아닌 다른 인간에게 가장 보여주기 싫어
하고 부끄러워하는 것이 성기일 것이다. 인체를 원활하게 한 오폐물
을 내 보내는 역할을 할 뿐만 아니라, 인간에게 부여된 가장 성스럽
고도 아름다운 사랑을 하고. 새로운 생명을 탄생시키는 성스럽다 못
해 숭고한 거시기를 그들은 장난감을 가지고 놀듯 툭툭 건드리며 야
유하고 비아냥거리며 희롱하고 있는 것이다. 누군가의 말처럼 '감정
을 상하게 함으로써만 내밀한 감정을 건드릴 수 있다'는 고도의 술수
를 알고 있단 말인가?

하지만 아무리 그렇다고 해도 그토록 지고지순한 것을 이렇게 해
도 된단 말인가, 하는 생각에 화가 치밀었다. 하지만 다시 생각하자
그들의 행동이 그렇게 그르지만은 않다. 오히려 감사하게 생각하자.

로마의 통치자들을 단숨에 사로잡으며 '왕 중의 왕'으로 일세를 풍
미했던 여왕 클레오파트라의 성고문도 만만치 않았다고 한다. 그는
여자 노예들의 가슴을 금바늘로 콕콕 찌르며 노예들이 비명을 지르
며 꿈틀거리는 것을 보며 쾌감을 느꼈다고 한다. 그것에 비하면 이것
은 약과일까?

그들이 짐승보다 하찮게 여기고 증오하는 간첩혐의자, 아니 빨갱

이로 조사를 받고 있는 사람이 바로 나이고, 그것이 현실이다. 나는 지금, 그들에게 어떤 항변도 할 수 없다는 생각을 하고서부터 그들이 나에게 하는 희롱이 다른 사람에게 하는 것처럼 아무렇지도 않았다. 그래, 옛말이 하나도 그르지 않다. 내게 소중한 그것이 그들에게는 한낱 장난감이나 놀이에 불과한 것을 내가 어떻게 그들의 마음을 좌지우지할 수 있겠는가.

"붙잡혀 온 자는 자존심을 가질 수 없다."는 말은 지금의 나를 두고 한 말인가? 누울 자리 보고 발 뻗으라고. '지금은 슬프고 분하고 억울하지만 그럴 때가 아니다'라고 나 자신을 다독인다. 그러면서도 마음 속 깊은 곳에서 올라오는 분노와 수치 때문에 온몸이 무너져 내리는 것 같았다. 그냥, 정말로 그냥 입을 굳게 다물고 있자. 현명한 사람의 입은 그의 가슴 속에 있다는 말도 있지 않은가?

그들은 가끔씩 내 거시기를 툭툭 막대기로 쳤다. 막대기 끝이 닿을 때마다 나는 움찔움찔 놀란다. 인간, 특히 남자에게는 생명줄과 같은 것이면서 마지막 자존심인 내 거시기, 그런데 그가 나를 노려보며 내뱉는 말은 무섭다가 못해 경악, 그 자체다.

"너, 제대로 불지 않으면 네 좆을 자를 수도 있어, 무섭지?"하고 능글맞게 웃는 사내, 나는 순간 움찔했다.

주머니에 든 송곳은 아무리 감추려고 해도 밖으로 뚫고 나온다고 하지 않는가. 그들은 언제든 자기들 조직의 이익을 위해서라면 그런 일도 가능할 것이다. 그런데, 내 거시기가 잘려 나가면 어떻게 하지?

야비한 자들은 항상 인간에게 가장 소중한 것이거나 치욕적인 것을 미끼로 하여 그들이 원하는 바를 얻어낸다고 하는데, 지금 그들은 나의 성스러운 거시기를 내세워 나에게서 자백을 받아내고자 하는 것이다. 신이 있다면 '신(神)이여! 이들을 어찌하오리까'하고 혼자 체념도 기도도 아닌 있는 지 없는 지도 모르는 나의 어렴풋한 '신'에게 기도를 하는 순간, '아니다'라는 말이 떠올랐다.

나에게 '신'이 있다면 이들에게는 이들의 '신'이 있을 것이다. 나의 '신'이 나를 지켜 주는 절대자라면 이들의 '신'은 이들을 지켜줄 것이다. 신들도 팔은 안으로 굽을 것이기 때문이다. 인간에게 가장 성스러운 것이지만, 지금 이 현실에서는 아무런 자기 변호도 못하고 조롱당하고 있는 내 '거시기'를 보는데, 문득 내 어린 시절의 일들이 떠올랐다.

초등학교 2학년 때의 일이다. 오전 두 시간이 끝나고 변소에 가서 소변을 보고 있는데, 내 옆에 있던 한 아이가 "얘 좀 봐라 좆이 까졌다."라고 소리를 쳤고, 옆에 있던 아이들이 우 몰려왔다. 당황해 옷을 못 올리고 있던 나는 그때부터 '까진 놈'이라고 소문이 나고 말았다. 세상의 소문이란 실제의 천분의 일도 안된다는 것을 깨닫기 전까지 나는 그 소문의 부끄러움에서 벗어날 수가 없었다. 확실한 것은 다른 아이들은 아직 포경인데 나는 아니었기 때문이다.

요즘에도 되바라진 아이들을 지칭할 때 "서런 발랑 까진 놈" "그새 까져 가지고"라는 소리를 하는데, 그때 아무것도 모르는 내가 그런 말의 주인공이 되었으니 어떤 기분이었을까?

그렇지 않아도 내성적인 나는 얼굴을 들 수가 없었고, 그때부터 아이들이 나를 놀리는 만큼 나는 아이들하고 멀어지기 시작했다. 사람들과 마주치는 것이 두려워졌고, 그래서 학교에 갈 때에도 길에 아무도 보이지 않을 때를 택해 혼자서 갔다. 그렇다고 그런 내막을 누구에게 말을 할 수도 없고 벙어리 냉가슴 앓듯 혼자서만 간직할 수밖에 없었다.

이렇듯 나는 매일 기가 죽어지냈고, 아이들은 그런 나를 그냥 두지 않았다. 이렇게 저렇게 골탕을 먹이다 그것도 지치면 내 책보(가방)을 빼앗아 감추곤 했다. 책보도 없이 집으로 돌아가 할머니한테 얘기도 못하고 저녁을 보내고, 학교 갈 때쯤이면 마음이 너무나 불안하고 학교로 간다는 것이 끔찍했다.

내 얼굴에서 이상한 기미를 느끼신 할머니가 "애야 너 책보 어디 있냐?"하는 말을 듣고서야 자초지종을 얘기하면 유난히 욕을 잘하셨던 할머니는 바락바락 욕을 해대며 영식이네 집과 상관이네 집을 찾아가 책보를 찾아가지고 오셨다.

그러나 새로운 날은 항상 어제의 연속이었고, 할머니는 그 뒤로도 수없이 아침마다 욕을 해가며 같은 차림새로 그 골목길을 오갔다. 소문이라는 것은 그렇게 오래 가지 않는데도 나는 그때부터 아이들하고 물장난도 치지 못했으며, 혼자 있는 시간이 많아졌다. 목욕을 해도 아이들하고 큰 냇가에서 하지 못하고 작은 개울 아무도 보지 않는 곳에서 간단히 하는 게 습관이 들었다. 그러다 보니, 결국 수영을 배울 수 있는 기회를 놓치고 말았고, 얕은 물은 괜찮은데 깊은 물을 겁내게 되었다.

'그 까진 놈'을 극복한 것은 군대에 가서의 일이었다. 군대에 입대해서 공동 목욕탕에 갔는데, 대부분이 포경인 한국인의 특성 때문에 다들 포경수술을 받아야 하는데, 자연스레 까진 내 것을 보고 부러워하는 것이었다. 그때서야 그렇게까진 것이 오히려 좋은 것이라는 걸 알았다. 누군가가 알려주기만 했어도 '왕따'를 안 당하고 정상적으로 자랐을 것이다. 그런데, 그 간단한 상식적인 것을 몰랐던 것이 청소년기를 힘겹게 보낸 원인 중의 하나였다는 것을 알게 되었다. 그때 느낀 것이 '무지(無智)'가 곧 '악(惡)'이라는 사실이었다.

그런데, 지금 이곳에서 그 까진 거시기 때문에 해괴한 상황을 다시 맞고 있고, 그들은 내 소중한 거시기를 잘라버릴 수도 있다고 엄포를 놓고 있다.

두려움 속에서도 말도 안 되는 소리가 마음에 걸린다. 그들이 말하는 것처럼 내가 여자들에게 인기가 좋을 이유가 없지 않은가? 여자들을 만날 일도 없었고, 그 흔한 미팅 한 번 안 해본 내가, 참 별 소릴 다 듣는구나.

"아니긴 뭐가 아냐, 세상엔 골빈 여자들이 많지. 문학이나 음악 좋아한다면 사죽을 못 쓰고 달려드는 여자들 많잖아. 그런데 꼭 너 같은 남자들 만나 고생하지, 쥐뿔도 모르는 것들이 허파에 바람만 들어가지고 문학이네, 뭐네 하다가 생고생 실컷 하고 살다가 죽지."

금세 말투가 바뀌었다. 그 말을 받아 창가를 멀건이 바라보던 다른 취조관이 한마디한다.

"씨발, 문학이 밥 먹여주데, 여자를 주데. 찬물 먹고 속 차려, 이 자식아."

나는 달리 할 말이 없다. 내가 무슨 용쓰는 재주로 여자들을 유혹한단 말인가? 재주라고는 오로지 책 읽는 재주밖에 없는 내가, 쓰지도 못하는 글로, 아니면 잘 나지도 못한 얼굴로, 그런데 말도 안 되는 이야기들을 만들어 내서 나를 모욕하는 그들을 탓할 수도 없고, 그저 견디는 것밖엔 방법이 없다.

내가 군 입대할 때나 휴가 때 남들이 다 가는 사창가 한 번 못 가본 것은 용기가 없는 탓일 수도 있다. 하지만 중요한 것은 내 마음속에 내가 정한 금기(禁忌) 때문이었다. 사랑도 없이 돈을 주고 그런 곳에 가서 욕망을 푸는 것을 나의 순진한 자존심 내지는 알량한 도덕성이 허용하지 않았기 때문이다.

분명한 것은 그때까지 연애를 제대로 하지 않은 탓도 있고, 우리 고향에서 자주 쓰는 말, '모래밭에 쎄(혀)를 박고 죽을지언정 내가 하기 싫은 일은 하지 말자'는 나의 자존심 때문에 이 나이가 되도록 어떤 여자와도 잠을 자 보지 않았던 것이다.

"네가 사랑했던 여자들 다 대봐."

얼굴이 말처럼 길고 바짝 마른 취조관이 시니컬하게 물었다.

그 말도 안 되는 첫사랑 말고 내가 사랑했던 여자! 누가 있을까? 아! 그래, 박지숙이라는 여자 글을 참 잘 썼고 사진도 보내주었었지. 키가 후리후리하고. 그런데 그 여자는 한 번도 보지도 못했는데. 그렇지, 서경현이가 있었지, 그와 수도 없이 나눈 편지를 통해 그 여자를 잘 알지. 아니 안다고 착각하는 것이지. 그 여자의 편지대로라면 나만큼이나 신산했던 삶을 살았었지.

그리고 이정희, 그 여자. 속초에 있었지. 상병 때 휴가를 나가 마장동터미널에서 비포장도로를 달려 진부령을 넘어 속초에 갔었지. 그 여자와 만나 속초 시내 거닐고, 그 여자가 사 준 냉면 한 그릇 먹고, 그가 잡아준 여인숙에서 혼자 자고 돌아왔었지. 그게 다인데, 내 젊은 날의 청춘사업의 전부인데, 이들은 내가 바람둥이나 되는 듯 나의 여자관계를 사실대로 불으라 한다.

　그들은 내 말을 믿지 않았다. 아니 애당초 그 믿음과는 관계없이 내가 얽혀 들어갔고, 그 믿을 것도 없는 나를 중심으로 하나의 범죄집단(간첩단)이 만들어지고 있는 중이었을 것이다.
　"믿는 자에게는 증거가 필요 없고, 믿지 않는 자에게는 어떤 증거도 가능하지 않다."
　미국 경제학자인 스튜어트 체이스(Stuart Chase)의 말은 너무나 지당하다. 그런데 굳이 부정하는 내 말을 그들이 믿을 것이 뭐가 있었겠는가?
　"다시 놀아볼까."
　그들은 나를 다시 데리고 놀기 시작했다.
　"진실을 말하면 된다. 알았지?"
　'진실하게 물으면 그 물음에 성의껏 대답하라는 말이 있지 않은가?' 내 의지와는 상관없는 그 놀이는 내가 그들에게 일방적으로 두들겨 맞으며 신음하며 떼굴떼굴 구르는 것이고, 그들은 니에게 계속 말하는 것이 놀이의 전체 그림이다. '어서 진실을 말하라고.' 그들은 모르는 것일까? 이 세상에서 유일한 진실은 진실이 없는 것이라는 것을…….
　그렇다면 진실은 도대체 무엇일까?

"진실한 말은 간단하다."라고 어떤 사람은 말했고, 또 어떤 사람은 "진실한 말은 복잡하다."고 말했는데, 그런데, 아주 간단하게, '내가 간첩'이라고 말하는 것이 쉽지 않다.

우습지 않은가? 그들은 그들대로 나는 나대로 진실을 주제로 진실 게임을 벌이고 있는 것? 그 무엇으로도 설명이 불가능한 이 기이한 상황 속에서 나는 어쩔 수 없이 취조를 받고 있다. 그런데 나 혼자만이 감내해야 하는 취조는 어쩔 수 없이 감당해야 한다. 하지만, 가슴이 찢어질 것처럼 아프고 괴로운 것은 가끔 옆방에서 들리는 비명 소리였다.

숨이 넘어갈 듯, 온몸이 만신창이가 된 듯, 가냘프게, '아, 아악, 어머니, 어머니' 나 좀 살려주세요' '살려 줘'하고 되뇌는 비명 소리, 저러다가 죽을지도 모르겠다.

내가 벽을 뚫고 달려가서 말릴 수도 없고, 라디오에서 나오는 것인가? 아니면 진짜 그 방에서 고문이 자행되고, 그러면서 내는 사람의 비명인가, 어쩌면 그곳에서 내가 만난 동생 후배 전북대학교 학생들이 고문을 받고 있는 것은 아닐까? 마치 내가 만신창이가 되도록 두들겨 맞는 듯, 그 비명 소리가 들릴 때마다 바늘로 심장을 찌르는 듯, 살점이 찢겨나가는 듯한 통증을 느끼고 있었다.

그때 어디선가 꿈속에서인 듯 모리스 라벨의 〈볼레로(Bolero)〉가 들려오는 듯했다. 처음에는 약한 음량에서 출발하여 차츰 커다랗게 부풀어가는 그 음악, 마지막에 이르면 가슴속이 얼얼할 정도로 휘몰아가는 그 음악이 그들이 나를 악마 대하듯 바라보는 그 모습들에서 음악처럼 나타났고, 나는 몸서리치는 두려움에 떨었다. 의자에 앉아서 무서움과 두려움에 떨고 있는 나에게 그가 몸을 낮추더니 목소리 낮추어 말한다.

"어때, 저 소리 달콤하지 않아. 아까 가보니까 실신해 있더니 깨어났나 보네."

"……."

"좋은 게 좋은 거여. 사실대로 말하는 것이 너도 좋고, 나도 좋아. 어쩔래, 불래. 더 맞을래."

나는 그저 시체처럼 가만히 앉아서 처분을 기다린다.

"고름이 피 되는 거 봤냐? 고름은 고름이야 빨리 짜낼수록 좋아, 어서 말해. 많이 맞으면 죽는다."

"어서 말하라니까?"

그사이 옆방에선 간담이 떨어질 듯 울부짖는 소리가 들렸다.

"아악~!"

나는 지금 아무런 말도 할 수 없다. 말을 해도 맞고, 말을 안 해도 맞는다. 그렇다면 안 하고 맞는 것이 더 낫다. 이런 때에는 침묵이 금일지도 모른다. 그들은 침묵을 지키다 하는 수없이 말하는 몇 마디 내 말은 아랑곳하지 않고 그들의 말만 할 뿐이다. 이렇게 계속 맞고 고문당하다가 보면 죽을 수도 있겠다.

나는 지금 죽은 자, 아니 시체나 다름없다. 말을 해도 믿지 않고, 말을 안 해도 믿지 않는 그림자 같은 사람이 나다. 나는 내 삶이 힘겨울 때 곧잘 시체놀이를 했다. 크게 심호흡 한 번 하고, 내 마음마저 내려놓고 시체처럼 온몸에 힘을 다 빼고 눕는다. 어느 사이 나를 나 자신에서조차 비우고 아무것도 아닌 무(無)가 되는 것이다.

그렇게 오랜 시간을 누워 있으면 서서히 내가 '나'라는 것을 깨닫게 되면서 서서히 생기는 힘, 그 힘이 삶을 이어주는 하나의 매개체라고 생각했는데, 지금, 이곳에선 시체놀이는 오히려 호사일지도 모르겠다.

"너 여기서 나갈 수 있을 것 같아? 못 나가. 오늘 너 죽고 싶어? 너 여기서 죽어 나가도 아무도 몰라. 정직하게 있는 대로 말해. 자, 오늘 이 너의 마지막 날이 될지도 몰라, 어서 말해? 니, 김일성이에게 평양에 가서 돈 얼마 받고, 돌아와 간첩으로 활동하면서 어떤 정보를 넘겼어?"

금테 두른 안경을 쓴 '김 계장'이라는 취조관이 내 앞에 저승사자처럼 떡 버티고 서서 일갈한다. 나는 김 계장이라는 사람의 위압 앞에서 한없이 작아지고 작아지면서 주눅이 들기도 하고, 옹졸하게 증오도 한다.

볼테르가 《깡디드》에서 말했지.

"약자(弱者)란 늘 강자(强者) 앞에선 굽실거리면서도 강자를 증오하고, 강자는 털은 털대로, 살은 살대로 벗겨서 팔아먹는 짐승처럼 취급한다."고. 그 말이 하나도 다르지 않다. 그는 이를 악물면서 다시 구타를 시작했다.

"내가 얼마나 사람을 때리는지 알기나 해?"

징그럽다 못해 섬뜩하다. 어떻게 사람이 다른 사람을 때리는 기술이 훌륭하다고 자랑할 수 있을까? 그것도 기술이라면 기술이라서 그걸 자랑하는 것을 보면 학원이라도 다녀서 배웠는지도 모르겠다. 문득 루이스 캐럴의 《이상한 나라의 엘리스》의 한 구절이 떠올랐다. 분노의 여신이 집 안에서 생쥐를 만나 이렇게 말했다.

"나와 함께 재판정으로 가줘야겠어. 난 너를 고소할 거니까. 어서 이리 와, 빠져나갈 구멍은 없어. 우린 널 재판에 꼭 부치고 말 거야. 오늘 아침 할 일도 없는데, 마침 잘됐다."

그러자 생쥐가 분노의 여신에게 말했다.

"참 이상한 재판도 다 있군요? 재판장도, 배심원도 없이 공연한 헛수고 아닐까요?"

"내가 재판장이고 곧, 배심원이지. (……) 어쨌든 나는 모든 수단과 방법을 다 동원해서 너에게 사형을 언도할 것이다."

그가 말하는 모든 말이 이곳에서는 법이다. 그 법을 집행하는 것은 그들의 몫이지 나의 몫은 아니다. 그들은 사형선고든, 무기징역이든. 아니면 은전을 베풀어 나를 풀어줄 수 있는 권리가 있는 사람들이라는데, 그게 맞는 말인가?

그는 느닷없이 내 앞으로 가까이 다가왔다. 왜 내 앞으로 다가와 앉는 걸까? 이런 사람이 진실로 무서운 사람이다. 그는 사람을 악랄하게 괴롭히기 위해 태어난 사람과 같이 장난을 치듯, 조롱하듯 음흉하면서도 교활한 미소를 짓고, 느닷없이 가슴팍을 향해 주먹을 날렸다.

"악!"

내 소리에 내가 놀라는 순간 누군가 내 목덜미를 내리쳤다.

"아이고."

"아이고는 무슨 얼어 죽을 아이고야, 이 자식아."

이단옆차기인가, 삼단옆차기인가 모르는 날렵한 발길로 내 정강이를 걷어찼다. 나는 소리를 지를 수도 없다. 그 김 계장이라는 사람은 마치 정신이 나간 사람 같다. 그는 제정신을 잃은 것처럼 질투와 증오심에 불타 아무것도 눈에 안 보이고, 귀도 들리지 않는 모양이다. 그는 고래고래 소리를 지르며 나를 때린다. 맞는 아픔보다 알아 듣지 못하는 그 고함 소리가 너무 커서 귀청이 찢어질 것 같은 그게 더 괴롭다. 이러다가 내 몸이 산산조각이 나는 것은 아닐까?

"사람은 자신의 몸이 갈기갈기 찢어지는 듯한 느낌이 들 때가 있으며, 그때 길 위에 서서 그 찢겨 나간 부분 하나하나를 검사해서 다시 조립하면 어떤 모습의 기계가 될까 궁금해질 때가 있다."

문득 T. S. 엘리엇의 글이 떠오르면서 온몸에 오싹 소름이 돋았다. 그런데 저 사람에게도 혹시 양심이나 죄악이라는 것이 있는 것일까? 이범선의 단편소설 〈오발탄〉을 보면 '양심은 손끝에 가시 같아서 조금만 잘못해도 콕콕 찌른다'던데. 저 사람의 표정을 보면 그런 기색이 조금도 없다. 양심이나 죄악의 개념이 아무것도 없거나 아니면 손톱에 가시 같은 양심을 아예 빼버렸는지도 모르겠다. 아니면 저 사람은 국가의 녹을 먹고 있기 때문에 간첩혐의자를 잘 다루어 자백을 얻어내는 것이 나라에 충성하는 것이라는 것을 너무도 잘 교육받았기 때문이고, 그것이 국가에 충성도를 나타내는 첩경이라서 그럴지도 모르겠다. 그러니까 저토록 소신껏 그 어느 것에도 흔들리지 않고 자신의 할 일을 다 하는 것이리라. 그를 바라보는 것만으로도 온몸에 오싹 소름이 돋았다.

저 사람은 나뿐만 아니라 나하고 같은 혐의를 받고 끌려온 사람들을 한계를 정하지 않고 계획적으로 괴롭혀서 자백을 받아내는 것이 어쩌면 행복일지도 모르겠다. 아니 그는 내가 고통스러워하고 있는 모습을 바라보며 희열을 느끼고 있는 듯하다.

헤세는 《황야의 이리》에서 말했지. "고통을 자랑스러워해야 한다. 모든 고통은 우리의 고귀함에 대한 기억이다."라고. 과연 그럴까? 그래서 저들은 나를 바라보며 희열을 느끼고 있는 것일까? 예로부터 전해오는 속담이 있다.

"사악한 자의 행복은 급류처럼 흘러간다."

"세상에는 악을 의도하고, 악을 목적으로 살아가는 사람도 있다."

언젠가 들은 옛말이다. 그는 그런 말을 들어보기라도 했을까? 무엇이 선이고, 무엇이 악인지도 불분명한 시대라서 그 역시 지금 내 마음속에서 규정한 선악의 개념일지도 모르겠다. 그런데, 선과 악이 다른 궤도를 돌고 있다는 말도 있지 않은가?

여하튼 세상에 가장 무서운 것은 호랑이가 아니고, 뭐니 뭐니 해도 인간이라는 것. 그것을 순간순간 깨닫고 있지만 그곳을 벗어날 수 없다는 것, 그것이 가장 큰 문제다.

그 시간이 얼마나 지나갔는지, 나는 가늠할 수가 없다. 왜? 시간 속에서 벗어나 있으니까. 그렇게 실컷 때리더니, 그도 지쳤는지 저만큼에서 지켜보던 다른 취조관에게 말했다.

"어이, 어서들 와서 이 빨갱이 새끼하고 놀아봐."

이것도 엄밀하게 말하면 인수인계인가? 나는 지금부터 동네북이다. 누구나 치면 울리는 북이다. 그래, 나를 쳐서 너희들의 진한 슬픔과 절망을 거둘 수 있다면 아니면 세상의 평화가 온다면 어서 두드려라. 나는 그들이 하는 그대로 가만히 내버려 둔다. 나는 마음이 넓은 사람이다. 그래서 모든 것을 다 포용한다.

'나는 자포자기를 한 사람이니까 그냥 체념하고 모든 것을 받아들

이자. 나는 그들이 어떻게 나를 가지고 놀든 반응하지 말자.' 그들이
어떻게 나를 가지고 놀든 놀라지도 말자. 그것만이 이곳에서 내가 취
할 수 있는 '최상의 미덕'이라고 여기자, 하고 그들이 하는 대로 몸만
굴린다. 그것이 싫증이 났는가, 아니면 짜증이 났는가?

"이 자식 안 되겠어, 이 시간부터 잠을 재우지 마. 음악을 크게 틀
고 잠을 못 자게 해."

잠을 못 자게 한다. 그것이 무슨 말일까? 얻어맞는 것보다 잠을 못
자게 하는 것이 더 낫지 않을까? 나는 가끔 불면으로 며칠씩 잠을 못
이루기도 했지만 대체적으로 잘 자는 편이다. 나는 그 무렵에 거의
열한 시 또는 열한 시 30분쯤 잠을 자기 위해 자리에 들었다. 잠이 드
는 시간은 빠르면 5분 아니면 20분 이내엔 잠이 들었고, 아침 다섯
시 이쪽저쪽에 깨어난다.

군대 생활에서 비롯된 습관이 제주도에 노가다판에서도 이어졌고,
그것이 변함없이 지금까지 이어진 것이리라. 잠을 자긴 자는데, 항상
내 잠은 깊지를 않고, 프로이트가 '억압된 소망의 위장된 실현'이라고
말한 꿈을 꾸지 않는 날이 없으며, 사소한 것들에도 깨어나는 그게
불만이긴 하지만 그런대로 잠에 대해서는 만족하는 편이라서 그나마
안도했다.

"절대 눈 감고 자지 마, 자는 순간, 너 어떻게 된다는 거 알지?"

반 엄포에 협박이다. 하지만 잠을 안 자는 것이 뭐 그리 큰일일까?
그러나 그것은 큰 오산이었다. 처음엔 견딜만했다. 얼마나 시간이 흘
렀는가? 졸음이 밀물이 밀려오듯 오는데, 내가 졸 때마다 흔들고, 팔
을 비틀고, 머리를 때리는데, 이러다가 내가 미치지 않을까 하는 두

려움, 나는 그것을 그 사람들이 심심해서 하는 놀이인 줄 알았다.

그때 나는 《요한복음》 제20장 17절에 나오는 "예수께서 이르시되, 나를 만지지 말라."라는 구절을 떠올렸다. 하지만 나는 차마 그 말을 꺼내지 못했다. 아니 꺼낼 수가 없었다. 내가 동학에서 말하는 하나의 우주고, 증산 강일순이 말하는 옥황상제인데, 어떻게 나를 그렇게 고문할 수 있었을까?

오랜 세월이 지나간 뒤에야 그것이 바로 잠 안 재우기 고문이었다는 것을 알았다. 페르시아인들이 말했지. "잠은 꽃이다."라고, 그런데 나는 그곳에서 꽃이 아니고, 물건도 아니고, 나에게서 고백을 받기 위해 자기들 마음대로 다루어도 되는 노리개였구나.

문득 군대 생활에서 있었던 일이 생각났다. 태권도가 3단이라는 졸병이 있었다. 그와 함께 탄약고 보초를 서는데, 내 뒤에서 코를 드르렁드르렁 고는 소리가 들려서 뒤를 돌아보니 그였다.

신기했다. 어떻게 서 있는 채로 코를 골며 잠을 잔단 말인가? "너 자고 있지?"하고 그의 몸을 떠밀자 "안 잤는데요."라고 대답했다. 나중에 고참들에게 들은 얘기지만 우리 포병들은 5분 이상이면 승차(?)지만 차량이 없는 보병들은 며칠간을 두고 이어지는 100km, 200km 행군 중에 걸어가면서도 코를 골며 잔다는 것이다.

체력의 유지를 위해서 대부분의 사람은 5시간, 보통은 7시간, 게으름뱅이는 9시간, 그리고 지독한 게으름뱅이는 11시간의 잠이 필요하다는데. 그런데, 내가 그때 그곳에서 잠을 자지 못하고 그들에게 시달림을 당한 시간은 얼마나 될까? 그들도 모르고, 나는 더욱 모르고, 시간의 신만이 알 것이다.

이제 무섭지는 않다. 단지 내가 어떻게 해야 할지 방법을 알 수 없다. 나는 평양에 가지도 않았고, 제주도에 이상향이 있을 것이라 여겨서 갔다가 돈 떨어져서 돈 벌기 위해 죽기 살기로 벽돌과 모래를 져 올린 것밖에 없다. 정말로 그랬고, 다른 방법이 없었다.

그런데 그들은 나의 제주도 생활을 의심하고, 그때 내가 북으로 배를 타고 가서 김일성에게 돈을 받고 지령을 받아 간첩으로 활동했다고 믿고 있다. 북한으로 가기 위해 만난 사람이 누구냐고, 몇 사람이냐고. 어디를 거쳐, 어디로 가서, 어디서 만났느냐고. 돈은 어디서 받고, 어떻게 남한으로 돌아왔고, 어디에 어떻게 썼냐. 그게 명백한 사실이라고. 네가 해놓고도 네가 모르느냐. 아니 부정하느냐. 그게 그들이 처음부터 지금까지 나에게 말하는 핵심 요지다.

아무리 부정해도 소용이 없는 이 현실 앞에서 펄쩍펄쩍 뛴들, 조상님들을 다 걸고 나는 결백하다고 한들, 아무 소용이 없다. 내가 과연 그랬던가? 그런데 김일성으로부터 돈을 받은 것 같다. 얼마나 받았지? 그 돈은 어디에 있지? 알 수 없다. 분명한 것은 나는 글을 쓰는 작가가 되어야 하는데, 그래서 언젠가는 알 수 없는 그리움과 인간의 삶을 담아낸 글을 써야 하는데, 나는 아직도 읽어야 할 책이 많고, 그리고 내가 써야 할 책은 아직까지도 내 마음 깊숙한 곳에서 꿈틀거리고 있을 뿐이다.

그나마 꿈을 꾸며 썼던 글들도 제대로 된 소리를 못 내서 사람들에게 읽히지도 못하고 불협화음으로 종이만 축내고 있는 중인데, 이를 어쩌지? 이러다가 나는 내 인생의 최초이자 마지막 꿈인 '작가'가 되는 것은 종을 치는 것이 아닐까?

작가가 되겠다는 소박하면서도 원대한 꿈을 꾸고서 나머지 모든 꿈을, 아니 모든 길을 버리고 살았지 않은가? 그렇게 처음이자 마지막으로 꾸었던 나의 꿈이 이렇게 속절없이 무너진단 말인가. 카프카의 《심판》에서 우화처럼 나에게 작가는 들어갈 수 없는 '문'이고, 날아가 버린 '파랑새'란 말인가.

작가는 학력도, 혈연도, 지연도 필요 없다. 오로지 글로서 모든 것이 평가되는 것이 작가가 아닌가? 내가 좋아하는 것만을 쓰는 작가가 되어 이 나라 산천을 떠돌면서 "이 세상의 눈에 비치는 모든 것이 내 마음에 드는구나."하고 경탄하며 살고자 했던 나의 꿈이 이렇게 무참하게 무너진단 말인가?

답답했다. 하지만 지금 이 자리를 긍정하기로 하자. 그리고 나를 돌아다보자. 어디고 아프지 않은 곳이 없다. 가끔씩 내 몸이 허공에 두둥실 떠 있는 것 같기도 하고, 땅속으로 푹 꺼지는 것도 같았다. 이래서는 안 되는데 하는 생각이 미치자 내가 누구인가, 나는 어디에 있는가 하는 생각이 들고 나를 돌아보기 시작했다.

사람은 죽기 직전에 그가 살아온 모든 일들이 파노라마처럼 순식간에 스치고 지나간다는 말이 있다. 나 역시 그 순간, 내가 이곳에 오게 된 연유가 있는지 없는지를 회고하기로 했다. 나는 천천히 군대에서 제대 후에 제주도로 건너가 그곳에서 일어난 일을 잊혀진 기억들을 되살려 회고하기 시작했다.

자의가 아닌 명령에 의해
내가 나를 추억하다

"인간은 그의 모든 인생을 사는 게 아니라, 자신을 만들어나간다."

- 도스토예프스키

이어도를 찾아 떠나다

기억들을 불러낸다. 수면 깊숙이 가라앉은 기억, 파편처럼 흩어지고 포말처럼 사라져간 기억, 불러내 주기를 갈망하며 반듯이 고개 치켜들고 있는 기억, 영원히 숨어 있기 위해서 머리를 처박고 있는 기억, 그 기억들을 망각의 숲에서 불러내어 재생하는 그 일이 얼마나 쓸쓸하면서도 찬연한 것인지.

나는 그 기억들을 불러내기 위해 내 마음속의 희미해져 가는 길을 걸어가는 나그네이고, 그 발걸음은 이미 지난 일, 덧없다고 아우성치는 또 다른 마음의 나그네가 있다. 하지만 오래전부터, 아니 내가 태어나면서부터 예정되어 있던 나의 운명의 길을 어쩌겠는가. 그냥 되는대로, 물결치는 대로 걸어가야지.

나는 1978년 2월 20일 대한민국 국군 병장으로 만기제대를 했다. 대학을 다닌 사람들은 대개 28개월에 제대를 했지만 초등학교 졸업이 전부인 나는 강원도 철원의 금학산 아래 포병대대에서 33개월 15일을 근무한 끝에 제대를 한 것이다.

군대를 가기 전에 사회에서 아무런 일도 하지 않았다. 그래서 월급 한 번 제대로 받은 적 없었고, 그렇다고 친구도 없고 성공한 친척도 없는 내가 이 세상에 그냥 내던져진 것이다. 그냥, 그냥이라는 말밖에 달리 할 말이 없다. 어떻게 할까? 방법이 하나도 없었다. 군대를 제대하고 나서도 그때와 같은 생활을 할 수는 없고, 세상으로 나가자, 그런데 그 출구가 어디에도 없었다. 그나마 비빌 언덕은 서울에 살고 있는 외삼촌뿐이었다. 어머니에게 하나밖에 없는 오빠인 외삼촌 집으로 갔다.

"그래 제대를 했구나. 뭐하고 살래?"

외삼촌의 말은 간단했다.

"뭐라도 해야지요."

내가 무슨 일을 할 수 있을까? 어디 내 놓을만한 학교를 졸업했나, 아니면 특출한 기술이 있나. 어느 것 하나 자신 있는 것이 없고 선택의 폭이 없이, 그저 불확실성만이 확실했다.

"일도 배우고 돈도 벌 수 있는 곳을 소개해주세요."

외삼촌은 사촌 형을 부르더니, "네가 아는 아교공장 있지, 그곳으로 소개해줘라."하고 아주 쉽게 말했다.

"아교공장은 뭐하는 곳일까? 그래 가보자."하고 하룻밤을 외삼촌 댁에서 지내고 도착한 아교공장은 산만하기가 이루 말할 수 없었다. 아교공장에서 시키는 대로 일을 하면서 일주일 정도를 지냈다.

그곳에서 보낸 일주일 동안 체득한 것은 내가 해야 할 일은 아니라는 생각이었다. 겨우 외삼촌에게 소개받아온 첫 직장인데, 한 달도 못 채우고 다시 다른 곳을 소개해 달라고 할 수도 없다. 어떻게 한다? 고민 끝에 섬광처럼 떠오른 곳이 이어도, 바로 제주도였다. 제주도로 가자. 그곳에는 내가 기다리는 이상향, 곧 이어도가 있을지도 모른다.

왜 이청준의 소설 〈이어도〉가 떠올랐는지는 모른다. 다만 그때 나는 절박했고, 달리 돌파구도 없었다. 어쩌면 내가 그 '환상의 섬'이자 '이상향'인 〈이어도〉를 찾을 수 있을지도 모른다. 그런 막연한 기대를 안고 얼마 안 되는 노잣돈을 가지고 그날 곧바로 서울역으로 가서 완행열차를 타고 도착한 곳이 목포역이었다.

목포역에서 목포항은 멀지 않았다. 천천히 걸어서 도착한 목포항은 비린내가 진동했고, 그날 밤 제주까지 일곱 시간이 걸리는 가야호에 몸을 실었다. 대부분의 사람들은 고등학교 수학여행 때 제주도를 간다고 배를 타는데, 정규학교를 다닌 적이 없는 나는 수학여행이라는 여행을 한 적이 없었다.

제주도! 꿈에서도 가보지 못한 제주도는 나의 이어도였고, 나는 새로운 출발을 향해 뱃고동 울리며 떠나는 배를 타고 있었다.

내가 맨 처음 배를 탔던 것은 열다섯 살의 일이었다. 출가하겠다고 화엄사에 갔다가 두어 달 만에 스님의 권유로 하산한 뒤 여수에서 충무를 거쳐 부산까지 배를 탔었다. 그 이후 두 번째로 장거리 배를 타게 된 것이다.

목포를 출발한 배는 어두운 밤을 항로에 의지하여 쉬지 않고 제주도를 향하여 달리고, 나는 밤배를 타고 가는 내내 얼마나 불안했던지. 내일 도착할 제주에 내가 기다리는 그 이상향이 과연 있을까? 없을지도 모른다는 불안감으로 한숨도 자지 못한 채 도착한 제주의 새벽은 너무도 낯설었다.

부두에 도착해서 나는 장 그르니에의 산문 중에 한 구절을 온몸으로 실감했다.

"나는 아무 가진 것 없이 이국의 어느 도시에 도착하기를 꿈꾸었었다."

나는 이 섬에서 내가 그리는 이상향을 찾아야 하는 절체절명의 사명감을 가지고 있을 뿐이다. 내가 찾아가 살고자 했던 섬인 이어도가 소설 속에서는 다음과 같이 실려 있다.

"이어도는 오랜 세월 동안 이 제주도 사람들의 입에서 입으로 이야기가 전해 내려온 전설의 섬이었다. 천 리 남쪽 바다 밖에 파도를 뚫고 꿈처럼 하얗게 솟아 있다는 제주도 사람들의 피안의 섬이었다. 아무도 본 사람은 없었지만, 제주도 사람들의 상상의 눈에서는 언제나 선명한 모습을 드러내고 있는 수수께끼의 섬이었다. 그리고 제주도 사람들의 구원의 섬이었다. 더러는 그 섬을 보았다는 사람들도 있었지만, 이상하게도 한 번 그 섬을 본 사람은 이내 그 섬으로 가서 영영 다시 이승으로 돌아오지 않았기 때문에 그 모습을 분명하게 말할 수 있는 사람은 아무도 없는 섬이었다."

　우선 시장으로 가자. 동문시장에서 국밥 한 그릇을 먹고 제주 시내를 여기저기 기웃거렸다. 그러나 어디고 내가 비비고 들어갈 틈은 없었다. 지금처럼 내가 넉살이 좋았던 것도 아니고, 그렇다고 뭐 한 가지 자신 있는 것도 없는 내가 할 수 있는 일은 두리번거리면서 돌아다니는 일밖에 없었다. 돌아다니다가 제주 오일장이라는 데에 갔다. 그런데 시장 여기저기서 고사리가 많이 나와 거래되고 있었다. '옳거니, 고사리를 끊어서 팔자, 어린 시절 할머니와 함께 고사리를 많이 끊었지 않은가?' 그런데 어디서 고사리를 끊지? 하는 생각에 미치자 서귀포가 떠올랐다. 서귀포로 가자. 그러고 보면 나는 돈키호테처럼 너무 즉흥적인 데가 많은 사람인 것 같다.
　제주 시외버스터미널에서 5·16도로를 거쳐 서귀포터미널에 도착했다. 변두리로 가는 시내버스를 타고 보목이라고 쓰여진 데를 갔지만 고사리를 끊을만한 곳은 그 어디에고 없었다.
　바다와 귤밭이 끝 간 데 모르게 펼쳐져 있을 뿐이었다. 그나마 수중에 남은 돈은 이삼 일도 못 버틸 것 같고, 참으로 난망하기만 했다. 다시 육지로 나간다고 뾰족한 수도 없고, 그때 눈에 띈 것이 건물을 짓는 공사판이었다. 저곳은 나를 필요로 하지 않을까? 설마 굶기야 하겠어? 나는 우선 배를 채우면서 새로운 출구를 찾자고 생각했다.

지게에다가 벽돌을 얹고 있는 사람이 있었다. 그에게 다가가 물었다.

"혹시 이곳에서 일을 할 수가 있습니까?"

"아니 이곳보다는 신제주로 가시오. 그곳에 큰 공사판이 벌어져서 일꾼이 많이 필요할 것이오."

"신제주가 어디에 있지요?"

"시외버스 타고 5·16 도로를 넘어가면 있소."

서귀포버스터미널에서 시외버스에 몸을 실은 것은 오후 세 시를 넘어서였다.

나의 이상향, 이어도 신제주

유-토포스(U-Topos)라는 말은 유토피아(Utopia)의 의미인데,
원래 '어느 곳에도 없다(nowhere)'라는 의미를 가지고 있는 말이다.

"궁하면 통하고(窮則通), 궁하면 변하고(窮則變), 곤궁하면 통한다(困窮而通)."

《주역》에도 실려 있지 않은가, 다른 방법이 없었다. 돈은 다 떨어졌고, 일을 시작하지 않으면 굶주릴 수밖에 없다. 이리저리 배회하다가 찾아간 1978년 3월 오후의 신제주, 그곳에 막 신시가지 건설이 시작되고 있었다. 여기저기 굴삭기의 굉음이 들리고 골조를 시작한 건물들이 즐비했다. 어디로 갈까? 망설이는 내 눈에 아파트 공사장이 보였다. 가까이 가서 보니 제주에서 최초로 지어지는 대단위 아파트 단지로 제원아파트라는 이름이 걸려 있었다.

"혹시 이곳에서 일을 할 수 있을까요?"

시멘트에 모래를 섞고 있는 어느 일꾼에게 물었다.

"일이 널렸지라. 좀 있다가 오야지(건설업종의 우두머리, 또는 사장)가 올 터이께 기다려 보게라."

5층짜리 아파트단지에 수십 개의 동이 들어서고 있는 아파트 숲을 신기한 눈으로 바라보고 있는데, 사십 대 중반의 남자가 왔다. 공사판에서 오랜 생활을 해서인지, 나의 안색과 옷차림새만 보고도 척하니 알아보는 것이었다.

"일하러 왔어?"

첫마디부터 반말투로 물었다.

"예, 그렇습니다."

"그럼 내일부터 일혀, 근디 딱 본게 여그 사람 아닌가 보네. 어디서 온 거여?"

"네, 전라도 임실에서 왔습니다."

"뭐여? 임실, 임실이라구? 야, 나도 임실이야. 나 성가리 사람이여."

"저는 관촌 금성리, 중화성리가 집입니다. 고향은 진안인데, 임실에서 오래 살았습니다."

"야, 임실이나 진안이나, 그게 그거 아냐. 허허, 고향 사람 만났네."

세상은 참 좁았다. 마을만 다를 뿐, 같은 고향 사람 아닌가? 나중에 알고 보니 그는 제주에서 알아주는 조적(벽돌을 쌓는 일) 오야지였다.

"고향 사람이 같은 고향 사람을 만나면 두 눈에 눈물이 고인다."는 옛 속담이 틀린 말이 아니라서 그런지 고향이라는 인연 때문에 그는 누구보다도 나에게 더 자상하고 세심하게 챙겼다.

"근디 잘 디(곳)는 있나?"

내가 잘 곳이 어디 있겠는가. 이제 일거리가 생겼으니 당분간 공사판 아무 데나 널브러지면 그만이라고 생각했었다. 그가 말했다.

"그냥, 어디 갈 것 없이 우리 함바로 와. 거기서 한 사람 더 끼어 자면 되는 거지 뭐."

금세 숙소와 일자리가 해결된 것이었다. 사람이 그냥 죽으라는 법은 없는 모양이었다. 그렇다. 예나 지금이나 세상은 냉혹하다. 돈 떨어지고 달리 할 일이 없었던 나를 반기는 곳은 일을 한 만큼만 일당을 받을 수 있는 공사판뿐이었다.

이제 막 뼈대만 들어선 아파트 공사장은 사막 한가운데나 다름없이 황량하기만 했다. 수북한 벽돌 더미와 모래더미, 그리고 각종 합판들과 저마다 바쁘게 움직이는 인부들, 무질서한 것 같은데도 질서가 정연한 곳이 공사장이다.

드디어 나의 공사판 막노동이 시작되었다. 이름하여 노가다가 시작된 것이다. 내가 시작한 일은 질통에 모래를 져 나르는 일과 벽돌지게에 벽돌을 져 올리는 일이었다. 노가가판에서 가장 힘든 일이 그 일이라고 했다. 하지만 군대를 막 제대한 젊은 청춘이 무슨 일인들 못하겠는가?

"일당이 얼마나 됩니까?"

"하루 6천 원이네."

군대에서 마지막 받은 병장 월급이 2,400원이었으니, 6,000원이면 두 달하고도 열흘 정도를 근무해야 받을 수 있는 금액으로 아주 큰돈이었다. 오야지는 매일 계산이 복잡하니 보름마다 한 번씩 간조(일수로 계산해 주는 급여)를 해준다고 했다. 군대 가기 전에 돈을 벌어 보았다면 그렇지 않았을 것인데, 그 일당이 매우 큰돈으로 여겨졌다.

그러나 한 달 정도 일을 하고 받은 금액은 고작 8만여 원에 그쳤다. 비가 내리거나 공사에 차질이 생겨 쉰 날을 제하고 나니 일을 한 날은 20여 일쯤밖에 안 되었고, 거기에다 함바의 밥값을 제하고 나니, 바로 그 금액이 남은 것이었다. 이런저런 생각을 해보니 그렇게 벌어서는 언제 제주도를 탈출할지 막연하기만 했다. 고민에 고민을 하고 있는데, 벽돌 오야지가 뜻밖의 제안을 해 왔다.

"자네, 한 건물을 도맡아서 벽돌과 모래를 져 올리면 어떻겠나?"

날품으로 값을 쳐주는 것이 아니라 거기에 들어가는 노동력과 시간이 얼마가 되었든 관계없이 건물을 통째로 하청을 주겠다는 것이었다. 즉, 하나의 건물을 짓는데 필요한 벽돌과 모래를 져 올려달라는 말이었다. 어차피 일을 하는 것은 매한가지고, 일을 조금 더해서 돈을 더 벌자고, 나는 그 제안을 선뜻 받아들였다.

그리고 날품 노동을 하는 젊은 인력 몇 사람을 내 품으로 끌어들였다. 날품 노동은 적당히 요령 피워도 그날의 일당이 나오지만, 이제부터의 우리 몸값은 우리가 하기 나름으로 정해지는 일이었다.

나의 이름은 곰방

"노동을 마친 뒤에 잠을 자는 것, 태풍을 뚫고 항구에 정박하는 것,
전쟁이 끝난 뒤 찾아오는 평온함, 일생을 마친 뒤에 죽는 것은 큰 기쁨이다."
- 허버트 스펜서

작업을 끝내고 자취방으로 돌아와 잠이 든다. 그런 밤은 죽음과 같
은 깊은 잠을 자야 하는데, 그 밤 내내 꿈속에서도 오로지 벽돌을 지
고 계단을 올라가는 꿈만 꾸었다. 인간은 어떤 경우든 자기 자신의
의지에 따라서 최선의 것만을 선택한다. 차선은 없다. 나는 내 운명
을 내가 스스로 선택한 제주도로 데리고 왔고, 내가 택한 최선의 것
은 흘린 땀만큼의 보수를 받는 노동이었다.

우리는 모래와 벽돌을 등짐으로 져 올리는 곰방(고운반)을 시작했
다. 우선 모래를 져 올리는 통을 만들었다. 두꺼운 베니다(합판)를 알
맞게 썰어 만들면서 100통을 져 올리면 한 차가 되게 만들었다. 벽돌

져 올리는 것은 그와는 다른 형태다. 벽돌을 놓을 만큼의 베니다를 썰어서 기역 자로 만드는 것이다. 4장씩 놓아서 15층이나 16층으로 포개면 60장이나 64장이 된다. 무게를 달면 약 90kg에서 100kg 이쪽 저쪽이 될 그 무게를 짊어지고 시시포스(Sisyphos, 시지푸스)처럼 계단을 오르는 것이다.

그때 벽돌을 지게에 얹는 기술이 얼마나 뛰어났던지, 지게도 보지 않고 벽돌을 던지면 자석에 쇠붙이가 붙듯 불규칙적으로 한 층 한 층 쌓여져 갔다.

벽돌만 그런 것이 아니다. 사모래통에 삽으로 퍼 올리는 모래들이 한 치의 오차도 없이 모래통으로 빨려 들어갔고, 7, 80km쯤 되는 그 무거운 무게를 감당하고 올라갔다가 내려올 때는 사뭇 뛰어서 내려 왔다.

당시 벽돌은 5층 기준으로 2원 50전이나 3원을 받았다. 2층은 하루에 1만 장, 3층은 7, 8천 장, 4층은 4천 장, 5층은 3천 장쯤 져 올렸다. 4, 5층은 2교대로 하면서 계단에서 서로 짐을 릴레이 하면서 올렸다(그때 공사판 인부의 일당이 6천 원이었다).

모래는 2층 기준으로 한 차에 1만 5천 원을 받았는데, 통의 부피를 100통이면 한 차가 되도록 만들었다. 그래서 한나절이면 차 한 대 분량 100통을 져 올렸기 때문에 하루 두 차쯤을 올려서 다섯 사람 일당인 3만 원쯤을 번 것이다.

아침 7시부터 저녁 어둠이 서리서리 내리는 시간까지 벽돌과 모래를 져 올린 그때부터 나는 내 등에 단지 모래와 벽돌을 짊어지는 일

188

이 아니었다. 나의 인생과 세상을 짊어지는 일을 시작한 것이다. 천근만근 무거운 그 세상을 짐을 짊어지고 비틀거리며 계단을 오르고 또 올랐다.

아침에 공사판에 도착하면 모래와 벽돌이 공사판에 산더미처럼 쌓여 있었다. 그 벽돌과 모래를 개미가 먹이를 나르듯, 벽돌과 모래를 져 올렸다. 군대식으로 50분 간 일하고 10분을 쉬다가 보면 땀이 비 오듯 했다. 우리는 런닝셔츠만 입고 일을 했는데, 런닝을 벗어서 짜면 땀이 마치 빨래 물 짜듯 주르르 흘렀다.

"땀은 그 사람의 영혼"이라는 말이 얼마나 절절하게 다가왔던지, 나는 머리끝에서 발끝까지 흐르고 흐르는 그 땀으로 목욕을 하며 하루 종일 날다람쥐가 나무를 오르내리듯 시시포스와 같이 져 올리고 또 져 올렸다. 그렇게 오르내리다가 보면 산더미 같던 모래와 벽돌이 어느새 사라지고, 스산한 저녁 바람만 공사판을 배회하고 있는 그 풍경이 어찌나 아름다우면서도 청량한 슬픔이었는지를 온몸으로 깨달았던 시절이었다.

원했던 원하지 않았건 당시 노동은 나의 육체와 정신을 먹여 살리는 필수불가결의 자양분이었고, 노동에서 얻어진 기쁨보다 값진 것은 없었다. 그 노동을 통해 내 속에 숨겨져 있던 미지의 가능성을 발견했고, 나 자신을 자각했기 때문에 죽기 아니면 까무러치기로 자신을 시험할 수 있었던 것이다.

그 무렵 나의 키는 169cm, 몸무게는 53kg의 크지도 않고, 무겁지도 않은 몸이었다. 20대 중반의 젊은 혈기만 남은 연약하다면 연약한 그 어깨 위에 누구도 나에게 시키지 않았지만, '신제주건설'이라는 막중한 사명을 걸머진 채 무거운 짐을 짊어지고 나는 계단을 오르내렸다. 나는 누구이며. 어디만큼 견딜 수 있는가의 절체절명의 명제를 짊어지고, 한 시대를 오르내렸다.

작업을 끝내고 자취방으로 돌아와 잠이 든다. 그런 밤은 죽음과 같은 깊은 잠을 자야 하는데, 그 밤 내내 꿈속에서도 오로지 벽돌을 지고 계단을 올라가는 꿈만 꾸었다.

져 날라도 져 날라도 줄어들지 않고 쌓이는 벽돌, 쌓이는 모래, 나는 그것들은 짐승들이 먹이를 야금야금 갉아 먹듯이 져서 올리는 인간 박테리아이자 시시포스였다. 시시포스는 그리스 신화에 나오는 코린트의 왕으로 제우스를 속인 죄로 지옥에 떨어져 바위를 산 위로 밀어 올리는 벌을 받았다. 그가 밀어 올리는 바위는 산꼭대기에 이르면 다시 아래로 굴러떨어지기 때문에 그는 영원히 이 일을 되풀이하였다고 한다. 시시포스는 영원한 죄수의 화신이다. 그는 신들의 비밀을 인간에게 알린 벌이라고도 한다. 또는 그가 여행하는 이들을 살해한 벌이라고도 하는 벌을 신들에게 받고, 저승에서 그 벌로 큰 돌을 가파른 언덕 위로 굴려야 했다. 정상에 올리면 돌은 다시 밑으로 굴러 내려가 처음부터 다시 돌을 굴려 올리는 일을 시작해야 했다.

"어! 곰방?"

공사장에서 사람들이 우리를 부를 때 부르는 호칭이었다. 벽돌을 쌓는 조적도 아니고, 벽을 바르는 미장이도 아니고, 철근을 나르는 철근공도 아니며, 방수를 하는 방수공도 아닌 곰방, 복덕방, 사랑방, 금은방도 아닌 곰방. 그게 제주도에서 보낼 때 나의 직업이자 나의 이름이었다.

그때 나는 매일매일 벽돌을 져 올리는 시시포스였다. 신들의 저주를 받은 것이 아니라, 내가 나를 제주도에 유폐시켰고, 시시포스와는 다르게 매일 벽돌을 짊어지거나 모래를 짊어지고 계단을 오르내렸다.

제주도에서 보낸 나날, 매일매일 꿈속에서도 져 올렸던 벽돌과 모래가 아파트가 되고 건물이 되었다. 그때 져 올린 벽돌이 개수로 치면 수천만 장은 되었을 것이고, 모래는 몇 차나 될지 헤아릴 수가 없다. 하지만 그 당시 아침부터 어둠이 내리기 전까지 그 수많은 계단을 무거운 짐을 짊어진 채 올랐던 세월이 나를 그토록 먼 거리를 지치지도 않은 채 걷게 만든 하나의 동력이 되었다는 것은 분명한 사실이다.

"정신적 고통을 치유할 수 있는 단 하나의 진통제는 육체적 고통이다."

마르크스의 말과 같이 그 힘든 노동을 통해 정신적 고통을 치유하던 그 당시가 신제주건설의 정점에 있었고, 나는 그 건설의 한 일원이었다.

그때부터 나는 제주도에서 2년 반 동안 평생에 걸쳐 할 노동을 다했다. 그 기간이 신제주개발 붐이 있었던 1978년에서 1980년 10월까지 2년 반이었다. 내가 온몸으로 져 올려서 지은 건물이 제주에서 제일 처음 지어진 대단위 아파트인 제원아파트와 제주도청, 제주교육청, 제주문화방송, 제주KBS 제주공항 보수공사. 제주여객선터미널 보수공사, 제주그랜드호텔을 비롯한 모텔과 수많은 관공서나 빌딩들이었다. 고대 그리스의 서정시인 핀다로스(Pindaros)의 명구인 "나의 영혼아, 영생을 갈구하지 말고, 가능한 땅을 끝까지 파라."라는 말을 곧이 곧대로 실천했던 때가 바로 그때가 아니었을까?

그때 쓴 글이 한 편 남아 있다.

나는 곰방

자네는 누군가?

이름은 무엇인가?

어디에서 왔는가?

갓 제대한 사람,

남들은 내 이름을 곰방이라 부르는데,

전라도 촌구석에서 왔지.

곰방은 무엇인가?

나도 잘 몰랐지.

처음엔 그냥 곰방이라 들었고,

나중에야 알았다네.

'높은 곳으로 물건을 옮기는 사람.'

유식하게 말하면 '고운반高運搬'을 줄여서 말하다가 보니

'곰방'이 된 것이지.

그러면 높은 곳엔 무엇을 옮기는가?

천국에 보내는 천사의 대리인인가?

아닐세.

그러나 천사와 무관하지도 않네.

이름조차 알지 못하는 사람들의

꿈과 희망이 살게 될 집을 짓기 위해

벽돌을, 모래를, 시멘트를,

아니 꿈과 희망을 옮기는 것이 나의 임무지.

동트는 아침부터, 해지는 저녁까지

잠시 쉬면서 옮긴 벽돌이, 모래가 시멘트가

건물이 되고 아파트가 되는 그 경이를 위하여

그러면 자네에게 무엇이 남는가?

말해주겠네.

내가 지게로 져 올린 수천 만장의 벽돌,

내가 져 올린 수백 차의 모래,

내가 구부리고 져 올린 수백 톤 시멘트의 무게가

거대한 빌딩들이 되고, 아파트가 되고, 관공서가 되는 그사이

희망은 자꾸 고통과 절망으로 변해만 가고,

쥐꼬리만큼 남는 돈, 돈, 돈,

그렇다면 자네는 누구인가?

벽돌도, 모래도, 사람도 없는

텅 빈 공사판.

무표정하게 바람결에 날려가는 사모래를 바라보는

슬픔과 절망의 곰방,

그게 바로 나일세.

곰방은 그때만 해도 고층 건물을 지을 때 크레인으로 올리기 전 과도기적인 운반 수단이었다. 지금이야 '방'이라는 이름이 붙은 여러 호칭들이 많다. 가장 오래된 직업인 복덕방이나 찜질방이 보편화되어 있고, 노래방, 키스방, 빨래방, 피씨방, 전화방, 안마방 등 하고많은 방들이 방방 뜨고 있지만, 그때의 곰방은 또 다른 개념의 슬픈 직업이었다. 공사판 기술자(조적, 미장, 방수)들이 '어 곰방' 하고 부르면 '예' 하고 대답하던 시절이 그 시절이었다.

지금도 가끔씩 생각나는 일이 있다. 일당을 받고 '노가다'로 일하다가 맡아서 하는 곰방 일을 시작하고 한 달여를 죽기 살기로 일했다. 그리고 받은 임금이 내 처지로서는 쏠쏠했다. 우리 일행은 모처럼 피로를 풀 겸 성산포로 바람을 쐬러 떠났다. 성산 일출봉을 보기 위해 성산포에 도착했다. 하지만 다리가 아파서 도저히 일출봉에 올라갈 수가 없었다. 그렇게 수많은 계단을 오르내렸건만, 지칠 대로 지친 우리의 육신은 해발 180미터밖에 되지 않은 일출봉 앞에서 무릎을 꿇고 말았다.

그래서 그 입구 잔디밭에서 통닭을 뜯으며 눈물을 글썽였다. 그 성산포와 일출봉은 지금도 변함이 없는데, 세월이 물같이 흐른 지금 나와 같이 일했던 그 사람들은 어디에서 어떤 생활을 영위하고 있을까?

　제주도에서 나온 뒤에도 나는 밤이면 밤마다 무거운 벽돌과 모래를 져 올리는 꿈을 꾸고 또 꾸었다. 잊고 싶어도 잊을 수 없는지 밤마다 따라붙는 슬픈 추억, 그런데 나는? 지금의 나는 어떤가? 그 추억이 나를 이렇게 '간첩'이라는 어마어마한 굴레를 쓰게 한 것이 아닌가?

　그런데 나는?

　지금의 나는 어떤가?

고백을 해? 간첩이라고?

"믿는 자에게는 증거가 필요 없고,

믿지 않는 자에게는 어떤 증거도 가능하지 않다."

- 미국 경제학자인 스튜어트 체이스

"고백을 해? 고백을 해?"

그들은 나를 자꾸 다그친다.

"어서 고백하라고?"

이런 속담이 있다.

"덤불만 잔뜩 두드린다고 어디 토끼가 잡히냐."

그들은 나에게 변명할 수 없는 증거를 들이밀지는 않고, 고백하라
고 윽박지르는 것이다. 애당초 간첩질을 한 적도 없고, 그렇기 때문
에, 그 조그만 씨앗인 겨자씨와 같은 증거도 없는 내가 무엇을 자백
해야지?

그런데도 나는 지금 내가 하지도 않을 일을, '했다고 해야 하고, 가보지도 않은 곳을 갔다고 해야 하고, 만나지도 않은 사람을 만났다고 해야 하고, 받지도 않은 돈을 받았다고 고백해야 한다.

그들의 의도대로 따르지 않으면 목숨이 남아나지 않을 것이라는 이 엄청난 협박만이 통용되는 것이 현실이다. 나는 그 현실 속에서 한 발자국도 벗어날 수 없는 그 사실 앞에 직면해 있다. 나는 과연 이 지옥 같은 곳에서 나갈 수 있을 것인가? 하는 생각이 미치는 순간 섬광처럼 도스토예프스키가 사형선고를 받고, 겪었던 그 자신의 이야기가 실린 《백치》의 구절들이 떠올랐다.

도스토예프스키가 예수 그리스도를 모델로 쓴 《백치》의 주인공 미쉬킨 공작은 장군의 딸들에게 반혁명사건으로 사형을 선고받고 형장에선 한 사내(도스토예프스키)의 이야기를 들려준다.

사형복을 입고 흰 두건을 눈 위에까지 둘러쓴 그는 여덟 번째였다고 한다. 세 사람씩 두 차례의 형이 집행되고 그도 세 번째 기둥 옆에 서게 되었다. 신부가 한 사람 한 사람 사형수 앞을 돌아다녔다. 앞으로 목숨이 남아 있는 시간은 5분. 그는 그 5분간이 막대한 재산처럼, 아주 긴 시간처럼 여겨졌다고 한다. 그는 그 5분을 충실하게 살기로 마음먹었다고 한다. 2분은 동료들과의 작별에 쓰고, 2분은 이 세상을 떠나기에 앞서 자신의 일을 생각하는데 쓰기로 했으며, 마지막 1분은 주위의 광경을 둘러보는 데 할당했다.

마지막 작별을 고하면서 그는 동료 한 사람에게 매우 한가한 질문을 던졌고, 동료 역시 흥미 있게 그 질문을 받아들였다. 그리고 그는 자기 자신에 대해서 생각하기 시작했다.

"나는 이렇게 존재하고 살고 있다. 그러나 3분 뒤에 나는 그 무엇이 되어버릴 것이다. 즉 어떤 또 다른 인간이 되거나 그렇지 않으면 그 무엇이 되어버릴 것이다. 도대체 그것은 무엇일까? 내가 다른 인간이 된다면 과연 나는 어떤 인간이 될 것인가? 그리고 어디서."

그때 형장 부근 교회의 금빛 지붕 꼭대기에서 햇빛에 반사된 광선이 비쳤다고 한다. 그 눈부신 광선을 바라보며 그는 "저 광선이야말로 나의 새로운 자연이다. 이제 2~3분만 지나면 나는 어떤 순서를 거쳐 저 광선과 융합되고 말 것이다."라는 생각을 하였다. 쉴 새 없이 여러 생각이 떠올랐다고 한다.

"내가 만일 죽지 않는다면 어떨까? 만일 생명을 되찾게 된다면 어떨까? 그것은 얼마나 무한한 시간이 될 것인가? 그렇게 되면 그 무한한 시간이 다 내 것이 되는 것이다. 그렇게 된다면 나는 1분 1초를 100년으로 연장시켜 어느 하나도 잃어버리지 않을 것이고, 1분 1초를 정확하게 계산해서 한순간도 헛되이 허비하지 않을 것이다."

그러나 생각이 거기에 미치자 주위 사람들에 대한 증오가 밀려왔으며 한시바삐 죽여 주었으면 하는 생각이 들었다고 한다. 그런데 그때 황제의 특사로 사형이 중단되어 굵은 쇠고랑을 차고 열차에 실려서 시베리아로 기나긴 유형 생활을 떠나게 되었고, 그가 떠났던 곳으로 돌아온 것은 10년의 세월이 흐른 뒤였다.

그 얘기를 들은 장군의 큰딸 알렉산드라가 공작에게 물었다

"단 한순간일지라도 한두 푼으로 값을 매길 수 없는 법이며, 때때로 그 5분이 그 어떤 보물보다도 더욱 소중할 수 있다는 것을 강조한 것 같은데……. 그 사람은 감형 처분을 받고 '영원한 삶'을 선사받지

않았나요? 글쎄 그 사람은 그 엄청난 부를 어떻게 처리했을까요, 매 순간 정확히 계산하며 살았나요?"

공작의 대답은 다음과 같았다.

"아, 아니 그렇지 않았습니다. 그렇잖아도 내가 이미 거기에 대해 물어 보았는데 그 사람 말은, 전혀 그렇지가 않았다고 합니다. 너무나 많은 순간과 시간을 잃고 살았답니다."

인간들은 어떠한 절체절명의 순간에도 새로운 가능성을 모색하고 여러 가지 계획을 세우면서 앞서 살아온 삶이 잘못되었다고 생각될 때 다시는 그러한 삶을 살지 않으리라 다짐한다. 물론 체념하는 경우도 더러 있다. 그러나 그 순간만 지나면 언제 그런 일이 있었느냐는 듯이 별개의 삶을 사는 경우가 비일비재하다.

감당할 수 있는 불행은 상상할 수 없을 정도의 행운을 가져다준다. 도스토예프스키에게 그 악몽 같은 몇 년간의 유배 생활이 없었다면 불후의 명작인 《악령》이나 《죄와 벌》, 그리고 《카라마조프가의 형제들》 등과 같은 후기 작품들을 접하지 못했을 것이다. 단, 그 자신으로선 불행했던 시절이었지만.

그렇다면 내가 이곳에서 나갈 수 있다면 나는 어떤 삶을 살 것인가? 머리가 지근지근 아팠다. 어쩌면 나는 다시 나가지 못할지도 모른다. 왜냐하면 나야말로 어디 매인 직장도 없지만 혈연도 없고, 학연도 없을뿐더러, 지연도 없는 세상의 고아 같은 존재가 아닌가?

내가 아무런 잘못도 없는데, 그 없는 잘못이 죄가 되어, 그 죄를 다 뒤집어쓰고 들어가 오랜 옥살이를 하거나 이 자리에서 고문을 받다 죽어도 전국은커녕 지방신문의 한쪽에도 실리지 않을 사람이 내가 아닌가? 문득 기억의 저편에서 셰익스피어 《리어왕》 제5막 3장 313-5행이 아스라하게 떠오른다.

"오 승하하도록 하시오.
전하께서는 이 각박한 세상의 고문대 위에서
그분의 생을 더 길게 연장시키려는 사람을 미워하십니다."

그냥 내가 '간첩'이라고 자백을 하는 게 나을까?

행복과 불행의 이차방정식

'인생의 한순간 한순간은
그 속에 기적의 가치와 영원한 청춘의 모습을 간직하고 있다.
- 알베르 카뮈의 〈잠언집〉 중에서

길을 가면서 나는 노래를 잘 부른다. 그러면 같이 걷는 도반들이
나에게 말을 건넨다.

"선생님은 매 순간이 행복하신 것 같아요."

"아닌데요. 저는 슬픔이 휘몰아 올 때 노래를 부르는데요?"

"그 말이 진실이세요?"

"그렇습니다."

나는 내 마음에 허전함이거나 외로움이 다가올 때 노래를 부른다.
사람들은 즐겁거나 행복할 때 노래가 나온다고 한다. 그런데 나는 슬
픔이 밀려오거나 마음이 허전할 때 노래가 나온다. 행복해서 노래 부

르는 사람들과는 전혀 다른 나의 삶에서 과연 행복했던 때는 얼마나 될까? 세계적인 문호인 괴테에게 에커만이 물었다.

"선생님 일생에서 행복한 날이 며칠이 되었습니까?"

그러자 괴테는 다음과 같이 말했다.

"결국 내 삶은 고생과 일 말고는 아무것도 아니었다. 나의 75년 생애에서 정말로 즐거웠던 것은 4주일도 채 되지 않았다고 해도 과언이 아니네. 내 삶은 끊임없이 끌어올리려 애를 써도 영원히 굴러 떨어지는 돌멩이였네."

〈에커만과의 대화〉에 실린 내용이다. 그가 살았던 75년 동안에 행복했던 날은 28일밖에 안 되었다는 괴테의 고백인데, 나에게 묻는다면 나는 어떻게 대답할까? 나는 온갖 영광을 다 누리고 산 세계적인 문호 괴테보다 더 행복했던 날이 많았던 것은 아닐까? 하지만 나의 삶도, 돌이켜보면 지상에서의 불행이란 불행은 다 짊어진 것처럼 살았던 것이나 다름없다.

내 인생의 전환점이자, 지금 이렇게 큰 죄(간첩죄)를 짊어지게 하는 데 일조한 시절이 제주도에서 보낸 시절이다. 내 인생의 전부를 걸고 그렇게 힘겹게 보낸 제주도 생활에서, 지금도 아련하게 생각나는 행복했던 순간들이 몇 가지가 있다. 그중의 하나가 일요일이 되면 시외버스나 시내버스를 타고 가서 한없이 이곳저곳을 걷다가 어둠이 내리면 돌아오는 것이었다. 같이 일하는 친구들은 쉬겠다고 술이나 마시곤 했는데, 나는 그때마다 터미널에 가서 무작정 중산간으로 가는 차를 타고 가서 이리저리 배회하다가 돌아오곤 했다. 모르긴 몰라도 그때 내 발길이 거치지 않은 중산간 노선은 하나도 없었을 것이다.

그러다 몇 개의 광맥을 발견했다. 그중의 한 곳이 5·16도로의 교래리에서 산굼부리 가는 1112번 국도 바로 위쪽에 있던 더덕밭이었다. 더덕이 얼마나 많았던지, 두어 시간 캐면 열흘 정도 같이 일하는 사람들이 먹을 만큼을 캐 가지곤 돌아왔다. 집에 돌아와 더덕을 구워 먹고, 국 끓여 먹고 생으로 찢어 먹으면 화장실에 가도 더덕 냄새가 진동하고 방귀를 뀌어도 더덕 냄새가 진동했다. 더덕을 캐다가 지치면 그곳에서 1112번 도로를 따라가며 보았던 가을 억새며 산굼부리 분화구는 얼마나 신비로웠던지.

또 하나 광맥은 제주 바다에 있었다. 그런데 그곳은 매달 그믐날이라야 장날이었다. 그믐날이 다가오면 애인을 만나는 날이 다가오는 것처럼 두근두근 설레었다. 그날이면 아무리 바쁜 일이라도 제쳐놓고 조천 바닷가로 갔다. 그곳에 가면 그날 어김없이 바다의 물이 가장 많이 빠지기 때문이다. 물이 멀리 빠져나간 바닷가 바위에 붙은 전복, 소라, 그리고 지금은 〈제주올레길〉에서 '보말수제비'로 인기가 짱인 보말이 지천이었다.

바닷물이 다시 들어오기 전까지 두세 시간 잡으면 양동이에 가득 찼다. 운이 좋으면 전복도 몇 마리 따고 소라는 지천이었다. 함박(함지박)으로 가득 잡아서 시내버스를 타고 돌아올 때의 그 뿌듯함, 그리고 며칠 동안 진수성찬의 부식이 되었던 그 바닷가에서 잡은 조개무리가 지금도 그리워진다. 망망대해에서 건져 올린 보석을 바라보는 듯한 시간이었다고 할까?

그뿐인가, 태풍이 불어올 때마다 나는 서부두에 나갔다. 마치 작은 산이 솟구치듯 방파제를 때리고 제주시를 삼켜버릴 듯 넘어오던 파도의 위용을 바라보며 생성하고 소멸하는 삶의 의미를 깨닫기도 했다. 그러나 가슴 깊숙한 곳에선 세상(世上)이라는 이 망망대해에서 표류하고 있는 내가 진실로 따사로운 항구에 도착할 수 있게 되기를 간절히 염원했는지도 모른다.

하지만 매일매일 그 힘겨운 노동 끝에 오는 것은 견디기 힘든 허망함이었다. 내가 이렇게 벽돌이나 모래를 져 올리며 살려고 태어났는가? 하는 생각이 미치면 가슴이 막 터질 것 같았다.

이렇게 사는 것이 도대체 무슨 의미가 있는가? 나는 도대체 무엇인가? 하는 그 자괴감. 그래서 삶을 포기하고 싶을 때마다 찾았던 곳이 바로 제주도 사라봉 아래 자살바위였다. 내 마음은 그때 세차게 불어오는 바람 앞에 흔들리는 가녀린 불꽃이었다. 꺼질 듯 꺼질 듯 흔들리는 내 마음을 주체할 수 없을 때마다 그곳에서 뛰어내리고 싶었다. 하지만 그 마지막 순간에 돌아오곤 했는데, 그때의 상황을 나는 어떤 책에서 다음과 같이 쓴 적이 있었다.

푸르디푸른 젊은 시절, 제주도 제주시 북쪽 해안가에 있는 사라봉에서 시퍼렇게 입을 벌린 듯 일렁이는 바다를 보았지. 오랜 세월을 두고 수많은 사람들이 떨어지는 꽃잎처럼 몸을 날렸다는 일명 '자살바위' 사라봉 깎아지른 절벽 아래 파도는 그침이 없이 반복적으로 철썩거리고 있었지. 그곳에선 단 한 번 몸을 던지면 자유(自由)가 되는 경이(驚異)를 느낄 수도 있었지. 하지만, 하지만 하면서 망설이다 돌아서던 그 사라봉.

"운명은 순종하는 자를 인도하고, 거역하는 자를 강제한다."

세네카의 말이다. 그때의 나를 돌아다보면 내가 자진해서 용감하게 생을 마감할 용기도 없었지만 엄밀하게 말하면 그때 죽어야 될 운명은 아니었던지, 나는 자살을 결행하지를 못하고 항상 자취방으로 되돌아갔다. 그러면서도 나는 사르트르의 《자유의 길》의 주인공이 기회를 기다리듯 그 기회를 기다리고 또 기다렸다.

올 것 같지 않은 기회, 그래서 황동규의 시 구절에 나오는 "기다린 건 언제나 오지 않았다"를 얼마나 수없이 읊조리면서 살았던가?

내 삶 전체가 절망이라고 표현할 수밖에 없던 시절, 내 정신을 사로잡았던 단어 두 개가 있었다. 나는 매일매일 그 단어들을 백지 위에다가 혹은 허공에다, 뻥 뚫린 가슴의 한 귀퉁이에다 쓰곤 했다. '죽음'과 '자살'이라고.

자살은 그때 나의 최대 화두였다. 메모지 혹은 낙서장에 수십, 수백, 수천의 죽음과 자살이 쓰여져서 결국은 새까맣게 변하고 마는 그러한 시절이 있었다. 제주도 사라봉 아래 자살바위를 찾아갔던 그때가 어쩌면 마지막 기회였는지도 모른다. 그 뒤로는 언제 어떤 형태로 실행할 것인가, 계획도 없이 막연하게 죽음을 꿈꾸었고, 그 꿈을 결국 어느 순간 접어둔 채 이때까지 살아온 것이다. 그렇다. 삶과 죽음은 동전의 양면 같이 멀기도 하지만, 아주 가깝게 있다. 그래서 어느 날 손님처럼 죽음이 찾아올 것이고, 그 누구도 그것을 거절할 명분도 이유도 없다.

영국의 문호 셰익스피어는 말했지.

'죽느냐, 사느냐 그것이 가장 큰 문제로다' '사는 것, 잠자는 것, 죽는 것, 이 모두가 꿈이 아닌가? 그렇다 그것이 문제로다. 꿈이 아니

고 생각하는 것.'

그렇다면 나는 살아 있는 것인가? 아니면 죽어 가고 있는 중인가? 아니, 그것도 아닐지도 모른다. 치열한 삶을 살았던 시인 김수영은 이렇게 말하지 않았던가? '나는 내게 죽으라고만 하면 죽고, 죽지 말라고 하면 안 죽을 수도 있는 그런 바보 같은 순간이 있다'고.

가장 확실한 것은 '내 인생에 불꽃의 시기와 잿더미의 시기가 있다'는 전제하에 그때 그 시기는 회색빛 잿더미의 시기였는지도 모른다. 수없이 꿈꾸었고, 결행하고자 했지만 결국 마지막에 돌아서서 그 험난한 생활 속으로 들어갔던 제주도. 그래서 내게 있어서 제주도는 절망과 희망의 교차점이라고 할 수 있는 곳이다. 그립지만 이제는 세월 저편의 일이라서 다시는 갈 수 없는 그 시절을 어렴풋이 회상하는 마음, 그 마음이 나를 더 아프게 하는 것은 아닐까?

제주에서 나를 살게 했던 음악들

"행복이란 아주 작은 것으로써 채울 수 있다. 하나의 낭적(囊笛)의 소리,
음악이 없었다면 인생은 하나의 오류(誤謬)였을 것이다.
독일 사람은 신(神)마저도 노래를 부르고 있다고 생각하고 있다."

- 니체의 〈우상의 황혼〉 중에서

그늘이 있으면 양지가 있다. 세상에 선과 악이 존재하듯이 제주도
생활이 꼭 힘든 것만은 아니었다. 그래, 가끔씩 기쁨의 나날도 더러
있었다. 제주도에 자리를 잡은 뒤 매주 돌아오는 일요일, 그날은 내
게 아주 특별한 날이었고 그래서 그날을 기다리는 낙으로 일주일을
살았다.

일요일만 제외하고 매일 '죽기 살기'로 노동에 전념했는데, 단 하나
탈출구가 있었다면 일주일 하루 중 하루가 내 것이었다. 그날이 바로
일요일이었다. 군대 생활에서 몸에 밴 일주일에 하루는 쉬는 휴(休)

개념 때문이었을 것이다.

토요일 저녁, 서점에 나가 몇 권의 책을 사고 지금은 사라진 '이도백화점'에 나가 클래식 음반을 사는 것이었다. 그곳에 없는 음반은 주문을 해서 그다음 토요일에 사는 재미, 그 재미가 아주 쏠쏠했다.

금요일 오후부터 가슴이 설레었다. 남자가 여자를 만나거나, 아니면 여자가 남자를 만나거나, 사람과 사람이 만나는 것은 그것만으로도 가슴이 설레는 일이다. 그중에서도 아무 거리낌 없이 모든 것을 다 주어도 아깝지 않을 몇 사람을 만난다는 것, 그것이 인생의 더없는 행복이고, 이 세상이 살아갈 만한 것이라고 여기게 되는 것이리라.

그런데 애인도 아니고, 좋아하는 동성도 아닌데, 그 기다림이 생텍쥐페리의 《어린왕자》에서 어린왕자가 여우를 기다리는 것만큼이나 그토록 가슴이 두근두근 설레었던 것은, 그 기다림이 여타의 것과는 비교할 수 없는 희열과 기쁨을 주기 때문이었다.

제일 처음 수당(간조라고 함)을 받고 전축과 라디오부터 샀다. 비싼 것은 아니었지만 그래도 집에서 쉬는 시간 음악을 듣고 작업장에서 FM방송을 듣기 위해서였다. 제주도에서 클래식 음반을 살 수 있는 곳을 찾다가 보니 이도백화점을 알게 되었고, 제일 처음 주문했던 음반이 슈베르트의 현악사중주곡 〈죽음과 소녀〉와 베토벤의 교향곡 3번 〈영웅교향곡〉이었을 것이다. 제주도라는 특성상, 일주일 선에 예약하면 그다음 주말에야 도착하기 때문에 일주일 뒤에야 나가서 살 수 있었기 때문이다.

음악을 고르는 방법도 나는 특이한 편이었다. 대부분의 사람들은 클래식 소품을 먼저 듣고 협주곡이나 교향곡으로 옮겨 가는 것이 정석이었다. 그런데 나는 어려운 교향곡들을 먼저 섭렵하고 협주곡과 소나타를 듣고, 소품으로 이어졌던 것 같다.

베토벤의 교향곡 1번에서 9번까지, 브람스의 교향곡 1번에서 4번까지, 그리고 브람스의 피아노 협주곡 1번과 2번을 즐겨 들었다. 그러나 뭐니 뭐니 해도 내가 가장 좋아했던 음악은 레퀴엠, 즉 장송곡이었다. 모르긴 몰라도, 그 무렵 출시되었던 레퀴엠은 다 모았을 것이다. 그때 구입해서 매일 새벽에 들었던 음악이 모차르트, 포레, 베를리오즈의 레퀴엠과 브람스의 〈독일진혼곡〉, 그리고 쇼팽의 〈장송소나타〉와 베토벤의 교향곡 3번 〈영웅〉의 2악장, 〈장송행진곡〉과 〈비창〉이었다.

그때 좋아했던 음악들 중 잊혀지지 않는 음악들을 꼽으라면 베토벤, 라흐마니노프, 브람스 멘델스존, 파가니니, 부르흐의 바이올린 협주곡과 슈베르트의 〈겨울나그네〉, 그리고 멘델스존의 〈무언가〉, 베를리오즈의 〈환상교향곡〉을 비롯 이루 다 말할 수 없을 것이다. 그 당시 주문한 음반들을 두세 장 사서 집으로 돌아갈 때의 그 행복하면서도 포근한 느낌, 얼마나 다급했던지, 어서 듣고 싶은데, 버스는 내 마음은 아랑곳하지 않고 이곳저곳을 자주 정차했다. 그래서 도착하자마자 부리나케 뛰어가서 음반을 턴테이블에 걸고 꿈을 꾸듯이 그 음악을 들었다. 그때 나는 니체가 《우상의 황혼》에서 말한 것을 온몸으로 이해할 수 있었다.

"행복이란 아주 작은 것으로써 채울 수 있다. 하나의 낭적(囊笛)의 소리, 음악이 없었다면 인생은 하나의 오류(誤謬)였을 것이다. 독일 사람은 신(神)마저도 노래를 부르고 있다고 생각하고 있다."

그 기억은 제주도에서의 가장 기쁘고 즐거웠던 일 중의 하나였다. 매일 새벽에 일어나 일 나가기 전까지 들었던 그 레퀴엠과 장송곡, 그 음악들을 듣다가 보면 소용돌이치던 감정들이 어느 사이 잔물결처럼 잔잔해졌던 기억들. 나는 그 미세하게 나누어진 세포가 내 가슴 안으로 스며들어 나를 감싸고 있는 듯한 그 환상, 풀어 말하면 아련을 맞은 그 몽롱함 속에서 벽돌과 모래를 져 올렸다. 지금도 그 음률들을 한 조각 파편처럼 낱낱이 기억하는 것은 그 때문이다.

"육신이 흐느적흐느적 피로했을 때만 정신이 은화처럼 맑소. 그때마다 내 머리엔 의례 백지가 준비되는 법이오. 그 위에다 나는 위트와 파라독스를 바둑 포석처럼 늘어놓소. 가증할 상식의 병이오."

이상의 소설 《날개》 서두에 나오는 것처럼 내 몸은 충분히 무거웠지만 내 마음은 날아갈듯 가벼웠다. 그래서 새벽 4시쯤 일어나면 곁에 두고 잠들었던 책을 읽고, 일요일에 산 음반을 들으며 제주도의 생활을 이어갔다. 그때 샀던 음반이 줄잡아 약 4, 5백 장 정도는 되었을 것이다. 그때서야 왜 돈이 필요한가를 조금씩 깨닫기 시작했다. 특히 내가 번 돈으로 내가 좋아하는 것을 사서 즐길 수 있다는 것이 얼마나 소중한가를 알게 된 것이다.

나는 새벽 네 시면 어김없이 일어나 이불 속으로 턴테이블을 옮긴 뒤 음반을 얹고 조용하게 그 음악을 들었다. 그리고 7시면 일터로 나아가 라디오에 볼륨을 높이고 FM방송을 들으며 노동에 열중했다. 배운 것도 없고, 무엇 하나 내 놓을 것도 없으며 똥 가랑이가 찢어지게 가난한 주제에 취미는 고상했고, 그리고 고결하게 살고자 했다. 로마의 고대 격언에 이런 말이 있다.

"주피터에게 허락된 것은 소에게는 허락되지 않는다."

그 말이 어쩌면 그리도 절묘하게 내 인생에 들어맞는 말인지, 어릴 때부터 책과 음악, 그리고 사색을 좋아하는 그런 재질을 주고, 가난과 궁핍을 같이 주어서 항상 긴장하면서 세상을 살아가라는 것이 나의 운명이었다. 지금도 그렇지만 그때 더도 아니고 덜도 아닌 나의 클래식에 대한 취미는 어쩌면 마지막 남은 나의 자존심이 아니었을까?

작가에 대한 미련의 끈을 놓지 않았다

"무명의 인간들 속에 자신을 상실하고 있는 상태로부터

속히 되돌아올 수 있도록."

- 데카르트

제주도에서의 생활 중 음악과 함께 나를 줄기차게 담금질했던 것은 또 하나의 '구세주'가 바로 '책'이었다. 일주일에 하루 쉬는 일요일 음반을 사고 나서 꼭 들렀던 곳이 서점이었다. 이름은 잊었지만, 그 서점에 가서 몇 권의 책을 주문하고 몇 권을 사 가지고 돌아왔다. 그때 나는 월간지 세 가지를 보았다. 〈창작과비평〉과 〈문학과지성〉, 그리고 〈문학사상〉이었다.

낮에는 공사장에서 온몸을 혹사하며 벽돌이나 모래를 져 올리는 일을 했으면서도 내가 이런 일을 오래 할 생각은 추호도 하지 않았다. 그래서 다른 일꾼들이 휴식시간이나 틈만 나면 벽돌을 쌓아보거나 미장일을 배웠지만 나는 한 번도 그런 일에는 관심이 없었다. 그때 나를 세우고 지탱해주었던 말이 "무명의 인간들 속에 자신을 상실하고 있는 상태로부터 속히 되돌아올 수 있도록"이라고 말한 데카르트 말이었다.

그와는 사뭇 다른 "될 수 있는 한 주위 세계와 널리 친숙해지거나 만일 그것이 불가능하다면, 적어도 주위 세계가 우리에게 낯설지 않도록 노력해야만 한다."는 에피쿠로스의 사회를 살아가기에 적합한 충고를 받아들이지 않았던 것이다.

나는 그들과 섞이지 않기 위해 부단히 노력했다. 일부러 이방인처럼 사람들로부터 격리되어 살고자 했고, 그러다 보니 전쟁터에 나간 전사처럼 전투적으로 일만 했다. 그래서 그들과 나는 되도록 말을 섞지 않았고, 그들과 어울리지 않았다. 단지 일을 통해서만 그들을 만났다.

한 번은 이런 일이 있었다. 건입동에 있는 오야지 집에 돈을 타러 갔다. 그때 마침 그곳에는 큰 노름판이 벌어졌다. 한 판에 100만 원 내외가 왔다 갔다 하는 제법 큰 노름판이었다. 물끄러미 쳐다보고 있는데, 가까운 사람이 10만 원을 걸었다가 금세 따는 것이었다.

"야, 십만 원을 금방 벌었네."

그는 뒤도 안 돌아보고 술이나 한잔 먹겠다고 나가는 것이었다.

"문득 '나도 한번 해볼까?'하는 생각이 들었다. 한 번만 그래, 한번 해서 10만 원만 따서 일행들 밥이나 먹을까? 손을 주머니 속에 들이미는 순간, 내 가슴 깊은 곳에서 들려오던 소리.

'아서라!'

운명이 나에게 게임을 걸었는데, 내가 그 게임을 거절한 것이다. 나는 뒤도 안 돌아보고 그 집을 나섰다. 처음이자, 마지막인 도박의 유혹에서 벗어났고, 그 뒤로는 그런 곳에 얼씬도 하지 않았다.

그 뒤 결혼을 하고 처갓집에 가면 동서나 처남들이 고스톱판을 벌인다. 처음 두어 판은 어쩔 수 없이 함께하고 세 판부터는 아내를 내 자리에 들여보내고 물러선 것이 한두 번이 아니었다. 어쩌다가 고스톱 얘기만 나오면 나는 약을 몰라서 못 하므로 고스톱을 치려면 학원을 다녀야 할 것이라고 한다. 그러면 내 의도를 모르는 사람들은 머리가 좋으니까 두어 번만 치면 잘할 것이라고 하는데, 사실 나는 그런 계산에 흥미가 없는 편이고, 엄밀히 말하면 계산을 잘 못 한다. 지금은 그렇지 않지만 얼마 전까지만 해도 나는 개인적인 일은 결단을 잘하지 못 했었다.

"나의 삶은 탄생을 앞둔 머뭇거림이다. 지금의 혼란에 대한 불안 때문에 나는 도약을 단념한다."

프란츠 카프카의 말처럼, 제주도에서 온 힘을 다해 일은 했으나, 내가 무엇을 할 수 있을 것인가? 나는 누구인가에 대한 확신이 없었다. 나는 항상 머뭇거렸고, 모든 결단을 보류하고만 있었다.

그 아름다웠던 장송곡들

"나는 인간의 기억 속에 살고 있는 가장 우울한 인간이었다."

- 키르케고르

1979년 10월 27일 이른 새벽이었다. 그날도 다른 날과 다름없이 새벽에 일어나 옆에서 자는 사람들을 깨울세라 조용히 음악을 들었다. 슈베르트 현악사중주곡인 〈죽음과 소녀〉를 턴테이블에 얹어놓고 조용히 듣고 있자, 여러 생각들이 겹쳐서 떠올랐다.

그리고 아침이 밝아오고 나는 신제주 건축공사장에서 벽돌을 져올리다가 무심결에 라디오를 켰다. 그 시간은 분명히 뉴스 시간이었는데, 웬걸, 내가 좋아하는 낯익은 음악이 해설도 없이 흐르고 있는 게 아닌가. 그 음악은 슈베르트의 현악사중주곡 〈죽음과 소녀〉였다. 시고니 위버의 〈진실〉(원제는 〈죽음과 소녀〉)이라는 영화에서 줄기차게 흐르던 그 음악 중에 잔잔하면서도 모든 것을 체념해 버린 듯한 그러면서도 격렬한 흐느낌 같은 제2악장이 흘러나오고 있었다.

그 음악을 들으며 왜 라디오에서 이런 음악이 나오는지 의아해했다. 그러나 그 음악에 이어 모차르트의 〈레퀴엠〉이 흘러나왔고 계속해서 낮고 우울한 음악들이 이어졌다. 이상도 하지, 두 시간이 지난 오전 10시 무렵 그 원인이 밝혀졌다. 18년 동안 나라의 제일가는 실권자였던 박정희 대통령이 그가 총애하던 당시 중앙정보부장 김재규의 총탄을 맞고 세상을 떠난 것이었다. 그날부터 열흘 간 국장 기간 내내 라디오나 TV에서는 어느 채널이건 간에 슬픔으로 온 세상이 착 가라앉은 듯 장송곡들이 줄기차게 메아리쳤다. 그렇게 오랫동안 그 슬프디슬픈 음악을 들었던 적은 없었을 것이다.

브람스의 〈독일진혼곡〉, 베토벤의 〈영웅교향곡〉 제2악장 포레의 〈레퀴엠〉, 베르디의 〈진혼곡〉, 모차르트의 〈레퀴엠〉, 차이코프스키의 교향곡 〈비창〉의 4악장 등 내가 그 무렵 흠뻑 빠져 있었던 그 음악들을 들으며, 한 사람의 죽음이 무언가 설명하기 어려운 기쁨과 동시에 슬픔도 준다는 것을 깨달았다. 그날 밤 그 사람으로 인하여 피해를 입은 뒤 의도했던 바와는 전혀 다른 삶을 살고 있던 서울의 친구 대길에게서 전화가 걸려왔다.

"어때, 오늘 기분?"하고 내가 물었다.

"왜 기쁨보다 허전한 슬픔이 밀려오지?"

그렇게 대답하던 그의 목소리에는 묘한 여운이 깔려 있었다. 연극이 끝난 뒤의 정적과도 같은 허전함, 그리고 안개가 서서히 밀려오는 듯한 슬픔, 그런 기분이 아니었을까? 열흘의 국장 기간이 지나고 드디어 장례식 날이 되었다. 나는 그 장례식에 앞서서 어떤 절차에 의해서 국장이 치러지는가 보다도 어떤 음악을 선택해서 장례식을 진행할 것인가에 관심이 집중되었다.

1979년 11월 초, 어느 날, 지금은 사라진 조선총독부 건물, 즉 중앙청 앞에서 장례식이 진행되었다.

오래전 일이라 내 기억이 확실하다고 장담할 수는 없지만, 지금은 사라진 옛 중앙청 앞에서 장례식이 거행된 것으로 기억된다. 장례식 내내 베토벤의 〈영웅교향곡〉 중 2악장 〈장송행진곡〉이 계속되었다. 나폴레옹의 영웅적인 자태를 찬미하기 위해 작곡하였으나 나폴레옹이 황제에 오르자 분노한 베토벤은 17년 뒤 나폴레옹이 유배지에서 쓸쓸하게 죽었다는 보도를 듣고 "결말에 적절한 음악을 써두었다."고 말했다는 일화를 간직한 곡이 〈장송행진곡〉이다.

수많은 국화꽃으로 덮인 운구차가 서서히 움직이면서 쇼팽의 피아노 소나타 중 〈장송소나타〉가 울려 퍼졌다. 거리를 가득 메우고 있던 사람들이 손수건으로 눈물을 찍어내는 가운데 슈베르트의 〈죽음과 소녀〉가 바통을 이어받았다. 그때 나도 덩달아 처연해져 하염없이 눈물을 흘리고 말았었다. 그 눈물은 결코 박정희의 죽음에 대한 슬픔에서 연유한 것은 아니었다. 다만 절대 권력자도 우주의 섭리에는 거역할 수 없는 나약한 인간에 불과한 것이었고, 나 역시 순응해야 하는 운명을 깨달았기 때문이었을 것이다.

삶과 죽음은 가깝게 있고 우리 모두는 죽는다. 그러나 이처럼 장엄한 행사장 안에서 수많은 사람들의 오열과 장송곡이 울려 퍼지는 가운데 생애를 마감하는 사람도 있지만, 그와는 달리 어느 한 사람 지켜보는 이도 없이 홀로 쓸쓸히 자연으로 돌아가는 사람도 있다.

나는 장송곡들을 들으면서 자연스레 죽음을 새삼 생각하게 되었고, 그래서 죽음학에 대한 공부를 대부분의 사람들보다 더 많이 했을 것이다. 몽테뉴는 말한다.

"우리가 지구 어느 곳에 있든지 죽음이 찾아내지 못하는 곳이란 없다. 우리가 의심과 회의의 땅에 있기라도 하듯 온갖 방향으로 끊임없이 고개를 돌릴지라도 만일 죽음이라는 재난으로부터 벗어날 길이 있다 해도, 나는 죽음으로부터 벗어나고자 하지 않는다. 당신이 죽음으로부터 벗어날 수 있다고 생각한다면 그것은 미친 짓이다.(중략)

사람들은 오고 가며 쉴 새 없이 움직이고 춤을 추기도 하지만, 죽음에 대해선 한마디 말도 하지 않는다. 모든 일이 잘되어 갈 수 있다. 그러나 죽음이 그들에게, 그들의 아내에게, 그들의 아이들에게, 그들의 친구에게 찾아올 때, 죽음을 의식하지도 못했고, 준비하지도 못했기에 폭풍처럼 감정이 그들을 압도해 울부짖고 분노하면서 절망에 빠지게 된다. (중략)

죽음이 우리에게 가장 좋은 것을 빼앗아가기 시작할 때, 죽음에 대해 사람들이 일반적으로 취하는 것과 다른 정당한 방식을 택하도록 하자. 죽음을 낯설게 여기지 말자. 죽음과 자주 접촉해야 한다. 죽음에 익숙해지도록 하자. 다른 무엇보다 죽음을 마음으로 자주 생각하자. 죽음이 어디에서 우리를 기다리는지 우리는 모른다. 죽음을 봄에 익히는 것은 자유를 실습하는 것이다. 어떻게 죽어야 하는지 배운 사람은 노예가 되지 않는 방식을 배운 셈이다."

죽음은 도처에 있고, 매 순간 우리 곁에 있다. 그러한 죽음의 비밀을 알게 될 때 죽음에서 자유롭게 된다.

하여간 나는 1979년 10월 27일 아침부터 11월 초까지 국장 기간 내내, 방송을 수놓았던 음악들에 심취했었고, 죽음을 다시 생각하기도 했다. 그 음악들이 음울하고 서럽기만 했던 청춘의 시절, 내가 가장 좋아해서 즐겨 들었던 음악들이다.

지금도 슈베르트의 현악사중주곡 〈죽음과 소녀〉를 들을 때, 특히 2악장을 듣고 있으면 죽음이 마치 꿈을 꾸듯이 그렇게 찾아올 것 같은 환상에 빠질 때가 있다.

제주도에서 출륙금지령이 풀리다

"상처라는 것이 없다면 당신이 살아 있다는 것을 어떻게 알겠는가?
당신에게 깨어진 가슴이 없다면 당신이 누구인지 어떻게 알겠는가?
과거에 누구였는지 지금까지 어떤 사람이었는지 어떻게 알겠는가?"

– 에드워드 올비의 〈여기에 관한 연구〉 중에서

내 인생의 가장 찬란한 시절, 꽃 시절이자, 꽃길이고, 그 어느 것과
도 비교할 수 없는 슬픔과 기쁨의 시절은 단언컨대 제주도에 있었던
시절이었다.

1979년이 그렇게 숨 가쁘게 가고, 1980년이 밝아왔다. 그때 여러
생각을 했다. 조금 더 있다가 나가야 하는가? 아니면 지금 나가야 하
는가? 마지막 결론은 가을쯤에는 이 제주를 떠나야겠다고 다짐했다.

물론 그동안에 번 돈이 많지도 않았다. 그렇지만 젊은 나이를 시시
포스처럼 매일 벽돌만 져 올리고 내려오는 모든 것이 그와 같고, 모

든 것이 동일한 그런 날들을 지속해야 하는가 하는 생각이 들기도 했지만, 무엇보다도 그와 살벌한 노동으로만 지내기에는 내가 하고 싶은 일이 너무 많았기 때문이었다.

그래, 나는 무한한 가능성이다. 제주도를 떠나자. 떠나서 새롭게 시작하자. 내가 이어도라는 이상향이 있을 것이라는 환상을 가지고 왔던 제주도를 떠나 어딘지 모르는 그곳에서 새롭게 출발하자. 그곳에 가서는 지금까지의 모든 일을 잊어버리자.

나는 지금까지의 내가 아니고, 새로운 사람이 될 것이다. 삶의 가능성이 여기저기 열려 있을 것이다. 그래 나는 가능성이다. 가능성이다. 가자, 어서 가자. 가서 또 다른 일을 시작하자. 그 일이 어떤 일이든, 내가 원하면 그 문을 열어주지 않을까?

제주도에서 보낸 그 시절은 가슴이 아프고, 아릿하기도 했다. 가을 하늘처럼 푸르렀던 젊음, 그 전체를 걸고 송두리째 불태웠던 시절이 제주도에서 보낸 2년 6개월이었다. 그때 제주 시절의 상처가 양어깨와 등에 주먹 크기의 혹으로 남아 있었다. 훈장과 같이 남아 있던 그 혹이 사라진 것은 그 뒤로도 5년쯤의 세월이 지난 뒤였다.

나는 그 시절을 부끄럽다고 여겼고, 그 시절을 아내나 다른 사람들에게 다른 사람의 이야기를 건네듯 말할 수 있었던 것은 그 뒤로도 약 10년의 세월이 흐른 뒤였다.

제주에서 모든 것 정리하고 완도로 가는 배를 탄 것은 1980년 가을, 10월 초였다. 완도로 가는 뱃전에서 나는 제주도에서 보낸 힘든 노동 속에 보낸 나날을 추억하며 나다니엘 호손의 말을 떠올렸다.

"오, 노동은 이 세상의 저주다. 그러므로 노동에 관여하는 사람치고 그 관여의 정도에 비례하여 짐승의 경지로 전락하지 않는 사람은 하나도 없다. 내가 그간 소나 말을 먹이는 일을 하면서 내 금쪽같은 다섯 달을 보냈다는 사실은 과연 칭찬받을 만한 일인가? 그렇지 않다."

호손은 목동으로 보낸 다섯 달을 후회하는데, 내가 제주도에서 보낸 2년 6개월이라는 나날은 나에게 어떤 의미를 남겨준 시간이었을까? 나는 진실로 한시도 게으르지 않게 살았고, 놀고먹지 않았으며, 끊임없이 내 삶의 존재 이유에 대해 묻고 또 물었다. 더욱더 중요한 것은 내 인생의 시작부터 끝까지 해야 할 일들을 단 2년 반이라는 세월 동안에 다 끝내 버렸는지도 모른다는 것이다. 2년 반이라는 세월 속에 다 했는지 모른다.

한 점 후회 없이 살았던 제주도에서의 생활처럼, 내가 헤쳐 갈 나머지 인생도 살아갈 수 있을까? 자신이 없었다. 다만 내가 뭍으로, 무한한 가능성으로 나가는 기로에 섰다는 것, 그것만이 사실이었다. 출렁이는 파도, 날아가는 갈매기, 그리고 쉬지 않고 움직이는 배, 그 뒤 제주도도 이어도도 내 기억 속에서 까마득히 잊혀졌다.

"이여도 하라. 이여도 하라. 이엿말 하면 나 눈물 만다. 이엿말은 말앙을 가라. 강남을 가건 해남을 보라. 이여도가 반이엥 한다."

제주 사람들이 슬플 때나 기쁠 때나 부르는 〈이어도〉 노래 구절을 떠올리며 나는 뭍으로, 아니 있는지 없는지도 모르는 그 가능성을 향해 바다를 가로질러 가고 있었다.

어설프게, 참으로 어설프게 사업을 시작하다

"내 죄악의 삶과 고독한 삶은 같은 날 시작되었다."

- 로빈슨 크루소

창조, 새로운 창조는 항상 어렵다.

"창조란 불행한 것들 사이로 자신의 길을 금 그어 나간다."

프랑스 철학자인 들뢰즈의 말이다. 세상을 산 이력이라는 것이 철원에서 보낸 군 생활, 제주도에서 보낸 노가다 생활, 그것밖에 없었던 내가 거창한 포부나 계획도 없이 집으로 돌아왔다. 하지만 집안 사정은 그때보다 더 열악했다. 무엇을 할 것인가 뚜렷한 목표를 세우고 온 것도 아닌 터라, 이일 저일 여러 가지로 모색 중에 당시 유행하던 시식 코너가 눈에 띄었다. 한 음식점에서 양식, 중식, 경양식 모든 것을 다 할 수 있는 식당이었다.

어느 곳에 터를 잡을까? 고민 끝에 익산이 떠올랐다. 전주보다 가게 값이 덜 비싸고 유동인구는 더 많을 것이라는 생각 때문이었다. 친척들에게 자문을 받아 익산으로 갔다. 익산역은 군대 제대 바로 전인 1977년에 일어난 이리역 폭발사고 이후 몰라보게 변해 있었다.

익산역을 중심으로 이곳저곳을 돌아보고 원광대 쪽을 택하고 유동인구를 살펴보기 시작했다. 익산시의 중심가에 위치해서 그런지 제법 많은 사람들이 오고 갔다. 사흘간의 탐색을 끝내고 부동산에 가서 상가를 물색했는데, 마침 내가 가진 돈에 알맞은 건물이 나와서 개업 날짜를 서두르며 상호 이름을 지었다. 내가 맨 처음 가게를 하며 지었던 상호 이름이 '이어도'였다. 나를 새롭게 태어나게 한 이름 이상의 의미를 가진 이상향 '이어도', 그 이름을 짓고 얼마나 감격해했는지.

그때 내가 간과했던 것이 하나 있었다. 토머스 모어의 소설 《유토피아》에서 유래한 이상향 즉 유토피아(utopia)란 말의 의미를 잘못 해석했던 것이다. '유토피아', 즉 이상향이란 라틴어로 '없다' 또는 '좋다'라는 뜻도 되고, '어디에도 없는 나라', '좋은 곳'이라는 뜻도 지니고 있다. 그래서 '어디에도 없지만 좋은 나라', '낙원(樂園)'이 우리가 꿈꾸는 이상향 즉 유토피아라고 볼 수 있다.

그런데 그 어디에도 없지만 있다손 치더라도 접근할 수 없는 그 이상향을 좇아서 '이어도'라는 상호를 지었으니, 그럼에도 나는 '이상향'에서 새로운 '이상향'으로의 전이(轉移)가 순조롭게 이루어지기를 염원했던 것이다.

"내 죄악의 삶과 고독한 삶은 같은 날 시작되었다."
로빈슨 크루소가 토로했던 것이 실제가 아니고, 평탄한 길을 갈 수 있기를 갈망하면서 가게를 열었다. 그것이 전대미문의 적막한 삶의 우울한 이야기로 각색될 줄을 어떻게 그 낌새라도 챌 수 있었을 것인가?

'주사위는 던져졌다.' 음식점에 필요한 물품을 구입했고, 양식, 한식, 중식 주방장을 구했다. '무식이 배짱이다.' 겁 없이 시작했기 때문에 가능했다. 주방장 월급이 얼마나 많은지, 음식점에 하루하루 들어가는 돈이 얼마나 많은지를 스스로 깨달은 것은 채 한 달도 되지 않았다.

그러나 세상은 만만하지 않았다. 처음으로 나선 초짜에다 낯선 타향에서의 사업이 잘될 리가 만무했다.

"자, 비극은 끝났다. 실패는 완벽하다. 나는 돌아서서 간다. 불가능을 위한 싸움에서 내 몫을 다했다."

알베르 카뮈의 단말마의 비명 같은 심정으로 결국 3개월 만에 들인 돈 절반 정도를 들어먹고 그곳을 떠났다.

전주에 터를 잡다

익산에서 실패했지만 그만둘 수는 없었고, 그래서 생각한 것이 전주로 가게를 옮기는 것이었다. 어디에 터를 잡을까? 그때 떠올랐던 곳이 전북대학교가 있는 덕진동이었다. 그 시절만 해도 전북대학교 근처는 그렇게 활성화되기 전이라 큰 건물이 별로 없었다. 여기저기 돌아다니다가 보니 팔달로변 건물 지하가 비어 있었다. 입구가 좁고 지하라 그런지, 임대료도 그다지 비싸지 않았다.

익산에서 가져온 비품들을 활용하고 문을 열었다. 그때 상호가 '느티'였다. 그런데 생각했던 것보다 장사가 잘되었다. 다른 집보다 규모가 큰 데다가 시식 코너라 음식값이 저렴했기 때문이었다. 하지만 음식점은 앞으로 남고 뒤로 밑진다는 속설처럼 돈은 좀처럼 모이지 않았다. 주방장이 몇 명에 홀 서빙 아르바이트, 벌어도, 벌어도 돈은 모이지 않고 빚만 늘어나는 것이었다.

그런 데다가 대부분의 손님이 학생들이다 보니 밥 먹고 학생증이나 주민등록증을 맡기면 달리 방법이 없었다. 학생증과 주민증은 맡기면 그만이고, 다시 찾아가는 것은 가뭄에 콩 나는 것이나 다름없었다. 그때까지 집이나 방을 얻을 형편은 되지 않았고, 가게에서 의자를 맞대고 침대를 만들어 자고 있었다.

봄이 가고 여름이 오더니 장마철이 다가온 어느 날이었다. 장맛비가 주룩주룩 내리는 밤에 장사를 끝내고 잠이 들었는데, 발에 감촉이 이상했다. 그래서 일어나 불을 켜자 온 가게 안이 호수로 변해서 물천지였다. 영문을 몰라서 건물 주인에게 전화를 했다. 그런데 주인도 잘 모르겠다고 하더니 "아무래도 방수가 잘못되어 새는지 모르겠다."는 것이었다.

그날 밤 날을 꼬박 새며 자꾸만 스며드는 물을 퍼내느라 한 숨도 못 자는데, 그게 시작이었다. 건물 주인은 임대인이 알아서 해야 한다고 딴전만 피고 어쩔 수 없이 그다음 날 날이 새기가 무섭게 여러 가지 방법을 세웠다. 첫째로 물을 말끔히 모아 담는데 가장 효과적인 스펀지부터 구했고, 방수하는 사람들을 데려다 물이 새는 곳을 방수를 했지만 결과는 허나 마나였다.

답사를 가거나, 여타의 일로 집을 비워도 비만 많이 오면 걱정이 태산이었다. 효도를 하기 위해 시냇가에다 묘를 쓰고 비가 올 때마다 걱정을 했던 청개구리처럼 비만 오면 하루도 편한 날이 없었다. 어떤 날은 밤새 물을 푸다가 깜박 잠이 들어 무릎까지 차오른 물을 보며 한심해했던 적도 있었다.

비만 오면 물이 차서 그 이상한 냄새가 많이 나서 그랬던지, 아니면 여름방학이라서 그랬던지, 장사는 잘되지 않았다. 설상가상으로 아버님은 갈수록 더 쇠잔해져, 그해 여름에 병원에 입원을 했지만 차도가 없어 집에서 근근이 연명해 나가고 있었다. 어머님도 집을 자주 비우기 때문에 나는 저녁에 통학차로 임실에 갔다가 아침에 통학차로 돌아오는 그 생활을 이어가고 있었고, 그러다 어느 날 새벽. 그 새벽에 영문도 모른 채, 이유도 없이 이곳, 이 지하실, 형광등 불빛만 환한 이곳으로 초대받아 온 것이다.

내가 회상한 그 당시의 상황이 그들이 그렇게 미심쩍어했던 군 제대 후 '신정일'의 더할 것도 뺄 것도 없는 인생 역정(歷程)이었다.

말해도 믿지 않고,
더 큰 진실만을 요구하는 사람들

"야생동물들은 스포츠로 다른 동물들을 죽이는 법이 없다.
오로지 사람만이 다른 사람을 고문하고 죽이는 것 자체를 즐긴다."

- 영국의 역사학자 프루드

중국 속담에 이런 말이 있다.

"어떤 사람은 일생 동안 말을 하고도 안 한 것이고, 어떤 사람은 일생 동안 아무 말도 하지 않았지만 말을 안 한 것이 아니다."

나는 내가 살아온 삶을 다 말할 것이지만, 그것은 나의 말이다. 그 말을 믿고 안 믿고는 전적으로 상대방의 마음에 달렸다는 것을 나는 잘 알고 있다. 상대방은 내 말을 어떻게 들었을까? 내 말을 들은 취조관이 시니컬하게 말했다.

"그 말을 나에게 믿으라고, 장난하는 거야?"

나는 더 이상 할 말이 없다. 그저 물끄러미 천장을 응시하거나 매

맞아 멍든 내 몸 구석구석을 버스 속에서 창문 너머 풍경을 바라보듯 바라보는 수밖에 없다.

나는 시간이 정지된 그곳에서 어떤 때는 눈이 감긴 채 어떤 때는 입도 막힌 채 내가 사람인지, 짐승인지도 모르게 이리저리 굴리면서 살았다. 아니, 그냥 버텼다. 언제쯤 풀려날 것이라는 기대나 희망도 없이 그렇게 견디고 살고 있었다. 탈출구란 어디도 없는 꽉 막힌 곳, 그곳에서 견디는 것 외에 선택의 여지가 없었다. 누군가는 말했지. '인생이란 참고 견디는 것이 유일한 즐거움'이라고.

그런데 지금 내가 겪어내고 있는 이 상황이 그다지 낯설지 않다. 그만큼 내가 이곳의 상황에 적응했다는 것이고 습관이 그새 길들여졌단 말인가? 아니다. 시간이 이 말도 안 되는 상황 속에서 내 마음을 뒤죽박죽 뒤섞어 놓았기 때문일지도 모른다.

그렇게 며칠이 지났을까? 잠을 못 이룬 채 취조와 고문을 당하다 보니 며칠이 지났는지 분명하지 않은 어느 날, 방에는 아무도 없었다. 마치 한가한 날, 세상에 정적만 감도는 것 같은 시간.

내가 어디에 있는 거지? 한동안 내가 있는 그곳이 어딜까를 생각하다가 문득 내 위치를 깨달았다. 그때의 암담함과 참담함, 나는 언제까지 이곳에 있어야 하지. 나는 과연 다시 이 지하실에서 나아가 푸른 하늘과 해와 별, 그리고 흐르는 흰 구름과 두 뺨을 스치고 지나가는 바람을 자유롭다는 사실까지도 잊은 채 느낄 수 있을까?

그런데, 이렇게 내가 부인만 한다고 해결될까? 안될 것 같다. 몸이 천근만근이나 되는 듯 나는 이제 꿈쩍도 할 수 없다. 움직이기엔, 아니 그들에게 무작정 부정하기엔 너무도 내 육신이 무력해진 것이다. 이대로 죽을 수는 없지 않은가?

"죽지 않고 죽을 수 있기를."

문득 사도 바울의 말이 떠올랐다. '나를 죽게 하지 않는 것이 나를 강하게 한다'는 말도 있지 않은가?' 살아남는 것이야 말로 내가 태어난 우주의 이치에 합당할 것이라고 여기자.

될 대로 되라지. 그냥 그들이 원하는 대로 진술하자. 모월 모일에 제주 서부두에서 밤배 타고 평양에 갔고, 김일성을 만나 돈을 받았다고 말하자. 돈을 얼마 받았다고 할까. 한 500만 원 받았다고 하자. 아니 5천만 원을 받았다고 할까?

설마 내가 그렇게 진술한 뒤 이보다 더 힘든 일을 겪지는 않을 것이다. 이곳에서 더는 못 버틸 것 같다. 그곳이 지옥인들, 아니면 연옥인들 어쩌랴. 설마 여기보다 더할까? 그런 생각하는 그 순간, 누군가 불쑥 문을 열었다. 놀라서 바라보니 문학에 관심이 많다는 그 취조관이었다.

"커피를 드시겠소?"

달리 할 말도 없었다.

그가 가져다 준 커피를 한 잔 마시고 두려운 눈으로, 아니 세상의 모든 희망을 잃어버린 것처럼 벽을 응시하고 있자 "신 선생?"하고 내게 말을 건넨 뒤 웃음을 짓더니, 그가 말했다.

"이제야 조사가 끝났소, 자술서만 잘 쓰면 나갈 수 있을 것이오. 자술서를 써야 하는데, 당신이 나보다 글을 잘 쓸 테지만 자술서 양식에 맞게 써야 하니까, 당신이 태어나서 살아온 그대로를 하나도 빠뜨리지 말고 구술하시오. 어린 시절 아팠던 것이나 누군가를 짝사랑했다는 것까지, 그러니까 아주 사소하고 시시한 것까지도 다 말해야 하오. 조금이라도 숨기는 것이 있는 것 같으면 집으로 돌아갈 수 없소."

믿기지 않았다. 어쩌면 이것도 그들의 취조 과정 중의 하나일지도 모른다. 형무소에서 사형수에게 최후의 성찬을 아주 잘 차려준다는 말이 있는데, 그 자술서를 통해 나의 숨겨진 과거를 들추어내고자 하는 것은 아닐까? 아니면 고대 로마 시인 퀸투스 엔니우스(Quintus Ennius)의 말대로 "그는 어물어물 사건을 수습했다."라는 말처럼 도저히 간첩단 사건으로 엮을 수 없다고 생각하여 나를 풀어주기로 한 것일까? 두 가지 중에 하나일 것이다. 하지만, 지금은 후자를 믿기로 했다. 왜냐하면 나는 너무 막바지, 즉 이판(理判)과 사판(事判)의 경계에 도달했으니까?

누구나 그럴 것이지만 일생의 중요한 어느 시기(크게 아프거나, 자살을 꿈꿀 만큼 큰 시련에 처했을 때)나 말년에 이르지 않고서는 자기의 살아온 삶을 속속들이 뒤돌아보는 일이 거의 없을 것이다. 그런데 나는 이 기이한 상황 속에서 길다면 길고 짧다면 짧은 내 생애 전체의 삶을 반추해야 하는 것이다.

그들은 나에게 살아온 모든 날을 다 말하라 한다. 옛사람들이 공경하는 사람들이나 그리운 사람에게 편지나 문장이 도착하면 목욕재계하거나 손을 정갈하게 씻고 읽었다는데, 나는 이렇게 상처투성이, 피투성이로 내 슬프고도 서러웠던 지난날을 진술해도 된단 말인가?

"기억은 이야기하듯이 진행해서는 안 되고, 사건을 보도하듯이 진행해서는 더더욱 안 된다. 가장 엄밀한 의미에서 기억은 서사적이고,

광상곡과도 같은 리듬으로 언제나 새로운 장소에서 삽질을 시도해야 한다. 또한 같은 장소에서 점점 더 깊은 층으로 파헤쳐 가야 한다."

발테 벤야민이 《베를린 연대기》에서 토로했던 것과 같이 이야기하듯 써서도 안 되고, 사건을 보도하듯 해서도 안 되고, 담담하게, 내 지난날을 이야기해야 하는데, 그게 가능할까?

나는 그때 처음으로 그날 그때까지 살아온 생애를 다 돌아보며 내 입으로 아주 기이한 상황에서 상대방에게 내가 살아온 과거를 말했다. 퍼내도 퍼내도 그 깊이를 알 수 없는 깊은 우물같이 퍼내도 끊임없이 솟아나는 과거를 피를 토하듯 살점을 한 점 한 점 도려내듯 말할 수밖에 없었다.

내 살아온 삶을 낱낱이 되돌아보며
자술서를 쓰다

"그러면 시간은 무엇인가? 비록 아무도 내게 묻지 않지만
나는 그것이 무엇인지를 안다. 그러나 내가 내게 물어온 사람에게
그것을 설명하고자 하면, 나는 그것을 알지 못한다."
– 아우구스티누스의 《고백록》 중에서

"여기에 왔던 일, 여기 와서 겪었던 일을 죽는 날까지 어떤 일이 있
어도 누구에게라도 해서는 안 됩니다. 여기 와서 겪었던 것은 당신의
가슴속에만 남아 있어야 하고 무덤 속까지 가지고 가야 하오. 그리고
또 한 가지, 선생이 여기에 온 것은 선생의 행적이 수상한 행동을 했
기 때문에 온 것이니까 일체의 책임은 본인에게 있소. 여기 또 하나
만들어진 조항을 보고 그곳에도 서명을 하시오."

이름 아무개, 본적 전북 진안군 백운면 백암리 262번지,

아버지 아무개, 어머니 아무개 장남, 1954년 00일 출생,
나의 살아온 생을 더하거나 빼지 않고 말씀드리겠습니다.

나의 슬프지만 아름다운 어린 시절. 누구에게나 슬프고 즐겁고 가슴 아팠던 그런 어린 시절이 있을 것이다. 아무에게도 터놓고 말할 수 없는 부끄럽기도 하고 서럽기도 한 그런 이야기들이.

"내 유년 시절을 하도 많이 갖고 있어 그것을 세다가 보면 정신이 멍해지네."
알렉상드르 아르누의 글과 같이 그렇게 작은 가슴 속에 묻어두었던 이야기들을 어느 날 털어놓고 가는 사람이 있지만, 그 힘겹고 외로웠던 이야기들을 털어놓지 못하고 가는 사람이 대부분이리라. 나 역시 이러한 이야기들을 자연스럽게 털어놓을 수 있을 것이라고는 생각지 못했다. 털어놓기는커녕 애당초 이런 시절이 없었으면 하는 생각을 했던 적이 있었다.
"내가 아는 거의 대부분의 작가들은 자기의 어린 시절을 좋게 생각한다. 나는 나의 어린 시절이 싫다. 나는 나의 청춘 시절을 좋아하지 않는다. 청춘은 나를 뒤로 잡아당기는 듯한 감정이었다. 내게 어린 시절 따위는 없었다."
프랑스의 작가인 앙드레 말로의 《반회고록(反回顧錄)》에 실린 글이다. 그러나 살다가 보니 그렇게 보낸 세월들이, 상처로 남아 있던 세월들이 문득문득 말문을 열게 했지만 그것을 속 시원하게 말할 수는 없었다.

어디 상처뿐이겠는가? "나는 상처이자 칼! 후려치는 손이며 뺨!"이라고 보들레르가 〈자기 처형자〉에서 말했던 것처럼 나를 멍들게 했고, 고통스럽게 했고, 무너져 내리게 했던 모든 기억의 잔해들을 천천히 털어놓기 시작했다.

가난한 집에서 태어나 가난하게 살았고, 초등학교를 졸업한 뒤, 가출과 출가를 경험한 뒤부터 나는 작은 우물 안에 혼자 사는 개구리처럼 나 혼자만의 세계에서 살게 되었다. 내 또래 다른 아이들이 중학교, 고등학교, 대학교에 진학하기 위해 매 순간 경쟁을 하는 것과는 상관없는 삶을 살게 된 것이다.

매 학기마다 치르는 기말고사라는 것도, 학년말 고사라는 것도 나하곤 별개였다. 그러므로 자유로웠지만 한편으로는 내가 나를 테스트해 볼 수 있는 통로가 막혀서 말 그대로 우물 안 개구리였다.

하지만 상급학교를 가지 않았기 때문에 시험지옥에서 해방되었고, 아무에게도 간섭받지 않고, 공부하라는 말을 듣지 않아도 되었었다. 인생이 그것만이라면 매우 행복해야 할 정도로 자유롭긴 했으나 내가 나를 테스트해 볼 수 없다는 것 그것 자체가 불안이었다. 그래서 아이러니컬하게도 아무하고도 경쟁은 않았지만 경쟁했던 상대가 있었으니 그게 바로 나였다.

"나는 늘 홀로였다. 싸움은 많았지만 승리는 늘 남의 것이고 남는 패배는 늘 내 것이었다."고 썼던 조태일 시인의 시구처럼 내 몸을 감싸고 떠나지 않았던 슬픈 패배의 그림자, 가만히 기다리고, 그리고 참는 것밖엔 달리 할 일이 없이 보낸 세월이었다. 아주 단조롭고 조용한 시절이었다.

"어떤 인생에든 어느 시기 동안은 자기가 어디에 있는지도 모르며, 먼지 투성이인 단조로운 포플러나무 가로수 길을 맹목으로 걸어 나가는 것 같은 그런 때가 있는 법이다. 자신은 먼 길을 걸어왔으며, 늙어버렸다는 서글픈 감정뿐이기 일쑤이다. 그렇게 인생이라는 강물이 흐르고 있는 한 강물은 항상 그대로 머물며, 바뀌는 것은 양편 강가의 경치뿐이다.

그러나 이어서 인생의 폭포가 닥쳐오기 마련이다. 이 폭포들은 기억 속에 유착된다. 그래서 이 폭포를 넘어서서 멀리 영원의 고요한 대해로 접근해 가고 있을 때까지도 우리의 귀에는 여전히 아득히 그 폭포의 우렁찬 흐름이 들리는 것처럼 느껴진다. 그렇다. 우리에게 그나마 남아 있어 우리를 앞으로 추진시키는 생명력이 바로 그 폭포에 원천을 두고 있어 양분을 끌어오고 있다고 느끼는 것이다."

막스 뮐러의 《독일인의 사랑》에 나오는 구절처럼, 인생의 여러 가지 단계들을 경험하며 살았던 시대가 바로 그 시대였다. 내 인생의 황금기이자, 절망과 어둠의 시기, 곧 앞이 트이지 않는 침체기였지만 나의 삶은 일분일초의 유예를 허락하지 않고 속절없이 흐르고만 있었다. 하지만 그 시련의 시절도 잠시 나를 일으켜 세운 힘은 결국 그 패배였고, 분노였고 슬픔이었다. 나는 그 무엇도 기대하지 않았고 오로지 내가 나를 통해 이루어야 한다는 것을 어느 순간부터 절감하고 내가 나를 개혁하기 시작한 것이다.

지난 시절을 뒤돌아보니,

나는 충분히 가난했고

외롭게 지냈으며.

중학교도 진학하지 못했다.

국민학교 졸업 후 가출을 했다 돌아왔고

그다음 해엔 세상에 환멸을 느껴서 출가를 결심하고

절에 들어갔지만 두 달 만에 절에서 쫓겨났다.

그리고 오랜 방랑 끝에 집으로 다시 돌아온 뒤

혼자서 외롭고 고적하게 가난 속에서 책만 읽었고

그 사이 가끔씩 소리 죽여 울고 소리쳤다

그러다가 1975년 4월 국가로부터 소집영장을 받았고,

군대에 입대해서 군 복무를 나름대로 열심히 했다.

참고 기다린 고독했던 세월들

"새로운 출발을 내딛는 것, 새로운 단어를 사용하는 것은
사람들이 가장 두려워하는 것이다."

- 도스토예프스키

"내가 제대 날짜가 얼마나 남았는지 아나?"

자대에 배치되자마자 분대의 최고 고참이 내게 물었다. 이제 시작
한 내가 알 리가 있나.

"모릅니다."

"여기 이 달력에 빨갛게 표시된 일요일이 있다. 이날은 라면을 먹
는 날이다. 1975년 10월 25일이 영광스러운 나의 제대 날이다. 이번
주부터 네가 일요일마다 하나하나 지우는 것이다."

내가 제대할 날은 거의 3년이나 남았는데, 그때부터 우리 분대의
고참 제대 날짜를 그렇게 지워나가기 시작했다.

대한민국의 건강한 남자라면 누구나 한 번은 겪어야 하는 통과의 례인 군대 생활을 1970년대에 했던 사람들은 기억할 것이다. 자대에 배치되고 나서부터 제대할 그날을 손꼽아 세고 또 세면서 지워나갔던 것을. 그와 같은 일들이 형무소의 장기수들 사이에서도 이루어진다고 한다. 그 내용이 도스토예프스키의 《죽음의 집》에 다음과 같이 실려 있다.

"그리고 정말로 내가 모든 것을 기억할 수 있다는 말인가. 오랜 세월이 지난 것들은 기억에서 흐려지는 것도 사실이다. 내가 완전히 잊어버린 일들도 많으리라 생각된다. 예를 들면, 나는 그날이 그날처럼 흡사했던 모든 날들을 우수에 싸여 서글프게 보냈다는 것을 기억한다. 이렇듯 길고 지루한 날들이, 마치 비가 온 뒤에 지붕에서 한 방울씩 빗방울이 떨어지듯 한결같이 단조로웠다는 것을 기억하고 있다.

단 하나, 부활과 갱생과 새로운 생활에 대한 강렬한 갈망만이 나를 지탱할 수 있게 해 준 힘이었음을 기억하고 있다. 그리고 나는 결국 참아냈다. 나는 기다렸다.

나는 하루하루를 세어 갔다. 1천 일이나 남아 있음에도 불구하고, 자신을 위로하면서 하루씩 세어나갔다. 하루를 보내고 묻어 버리면서 다음 날이 오면, 이제는 1천 일이 아니라 999일이 남았다고 기뻐했다. 수많은 동료가 있었음에도 불구하고 이 시기에 나는 극도로 고독했고, 정신은 이 고독조차 사랑하게 되었다는 것을 기억한다. 정신적으로 고독했던 나는 나의 지난 전 생애를 되돌아보았고, 아무리 사소한 것이라도 모든 것을 다시 취해서 나의 과거를 깊이 음미해보고 용서 없이 엄격하게 자신을 평가해 보았으며, 심지어 어떤 때는 이러한 고독을 나에게 보내준 운명에 감사할 정도였다.

이러한 고독이 없었다면 자신에 대한 어떠한 반성도 지난 생애에 대한 엄격한 비판도 없었을 것이다. 그리고 얼마나 많은 희망으로 나의 심장이 두근두근거렸는지!

이전에 했던 어떤 실수나 방종도 나의 미래 생활에는 다시는 없을 것이라고 나는 생각하고 결심하고 다짐했다. 계획을 정해 놓았고, 그것을 엄격히 따를 것을 맹세했다. 내가 이 모든 것을 실행하고 실행할 수 있으리라는 맹목적인 믿음도 생겨났다……. 나는 기다렸고, 성급하게 자유를 부르고 있었다. 나는 새로이, 새로운 투쟁에서 자신을 시험해 보고 싶었다. 때때로 발작에 가까운 초조감이 나를 사로잡았다……. 그러나 그때 나의 정신 상태를 지금 상기한다는 것은 고통스러운 일이다. 물론 이 모든 것은 나에게 국한된 것이지만……. 그러나 내가 이를 기록하였던 것은, 만약 장년의 한창 때에 감옥에 들어가게 된다면 누구에게나 일어날 수 있는 일이기 때문에 모든 사람이 이것을 이해하리라고 생각했기 때문이다."

나 역시 그날부터 고참들에게 배운 대로 제대 날짜를 기다렸다. 하루를 세는 것은 너무 무망하다는 것을 고참들로부터 듣고, 일요일마다 점심때 라면을 먹기 때문에 라면 몇 그릇으로 계산해서, 라면을 한 개 한 개 지워가던 시절, 누구나 그랬던 시절이었다.

도스토예프스키가 겪은 4년간의 시베리아의 유형지에서 족쇄를 차고 지낸 세월과 부대 내에서는 자유스럽게 활동하며 지낸 세월을 감히 비교할 수 있을까?(그런데도 대부분의 남자들처럼 나 역시 제대하고서도 20여 년이 지나기까지 다시 군대를 가는 악몽을 일 년에 한 차례 이상 꾸었다.

군대를 갔다 왔다고 제대증을 보여줘도 막무가내로 끌려가 고생을 하는 것이 일반적인 군대 꿈이다.)

다만 형태는 다를지라도 누구에게나 참고 기다리는 시간이 있다는 것만이 진실일 것이다.

'고독하게 보낸 그 세월들을.'

드디어 군 제대를 하다

"인연을 아는 것은 사고요, 사고를 통해서만 감각이 살아난다."

- 헤르만 헤세

1978년 2월 중순, 드디어 제대를 하게 되었다. 군 생활 중에 일어났던 일들이 활동사진처럼 스치고 지나갔다. 1995년 10월쯤이던가, 행정병이 휴가 갔다 돌아오면서 사 가지고 온 레코드판이 송창식의 음반이었다. 〈날이 갈수록〉〈고래 사냥〉이 들어 있던 그 음반을 들으며 '가을이 가네, 청춘도 가네'라는 노래를 들으며 이러다가 꽃 피우지 못한 청춘이 다 지나갈 듯싶어서 애달파했던 추억, 1976년 8·18 도끼만행사건 때에는 전쟁이 나도 좋겠다는 허황된 생각을 했던 일, 그것이 젊은 시절이라 가능했다는 것, 겨울에 큰 눈이 내리면, 그 시간이 새벽이라도 일어나서 부대 앞 44번 국도의 눈을 치우던 일들이 주마등처럼 스치고 지나갔다.

그렇게 먼 곳에 있을 것 같았던 제대가 눈앞에 닥친 것이다. 다른 동기들은 제대 일 년을 남겨두고부터 달력에다 표시를 해가며 제대 날짜를 기다렸지만, 나는 딱히 무엇인가를 기다리는 것도 아니고, 걱정만 앞섰다. 집안 사정은 내가 입대할 때보다 더 어려운 편이었고, 어디건 탈출구가 보이지 않았다. 그런데도 예정된 날은 다가오고, 예비군복을 받고 나고서야 '내가 제대를 하게 되었구나'하고, 실감을 했다. 여러 가지 절차를 마치고 군 생활 중에 받은 월급을 가지고 부은 적금을 탔다. 맨 처음이자 마지막 적금이었다. 33개월 15일 동안 부은 적금이 2만 원, 무엇을 할 것인가? 다른 여지가 없다. 서울에 가서 책을 사자.

포대장에게 전역신고를 하고, 철원 시외버스터미널에서 마장동 가는 버스를 탔다. 3년 동안 휴가를 오갈 때마다 다녔던 낯익은 46번 국도를 타고 관인을 지나고 포천을 지나 의정부터미널에서 버스가 떠날 무렵 누군가 내 이름을 불렀다.

"야, 신정일."

자대배치되었을 때 처음 만났던 인사계였다. 새로 생긴 부대로 옮겨갔던 인사계, 사람이 좋아 고기가 나오면 자기 돈으로 짜장 재료를 사다가 짜장밥을 만들어서 군부대원들이 먹는 것을 웃음 지으며 바라보던 인사계를 여기서 보다니.

"너 제대하는구나."

"예!"

뭐라고 말할 사이도 없이 버스는 떠났고, 그렇게 한 시절의 인연과 작별을 고하였다. 마장동에서 내리자마자 서울 종로서적으로 갔다.

여러 층으로 되어 있던 종로서적에서 제대 후 받은 적금 2만 원 중 차비만 남기고 내가 보고 싶던 몇 권의 책을 사서 나오는데, 그때 슬픔처럼 한 생각이 떠올랐다.

'나는 오로지 작가만을 꿈꾸며 살았는데, 이렇게 많은 책들 중에 내가 쓴 책이 이 서점에 꽂힐 날이 과연 있을 것인가.' 자신이 없었다. 그래서 다시 한 번 서점을 둘러보며 고개를 떨어뜨렸다.

제대를 해서 서울에 왔는데, 서울에서 누구 한 사람 만날 사람이 없었다. 고속버스를 타고 내려오는데, 기쁨은커녕 오히려 집채만한 걱정만 앞세우고 돌아오는 길, 막막하기만 했다.

도대체 어떻게 살아가지? 다른 사람들처럼 고등학교나 대학교를 나온 것도 아니고, 기술 하나 배운 것도 없고, 그렇다고 작가를 하겠나는 생각만 했지, 제대로 글 한 편을 써 둔 것도 없었다. 내 생각은 아랑곳없이 버스는 천안을 지나고 대전을 지나 전주를 향해 달리고, 드디어 도착한 전주, 전주의 날씨는 춥기만 했다. 추워도 철원만 하겠느냐는 생각에 버스를 타고 임실역을 거쳐 도착한 집, 아버님은 내 예상을 뒤엎지 않고 기침 소리로 당신의 실재를 전했고, 방문을 열자 아랫목에 병색이 완연한 모습으로 누워 계셨다.

그날 오랜만에 다시 여섯 식구들이 모였다. 3년의 세월이 지났는데도 한 치도 더 커지지 않고 오히려 오므라든 것 같은 그 작은 방에 모여서 그냥 지난 세월만 이야기했을 뿐이다.

어떻게 해야 좋을까? 예전처럼 살다가는 다 굶어 죽을 수밖에 어느 곳이든 나에게 일이 주어지는 곳으로 나가는 수밖에 없었다. 그래서 어머니에게 옷이라도 사 입고 나갈 수 있느냐고 물었더니, 세끼

밥도 힘들 형편이라고 했다.

임실역에서 일을 할 수 있다는 마을 사람들의 말을 듣고 나갔더니, 침목(기차 레일 받침목)에 자갈을 고르는 일이 있었다. 하루 5천 원의 일당을 받고 엿새를 해서 번 돈으로 사제 옷 한 벌을 사 입고, 예비군 복을 챙겨서 서울로 올라간 것은 1978년 2월 말이었다.

그리고 아교공장에 취직을 했고, 이어도를 찾아간 제주도, 나의 꽃 시절이 없었던 꽃 시절을 벽돌과 모래의 화음 속에서 보내고, 지금 이렇게 또 다른 불꽃의 시절을 견디고 있는 나. 그리고 제주도에서 내 인생을 시험했고, 제주도에서 나와 사업을 시작했다가 실패만 거 듭하다가 뺄 것도 더할 것도 없는 것이 나의 인생이었다. 나는 내가 살아왔던 내 인생, 그 험난했던 여정을 자서전이라는 명분으로 써 내 려갔다.

자술서를 마치고
대학 졸업장을 취조관에게 받다

"길의 끝에는 자유가 있다. 그때까지는 참으라."

- 붓다

기이한 풍경이었다. 모르긴 몰라도 대여섯 시간, 아니 일고여덟 시간이 더 걸렸을지도 모른다. 내가 피곤하거나 생각에 잠겨 멍하게 있으면 내게 웃음을 지으며 말하곤 했다.

"커피를 마시겠소? 나는 담배를 한 대 피우겠소?"

그는 그사이 담배를 두어 갑은 피웠을 것이다. 자욱하고 매캐한 담배 연기 속에서 나는 살아온 내력을 다 토해냈고, 그는 내 이야기를 빠른 속도로, 곧 속기로 적었다. 푸르던 젊음의 시절 찬란하게 빛나야 할 그 이십 대 중반에 나는 생각만 해도 기이한 자서전을 입으로 구술하다가 내 살아온 서러운 삶, 그것도 군 제대 후, 제주도 생활을 이야기하다가 목이 메어 엉엉 울면서 토막토막 끊어지는 말을 토해냈다. 그렇다. 나는 그곳에서 일생 동안 가장 기이한 울음, 어떤 슬픔, 어떤 기쁨의 순간이 올지라도 다시는 그렇게 울 수 없는 기이한 울음, 아니 온몸을 칼로 저미는 듯, 마디마디 끊어지는 듯한 통곡을 했다. 마지막에는 간헐적으로 짐승이 내는 듯한 그런 울음을 울었다. 아니 내 슬픔과 아픔에 겨워서 몇 번이고 끊어지고 끊어지는 구술이 끝나자 그는 말했다.

"신 선생이 나보다 글은 잘 쓰지만 우리 직장에서 정한 원칙에 따라 자술서를 써야 하니, 내가 부르는 대로 쓰시오."

나는 그가 부르는 대로 자술서를 썼다. 세상에 나와서 책을 읽고 군대를 갔다 온 것밖에 아무것도 한 일이 없는 나의 자서전을 나하고 전혀 안면이 없는 한 사내가 국가에서 월급을 받으며 써 주고 있었다.

에드워드 올비는《아기에 관한 연극》에서 상처를 다음과 같이 서술하고 있다.

"상처라는 깨어진 가슴이 없다면 어떻게 당신이 살아 있다는 것을 알겠는가? 당신에게 깨어진 가슴이 없다면 당신이 누구인지 어떻게 알 수 있겠는가? 과거에 누구였는지 지금까지 어떤 사람이었는지 어떻게 알겠는가?"

내게 그런 이상하고도 기이한 상황이 일어나지 않았더라면 나의 지난날을 샅샅이 되돌아보는 일은 없었을 것이다. 하여간 아무리 생각해 보아도 이상야릇한 자서전이 완성되었다. 그러나 그 자서전에 내가 하나도 빼놓지 않고 말했을 것이라고 생각했던 부분보다 말하지 못한 슬픔과 서러움이 시냇가의 모래알보다 더 많았을 것이다. 그 서러움과 슬픔의 결정체인《신정일의 너무 이르게 쓴 자서전》을 들고서 그는 내게 말했다.

"수고했소, 신 선생에 대한 조사가 끝났소. 우리 회사가 신 선생을 간첩이라고 여겼지만 간첩이 아니란 것, 그리고 내가 여러 차례 물었던 대학 졸업의 유무도 판가름 났소. 그런데 대단합니다. 요즘 같은 세상에 공부를 혼자서 그렇게 많이 할 수 있다니 신기한 일입니다. 그리고 기억력 대단하오, 혹시 선생에게 천재라고 하는 사람이 있었소?"

"없습니다."

"그래요, 내가 당신하고 대화를 나누며 '당신은 대단한 천재다'고 한두 번 느낀 것이 아닙니다. 당신을 만나 이야기를 나눈 사람은 누구나 당신을 천재라고 여길 것이오. 오늘 나에게 구술한 자술서가 그것을 증명할 것이오. 당신은 그런 의미에서 그 자술서가 우스운 이야기 같지만 대학 졸업 논문이 될 수도 있고, 대학을 졸업해서 졸업장을 받은 것이나 다름없소."

그럴까? 과연 그럴까? 내 쓸쓸하면서도 신산했던 그 과거, 한 편의 영화와 같던 그 과거가, 내가 그에게 말한 더도 덜도 아닌 지나간 시절의 이야기와, 도살장에 끌려온 개돼지 같이 짓밟히고, 깨 박살이 난 고통과 수모들이, 이곳에서 대학 졸업장으로 승화(昇華)되기라도 했단 말인가?

모처에서 고문을 경험했던 시인 황지우는 "지옥이 지옥인 것은 그곳에는 죽음마저 허용되지 않기 때문"이라고 썼는데, 나는 그에게 이런 말을 했어야 했다.

"이것 봐요? 내가 솔직히 잘못한 것이 뭐지요? 내가 이렇게 몇 날 며칠인지도 모르는 나날을 세상의 밑바닥에서 죽고 싶어도 죽지 못한 채 살게 한 이유가 있을 것 아니요? 그걸, 그 이유를 알려줄 수는 없겠소?"

나는 그러나 마음속으로만 그 생각을 했고, 눈빛으로도 전달하지 못했다.

용기가 없는 나, 무서움과 두려움에 짓눌려 있는 나의 영혼 탓이었다.

노발리스는 말했지, "우리는 오류를 통해서 진리에 도달한다."고. 니체도 말했지. "혼돈이 마음속에 있어야 춤추는 별을 만들어 낼 수 있다."고. 그렇다. 이것은 명백한 오류(誤謬)다. 이것은 명백한 오류다. 그런데 그도 나도 이 상황을 '오류'라고 말하지 않는다. 다만 마음속으로만, 아니 눈빛으로만 그릇된 것이라고 서로 인정하면서 그냥 말하고 듣고 있을 뿐이다.

나를 그윽하게 바라보던 그 취조관이 그와 나의 합작품인 '자술서'를 내밀며 나에게 말했다.

"여기에 서명을 하고 지장을 찍으시오. 이 글은 〈영구 보존함〉에 들어갈 것입니다."

그리고 그는 내게 다시 토시 하나 틀리지 않고 다짐하듯 전에 했던 말을 했다.

"여기에 왔던 일, 여기 와서 겪었던 일을 죽는 날까지 어떤 일이 있어도 누구에게라도 해서는 안 됩니다. 여기 와서 겪었던 것은 당신의 가슴속에만 남아 있어야 하고 무덤 속까지 가지고 가야 하오. 그리고 또 한 가지, 선생이 여기에 온 것은 선생의 행적이 수상한 행동을 했기 때문에 온 것이니까 일체의 책임은 본인에게 있소. 여기 또 하나 만들어진 조항을 보고 그곳에도 서명을 하시오."

내가 지금 그에게 무슨 말로 토를 달겠는가? 그의 말이 맞다. 모든 잘못은 나에게 있었다. 가난 때문에 학교도 가지 못했고, 제주도에 가서 노가다 일을 한 것이 잘못이고, 그래서 너무 젊은 나이에 달리 할 것이 없어서 음식점(시식 코너)을 시작한 것이 잘못이며, 잘못을 했건 안 했건 저 사람들이 속한 조직으로부터 의심을 받아 이곳으로 체포되어 온 것, 또한 잘못이었다. 원인 없는 세계는 존재하지 않는다. 이보다 더 명확한 잘못이 또 어디에 있을까? 모든 것은 내 탓이고, 내 탓이다.

"밤에, 꿈속에, 도시들과 사람들,
　괴물과 신기루,
　그 모든 것이, 영혼의 컴컴한
　공간에서 생겨나는 것임을 너는 안다.
　그것은 전부 네가 형성한 것이고,
　네가 제작한 작품인 것이다."

　헤세는 지금 이 순간을 위해서 이런 글을 남겼던 것은 아닐까? 모든 것이 나로부터 비롯되었고, 나는 그 대가로 그런 벌, 아니 돈 주고도 못할 그런 삶의 체험을 한 것이다.

중요한 시대에 태어나는 저주를 받으라

"이 세상의 모습은 오직 거짓이다. 무덤과 불타는 지옥을 뒤덮는 겉치레다.
진실은 없고 두려움 뿐이다. 짧막한 하루의 노정에 숱한 위험과 질병 있으리.
붙잡고 날치고 허물어 버리는 이러한 위험을 사람이 안들 그는 깨달으리,
인생이란 일천 명의 군사에 맨손으로 대드는 단 한 사람의 나그네임을."
- 베로즈의 〈죽음의 소회집〉 중에서

"수고했소, 이제 옷을 입어도 됩니다."

문득 나를 현실로 돌아오게 하는 낯익은 목소리, 그렇다면 지금, 이 시간은 옷을 입을 수 있는 시간, 그 시간이란 말인가?

나는 그가 시키는 대로, 그가 하늘에 별을 따 달라거나 집에 있는 금송아지를 다 달라고 할지라도 줄 수밖에 별다른 도리가 없었다.

"예."

나는 그 사람에게 의무적으로 대답했다.

"내 말을 들으시오. 내가 무척 노력해서 당신을 불구속으로 처리한 것이오. 당신이 문학을 숙명처럼 여기고 살았듯이 나 역시 문학도였기 때문에 그랬소. 혹시라도 나에게 원망이 남아 있다면 잊어버리시오. 나도 그렇지만 당신을 괴롭힌 동료들도 먹고살기 위해서 이곳에 있는 것이오. 그리고 분명한 것은 우리들은 국가의 이익을 위해 일하고 있고 국가에 봉사하고 있는 것일 뿐이오."

그럴 것이다. 이 세상에 그 어떤 인간도 고의적으로 악을 행하지는 않는다고 하지 않는다. 다 이유가 있는 것이다.

나는 초점 잃은 눈으로 그를 멍하게 바라보며 말했다.

"알겠습니다."

"거듭 미안하오, 사과하겠소. 하지만 언젠가는 이곳에 왔던 것을 '영광의 한시절'이라고 여길 날이 있을 것이오."

'영광' '영광이라고? 내가 이곳에서 겪은 일들을 영광으로 생각하는 날이 올 거라고? 옛말이 있었지, '쓴 고생을 많이 해야 큰 영광을 얻는다.' 그럴 날이 과연 있을까? 그럴지도 모른다. 소포클레스는 그의 비극 《안티고네》에서 다음과 같은 말을 남겼었지.

"이 법은 변함이 없다. 위대한 일은 저주 없이는 인간의 생활에 일어나지 못한다는 이 법은."

내가 겪은 이 끔찍한 사건이 '영광' 과연 그럴 수 있을까? 그보다는 중국인들의 이런 이상한 악담이 더 들어맞을 듯싶다.

"중요한 시대에 태어나는 저주를 받으라."

누군가는 또 말했지. '인생의 한순간 한순간은 그 속에 기적의 가치와 영원한 청춘의 모습을 간직하고 있다'고. 그렇다면 이곳에서 보낸 순간순간이 내 인생에서 기적과 같은 그런 시절이라도 된단 말인가? 이런저런 생각이 밀물처럼 밀려오는 그 순간에 어쩌면 나갈 수 있을 것 같다는 생각에 안도의 한숨을 내 쉬었다.

그렇다. 그들은 나더러 침묵한 채 살라고 명령했다. 세상이 두 쪽이 나도 집안 식구들이나 친척, 아니 가장 절친한 친구, 결혼해서 아내에게까지도 말하지 말고 무덤으로 가져가라고 했다. 침묵이 금(金)이다. 그렇지, 오직 정신만이 날개를 펼 수 있는 침묵, 영구불변의 진리가 침묵이지.

그들의 말을 따라야지, 암 따라야 하고 그들의 말대로 침묵을 지켜야지. 아니라고 말하는 사람도 더러는 있다. '가장 뚜렷한 침묵은 입을 다물고 있는 것이 아니라, 입을 열고 말을 하는 것'이라고, 그러나 아직은 아니 언제까지고 그 말은 악마의 쓸데없는 속삭임이다.

지금은 아니다. 아니, 아니고, 말고, 가끔은 지는 게 이기는 것이다. 그러므로 때로는 순순히 물러나는 것이 좋을 때도 있다. 지금이 그런 때이고, 더 좋은 때를 기다려라.

그래. 잊어버리자. 망각으로부터 새로운 창조는 시작된다는 말도 있지 않은가? 깡그리 잊자, 여태껏 살아온 삶은 계산에 넣지 말고 잊자. 나는 잊을 것이다. 이곳, 이곳에서 받은 고통과 수모, 이곳에서 어쩌면 살아나가지 못할 것 같다고 느낀 참혹하리만큼 쓸쓸했던 절망, 그 모든 것을 잊고 새롭게 출발할 것이다.

지금부터 나는 예전의 내가 아니다. 나는 패배자다. 패배자는 입을 다물고 침묵을 지켜야 한다. 나는 혼자서 중얼거렸다. '씨앗들처럼 입을 다물어야 하리, 그리고 어서 집으로 가고 싶다.' 그리고 울먹였다.

눈물도 말라버린 눈물, 이 서럽고도 슬픈 이 눈물을 어느 누가 가만히 닦아 주고 어느 누가 아픈 내 마음을 어루만져 줄 것인가.

그런 내 마음을 헤아려서 그런지 가만히 나를 지켜보던 그가 인주 뚜껑을 연 뒤 내게 내밀었다. 나는 내 엄지손가락을 내밀었다. 그리고 내 인생에 가장 역사적인 서명, 그 서명을 하기 위해, 즉 엄지손가락에 인주를 묻혀서 지장을 찍었다.

"울지 마시오. 그리고 이제 걱정하지 마시오. 내 잠시 다녀올 데가 있소."

그리고 그는 밖으로 나갔다.

밝은 대낮보다 환한 형광등 불빛 아래 텅 빈 공간에 한 사내가 혼자 의자에 앉아 있는데, 나는 멍한 채 검은 천정을 바라보고 있다. 햇살이 빛나는 것도 아니고, 별이 빛나는 밤도 아닌데, 나는 피츠제럴드의 《위대한 개츠비》의 한 소절을 부질없이 떠올렸다.

"두 손을 호주머니에 찌른 채 서서 은빛 후춧가루를 뿌려 놓은 듯한 별들을 바라보고 있었던."

내 정신은 지금 온전한가? 이런 상황 속에서 이 상황과는 아무 상관도 없는 문학을 떠올리다니. 그래, 조금 전까지도 나는 혼자 있고 싶었다. '나를 내버려 둘 수는 없을까?' 그러나 그것은 오로지 내 생각일 뿐이었다. 그런데 정작 아무도 없는 텅 빈 공간에 나 혼자 있게 되자 무언가 허전했다.

그사이 내가 그들의 욕지거리와 고문, 그리고 어딘가에서 들리는 신음 소리와 폐부를 찌르는 듯한 고함 소리에 익숙해진 것일까? 삶은 그런 의미에서 순간순간이 불행이다가 행복이고, 다시 불행이 찾아오는 연극과 같은 아이러니일지도 모르겠다.

세상은 고요했다. 연극이 대단원의 막을 내렸는가? 아니면 아직 남아서 다시 새로운 리허설을 준비하고 있는 중인가? 그 많던 엑스트라(취조관)들이 그렇게 난무하던 욕지거리와 비명이 사라지고 개미 새끼 한 마리 남아 있지 않다. 그렇게 절절하게 내 귀를 소용돌이쳤던 신음 소리와 울부짖음이 벽을 무너뜨리고 내 가슴 안으로 달려올 듯 닦달하던 옆방도 역시 조용하다.

오직 태초의 세계와도 같은 고요와 바늘 하나 떨어져도 바위가 떨어진 것처럼 큰 소리를 낼 것 같은 무거운 침묵만이 존재하는 그 하얀 방, 그 방에 태어난 그대로의 원초적인 모습, 발가벗은 그대로의 모습, 상처투성이의 한 사내가, 오래되어 빛바랜 그림처럼 앉아 있다.

서서히 그 무섭다 못해 깜짝깜짝 놀라서 바라보던 그 사람들이 오래되었지만 언제나 악역만 맡는 친구처럼 여겨지기 시작했고, 그 코발트색의 침침한 커튼까지도 그냥 봐줄 만하다고 여기게 된 것이다.

처음엔 거슬리던 시계 소리도 졸졸 흐르는 시냇물 소리처럼 들을 만했고, 나를 어디로든 탈출하지 못하게 가로막고 있는 벽들도 어느 시간부터 눈에 거슬리지 않게 된 것이다.

"습관이 오래 되면 품성이 되고, 품성은 눈으로 쫓아내면 창문으로 들어온다."는 말이 있는데, 그 말이 맞긴 맞나 보다. 지금 이곳에 시시비비(是是非非)는 존재하지 않고, 뒤틀린 욕망도, 순수한 욕망도 없다. 다만 고요하다 못해 적요(寂寥)한, 그렇다면 나는 지금 관조의 상태에 이르렀는가? 아니면, 모든 번뇌를 벗어난 적멸(寂滅)의 상태가 이런 때가 아닐까?

　그런데 지금 이 상황이 하나도 낯설지 않다. 마치 고향 집 마루에 앉아 아랫집 굴뚝에서 밥 짓는 연기가 피어오르는 것을 바라보듯이 한 사내가 여기저기를 무심히 기웃거리고 마음속으로는 어정거리고, 서성거리고 있다. 내 마음이 가는 곳을 마음 내키는 대로 거닐었던 그때가 내 인생에서 가장 자유로웠고 행복했었는데, 그때가 언제였지, 기억조차 희미하다. 여기저기 둘러보았다.

　아무도 없다. 정말 아무도 없다. 그래서 무엇인가를 가만히 기다린다. 와야 할 어떤 것도 없는데, 어쩌면 기다릴 것도 없고, 오지 않는 것을 조바심하지도 않고, 기다리는 그 시간 속에서 나는 그림 속의 사람처럼 앉아 있다.

　그런데 들린다. 침묵 속에서 들려오는 저 음악, 내 영혼의 끝자락에 숨어 있다가 가끔씩 내 영혼을 후비고 지나가던 음악이다. 슈베르트의 현악사중주곡 〈죽음과 소녀〉 제2악장이다. 편안하게, 아니 나른하게 죽음으로 인도하는, 아니 천사가 천국으로 인도하듯 그래서 죽음이 마치 솜사탕같이, 꿀물같이 달콤할 것이라고 유혹하는 듯한 그 선율이 지금 이 시간, 나를 전율케 하고 있다. 침묵의 노래가 갈기갈기 흩어져 천정을 뚫고 밤하늘로 날아가 포효하는 것을 들을 수 있을 것 같은 밤의 노래, 나는 말로는 표현할 수 없는 불가해한 신비로움으로 그 음악을 들으며 젖어 흐느낀다. 저 음악을 작곡한 슈베르트는 불행한 삶을 이어가면서도 불멸의 음악들을 많이 남긴 뒤 서른한 살의 나이로 이 세상을 떠났지. 그런데, 나는 스물일곱 살이 되도록 글다운 글 한 편 못 쓰고 끝날지도 모르는, ……가슴이 터질 듯 아팠다.

제주도에서 새벽마다 나를 찾아와 나를 울게도 하고, 나를 그 커다란 절망에서 잠시나마 벗어나게 했던 그 음악이 나직하게 행여 누구라도 알아들을세라 들리지 않을 만큼 흐느끼고 있다. 나는 설명조차 할 수 없는 그 음률 속에 상처로 범벅이 된 몸과 마음을 풀어 놓은 채 듣고 있다.

슈베르트의 〈죽음과 소녀〉가 어느 사이, 모차르트의 〈레퀴엠〉으로 바뀌었다. 조용하게, 아니 나직하게 울려 퍼지는 저 소리, 누군가는 그랬지, '모차르트의 음악이 기막히게 경이로운 것은 그 음악 뒤에 따르는 침묵도 모차르트적 침묵이기 때문이다'고.

또 니체도 말했지, '음악은 진실한 말'이라고.

그들이 그렇게 볼륨 높여 켜 놓았던 라디오마저 소리를 죽인 이상한 시간에, 꿈속에 선 듯 음률 속에 파묻힌, 그 하얀 방, 그 하얀 방이 새벽녘 동이 터 오르기 직전의 광장이나 태풍 전야의 해변과 같았다.

처음엔 그 침묵한 공간, 하얀 방이 마음에 들어 안도했었는데, 금세 무서움과 두려움이 밀려왔다. 나는 다시 또 지금보다 더 무서운 공간, 지금보다 더 무서운 사람들이 기다리고 있는 곳으로 옮겨가는 것은 아닐까?

지금 이 침묵이 또 다른 소음의 공간으로 전이해가는 전조가 아닐까?

수많은 인간들이 '사랑하는 애인과 사랑을 하고 있는 때마저도 애인을 의심한다'는 말이 있는데, 지금의 내가 누구를, 아니 무엇을 믿을 수 있는가? 생각은 생각 속에서 엄청난 부피로 불어나듯이 절망과 두려움이 극대화하여 머리끝이 쭈뼛했다.

어쩌면 나는 그들 말대로 이곳에서 죽어 나갈지도 모른다. 다시는 그 푸르른 하늘, 흐르는 구름, 그리고 사랑하는 사람들을 못 만날지도 모르고, 그토록 내가 좋아했던 길들을 마음 내려놓고 갈 지(之) 자로 활보하면서 걸을 수 없을지도 모른다. 막막함과 공포감이 해일이 몰려오듯 몰아 오는 그 순간 문이 열리며 밖으로 나갔던 그 사람이 들어왔다.

그는 봄바람 같은 미소를 짓고 있었고, 그 손에 옷가지가 들려 있었다.

이곳에 올 때 입고 있었고, 그들의 명령에 의해 벗어놓았던 내 옷을 나에게 내밀었다. 나는 팬티가 있는지 살펴보았고, 그 팬티를 발견하고서 가만히 들고 바라보았다. 한동안 잊고 있었고, 내 곁을 떠났던 팬티가 그날 내가 이곳으로 들어와 벗을 당시 그대로 내 손에 들려 있었다. 조금 전까지 나는 태초의 아담 같은 사람이었구나. 그런데 지금 이 순간 다시 현세의 사람이 되는구나.

순간과 순간 사이에서 놀랄만한 변화가 이루어지고, 그것이 과거와 현재를 잇는 이음새라니, 나는 그 변화의 길목에서 나를, 순간 속의 나를 실감할 수가 없었다. 내가 정말 나인가? 내가 모르는 나인가?

"수고했소, 이제 옷을 입어도 됩니다."

문득 나를 현실로 돌아오게 하는 낯익은 목소리, 그렇다면 지금, 이 시간은 옷을 입을 수 있는 시간, 그 시간이란 말인가?

내 일생을 통해 가장 눈물이 나도록 고맙게 느껴졌던 그 소리, '옷을 입어도 좋다'는 그 소리였다. 그때 내가 어떤 옷을 입고 있었는지 전혀 기억이 나지 않는다. 얼마 만인가, 내가 마치 미세한 바람이 불어오는 바닷가, 은빛 모래사장이 빛나는 해변의 나체촌에서처럼 옷을 벗고도 부끄러움도 모르고 지내던 내가 다시 옷을 입다니…….

옷이란 무엇이며 행복이란 무엇인가? 좋은 옷이건 여기저기 떨어져 해진 옷이건 사람들이 밖을 나설 때는 옷을 입고 나선다. 그것이 태초에 아담과 이브가 살다가 선악과를 먹고 난 이후의 이 세상의 정해진 질서이고, 삶이다. 그런데 다른 사람들은 다 입고 있는데, 홀딱 벗은 채로 며칠이 되는지도 모르는 나날을 선악과를 먹기 전의 아담과 이브처럼 옷을 벗고도 부끄러움을 모르는 채 지냈으니.

"의복은 사람을 만들고, 마음은 인간됨을 만든다."

임제 선사는 일찍이 다음과 같이 말했다.

"이미 일어난 생각은 이어지지 않도록 하고 아직 일어나지 않은 생각은 일어나지 않도록 하면 그대들이 10년 동안 행각하는 것보다 좋을 것이다. 나의 생각에는 불법에는 복잡한 것이 없다. 단지 평상시에 옷 입고, 밥 먹으며, 일없이 시간을 보내는 것이다."

남들이 다 입는 옷도 못 입고, 밥도 편하게 못 먹고, 신기한 일(고문과 구타 취조)에 파묻혀서 나를 잊고 그 혹독한 나날을, 나는 독하다면 독하게, 그냥 살아낸 것이다. 김수영 시인의 시 구절과 같이 "나 같이 사는 것은 나밖에 없는 것 같다. 나는 이렇게도 가련한 놈." 그 이상도 그 이하도 아니었다. 그것은 의무였고, 책임이었던가? 그렇다. 그곳은 나에게 인내를 가르쳐 준 학교 중 최상의 학교, 대학교였다. 군대에서는 상관이 보이지 않는 곳에서 욕이라도 할 수 있었는데, 이곳은 그것조차 허용하지 않았다. 영문도 모른 채 끌려와 어디가 어딘지도 모르는 곳에서 정체불명의 사람들의 노리개로, 아니, '네가 간첩'이라는 것을 자백하라고 강요를 당하며 보낸 시간 속에서 내가 할 수 있는 것은 '아니다.' 아니다. 그 말뿐이었다.

헛웃음이 나왔다.

"참, 웃긴다. 내 인생은 왜 이렇게 쓰고도 맵지."

혼잣말을 하면서 옷을 입는데 돌연 눈물이 샘솟듯 솟아났다. 입술을 질끈질끈 씹으며 나는 울었고, 또 울었다. 나는 울면서 '이제 집으로 돌아갈 수 있겠구나.' 생각했다. 아버지는 얼마나 나를 기다렸을까? 매일 저녁 통학차로 가면 힘도 없이 나를 맞던 어머니, 또한 가게는? 어떻게 되었을까?

그런 일이 있은 뒤 몇 년이 지나 TV에서 한수산의 필화 사건에 휘말린 박정만 시인의 고문을 본 적이 있다.

어찌 그리도 내가 겪었던 상황과 흡사한지, 김대중에게 돈을 얼마나 받았고, 북한에 가서 김일성을 얼마나 여러 번 만났는지, 그리고 이어지던 고문. 그들은 말 그대로 기계와 같았다. 가책은커녕 오히려 정의감과 사명감에 불탔다. 그래서 클레세오스는 다음과 같은 말을 했는지도 모르겠다.

"전쟁 때에는 적에게 아무리 나쁜 일을 해도 정의 개념 밖의 일이며, 신들에 대해서나 인간들에 대해서 아무런 책임을 지지 않는 것이다."

그들이 그런 절박한? 마음을 가지고 그들이 점찍은 사람들을 그처럼 가혹한 취조와 고문을 했을 것이다. 나처럼 그곳 안기부에 끌려가 고문을 받고 간첩이 되거나 정신이 이상이 되어 폐인이 된 사람들이 얼마나 많았을까?

"5년 동안 나는 인간들이 모여 사는 곳에서 간수의 지배를 받으며 살았습니다. 한순간도 혼자 있은 적이 없었습니다. 혼자 있다는 것은 마시며 먹는 일처럼 정상적인 생존의 필수 조건입니다. 이렇게 강제적인 공동생활을 하는 가운데 인간을 증오하게 되어버립니다.

사람들과의 접촉은 독이나 전염병처럼 작용해서 이 4년 동안 무엇보다도 그것을 참는 일이 고통스러웠습니다. 죄가 있는 사람이든 없는 사람이든 내가 만나는 모든 사람들을 증오하고 그들이 태연스럽게 나의 목숨을 훔쳐 가는 도둑처럼 보일 때도 있었습니다."

도스토예프스키의 《죽음의 집의 기록》의 일부분이다. 시베리아의 유형지에서 수많은 사람들과 수형생활을 했던 도스토예프스키의 경우와 내 경우는 달랐다.

"감옥에 새로 들어온 죄수들은 도착한 뒤 두 시간만 지나면 다른 모든 죄수들처럼 '자신의 집'에 있는 것처럼 느낄뿐더러, 죄수조합의 동등한 권리를 가진 주인의 하나가 된다는 것이다."

이렇게 책에 실려 있지만, 그곳은 그와 달랐다. '간첩'이라는 누명을 쓰고서 한 번 그 지하실로 들어가면 들어가기 전의 정신을 가지고 나오기는 어려운 곳이 1981년 악명 높은 안기부 지하실이었다.

여럿이라면 공동체 운명이라고 여겨서 그나마 다행한 일이었을 것이다. 하지만 불행히도 나는 혼자였다. 더구나 여러 사람의 감시 속에서 혼자만 벌거벗은 채, 그 어떤 사람도 믿지 못하는 속에서 보낸 날이 가는지, 오는지도 모르는 알 수 없는 나날이었다. 랭보의 시 제목과 같은 〈지옥에서 보낸 한철〉이 그곳이었다.

아니면 보들레르의 시 제목인 〈저 벌거숭이 시대의 추억을 나는 좋아한다〉가 아니고, '벌거숭이 시대의 추억을 나는 증오한다'고 말할 수 있을까?

프브리우스 시루스는 말했다.

"고통은 죄 없는 자에게 마음에도 없는 거짓말을 하게 한다."

그러나 나는 나의 진정성으로 거짓말을 하지 않고 이겨냈고, 이렇게 무사히 나갈 수 있게 된 것이다.

울고 싶었고, 마음껏 울었다. 그리고 나는 마지막으로 내가 공포감에 사로잡힌 채 발가벗고 보낸 그 공간들을 돌아다보았다. 낯익은 책상, 의자, 변기, 침대, 형광등, 지금이 몇 시일까 하는 생각에 여기저기 아무리 살펴보아도 시계가 없었다.

'시계가 없는 곳, 시계가 없는 나라.' 나는 시계가 정지된 나라에 들어와서 무한대로 펼쳐진 시간 속에서 '시간 속의 인간'인 내가 시간도, 잊고, 음식도 잊고, 그리운 것도 잊고, 그렇게 살았구나.

나는 지금이 몇 시인지, 며칠인지, 알 수가 없다. 내가 언제 이곳에 와서 며칠이 지났는지 가늠할 수가 없다. 시간 속에서 시간이 정지되고 시간이 사라진 것이다.

그리스의 철학자인 디오게네스가 말했지.

"쥐는 따로 침대를 탐내지 않는다. 어둠도 두려워하지 않는다. 맛있는 음식도 구하지 않는다. 이것이야말로 인간의 길이다."

그렇다면 나는 이제야 비로소 인간이 된 게 아닐까? 아닐 것이다. 인간이 참으로 '인간'이라고 말할 수 있는 성스러운 인간이 된다는 것은 '삶에서의 일'이 아닐지도 모른다. 그 인간은 어떤 한 단계를 넘어선 성스러운 인간, 불멸의 인간을 뜻하기 때문이다. 죽어서 나갈지도 몰랐던 이곳에서 이렇게 절룩거리긴 하지만 절룩거리며 숨을 쉬면서 살아서 나갈 수 있다는 사실, 인생의 길에서 한 고개를 넘었으니까 나는 이제부터 인간이로구나.

이곳에 온 날이 며칠이 지나갔는지, 하루가 가는지, 이틀이 가는지, 밤인지, 낮인지도 모르고 살았구나. 시계가 없었던 원시인들에게는 해와 달, 그리고 밤과 낮이 시계였는데, 오직 밝은 형광등 불빛만이 절대왕조 체제에서 군주처럼 지배하는 시간이 없는 나라, 그 나라가 바로 이곳이었다. 나는 비정하리만큼 비극적인 이 공간에서 한 번도 맛보지 못한 모든 고통의 계단을 오르내렸고, 칠흑처럼 캄캄한 미로를 허겁지겁 헤매고 다녔으며, 가녀린 내 영혼이 온갖 고난의 꽃을 피우고 또 피웠구나.

시간이 갑자기 정지하고 공간이 영원해지는 순간, 그 순간들을 무수히 견디고 나는 집으로 돌아갈 것이라고 느끼던 그 순간, 들리던 그 소리.

"자 이제, 당신은 집으로 돌아갈 것입니다. 아니, 돌아갈 시간입니다."

당신은 지금 안기부 지하실을 떠나고 있습니다

"왜냐하면 인간의 가장 큰 죄는 인간이 태어났다는 것이기 때문에."

- 칼테론의 〈인생의 꿈〉 중에서

그날 그들에게 끌려가던 새벽부터 오늘 이 시간까지가 긴 꿈이었거나 아니면 삶의 환상, 혹은 망상은 아니었을까? 그렇다. 나는 세월과 세상의 질서인 시간 속, 촘촘히 짜인 그물코나 실타래에서 벗어나 있었던 것이다.

그곳에서의 마지막 순간은 무심결에 왔다.

"멈추어라, 순간이여! 너 정말 아름답구나!"

괴테의 《파우스트》의 한 구절같이 찬란하게 온 것이 아니고, 그래, 무심결에 그 순간이 나에게 왔다.

이해의 기쁨은 슬픔이고, 슬픔이 아름다움이라는 말이 진실이라면 그곳에서의 마지막 순간은 진정 잊히지 않을 아름다운 순간일지도 모른다. 그곳에서의 마지막 순간이 마치 조금 전에 있었던 일처럼 왜 그리 선명하게 남아 있는 것인지. 그 마지막 순간, 그곳에서 나와 가장 많은 시간을 보내면서 가끔씩 문학을 이야기했고, 고맙게도 나의 이른 자서전을 써 주었던 그 취조관이 나를 뚫어지게 바라보며 말했다.

"신 선생, 우리 손 한번 잡아봅시다."

그의 손은 의외로 따스했다. '나는 냉담하지 않아, 내 속은 온통 따뜻해.' 영국의 시인 비어레크가 〈눈 위의 산보〉라는 시에서 노래했던 그 따뜻함과 다정함을 이 사람이 가지고 있었던가? 그럴지도 모르겠다. 나하고 잡은 그 사람의 손 사이로 전해지는 아주 사사롭지만 의미심장한 따사로움을 내가 '가장 아름답고 고귀한 것' 가운데 하나였다고 말하면 의식의 과잉일까?

아니면 처음 만나서 세상에 못 볼 것을 다 보여준 연출자가 너무 많이 고생했다고 등을 두드려 주고 다시 만날 기약이 없는 배우를 보내는 설명조차 할 수 없는 마음의 편린들이 나에게 전해졌던 것은 아닐까? 그것도 아니면 절대적 모순이 아니었을까?

내가 얼마를 보냈는지도 모른 채 머물렀던 그곳, 햇빛도 달빛도 스며들지 않고, 바람도 구름도 접근을 허락하지 않는 밀폐된 공간에서 인간이 아니고 짐승처럼, 아니 정확하게 '간첩혐의자'로 살았던 몇 시간인지, 몇 날인지도 모르는 그 시간, 나에게 가장 인간적으로, 아니 문학적으로 대했던 사람과의 마지막 시간이었다.

인간과 짐승, 그 차이가 얼마나 될까?

"인간은 천사도 짐승도 아니다. 그런데 불행한 일은 천사가 되고 싶어 하던 자가 짐승과 같이 된다는 데 있다."

파스칼의 말이 사실일지도 모르겠다.

"안녕히 가십시오."

그의 마지막 말이었다. 그와 내가 똑같이 좋아하는 김승옥의 〈무진기행〉의 마지막 소절 같은 말이 들려올 것 같았다.

"당신은 지금 안기부 지하실을 떠나고 있습니다."

이것이 내가 그토록 갈망하면서 오매불망 기다렸던 자유, 자유로 나가는 그 시간인가? 내가 간첩이 아니라는 것, 그들이 착오를 일으켜 나를 불법으로 체포해 왔었다는 것, 그것을 인정하고 자유인으로 풀어준다. 말 그대로 '석방(釋放)'한다는 것일까?

한 나라의 법은 국민을 위한 것이고, 국민들은 법이 공정하게 집행되는 법치국가에 살아야 할 권리가 있다. 하지만 '법'이라는 것이 고무줄 같은 것이라서 이것일 수도 있고 저것일 수도 있다. 줄일 수도 늘릴 수도 있기 때문에 법을 집행하는 사람들이 마음대로 차용할 수 있는 것이 또한 법이다. 그러므로 만인의 위에서 군림하는 법과 내가 온몸과 전 생애를 걸고 경험했던 내용 속에서 법은 아무런 상관관계가 없을 것이다.

그래서 내가 경험한 세계 안에서의 질서와 내가 추상적으로 배웠던 그 공간 속에서의 질서를 혼동해서는 안 될 것이다. 나는 고시 공부를 해본 적이 없고, 법전을 제대로 읽어본 적은 한 번도 없다. 더구나 그들이 쓰라고 해서 쓴 자술서의 내용을 번복할 수도 없다. 그런 연유 때문에 내가 이 자리에서 벗어난다고 하더라도 내가 그들에게 어떤 조처(措處)를 취할 수는 없을 것이다. 그렇다고 어떤 형태로든 그들에게 책임을 물을 수도 없는, 이것은 분명 부조리한 일이다. 부조리의 철학자인 알베르 카뮈는 부조리를 다음과 같이 정의했었지.

"한 사람의 칼을 든 사내가 기관총 부대를 습격하는 행위가 부조리다."라고. 아무런 비빌 언덕도 혈연도, 학연도 없는 내가 어떻게 이 거대한 조직에게 반항이라도 해 보겠는가? 이렇게 참담하게 부조리한 일이 하나도 부조리한 일이 아닌 사회, 그게 내가 살고 있고, 살아낸, 그리고 살아갈 사회가 맞는 것일까?

분노도, 그렇다고 슬픔도 없는 이 마음이 진정 내 마음일까? 나는 내가 얼마나 머물렀는지 모르면서 생과 사의 길목에서 보낸 그곳, 어둠 속에 잠긴 그곳들을 멍한 채 바라보았다.

다시는 돌아갈 수 없을 것 같았던 그곳은 유배지였다. 그 좁은 공간에 위리안치(圍籬安置)된 채 짐승처럼, 아니 외계인처럼 인간과 동떨어진 삶을 살았던 곳이 그곳이었다. 밝은 형광등 불빛이 명멸하는 곳이었다가, 집단구타를 당할 때에는 칠흑같이 캄캄한 어둠이었다. 밝음과 어둠이 교차하던 이 공간 속에서, 내 인생이 숨 쉬고, 고통스러워했고, 절망하고 꿈꿀 수 없는 것을 꿈꾸었구나.

내가 이유도 없이 끌려와 나갈 길도 모르고, 돌아갈 길도 모르는 채 오랫동안을 머물렀던 적소(謫所) 같은 그 공간은 내 육체의 기억들이 내가 생을 마감할 때까지 사라지지 않고 머물러 있을 것이다.

내가 옷을 벗은 뒤부터 옷을 입기 전까지 며칠인지, 몇 달인지도 모를 참혹한 시간, 자존심과 부끄러움을 반납하고 저당 잡힌 그 공간은 말이 없다. 하나, 하나 더듬어 나가는 내 눈길만 덧없고, 덧없고,

덧없다. 알 수 없다.

내가 과연 이 공간에 머물렀던 것이 사실일까? 조금 전까지만 해도 절망 속에 그처럼 선명하게 보였던 그곳의 풍경이 해무나 안개가 낀 듯 아스라했다. 소용돌이치며 언뜻언뜻 혼란스럽게 떠오르는 기억들이 어쩌면 이 순간이 지나거나 새벽이 열리고 밝음이 찾아오면 사라지는 어둠이나 안개같이 순식간에 사라질지도 모른다.

어느 날 이 공간에서 일어났던 일들이 봄밤에 찾아오는 몽상이나 악몽처럼 여겨질지도 모른다. 그래, 이곳에서 얼마나 많은 젊은 청춘들의 찬란한 꿈들이 망가졌을 것이며, 넘쳐나던 고귀한 이상이나 생각들이 서서히 혹은 순식간에 함몰되어 갔을까?

생각은 생각의 피안을 넘어 계속 번져 갔다. 이래선 안 되겠다 싶어 생각을 거두고 돌아섰다. 그는 그 자리에 서서 나를 물끄러미 바라보다가 그대로 남고 다른 취조관들이 양쪽에서 내 겨드랑이를 끼었다.

이곳으로 끌려오던 것처럼 수건으로 내 얼굴을 가렸다. 나는 이곳으로 올 때 내려왔던 계단을 올라가 다시 시멘트 길을 걸어가서 차에 올랐다. 내려가는 계단과, 올라가는 계단, 그 간격이 얼마나 멀까? 어쩌면 십 년, 이십 년을 걸어도 닿을 수 없는 거리일지도 모르고, 아니면 몇 억 광년의 세월 뒤에나 만날 수 있는 그런 거리일지도 모른다. 아니면 천국과 지옥의 차이만큼이나 먼 거리였을까.

차에 올랐다. 그 차종이 무엇이었는지 모른다. 나는 처음 이곳으로 올 때처럼 양쪽에 그들이 앉고 그 가운데에 끼어서 탔다.

어느 한 사람, 말이 없었다. 문득 다시 두려움이 밀려왔다. 이들이 나를 다시 내가 겪는 곳보다 더 혹독한 고문이 기다리는 곳으로 데려가는 것은 아닐까? 아니면 프란츠 카프카의 《심판》의 마지막 부분처럼 나를 돌이나 몽둥이로 처형한 뒤 버리고 가기 위해 가는 것은 아닐까?

"마치 개새끼 같군."

내가 소설 속 주인공처럼 단말마의 비명을 지른 채 사라져 가는 것은 아닐까? 그런 생각이 머리에 떠오르자 극도의 공포감이 휘몰아왔다. 하지만 어쩌겠는가. 모든 것은 운명이다. 그냥 기다리고 받아들이자. 소포클레스도 말했지 않은가.

"필연과는 싸우지 말자. 다만 우리의 삶을 살뿐!"

마음이 평안해졌다. 그리고 차가 얼마를 달렸을까? 유추해 보건대 모르긴 몰라도 내가 처음 이곳으로 오던 길을 그대로 따라갔을 것이다.

"다 왔습니다. 내리십시오."

낮은 음색의 사내가 나를 내려준 뒤, 차에 오르며 말했다.

"우리가 간 뒤, 한참 뒤에 수건을 풀면 됩니다."

차는 곧바로 떠났고, 그들의 말을 좇아서 잠시 후 수건을 풀자 낯익은 풍경이었다. 바로 가게 옆 연화당 한약방 건물 앞, 눅눅하면서도 산뜻한 바람이 내 뺨을 스치고 지나갔다. 고개를 치켜들고 하늘을 우러러보자, 새벽빛이 서서히 내리는 아직도 어둔 밤이었다. 나는 태어나서 처음으로 세상을 바라보듯 여기저기를 살펴보았다. 분명 낯익은 간판들인데, 마치 이국의 어느 도시에서 바라보는 듯한 낯선 간판들이 나를 무심하게 바라보고 있었다.

그렇다. 나는 '지지고 볶고, 사랑하고 싸우고 하는 세상, 가난을 걱정하고 병든 아버지와 하루하루를 버티기도 힘든 세상에서 노닐다가 멀리 떨어진 외계 같은 곳이자 이름 모를 먼 행성으로 잠시 소풍을 나갔다가 돌아온 것일지도 모른다.

지구라는 자그마한 행성 중에서도 작은 나라 대한민국, 그 나라에서도 작은 도시 전주의 한 빌딩 앞에 행려병자나 노숙자처럼 나는 떠났다가 도착한 것이다. 다시는 돌아오지 못할 것 같았던 그곳으로 그 지옥 같은 곳으로 데려갔던 그들이 그 공간에서 다시 나를 데리고 와 헌신짝처럼 내려두고 간 것이다.

나는 불과 얼마 전까지도 그 어둔 밤인지, 화창한 대낮인지도 모르는 그 지하실 환한 형광등 아래에서 피투성이로 구르면서 신음하고 있었고, 그 속에서 꿈처럼 자유를 갈구했었다.

'내가 다시 흐르는 구름과 스치고 지나가는 바람, 따스한 햇살, 온몸을 감싸고 흐르는 안개와 비의 친구가 되어 살아갈 수가 있을까.'

꿈처럼 생각했던 그 생각이 지금 이 순간 현실이 된 것이다.

그런데 그 생각을 멈추고 나서 주변을 살피자 그들은 내 눈앞에서 감쪽같이 아니 신기루처럼 사라지고 없었다. 혹시 내가 긴 꿈을 꾼 것은 아니었을까? 그날 그들에게 끌려가던 새벽부터 오늘 이 시간까지가 긴 꿈이었거나 아니면 삶의 환상, 혹은 망상은 아니었을까? 나는 세월과 세상의 질서인 시간 속, 촘촘히 짜여진 그물코나 실타래에서 벗어나 있었던 것이다. 그런 의미에서 나는 도대체 실존했던 사람인가? 아닌가?

나는 내 뺨을 꼬집었다. 아팠다. 마치 세상에 홀로 내던져진 느낌이 들면서 어떤 강한 현기증이 휘몰아왔다.

세상의 물음표(?) 밖에 있던 사람

"불행에 빠져야 비로소 사람은 자기가 누구인가를 깨닫게 된다."

- 슈테판 츠바이크

어둠이 장막처럼 드리운 밤인가, 마크 트웨인은 가족들이 연이어 죽자 다음과 같이 말했지.

"그렇게 뜻밖의 벼락과도 같은 충격을 받고도 살아갈 수 있다는 것은 인간의 수수께끼 중의 하나다."

그래, 인간은 어떤 환경 속에서도 견디어 낸다. 나는 이를 깨물며 참고 견뎌 냈다. 지금 다시 생각해 보면 모질고도 모진 세월이었다.

어둠이 장막처럼 드리운 밤인가, 새벽인가 모를 거리에 바람은 차갑게 불어와 내 뺨을 스치고 지나갔다. 세상에 태어나 처음 걸음을 걷듯 한 걸음, 한 걸음 천천히 걸었다. 한약방을 지나고, 문구점과 시계방을 지났다. 다리가 휘청거려 한 걸음을 옮기는 것조차 버거웠다.

하지만 그 사람들의 부축을 받지 않고 혼자서 걷는다는 사실, 그것만으로도 일순간 행복해서 아픈 다리 절룩이며 걸었다. 사르트르가 말했지.

"인간은 걸을 수 있을 때까지만 존재한다."

그럴 것이다. 인간의 역사는 더도 아니고 덜도 아닌 발걸음의 역사다. 그 말은 진리다. 내가 걸을 수 있다는 것은 내가 아직 이 땅에 굳건히 채 살아 있다는 증거이니까.

나는 비몽사몽 꿈을 꾸듯 비틀거리며 좁은 계단을 내려와 철제 셔터를 두드렸다.

"누구세요?"

"나다."

"형, 어디 있다가 왔어?"

막냇동생 형교였다.

내가 이곳을 나가던 그때와 달리 지금은 지옥에서 천국으로 내려가는 길인가? 지하실로 내려가 문을 열을 들어갔다.

"어디 갔었어? 큰고모와 작은고모까지 다 동원되어 전주경찰서, 전북경찰청, 심지어 큰 병원의 영안실까지 다 찾았는데도 어디에도 없더래. 그래서 못 찾았었는데."

형교가 나에게 말했다. 그랬을 것이다. 내가 어딘지도 모르는 그곳에 갔으리라고, 아니 그런 곳이 이 지상에 있을 것이라고, 그곳에서 만신창이가 되어 소금에 잘 절여진 배추포기처럼 누워 있으며, 간신히 숨을 쉬며 살아 있을 것이라고 모든 사람들이 상상이나 했겠는가?

나는 할 말도 하지 못했다. 왜냐하면 그들과의 약속도 약속이지만 어떤 말을 할 기운조차 없었다.

"이게 뭐여, 얼굴도 몸도 이 멍 자국은 뭐여. 그리고 몸이 많이 빠졌네. 도대체 무슨 일이 있었어?"

나에게 물었다. 누가 물었는지 기억조차 할 수 없는 기이한 시간, 그들이 나를 바라보던, 그 눈길, 지금도 그들의 그 설명조차 할 수 없는 그 눈길들을 떠올릴 뿐이다. 지금도 그 순간을 생각하면 가슴이 벅차오르면서 눈시울이 붉어진다. 가증할 시간이고, 슬픈 시간이었다. 나는 누구라 할 것 없이 물었다.

"오늘이 며칠이지? 지금이 몇 시지?"

내가 그날 그 시간, 끌려갔던 날로부터 일주일쯤이 지난 뒤였다. 어디 한 군데 성한 곳이 없이 온몸이 아팠고, 온몸이 피멍이 들어 어디 한 군데 정상인 곳이 없었다. 그들도 나에게 어디 다녀왔는지 묻지 않았다. 나는 그 비좁은 지하 계단 한 평 반도 안 되는 방도 아닌 방으로 들어가 누웠다. 나의 방, 나의 천국, 나의 슬픔이 머무는 곳, 사람의 손길과 체온이 끊어진 지 너무 오래라서 그런지 얇은 이불은 눅눅했다.

그들이 나를 데려가면서 샅샅이 뒤진 그 흔적들이 고스란히 남은 그 방, 내 분신 같이 생각하고 간직했던 그 습작 노트도, 가끔씩 들춰보던 책들이 사라진 방은 추수 끝난 가을 들녘만큼이나 삭막했다.

어떻게 할까? 병원에 가서 입원이라도 해야 하지 않을까? 그런 생각도 지금의 내 상황에선 사치다. 무슨 돈이 있다고, 나에게 지금은 십 원 한 장 빌려줄 사람도 없고, 그렇다고 빌릴 처지도 못 되었다.

그냥 누워 있는데도 내 몸이 공중에 붕 뜬 듯 나는 이전의 내가 아니었다.

우선 잠부터 자자. '우리의 보잘것없는 일생은 늘어지게 자고 나면 모든 것이 원만해진다'고 쇼펜하우어도 말했고, '잠은 걱정이라는 실타래를 곱게 짜주는 것'이라고 맥베스도 말하지 않았던가. 자자, 자자, 내 지치고 지친 감각을 모든 근심으로부터 벗어나게 잠을 자자, 죽음보다 깊은 잠을 자자, 잠 안 재우기 고문으로 얼마를 자지 못했나. 잠부터 자고, 다음 일은 다음으로 미루자.

자면서 나는 꿈을 꾸었고, 나는 그들에게 맞고, 이리저리 굴렀고, 아우성쳤다. 깨어나니 꿈이었다. 그 지하 계단 밑에서 일주일 정도 누워 있었다. 자다 깨고 자다 깨어났다. 그리고 밤마다 두드려 맞으며 울었고, 다시 맞으며 아팠다. 겨우 화장실을 다녀오는 그 일 외엔 죽은 듯이 그 나날을 보냈다.

누구에게도 아니 혼자 넋두리로도 그곳에서 일어난 일들과 그곳에서 겪었던 수많은 일들을 말하지도 못하고, 말할 수도 없는 상황, 나는 받아들이기로 했다. 내 인생에서 그 일주일은 존재하지 않은 세월이었다. 그때 만났던 모든 사람, 장소, 내가 흘린 눈물과 피, 상처와 절망은 존재하지 않은 무(無).

지금의 내가 할 수 있는 것, 무엇이 있는가? 학연도, 혈연도, 지연도 기댈 언덕은커녕 그 무엇 하나도 없는 내가 할 수 있는 것, 침묵하면서 망가지고 상처 난 몸을 마음으로 감싸 안고 체념하는 것, 그것밖에 그 어떤 것도 없었다.

분명한 것은 지금의 나는 이전의 내가 아니라는 것, 나는 '나'를 잃어버린 것이다. 잃어버린 '나'는 '내 영혼' 나는 도대체 어디로 사라져 버린 것일까? 이십 대 후반 가장 찬란하게 꽃 피워야 할 나이의 '나'는 어디로 가 버렸고, 이렇게 상처투성이의 나를 '회복기를 놓쳐버린 환자'가 그 자신을 바라보듯 망연히 바라보고 있는 것일까?

그 뒤 나는 시름시름 아팠다. 아니 앓아누웠다. 식구들은 아무 말도 묻지 않았고, 나 역시 아무 말도 하지 않았다. 그런데 그 아픈 와중에 살펴보니 바로 아래 동생이 보이지 않았다.

"성현이 어디 갔니?"

막냇동생에게 물었다.

"형이 많이 아파서 집으로 가서 쉬고 있어."

나는 그렇지만 동생은 어디가 왜 아플까? 보름쯤 지난 뒤였다. 동생이 집에서 돌아왔다.

"어디 많이 아프냐?"

걱정이 되어 물었다. 그러자 동생이 왈칵 눈물을 쏟아내며 말했다.

"형, 나도 그곳에 갔었어."

나도 동생도 더 이상 말을 잇지 못하고 서로 얼싸안고 울었다. 가만히, 가만히 숨죽여 울고 또 울었다. 그랬구나. 내가 한 줄기 햇살도 들어오지 않는 그 지하실, 밝게 빛나는 형광등 불빛 아래에서 삶과 죽음의 길목에서 신음하고 있던 그때, 동생도 그곳에서 나와 똑같이 신음하면서 절망의 늪에 빠져서 방향을 잃은 채 허우적대며 헤매고 있었구나.

그렇다면 그때 내 옆방에서 간헐적으로 들려오던 그 신음 소리와 외마디 비명 소리가 동생이 내지르던 소리였단 말인가?

"사람이란 도대체 뭔가? 약간의 충격, 약간의 타격에도 터지고 말 혈관…… . 자연 상태에서도 무방비하고 다른 사람의 도움에 의존하고, 운명의 여신이 내리는 모든 모욕에 고스란히 노출된 허약하고 부서지기 쉽고 발가벗은 육체, 그대는 말하겠지. 나는 그런 일이 일어나리라고는 생각하지 않았어 라고. 그렇다면 그대는 이미 그런 일이 일어났다는 것을 두 눈으로 보았고, 그것이 다시 일어날 수도 있다는 사실을 알고 있으면서도 이 세상에는 일어나지 않을 수 있는 무엇인가가 있다고 생각한단 말인가?"

문득 세네카의 말이 떠오르면서 가슴이 철렁 내려앉았고, 지상의 모든 것이 천길 벼랑으로 아무런 예고도 없이 떨어져 내릴 것 같았다.

그 이후로 나와 동생 모두, 단 한 번도 그곳에 갔던 그 시절의 일을 입에 올리지 않았다. 세월은 무심히 흐르고 우리들의 살림은 나아지지 않았고 나의 시련, 집안의 시련은 그치지 않았다.

상처는 다시는 수면 위로 떠오르지 않도록 천 길도 넘을 심연 깊숙이 숨어들었다. 그 뒤 나도 동생도 많이 아팠고, 방황했고, 하는 일마다 되지 않았다. 특히 동생이 더 그랬다. 지금 생각해 보면 지나간 그 아픈 기억들이 발목을 잡고 놓아주지 않아서 그랬을지도 모른다. 나도 동생도 다가오는 여러 불행 속에서 어설픈 가장이 되었고, 아이들이 태어나고 그렇게 세월은 흘러서 갔다.

마크 트웨인은 가족들이 연이어 죽자 다음과 같이 말했지.

"그렇게 뜻밖의 벼락과도 같은 충격을 받고도 살아갈 수 있다는 것은 인간의 수수께끼 중의 하나다."

그래, 나는 참고 견뎌 냈다. 지금 다시 생각해 보면 모질고도 모진 세월이었다. 내 인생의 희망이자 최후의 보루라고 여긴 글은 가득한데 쓰여지지 않았고, 그래서 시작한 것이 문화운동이었다.

그곳에서 기이한 자술서를 썼던 그 순간을 한 편의 시로 쓴 것은 약 4년이라는 세월이 물같이 흐른 뒤였다.

자술서

"나는…마치 개새끼 같군."
프란츠 카프카의《심판》중 요제프 카

자술서를
쓰다가

나는…

죽어
시체(屍體) 되어
땅에 묻힐지
물에 띄울지
허공에 떠돌지
모를

형광등 불빛만 환한 방구석에서

다시 못 볼 것 같은

푸르른 하늘

흐르는 구름

바람에 흔들리는 나뭇잎새

그리운 사람들

떠올리며

나는

써야 하는데 목이 메어

생각하다가 눈물이 흘러서

나는…

가난이라고

배고픔이라고

문학이라고

나는

실오라기 하나 가리지 않고

발가벗겨진 나는

입술을 깨물며

가출을, 출가를,

휴전선(休戰線)을 철원을

백오미리 야포를
제대 후, 아교공장을
벽돌과 모래를, 신제주를,
아파트를, 그랜드호텔과 제주도청, 교육청, KBS, MBC와
수많은 건물들을.

나는…
썼다.
어설픈 사랑도
죽음을 목전에 두신 아버지,
실패한 사업
친구들 이름
어머니

나는 몇 시냐고 물어보며
기다릴 사람들 생각하며
죽은 개 이름까지
세 살 무렵 죽게 아팠을 때
죽지 않았음이 잘못이었다고까지
썼다.

나는 그러나
아닌 것은 아니라고

누구(김대중)를 몇 번 만났다든지
어디(평양)를 몇 번 가서 김일성을 만나고 왔다든지
김일성에게서 자금을 얼마나 받았다든지
는 아니라고
썼다.

아무리 캐도
더 나올 것 없는
지고 싶어도
더 질 것이 없는
살아온 생(生)을
남김없이 썼다.

그리고 나는

마침표를 찍고, 인주를 묻혀서
자술서에 인장을 찍었다.
내 젊은 날의 꽃은 영구보존
종이 속에 갇혔다.

1985. 5. 31.

말조차 하지 못하고 참고 참으며 보낸 그 세월

"가장 뚜렷한 침묵은 입을 다물고 있는 것이 아니라
입을 열고 얘기를 하는 것이다."

- 키르케고르

인간은 어쩌면 하나같이 모두 이방인인지도 모른다. 가장 가까운 사람이 옆방에서 아파도 알지 못하고, 그가 울고 있거나 죽어나가도 전혀 알지를 못하는 것이다.

그곳, 어딘지도 모르고 보냈던 그곳에서 돌아온 뒤, 며칠 동안을 혼돈(混沌) 속에서 내가 나를 잊은 채, 아니 억지로 잊은 것처럼 보냈다. 그 뒤로도 나는 몇 개월 동안 그때를 생각하며 몸서리쳤고, 절망의 늪에서 빠져나오지 못했다. 꿈속에서 나는 취조를 받다가 소스라쳐 깨어났고, 땀으로 범벅이 된 몸으로 긴긴밤을 새우기도 했다.

그때 그들은 왜 나하고 동생을 함께 끌어가서 간첩으로 만들려고 했을까? 지금 돌이켜 생각해 보면 그 당시가 1981년 가을 제5공화국을 시작한 전두환 정권 초기 공안정치 정국이었다. 그래서 전국 여러 곳에서 간첩단을 만들던 시기였다. 그런데 나와 동생이 그들의 그물 망에 올랐던 것이다. 정체불명의 젊은이들이 전북대학교 앞에서 시식 코너를 크게 열었고, 그들이 보기에는 불순 학생들이 구름처럼 모여드는 곳이었다. 더구나 제주도에서 같이 노동을 했었고, 카페를 열었기 때문에 '국가보안법'으로 엮은 뒤 학생들 몇몇을 끌어들여서 '형제간첩단사건'으로 만들고자 했을 것이다.

생각만 해도 끔찍하지만, 그들이 나와 동생을 간첩으로 몰아버린 뒤 전북대학교 학생들 몇몇과 제주도에서 만났던 몇 사람을 엮을 수도 있었을 것이다.

가난한 두 형제, 신정일과 신 아무개가 제주도에서 간첩들에게 포섭되어 북한으로 가서 김일성을 만나 어마어마한 자금을 지원받았다. 그들은 전북대학교를 중심으로 한 간첩 활동을 하다가 일망타진되었다. 내 얼굴과 주모자들의 얼굴이 대문짝만하게 신문과 방송을 통해 보도되었을 지도 모른다. 이 얼마나 황당한 일인가? 그런데 아무리 전북대를 중심으로 형제간첩단사건으로 엮고자 해도 엮을 수가 없고, 무고로 붙잡혀 갔음이 밝혀지자 나와 동생을 풀어준 것이었다.

그들은 나를 불법으로 체포해 가면서도 체포영장도 보이지 않았고, 그들은 나에게 그곳이 어떤 곳이라고도 말하지 않았다. 영국의 공리주의 철학자이자 법학자인 제러미 벤담(Jeremy Bentham)이 말했듯이 '사전에 법적 증거로서 구성 요건을 갖춘 증거'를 제시하지도 않은 채 나를 체포하고, 무자비하게 고문했던 것이다.

"너 여기서 죽어 나가도 아무도 몰라. 너 여기서 죽으면 어떻게 되는지 알아?"

그 말이 얼마나 무서운 말이었는지 그곳을 다녀온 뒤에야 실감할 수 있었다. 가끔씩 저수지에서 돌을 매단 채 죽은 시체가 올라오기도 하고, 한밤에 철길에서 행려병자처럼 신분증도 없이 시체로 나타날 수도 있다는 사실, 그 사실을 뒤늦게야 알고, 그들의 말이 나를 협박하기 위한 엄포만이 아니었음을 알고 가슴이 덜컥 내려앉는 듯했다.

그때 끌려갔다 돌아온 뒤 우리는 한 번도 그 일을 말하지 않았다. 상처를 들쑤셔 다시 상처를 입지 않기 위한 자구책이었다고 할까?

얼마 전에 그때의 상황을 동생에게 물었다.

"너는 어쨌니?"

"형님, 그때 제가 많이 아팠잖아요. 약을 사다가 주면서 취조와 고문이 멈추지 않아 생똥을 쌌잖아요."

그 말을 듣는 순간, 어찌나 가슴이 먹먹하면서 눈물이 솟구치던지, 그랬구나. 지금까지 내가 몰랐던 그때 그 일, 그때 내 옆방에서 들리던 울부짖음이나 간헐적으로 들리던 그 신음 소리가 동생이 내지르던 소리였을지도 모른다. 나는 독한 인간이라서 생똥도 싸지 않고 버텼는데, 동생은 아픈 가운데에서 모진 고문을 받으면서 생사의 고비를 넘나들었었구나. 나는 그 옆방에서 고문을 받으면서도 그런 사실을 까마득히 몰랐다는 것이 더 소름이 끼쳤다.

인간은 모두가 이방인이라서 가장 가까운 사람이 옆방에서 아파도 알지 못하고, 그가 울고 있거나 죽어나가도 전혀 알지를 못하는 것이다. 동생이 그때 내 뒤를 이어서 그곳에 같이 끌려오리라는 생각은 전혀 하지 않았기 때문에 그 신음 소리를 꿈속에서도 동생의 것이라고 생각하지 않았던 것이다.

그렇다면 내가, 아니 인간이 아는 것은 무엇인가? 아무것도 없고, 아무리 가까운 사람이 곤경에 처해도 곁에서 도와줄 것이 아무것도 없다는 것, 그것뿐이다. 어쩌면 그때 그들은 나와 동생을 희생양으로 삼고자 했는지도 모른다. 아니 그랬을 것이다. 그들은 우리 집에 드나들던 그 몇몇 학생들을 집어넣은 뒤 제주도에 있는 동안 여러 차례 밀입북을 하여 지령을 받은 뒤 학생을 포섭한 간첩단 사건으로 엮으려 했던 것이다.

나중에 알려진 바지만 소설가 한수산과 시인 박정만이 중앙일보에 연재하던 《욕망의 거리》 때문에 서울의 보안사에 끌려가 나하고 비슷한 취조와 고문을 받았다. 또한 부산에서 사회과학독서모임을 하던 학생과 교사, 회사원 등이 당시 불온서적을 학습했다는 이유로 영장도 없이 체포되어 모진 고문과 협박을 받은 뒤 기소한 부산지역 최대 용공조작사건인 부림사건이 만들어진 것은 그해 9월이었다. 그들은 그해 9월에 끌려가 고문을 받았고, 그 재판의 변호인이 바로 노무현 변호사였고, 그가 훗날 대통령이 되었던 것이다.

지금 생각해 보면 나하고 동생이 겪은 것과 똑같은 부림사건과 같은 일들이 나라 곳곳에서 얼마나 많이 진행되고 있었는지도 모르겠다. 그야말로 얼마나 황당한 일인가? 대학을 다닌 것도 아니고, 민주화 운동을 한 것도 아닌 내가 그런 일을 겪었을 것을 어느 누가 알기나 하겠는가? 그러나 나는 그때 그 일을 어느 누구에게도 말할 수가 없었다. 더군다나 나와 동생은 그들에게 기소도 되지 않아 재판도 받지 않았다. 그래서 세상의 그 어떤 사람들도 알지 못한 채 묻혀버린 사건이라서 변호인도 필요치 않았고, 그래서 언론에도 보도되지 않은 사건이었다.

1985년에 치안본부 대공분실에서 엄청난 고문을 당한 김근태 의원이 그곳에서 나오자마자 자기가 고문 받은 사실을 아내인 인재근 여사에게 알렸다. 하지만 나는 어디 알릴 수도 없었고, 알릴 사람도 없었다.

1987년 박종철 군은 대공분실에 끌려가 전기고문과 물고문을 받다가 죽었는데, 취조관이 책상을 '탁'치자 '억'하고 죽었다고 했지만, 결국 물고문으로 죽은 것이 들통나 6월 항쟁의 시발점이 되었다.

그때 나 역시 물고문으로 죽을 수도 있었는데, 아직도 내가 이 지상에서 해야 할 일이 있어서 그랬는지 천우신조로 풀려나 이렇게 후일담을 쓰고 있는 것이다. 그 당시 자술서를 다 쓰고 나올 때 '죽는 날까지 그 사실을 알려선 안 된다'는 서약서까지 쓰고 나왔었다. 그런데 그때가 1981년 9월, 그 엄혹했던 전두환 정권 초기에 누구에게 그 사실을 알릴 것인가?

그 뒤, 1980년대 중반 학생운동이 정점으로 치달아 갈 때, 수많은 학생들이 며칠씩 경찰서에서 집시법 위반으로 구류를 살고 나오기도 하고, 감옥을 다녀오기도 했다. 그들이 그곳에서 보낸 나날을 나라를 구한 것처럼, 또는 큰 싸움터에서 큰 전공이나 세운 것처럼 무용담을 이야기할 때에도 나는 가만히 듣고 있을 수밖에 없었다.

입이 있어도 말을 못 하기 때문에 그저 잊고자 했던 모질어서 슬픈 세월이었다. 이렇게 살아 있는 것만도 용한 긴 세월이었다. 그렇게 험난한 세월을 보냈는데도 나는 그때 그 엄청난 일을 잊고 살았다. 아니 잊으려고 노력했기 때문에 잊었을 것이다.

1980년대 말과 1990년대 초반 내가 카페를 했던 〈당신들의 천국〉의 단골이 오송회사건의 이광웅 선생이었다. 오송회사건은 1982년 대한민국을 떠들썩하게 했던 고교교사간첩단사건이다.

내가 안기부에 끌려갔다가 돌아온 뒤 1년이 지난 1982년 11월 군산경찰서는 월북 시인인 오장환의 시집 《병든 서울》을 읽었다는 혐의로 군산제일고등학교 교사들을 연행했다.

군산제일고등학교 전, 현직 교사 8명과 한국방송공사 남원방송총국 부장이던 조성용 선생 등이 모여 시국에 대한 이야기를 나누고 4·19와 5·18 추모제를 지낸 모임을 경찰이 나서 이적단체로 조작한 사건이다. 그들의 발표에 의하면 '고교교사간첩단사건'인 이 사건의 주동자가 이광웅(당시 42세)과 조성용(당시 45세) 선생과 박정석(37), 전성원(30), 이옥렬(28), 황운태(30), 강상기(35), 채규구(30), 엄택수(30) 등이었다.

그들의 죄목은 '반국가 단체인 북한을 찬양 고무하고, 용공사회주의 국가건설을 기도했고 일부는 그 사실을 알고도 고발하지 않았다'는 죄명으로 실형을 선고 받고 옥살이를 했다. 그들은 사건 발생 후 26년이 지난 2008년 11월 25일 광주고등법원의 재심에서 무죄를 입증받았다.

그때 재판부는 판결문에서 '피고인 본인과 가족들이 겪은 고통과 사법부에 대한 기대를 무너뜨린 점에 대해 이 자리를 빌려 사죄드린다'라고 했다지만, 그들과 가족들이 겪은 그 고통의 세월을 어느 누가 보상할 수 있단 말인가?

그들 중 조성용 선생은 작고한 강희남 목사님과 나하고 같이 김개남 장군 추모사업회를 결성하여 추모비를 세웠고, 이광웅 선생은 운동권(훗날 국회의원이 된 이광철) 등과 함께 내가 운영하는 카페 〈당신들의 천국〉을 자주 들렀다.

카페의 구석진 자리에서 운동권 사람들과 우리 가게에서 소주 한 잔 마시며, 소리 죽여 옛이야기를 나누기도 했지만 가끔씩 빨치산들이 주로 불렀다는 〈부용산〉이라는 노래를 자주 불렀다. 〈부용산〉이라는 노래는 박기동 선생이 벌교의 뒷산 부용산에 젊은 나이에 죽은 여동생을 묻고 내려오다 짓고, 월북 작곡가인 안성현 선생이 작곡했다는데, 그 노래를 부를 때나 고통스러운 고문에 대한 이야기를 할 때에도 나는 '사돈 남 말'처럼, 다른 사람들의 이야기'이거니 하고 들었다.

그때 내가 자주 만났던 서지영 선생, 이광웅 선생에게, 아니면 다른 사람, 시인캠프나 문학기행을 통해서 만났던 김남주 시인이나 김개남 장군 추모비문을 써준 신영복 선생, 김준태 시인, 김용택 시인이나 도종환 시인, 아니 그렇게 오래 여러 곳을 다니고 편지를 주고받았던 김지하 시인이나 조용헌, 이덕일 선생에게도 그때 그 일을 이야기를 할 수 있었는데, 왜 말하지 못했을까?

여러 가지 이유가 있었을 것이다. 무엇보다 그때 그곳에서 풀려날 때 그들과 약속했던 것, 죽는 날까지 그곳에서의 일을 발설하지 않겠다는 약속과 그곳에 끌려간 것이 내 잘못이라고 손도장까지 찍은 그 약속을 지켜야 한다고 생각했던 것이 이유가 아니었을까? 또 하나 내가 내성적이라서 누구에게 터놓고 이야기하지 못했던 것도 한 원인이고, 무엇보다도 그들은 이름을 날리는 시인들이었고, 나는 문학을 지망하는 어쩌면 하찮은 사람이었기 때문이었을 수도 있다.

하지만 그때 내 나이는 그 엄청난 충격을 감당하기에는 너무 젊었다. 그럼에도 불구하고, 그때 겪은 그 상황을 가슴 깊숙한 곳에 숨겨놓고, 아니 묻어놓은 채 살았다. 그 외에 다른 이유는 없었을까?

"그대가 입 밖에 내는 말이 침묵보다 더 아름다운 것이 아니거든 말을 하지 말라."고 말한 수피교 사람들의 말을 너무 신뢰했었고, "보고 듣고 침묵하라. 그러지 아니하면 삶의 쓴맛을 보게 되리라."라는 스페인의 속담이 옳다고 여겼던 것은 아닐까? 셰익스피어는 《햄릿》에서 햄릿의 입을 빌려 다음과 같이 호레이쇼를 칭찬한다.

"자네는 인생의 갖은 고초를 다 겪으면서도 조금도 내색이 없어."

어떤 것이 더 근접한 것인지는 나도 모르고 그 누구도 모르는 일이다. 하지만 그때 그 일은 내 일생일대의 가장 큰 사건이자 충격이었다.

연약한 머리를 망치나 도끼로 두들겨 맞은 것 같은, 아니 큰 산이 나를 향해 우르르 덮어버린 듯한 그러한 충격이었다. 그래서 너무 영혼 깊숙이 침투하여 어느 순간 숨어버렸고, 그래서 기억의 공간에서 까마득하게 사라졌기 때문일 수도 있다.

나는 그때 운동권도 아니었다. 그렇다고 국가 기관에서 보았을 때는 불온 불순분자였다. 이도 저도 아니었기 때문에 그 어떤 쪽으로부터도 지원은커녕 인정도 못 받았던 나는 문화 운동에 투신해서 양쪽으로부터 회색분자라는 소리를 들으며 살았던 시절이었다.

"나는 회색인이다. 나는 검정색도 아니고, 흰색도 아닌 회색인이고, 그림자다."

내 공허한 목소리가 창공을 흩어져 가던 시절이 그 시절이었다. 그러다가 문득 숙명처럼 그때 그 시절이 떠올랐고, 1985년의 습작 노트에서 그곳을 다녀온 뒤 쓴 몇 편의 시를 찾아냈다.

아득한 기억 속의 꿈처럼 느껴졌던 그 일, 금세 나타났다가 사라져 버린 신기루가 아닌가 여겨졌던 그 일이, 1981년 제5공화국 초기, 국가적으로 진행되었던 국가 바로 세우기 차원의 공작정치의 산물이었고, 나는 그들에게 아주 양질의 먹잇감이 되었던 것이었다. 하지만 아무리 엮고자 해도 엮을 수가 없어 그 막강한 힘만 소모하고 풀어 보낸 쓸모없는 먹이었다.

그때 그곳에서 보낸 몸서리치도록, 뼈에 사무치도록 고통과 절망으로 몸부림쳤던 그 시절은 오랜 나날 동안 시도 때도 없이 내 영혼 속을 비집고 들어와 나를 괴롭혔다.

제주도에서 곰방 일을 할 때 밤이면 밤마다 벽돌과 모래를 져 올리는 꿈만 2년 반에 걸쳐 꾸었고, 돌아와서도 오랫동안 벽돌을 져 올리는 꿈을 꾸었다. 그때 그 일을 겪고 난 뒤, 수많은 나날, 수많은 밤, 나는 시도 때도 없이 그곳으로 끌려가 고문 받는 꿈을 꾸었다. 그런 꿈을 꾸고 난 날 아침이면 온몸이 파김치처럼 축 늘어져 병자처럼 시름시름 아팠던 세월이 얼마나 오랫동안 지속되었던가.

그러다가 한 달 두 달 띄엄띄엄 꾸다가 일 년에 몇 번 그렇게 간첩 혐의로 끌려가는 꿈을 꾸었다. 군대에 끌려가는 꿈을 꿀 때에는 제대증을 보여주면서 항변을 했어도 끌려가 그 지겨운(?) 군대생활을 다시 했지만, 안기부는 갔다 온 흔적이 없기 때문에 항변은커녕 두려움으로 마치 지옥에나 들어간 것처럼 떨다가 깨어났던 것이다.

나는 그때 깨달았다. "그러므로 인간에게 외국인은 서로 간에 인간이 아니다."라는 플리니우스의 말이 그때 그 시절만 존재하는 것이 아니라 지금의 이 시간에도 이렇게 존재하고 있다는 사실을, 안기부라는 조직 속에 몸 담고 있는 사람 역시, 외국인과 별반 다르지 않다는 것을, 절실하게 깨달은 것이다.

모골(毛骨)이 송연하고 몸서리치는 그 사건을 겪고 나서 집으로 돌아가니 집안 사람들이 경찰청이나 기무사를 비록해서 갈만한 곳은 다 찾았다고 했다. 하지만 도저히 행방을 알 수가 없었다고 한다. 친척들이 지상에서 나를 찾고 있는 동안 나는 안기부 지하실에서 실오라기 하나 걸치지 않고 취조와 고문을 받고 있다는 것을 미루어 짐작이나 했을까?

지상(地上)과 지하(地下), 그 사이에는 무엇이 존재하는 것일까? 있음과 없음, 존재(存在)와 무(無), 어느 것이 맞을지는 모른다. 중요한 것은 그 이후부터의 삶은 다 덤일지도 모른다는 생각을 잠시나마 했다는 사실이었다.

프랑스의 시인 보들레르는 말했다.

"명심하라 시간은 열렬한 도박사라는 것을 속임수를 쓰지 않고 항상 이기는……. 그것이 법이니라."

내가 그 시간 속, 도박판에서 이겼는지, 졌는지 알 수 없다. 하지만 나는 그 속에서 그래도 나를 견지했고, 시간은 그 시간 속에서도 흐르고 흘러 오늘의 나로 이어진 것이다.

시간은 지나갔고, 시간은 흘러갔고, 그리고 시간은 과거가 되고, 현재가 되었다. 나는 앞을 내다볼 수도, 뒤를 돌아볼 수도 없는 그 시간을 견디고 나는 지금, 안기부에서 벗어나 지금 이곳에 있다. 모든 것이 시간이 빚어낸 이야기이고, 그 시간 속에 주인공이 바로 나였으며, 나는 살아 있다.

그렇다면 나는 승리자인가? 패자인가? 지금도 가끔 그 시절, 죽고 싶어도 죽을 수도 없었던 지옥보다도 더한 공포와 불안감 속에서 생사의 길목을 오갔을 때, 그때 나를 견뎌내게 했던 것, 니체의 한마디 말 때문이었다.

"살아갈 이유가 있는 사람은 어떤 시련도 견딜 수 있다."

그렇다. 나는 글을 써서 작가가 되어야 할 절체절명의 사명이 나를 견디게 했던 것이다. 지금도 그 시절을 회고해 보면 불행 중 다행이었던 것이 있다.

그것은 그들로부터 내가 김근태 의원이나 한수산 작가, 박정만 시인처럼 전기고문이나 칠성판 고문 같은 것을 받지 않고 집단구타와 잠 안 재우기 고문, 물고문만 받았다는 사실이다.

2017년 6월 30일 조간신문에 대서특필된 김제가족간첩단사건의 주모자들이 무죄로 풀려났는데, 그들이 끌려간 것이 1982년 8월이었다. 나와 내 동생이 끌려갔다 돌아온 지 1년이 지난 뒤 김제시 진봉면에 살던 최을호 씨는 5촌간이던 최낙전, 낙교 형제들과 함께 남영동에 있는 대공분실로 끌려가 고문 기술자인 이근안으로부터 모진 고문을 받았다. 최을호 씨는 사형을 언도 받았고, 최낙교 씨는 고문을 받다가 생을 마감했고, 최낙전 씨는 15년 형을 언도 받았으며, 최을호 씨는 1986년 서대문구치소에서 사형이 집행되었다.

최낙전 씨는 1991년 5월에 출소했는데, 그사이 가족들의 삶은 풍비박산이 나고 말았다. 가족들까지도 간첩 노릇을 하다가 끌려간 아버지 때문에 어디 한 군데 터놓고 하소연도 못 하고 숨죽인 채 사람의 삶이 아닌 삶을 살았던 것이다.

그때 출소해서 최낙전 씨가 돌아와 가족들에게 한 말은 "나는 산지옥을 경험했다."라 말이었다고 한다.

'가장 힘든 고문은 잠 안 재우기 고문'이었고, '모르고 한 번은 당했지만 알고 두 번은 갈 수 없는 곳이 그곳'이라고 했다고 한다. 그는 덧붙여서 호랑이가 세상에서 제일 무서운 줄 알았는데, 호랑이보다 더 무서운 것은 사람이라고 말했다고 한다.

서대문형무소에서 풀려난 최낙전 씨는 사람들과 어울리지 못했고, 고문 후유증으로 잠을 자다가도 벌떡벌떡 일어나 진저리를 쳤고, 결국 한 달이 지난 뒤 자살하고 말았다.

그때 나와 동생이 전주에서 풀려나지 못하고 서울로 끌려갔더라면 어떻게 되었을까? 고문 기술자인 이근안이나 그보다 더 고문 기술이 뛰어난 사람을 만났더라면 내가 무사히 살아서 돌아왔을까?

생각만 해도 끔찍한 일들이 나에게 일어났었는데, 다행히 이렇게 몸 성하게 풀려 나온 것은 구사일생이 아니면 기적이거나, 어떤 보이지 않는 절대자가 나를 보호해 준 것인지 모르겠다.

하여간 그들이 나와 동생을 형제간첩단으로 만드는 것은 식은 죽 먹기였을 것이다. 우선 첫째 북한으로 밀입북하기 쉬운 제주도에서 살았다는 것이다. 두 번째는 아직도 새파란 젊은 나이에 익산과 전주에서 그들이 보아서는 큰 사업(시식 코너)(?)을 벌였다는 것이다. 세 번째가 학생운동권들이 우리 가게를 들락거리다가 보니 자연스레 용공 분자들의 온상이 된 것이다. 다섯 번째가 내가 지니고 있으면서 읽는 책 중에 그들이 불온서적이라고 낙인찍은 책들이 많았다.

여섯 번째는 열여섯 살에 그 이름으로 바꾼 뒤, 내가 줄곧 쓰고 있는 이름(필명)이 정일이었는데, 그 이름이 북한의 최고 존엄인 김일성의 아들 정일로 바꿨다는 것. 그 모든 것들이 나를 간첩으로 조작하기 안성맞춤이었다는 것이다.

그러나 나와 동생을 간첩으로 만들기 위해서는 완벽한 알리바이가 필요했을 것인데, 그럼에도 불구하고 나와 동생이 간첩으로 활동했다는 혐의 입증이 쉽지 않았던 모양이다. 그때 나와 동생의 나이가 너무 젊었던 것도 장애물이었을 것이며, 내 주변 사람들 역시 살아온 삶의 방식이나 알고 지냈던 사람들의 계층이 두텁지 않아 간첩으로 엮어내기가 쉽지 않았을 것이다.

그때 그런 고문을 받았더라면 나 역시 온전한 삶을 살아갈 수 없었을지도 모른다. 지금도 내가 기억력이 좋다는 말, 천재라는 말을 많은 사람들로부터 듣는 것은 그때 엄청난 고문을 받지 않고, 약한 고문만 받고 풀려난 것 때문일지도 모른다. 참으로 고맙고도 고마운 일이 아닌가?

슬리퍼와 구두를 짝짝이로 신고 걸었다

"나는 이제 아무것도 아니다. 즐거워서 사는 것도 아니다."

- 횔덜린

얼마 전 우체국을 갔다. 집에서 가까운 곳이라 슬리퍼를 신고 갔
다. 그런데 우체국 문을 나서자마자 한쪽 슬리퍼의 끈이 떨어졌다.
난처한 일이 생긴 것이다. 이렇게 해도 저렇게 해도 뾰족한 답은 안
나오고, 그렇다고 도심 한복판에 어린 시절처럼 야산이 있어서 칡덩
굴을 잘라서 동여매고 걸을 수 있는 것도 아니고, 할 수 없이 슬리퍼
를 하나는 들고 하나만 신고 뒤뚱거리며 돌아왔다. 오면서 생각하니
문득 오래전 일이 생각났다.

그곳을 다녀온 뒤 나의 삶은 뒤죽박죽이었다. 그것은 내가 이미 그
이전의 내가 아니었기 때문이다. 어디가 빈 듯, 멍한 채 보내기 일쑤

였다. 살아도 산 것 같지 않은 삶이지만 그래도 살아야 했다. 그물코처럼 짜여진 생활 속에서 책임과 의무 때문이었다. 그 무렵 일어났던 일 중 한 가지가 다음의 이야기이다.

그때가 1981년 10월 마지막 만추(晩秋) 무렵이었다. 안기부에 다녀온 지 얼마 지나지 않은 때 아버님은 날로 더 위독해져 갔지만 병원에 입원시킬 돈도 없었다. 내가 할 수 있는 일은 매일매일 통학기차를 타고 집으로 갔다가 다시 아침 통학기차를 타고 오는 일, 그것뿐이었다. 그것은 저녁이라도 아버님 곁에 있기 위함이었다.

폐결핵과 간경화증의 합병증인 아버님은 저녁 내내 잠을 못 이루시고 기침으로 밤을 지새우기 일쑤였다. 지금도 가끔 꿈속에서 아버님의 기침 소리가 환청처럼 들리는 것 같을 때가 많다.

그러던 어느 날이었을 것이다. 임실역에 도착하여 통학차에서 내리자마자 알고 지내는 어떤 사람을 만났다. 오랜만에 만나서 그런지 집에 가서 차 한잔 마시고 가라는 것이었다. 하도 오래전 일이라, 그와 어떤 얘기를 나누었는지는 분명하지 않다. 다만 두어 시간을 얘기하다가 '아버님은 하루 종일 나만 기다리시는데, 너무 늦었다'고 말하고 약 2km쯤 되는 어두운 밤길을 걸어서 집에 도착했다.

아침에 일어나 한 칸뿐인 방문을 열고 토방에 내려서는데, 내 신발 한 짝이 보이지 않았다. 그 무렵 집에 개도 키우지 않았는데(개가 물어다가 한쪽에 놓는 습성이 있다), 바로 윗집에도 개가 없는데, 찾다가 보니 낯선 슬리퍼 한 짝이 아버님 신발 곁에 놓여 있는 것이 아닌가?

이상하다. 내가 임실 역전의 그 친구 집에서 저 슬리퍼를 신고 왔는가? 그럴 리가 없는데, 그때만 해도 술을 입에도 안 대던 시절이었기에 더욱 이상한 일이었다. 하여간 그 집으로 가보기로 했다. 아침 햇살이 퍼져가는 그 길을 걸어가는데, 어찌나 민망하기도 하고 뒤뚱 거리던지…….

그런데 그 집에 가보니 검정색 내 구두가 내가 신고 온 슬리퍼와 한 짝이었던 그 슬리퍼와 나란히 놓여 있는 것이었다. 그러니까 나는 슬리퍼와 구두를 짝짝이로 신고 어두운 밤길, 그 먼 길을 걸어가면서도 하나도 이상하다고 여기지 않은 것이었다. 귀신이 곡을 할 일이었다. 어떻게 그런 일이 일어났는지, 몇 걸음만 걸어도 굽 높은 슬리퍼와 굽 낮은 구두의 차이를 알았을 것인데, 그 어두운 밤길을 몇 km를 이상하다는 생각도 하지 않고 걸어갈 수 있었을까?

그 밤 내가 그렇게 걸어갈 수 있었던 것은, 내 정신이 온전치 못했거나 아니면 내가 어떤 골똘한 생각에 잠겨 있었기 때문은 아니었을까? 아니면 독일의 시인 휠덜린의 글과 같이 내 인생의 모든 희망이 사라졌다고 느꼈기 때문인지도 모른다.

"나는 이제 아무것도 아니다. 즐거워서 사는 것도 아니다."

하여간 그 밤의 그 슬리퍼 사건은 내 인생의 최대 기이한 일이며 희극적인 일 중의 하나일 것이다.

우리가 이 생(生)에서 만나는 사람들과의 만남도 그런 것이 아닐까? 슬리퍼와 구두처럼 서로 맞지 않아서 티격태격하며 사는 사람들이 있는 반면, 구두는 구두끼리, 슬리퍼는 슬리퍼끼리 서로 잘 맞아 사는 사람들이 있고, 잘 맞는 것 같으면서도 묘한 틈이 있는 채로 살아가기도 하는, 그 모든 것들이 지나고 나면 운명이라고 생각하는 것이 아닐까?

살다가 보면 어떤 순간이 또는 어떤 시절이 나도 모르는 어떤 것 (귀신이나 도깨비일지도 모르는)에 홀려서 보내는 때가 있다. 불가사의한 그 시절이, 그 순간이, 살아가면서 하나의 미스터리로 남기도 하지만, 다 지나고 나면 운명이라는 것을 알게 될 때, 내가 우주 속에서 얼마나 작고 하찮은 존재인지를 알게 되는 것인지도 모른다.

"지혜로운 사람도 어떤 경우에는 자신의 이성보다 우연의 힘에 의지하게 되고, 이성적인 사람도 인간의 이성을 넘어서 하늘에서 내려온 듯한 알지 못할 느낌을 따르게 되는데, 우리가 언제 이성을 믿지 않고 우연에 몸을 맡겨야 하는지는 책을 통해서도, 경험을 통해서도 알 수 없는 것이며, 오로지 바르고 과감한 마음으로 알 수 있는 것이다."

루이 14세가 지은 《회상기》에 실린 글이다. 가끔씩 생각해 보면 우리가 안다는 것이 얼마나 작은 것인지, 우리는 알 수 없는 거대한 우주의 이치나 질서에 의해, 살아나가고 있는 것은 아닌지를 생각하게 한다.

하여간 살아도, 살아도 모르는 것이 많다. 그래서 삶은 살아나갈 필요가 있는 것이지만 그 때 나의 삶은 살아도 산 것이 아니었다.

신음하는 것도 우는 것도

기도하는 것도

다 비겁한 일

나처럼 괴로워하다 죽거라.

프랑스의 낭만파 4대 시인 중 한 사람인 알프레드 드 비니의 시 〈늑대의 죽음〉과 같은 마음이 그때 그 시절의 내 마음이 아니었을까?

그해 겨울의 합창교향곡

"아무리 보아도 헛수고만 하고 허탕만 치는 하루,

아무리 생각해도 도무지 소용이 없고 보람도 없는 나날,

아무리 살펴보아도 허무하기 짝이 없고 공전만 거듭하는 희망."

— 카프카의 《성(城)》 중에서

　내가 그때 여름의 끝자락에 그곳 안기부에서 생사의 기로를 헤매고 있을 때 아버지는 어디 놀러 갔나, 아니면 바빠서 못 오나 하면서 오지 않는 나를 원망만 하고 계셨다고 하셨다.

　아프신 아버지, 거동도 불편하신 아버지가 전주의 가게에 나오실 수도 없고, 그런 아버지를 생각하다가 보면 아버지와 나는 어디 한 군데도 '관광'이라는 이름으로 함께 집을 나서 본 적이 없다. 고향에서 가까운 마이산도 같이 가보지 않았고, 가까운 절은커녕 유원지도 가보지 않았다. 그것도 유람의 일종이라고 볼 수 있다면 청소년 시절

아버지를 따라서 산에 약초를 캐러 다닐 때의 기억밖에 없다.

그때도 아버지와 나는 말을 많이 하지 않았다. 그러다 보니 아버지와 그렇게 긴 이야기를 나눈 적도 없이 '소가 닭 보듯, 또는 닭이 소 보듯' 그렇게 무심히 바라보기만 했던 부자지간이었다.

그러나 "아버지를 따라 길을 가면 우리의 아버지처럼 걷는 법을 배우게 된다." 산티 속담처럼 은연중에 아버지를 닮은 부분이 많이 있다. 말하는 것도, 목청이 큰 것도, 기억력이 좋은 것도, 그런데, '닮은 것끼리는 사이가 좋다'는 말이 그다지 맞는 말은 아닌 것 같다. 애당초 '오이디푸스 콤플렉스'가 있었던 것도 아니었지만, 어느 때부터였던가, 아버지와 나 사이에는 무어라 설명할 수 없는 거리감이 존재했던 것 같다.

그런 아버지와 화해하기도 전에 아버지는 이미 세상을 정리하고 계셨다. 폐결핵과 간경화 합병증 등의 오랜 병마로부터 당신을 지켜내지 못하고 있었으며, 우리 자식들조차 아버지를 병마에서 일으켜 세울 어떤 능력도 없었다. 설혹 어디서 기적적으로 병원비 문제가 해결된다 해도 이미 병세가 너무 깊어 더는 되돌릴 수 없는 지경에 와 있다는 것을 모두가 인정하지 않을 수 없었다.

아버지와 내가 화해라면 화해고, 하나의 공동운명체로 인정하게 된 것은 1981년 12월 31일 새벽이었다.

누구에게나 아무리 오랜 세월이 흘러도 그 순간만 떠올리면 잊혀지지 않고 되살아나는 슬픈 장면이 있을 것이다. 아무리 행복한 삶을 살았던 사람이라도, 또는 세상을 달관한 듯이 산 사람이라도 누구에게나 그런 슬픔의 기억이 한두 가지쯤은 있을 것이다. 1981년 여름 나는 국정원으로 이름이 바뀐 안기부에 끌려갔다 온 뒤로 그 사실을 아신 아버지는 내가 하루만 집에를 안 가도 저녁 내내 잠을 못 이루셨다.

가을이 가고 겨울에 접어들면서 몇 년 동안의 병마에 지쳐 쇠잔해 버린 아버님은 하루가 다르게 수척해지고 있었다. 그 무렵 하던 사업은 거의 문을 닫을 형편이라 저녁에 임실에 있는 집으로 돌아갔다가 아침 일찍 전주를 올라오는 나날의 반복이었다. 프란츠 카프카의 소설 《성(城)》의 한 구절처럼.

"아무리 보아도 헛수고만 하고 허탕만 치는 하루, 아무리 생각해도 도무지 소용이 없고 보람도 없는 나날, 아무리 살펴보아도 허무하기 짝이 없고 공전만 거듭하는 희망."

그때 나는 그런 절망 속에서 그저 허우적대고만 있었다. 말 그대로 귀머거리 집만 두드리고 있을 뿐이었고 모든 것이 헛되고 헛될 따름이었다.

한 해가 저물어가는 12월 28일이던가, 아버님이 나를 불렀다.

"정일아, 소주 한 잔만 마시고 싶구나."

예상치 않았던 아버지의 말이었다. '간경화에는 술이 안 좋은데'하는 생각이 들었지만, 그때는 아버지의 말씀을 거역할 수가 없었다. 들어오는 길에 소주 한 병을 사서 따라 드리니 한 잔도 못 드시고, "못 먹겠구나."하셨다.

그다음 날인 29일은 내 생일이었다. 아버님이 위독해지기도 했지만 어머니도 마음이 심란해서였던지, 내 생일조차 잊으셨는지 아침

상엔 미역국도 없었다. 그런 상황 속에서 내 생일이라고 말할 수도 없어서 밥을 뜨는 둥 마는 둥하고 있는데, 고등학교에 다니는 여동생이 한마디하는 것이었다.

"아버지, 나 꿈꾸었는데, 이빨이 우수수 다 빠져버렸어."

"그래, 나 죽을랑갑다."

아버지의 힘없는 말씀에 당황한 어머니가 한마디 거들었다.

"아니, 그런 꿈은 아주 재수 좋은 꿈이라더라."

아버지는 더 이상 말씀이 없으셨다.

12월 30일 아침 7시쯤, 토방에서 신발을 신고 있는 나에게 아버지의 기어드는 목소리가 들렸다.

"정일아 오늘은 일찍 와라."

나는 그 말을 못 들은 척 신발만 신고 있었다. 아버님의 목소리가 다시 들렸다.

"정일아 오늘은 일찍 와라."

집을 나서며 나는 예감했다. 오늘 아버님에게 무슨 일이 있겠다고 생각했다.

하지만 나는 건성으로 "예"하고 대답하고서 집을 뛰쳐나왔다.

한 해가 다하는 12월 30일, 눈이 소담스레 내리는 신작로를 자꾸 무거워지는 머리를 떨어뜨린 채 걷는 발길은 팍팍하기만 했다. 희끗희끗 눈 덮힌 슬치재에서 남관 부근을 지나는 산들이 삼등열차 차창 밖으로 스쳐 지나가고. 내가 부질없이, 부질없이, 죽음, 죽음이라고 쓰는 사이 열차는 몇 개의 터널을 무심하게 통과하여 어느새 황량한 전주역에 도착했다.

역 광장을 빠져나갈 때 겨울바람은 여윈 내 뺨을 사정없이 때리고, 그때 승객을 비우고 떠나는 통학열차의 경적 소리가 왜 그리 서글프게 들렸는지 모른다. 아무런 말도 할 수가 없는 아니 하기 싫은 날, 거리는 송년 준비로 떠들썩했지만 내 마음은 어수선하고 불안하기만 했다.

무수한 기억들이 쉴 새 없이 지나가는 그 시간 속에서 하루 종일 가게에서 죽음에 관한 음악만 들었다. 슈베르트의 현악사중주곡 〈죽음과 소녀〉와 베토벤의 교향곡 3번 〈영웅교향곡〉 중 2악장인 〈장송행진곡〉, 그리고 슈베르트의 〈장송소나타〉와 포레, 모차르트, 브람스의 〈독일진혼곡〉과 〈4번 교향곡〉 등이 그날 내가 들었던 음악이었다.

그런데 이상한 것은 그날 집에 간다는 사실 자체가 어찌나 싫었던지, 집에 갈 시간이 되어도 음악을 끄기가 싫었다.

동생에게 "네가 오늘 하루만 갔다 오거라."하고 말했지만, 동생 성현이는 막무가내로 안 간다고 하는 것이었다. 미적거리다가 겨우 막차를 타고 집에 도착한 시간은 10시를 넘겨서였다. 내일 아침 통학차를 탈 돈을 남기자, 아버지가 좋아하시는 귤 세 개 살 돈만 남아 있었다. 겨우 세 개를 사고 뛰어가다시피 해서 집에 들어섰다.

근심이 가득한 얼굴로 앉아 계시던 어머니가 말씀하셨다.

"이제 막 잠드셨다. 너 안 왔냐고 자꾸 찾드만."

잠드신 아버지를 바라보며 내가 나에게 물었다. 지금은 어둠의 시간인가? 이 칠흑 같은 어둠이 어떻게 나에게 왔고, 어둠이 얼마나 깊어야 새벽이 오는가? 나는 도대체 어디서 왔으며 어디로 가는가를.

무심결에 TV를 켰을 때, 그때 흑백 TV에선 송년음악회, 베토벤의 〈합창교향곡〉을 지휘하기 위해 금난새가 지휘봉을 잡고 있다.

〈합창교향곡〉 1악장이 천상에서 울려 퍼지듯 좁은 방 안을 휘감아 돌고, 베토벤의 〈합창교향곡〉의 선율이 아버지의 잦아드는 숨소리밖에 없는 밤의 적막을 지우고 있었다. 내가 아버지의 손을 부여잡자, 눈을 뜨셨다.

"너, 왔구나, 내가 너를 오래 기다렸다. 오늘따라 왜 안 오는가 하고."

나는 아버님을 부축해 앉게 한 뒤 사 온 귤을 까서 아버지의 입속에 넣어드렸다. 그때 오락 눈물이 솟구치는 것을 막을 수가 없었다. 겨우 한 쪽이나 드셨을까.

"그만 먹어야겠다."

아버지는 그 말을 하신 뒤, 알아들을 듯 말 듯한 목소리로 나직하게 내게 말씀하셨다.

"욕심 내지 마라. 세상은 욕심낸다고 되는 일 하나도 없다."

그 말씀이 아버님이 이 세상에서 남긴 마지막 말이었다. 아버님이 내 팔 안에서 다시 혼수상태에 빠져드는 시간에 TV에선 〈합창교향곡〉 마지막 악장인 〈환희의 송가〉가 울려 퍼졌다. 아버지는 그때 외롭고 외로운 이생을 끝내고 긴 휴식 속으로, 안식 속으로 천천히 들어가고 계셨다.

나는 그때 깨달았다. '온갖 고난과 절망의 질곡 속에 한세상을 사셨던 우리 아버님이 한없는 고통과 회한의 세월을 거두시고 환희의 세상으로 가시고 있구나.'

일생 중에 한 번도 편안한 삶이나 부유한 삶을 살아보시지도 못하고, 그렇다고 아들들이 잘되는 것을 못 보신 것은 그렇다고 치고, 자식들 결혼하는 것조차 못 보고 돌아가셨다. 마지막 가는 길에 스스로를 돌아보시는 시간이 있었다면 당신의 삶도 그렇지만 이 삭막한 세상에 물려준 것도 없이 살아갈 자식들이 얼마나 마음에 걸리셨을까?

그래, 아름다움이라는 것은 오직 크나큰 상처를 통해서만 우리 내부로 들어올 수 있고, '고통을 통해 환희에 이른다'는 말이 맞는 듯싶다.

아버지는 나에게 누구인가? 나를 태어나게 했고, 내가 어려울 때마다 나를 다독여주고, 힘을 주어야만 하는 존재가 아니던가?

대부분의 사람들은 그 누구나 아버지의 그늘 아래서 어떤 의심도 할 줄 모르는 사랑스러운 아이로 인생을 시작한다.

그런데 일부의 사람들은 너무 어린 시절에 자신이 비참하고 불행하며, 삶이란 것이 절망뿐이라는 것을 스스로 깨닫게 된다. 그런 연유로 슬픔과 비애에 젖은 섬뜩한 얼굴을 한 채 불길한 꿈과 같은 삶을 살아가게 되는 것이다. 아버지는 후자였다.

어머니가 이 마을 저 마을을 떠돌면서 행상(行商)으로 마련한 내 중학교 등록금을 두 번씩이나 노름판에서 날린 아버지 때문에 결국 나는 어린 날의 휘황찬란한 일곱 빛깔 무지개의 꿈을 접고 험난한 세상의 파고 속을 헤쳐 나갈 수밖에 없었다. 그것이 내게는 앙금으로 남아 있어서 그랬는지, 아니면 그럴 기회가 없었던지 몰라도 아버지와 한 번도 속 터놓고 대화를 나눈 적이 없었다.

이 얼마나 불행한 일인가? 어느 날 어느 순간에 나는 아버지에게로 가는 '마음의 문'을 닫아버린 것이다. 독일의 철학자인 니체는 그 '마음의 문' 대해서 다음과 같이 말했었다.

"사람을 견딘다는 것, 마음의 문을 열어둔다는 것, 그것은 대범한 일이다. 우리는 고결한 마음으로 후대할 줄 아는 마음을 알고 있으며, 창문의 커튼을 치고 덧문을 닫아버린 마음을 알고 있다. 그들은 가장 좋은 방들을 비워 두고 있는 것이다. 왜 그러는 것일까? 그들은 '견딜' 필요가 없는 사람들을 기다리고 있기 때문이다."

나는 너무 어린 시절에 아버지에게서 실망했고, 그때 아버지의 마음으로 가는 길을 차단해 버린 것이다. 내가 그때 아버지에게로 가는 그 '덧문'을 닫지 않고 열어두었더라면 나의 항로는 순탄했을까?

하여간 그때 이후로 아버지와 나는 한 번도 허심탄회하게 서로 터놓고 대화를 나눈 적이 없다. 서로 눈빛으로 이야기를 나누었고, 그 다음은 끝이었다.

건강하실 때 술 한 잔 따라 드리지도 못한 아버지, 가슴 속에 차곡차곡 쌓아두었던 몇 마디 말들을 속 시원하게 하지도 못한 채 아버님이 이 세상의 마지막 순간을 맞고 계셨다. 그 순간, 내가 아버님과 화해를 하고 있다고 느꼈다. 그때 내 유년 시절부터 청소년기를 지날 무렵까지 아버님과 함께했던 모든 순간들이 파노라마처럼 스치고 지나갔다.

그리고 내 가슴 깊숙한 곳에서 설명할 수 없는 슬픔이 파도가 덮쳐 오듯 복받쳐 올랐다. "마침내 고통은 간신히 울음에 길을 터준다."고 노래했던 베르길리우스의 시 구절처럼 나는 참고 참았던 울음을 터뜨리고 말았다.

"아버지!"

그때 그 힘들었던 세월이 어제 일 같은데, 벌써 41년의 세월이 훌쩍 지났다. 그런데도 나는 베토벤의 9번 교향곡인 〈합창〉을 들을 때마다 그날 그 순간을 떠올리게 된다. 그때마다 나는 나이가 들었음에도 불구하고 애잔하게 밀려오는 슬픔에 눈자위가 붉어지는 것을 어쩔 수가 없다.

"기쁨에 대한 추억은 이제 기쁨이 아니다. 하지만 슬픔에 대한 추억은 언제나 슬픔이다."라는 바이런의 말처럼 정녕 슬픔의 기억은 언제까지고 지워지지 않는 것인가 보다.

당시만 하더라도 집에 전화가 없던 시절이라 전화가 있던 이종진 씨의 집에 가서 동생들에게 전화를 했다.

"아버님이 위독하시다. 새벽 열차를 타고 빨리 와라."

전화기를 잡은 내 손이 떨리고, 흐르는 눈물이 옷깃을 적시면서 내 마음은 갈기갈기 찢겨져 갔다.

다음 날 새벽 흰 눈이 펑펑 쏟아지는 시간에 아버지는 결국 이 세상과의 인연을 끊고 먼 나라로 가셨고, 친척들과 동생들에게 아버지의 별세 소식을 전했다. 그런데 세상에 살면서 가장 난처한 경우가 내게 닥쳤다. 아버지가 돌아가신 것에 대해 슬퍼할 사이도 없이 가장 선행되어야 할 장례를 치러야 하는데, 장례 치를 돈은커녕 쌀 한 말의 예비 돈조차 없는 한심한 일이 닥친 것이다. 곰곰이 생각하다가 아버지가 저축을 했던 신용협동조합이 생각났다.

그날 새벽이 지나고 아침이 뿌옇게 밝아오는데 집을 나서자 웬 눈은 그리도 펑펑 내리고 있었던지, 온통 마을도 길도 눈으로 덮인 그 길을 아버지의 장례 치를 돈을 빌리러 가던 그날, 그 길, 길에서 길을 물어도 대답이 없었다.

흰 눈이 펄펄 내리며 길을 덮고 마음을 덮고, 세상 모든 것을 덮으며 내리던 그 하얀 눈길.

그날이 1981년 12월 31일 아침이었다. 그리고 어설프게, 참으로 어설프게 아버님의 장례식을 치루는 중에 한 해가 가고 한 해가 시작되고 있었다.

유치환 시비를 보고 마음을 다스리다

"좋은 울음 터로다. 한바탕 울어볼 만하구나."

－ 연암 박지원의《열하일기》중에서

그곳에 다녀온 뒤 나는 사람들을 만날 수 없었다. 누군가를 일 때문에 만나도 나는 멍한 채 다른 것을 바라보았다. 시간이 갈수록 내 정신은 더욱 피폐해지기만 했다. 어디를 보아도 출구 없는 어둠과 절망, 미칠 것 같았다.

이래선 안 되겠다 싶어 동생들에게는 며칠 여행을 다녀오겠다고 하고서 출가를 했을 당시의 마음을 가지고 길을 나섰다. 순천을 거쳐 부산으로 갔고, 부산에서 어린 시절 출가를 했을 때 슬픔처럼 들렀던 경주로 향했다. 경주로 가는 길에 문득 유치환 시비가 경주 어딘가에 있다는 기사를 읽은 기억이 떠올랐다.

경주에 도착, 경주시청에 물었다. 모른다는 말, 경주문화원에서도 모르고, 아는 곳이 없었다. 경주여고에 유치환 시인의 제자가 있으니 물어보면 알 것 같다고 해서 연락을 했더니 시비가 있는 곳을 알려주어 그곳을 찾아갔다.

유치환 시인의 시비는 불국사에서 석굴암으로 걸어가는 길목 구석진 곳에 자리 잡고 있었다. 유치환 시인의 시 〈석굴암 대불〉 중 '목 놓아 터트리고 싶은 통곡을 견디며 나 혼자 여기 눈 감고 앉았노니'라고 새겨진 그 비석을 바라보며, 나는 오랫동안 내 가슴속에 간직했던 수수께끼 하나를 풀었다.

어디에서 읽은 누구의 글인지는 분명하지 않다. 김수영 시인이 1967년 봄 부산에서 문학 강연을 했다고 한다. 소설가 최정희를 비롯한 문단의 동료들과 함께 문학 세미나를 마치고 귀로에 경주에 들러 유치환 시인의 시비를 찾았다고 한다. 그런데 이 시비를 읽던 김수영 시인이 이 시비를 끌어안고서 통곡을 하기 시작했다고 한다. 처음에는 '저 사람이 왜 저러지' 하고 의아해하던 일행들도 통곡을 그치지 않는 김수영 시인의 마음에 동화되어 같이 울었다고 한다. 오랜 시간 동안 자기 슬픔을 털어낸 김수영 시인은 눈물을 닦으며, "내년에도 이곳에 한 번 오자?"고 제안했고, 모두 다 다시 오자는데 동의했다고 한다. 그러나 그 이듬해인 1968년 유월 마흔여덟의 나이에 김수영 시인은 자동차 사고로 유명을 달리해서 그 약속을 지키지 못했다.

그 글을 읽고서 왜 김수영 시인이 시비를 끌어안고 통곡을 했는지 알 수 있었다. 나는 우리나라 시인 중에 가장 시인다웠다고 생각한 사람이 바로 김수영 시인이다.

중절모를 쓰고 담배를 피우고 있는 사진을 보면 그렇게 멋지고 잘 생긴 사람이 있을까 싶지만, 런닝셔츠 바람에 수염도 깎지 않고 비스듬히 누워 있는 모습을 보면 폐병 환자나 노숙자 같은 처연한 모습에 눈을 뗄 수가 없는 사람이 김수영 시인이었다. 그는 한국전쟁의 와중에 포로가 되어 포로수용소 생활을 했다. 또한 1960년대 정의롭지 않는 시대와 슬픈 가족사를 앓으며 험난한 생애를 보냈지만 시인의 역할이 무엇인가를 온몸으로 증명한 사람이 그였다.

'목 놓아 터트리고 싶은 통곡을 견디며' 혼자 눈 감고 앉아 있는 유치환 시인의 시비 앞에서 김수영 시인은 '통곡'으로 답을 한 것이다. 나도 그 시비를 보면서 내 서러운 삶을 돌아보며 얼마나 울었는지.

울자, 마음껏 울자, 목 놓아 울자, 그리고 모든 것을 잊어버리자. 새로운 삶을 새롭게 설계하자. 내 삶의 방식을 철저하게, 어느 것 하나 남김없이 비우고 바꾸자. 바람이여! 내게 있는 모든 쓸모없는 것들을 확 쓸어 가다오.

토함산의 어디에선가 바람이 일어났고, 그 바람은 내 가슴의 모든 묵은 정신을 깨우고 지나갔다. 나는 유치환 시비 뒤에다 내 가슴에 쌓이고 쌓인 슬픔과 분노를 내려놓고 불국사의 석가탑과 다보탑 옆에 절망마저 내려놓고서야 경주를 떠나올 수 있었고, 키케로의 말을 실감할 수 있었다.

"장소가 회상시키는 힘은 그렇게도 크다. 그리고 이 도시에서의 그 힘은 무한히 크다. 어디를 걷든지 역사의 유적 위에 발을 디디는 것이다."

그래, 옛말이 있지 않은가? '목구멍이 포도청이라고.' 우선 살아갈 방편을 마련한 뒤에는 이 땅을 매월당 김시습 선생이나 이중환, 그리고 김삿갓처럼 떠돌자, 우리 국토 어느 곳이건, 다 크고 작은 역사와 문화가 있을 것이다. 하마터면 죽을 뻔 했는데, 살아서 돌아오지 않았는가? 이제 남은 생애는 다 덤이다. 우리 국토의 아프면서도 아름다운 속살을 보기 위해 한 발 한 발 걸어보자. 그때부터 운명적인 걷기, 그 걷기가 시작되었다.

독일의 철학자인 발터 벤야민은 프랑스의 시인 보들레르를 두고 "상징적으로 자기 시대의 거리를 정복하러 나간 사람"이라고 평했는데, 나는 보들레르와 달리 시대의 아픔과 나 자신의 절망을 치유하려고 우리나라 국토를 걷기 위해 나간 것이다.

내가 걷는 길이 바로 나 아니면 갈 수가 없는 나를 위한 길이었고, 반드시 내가 한 발 한 발 밟고 가야 하는 운명의 길이었다. 천천히, 천천히 우리나라의 역사와 문화가 살아 숨 쉬는 국토의 속살을 보면서 나 자신을 들여다보고, 내가 '나'를 기술하기 위해서였다.

그 주된 이유는 실제로 일어났고, 내가 온몸으로 체험했던 일이지만. 세월의 흐름 속에 기억 속에서 가물가물한 그 삶들을 풀어내기 위해서였다.

마지막 돌파구로 느티다방을 열다

"문 하나가 닫히면 이내 다른 문이 열린다는 것은 특별할 것 없는 규칙이다. 그러나 닫혀 진 문에 연연하여 열려진 문을 소홀히 한다는 것이 인생의 비극이다."
- 헬렌 켈러

'남은 생애, 이 세상을 떠돌며 살자'라는 꿈을 갖게 된 경주를 다녀왔어도 이미 기울어진 사업은 호전될 기미를 보이지 않고 절망의 나날이 계속되었다.

'아버님이 우리들의 모든 액땜을 다 하고 가셨다. 잘살 일만 남았다.' 아무리 마음에 다짐을 해도 나의 생활은 호전되지 않았다. 이제 식량마저 하루 이틀 했다. 집세를 못낸 지는 벌써 여러 달이 지났고, 설상가상으로 온몸이 빠개지듯 아픈 몸살이 왔다. 내 인생에서 가장 크게 아팠던 때가 그때였을 것이다. 병원에 갈 형편도 되지 않았다.

지하실 그 계단의 좁은 삼각 방에서 땀을 뻘뻘 흘리며 끙끙 앓고 있던 중에 한 생각이 머리를 스치고 지나갔다. 아픈 몸을 이끌고 나와 동생을 불렀다.

"이곳을 다방으로 개조하면 어떨까?"

그 무렵 전북대학교 앞에는 몇 개의 다방들이 있었다. 하지만 규모가 크지 않고, 대부분이 나이 든 사람들이나 들락거리는 그런 시설이라 학생들의 눈높이에만 맞추면 승산이 있을 것 같았다. 주변 사람들이 처음엔 망설이더니, 한번 해보자는 것이었다.

"문 하나가 닫히면 이내 다른 문이 열린다는 것은 특별할 것 없는 규칙이다. 그러나 닫혀진 문에 연연하여 열려진 문을 소홀히 한다는 것이 인생의 비극이다."

헬렌 켈러의 말이다. 그때 나에게는 하나의 문이 닫히고 하나의 문이 열리고 있었다. 아픈 몸을 추스를 사이도 없이 나는 이 새로운 사업에 매달렸다. 그때 내게는 가게를 일으킬 특별한 묘안이 있었다. 내가 살던 마을 입구에는 몇 아름의 당산나무로 쓰이는 느티나무 한 그루가 있었다. 벼락을 맞아 나무의 중심부가 파여져 나가고 껍질만 남았지만, 껍질만으로도 푸른 잎을 틔우는 엄연히 살아 있는 나무였다. 그 나무 옆을 지날 때마다 너무도 아름다운 모습에 반해서 '저 나무를 갖고 싶다'는 생각을 했었는데, 그 나무가 지난해에 자연적으로 고사하고 말았다. 나는 할 수만 있다면 그 나무를 사서 '느티다방'이라는 이름을 짓고 싶었다. 그 나무 하나만으로도 충분히 손님들을 끌어들일 수 있다고 생각한 것이다.

그 느티나무는 내게 나무 이상의 꿈과 그리움을 간직하고 있는 최초의 갖고 싶은 대상 중의 하나였다. 그래서 훗날 나는 그 느티나무를 생각하면서 〈한 그루 나무에 대한 추억〉이라는 글을 썼다.

"……보도 위를 소리 내어 걷는 당신의 발뒤꿈치는 내가 아직 가보지 못한, 나뭇가지처럼 여러 갈래로 뻗어나간 길을 생각나게 합니다. 당신은 나의 어린 시절의 강박관념을 다시 일깨웠습니다. 나는 내 앞에 놓여진 삶을 한 그루의 나무라고 상상했지요. 그래서 가능성의 나무라고 이름 붙였습니다. 삶을 이런 식으로 보는 것은 아주 짧은 기간 동안뿐이었지요. 그 이후 삶은 영원히 강요된 길, 빠져나올 수 없는 터널처럼 보였습니다.

하지만 오래된 나무의 이미지는 내 마음속에 지워질 수 없는 향수로 남아 있습니다. 당신은 내게 이 나무를 다시 일깨워주었고, 나는 그 보답으로 당신에게 이 이미지를 전달하고 그 매력적인 속삭임을 돌려드리고자 합니다."

밀란 쿤데라의 《정체성》에 실린 편지 글이다.

한 그루 나무를 보고, 그 한 그루의 나무에 반해, 나무를 보기 위해, 아니 나를 위해, 그 나무에 나의 사랑의 이미지를 덧붙이고, 가끔씩 찾아가 그 나무를 들여다보고 돌아오던 시절이 있었다. 느티나무 한 그루, 그 나무가 그렇게 내 마음을 사로잡았던 것은 무슨 연유였을까?

방 하나, 부엌 하나에서 살았던 시절, 그 어느 것도 가당치 않았던 쓸쓸하고 가난했던 시절, 왜 그렇게 그 나무에 연연해했던 것일까?

아마도 벼락을 맞아서 속이 텅 비었고, 그리고 작은 가지 하나만 남고서 모든 나뭇가지들이 죽은 상태라서 가여움에 아니면 나를 보는듯한 애잔한 연민 때문에 그 나무를 그토록 좋아하고 갈망했던 것은 아닐까?

사라져 간다는 것, 당연한 우주의 질서라고 여기면서도 자꾸 생명이 새어나가는 듯한 그 나무가 너무도 그리우면 그 나무를 찾아가 그 나무에 기대어 한없이 앉아 있다가 돌아오곤 했다. 그러다 정말 우연히 그 나무를 내가 소유할 수 있었고, 지하실로 들어올 수 없을 만큼 너무나 커서 분해지고 지하실 카페에 들여놓았던 날 얼마나 가슴이 설레었던지.

마치 세상을 얻은 것처럼, 그래서 지었던 상호 '느티', 그리고 제법 오랜 세월이 지난 뒤 그 나무는 다시 분해되어 내 곁을 떠나가고 자그만 몸통 하나만 동생 집 거실을 지키고 있다.

길을 걷다가 그 나무가 내 기억 속에서 가끔씩 살아서 떠오를 때면 아무 나무나 기대어 그 나무를 떠 올린다. 느티나무가 아니라도, 소나무, 아니 팽나무 또는 참나무라도 가만히 기대어 앉아 있거나 기대 있을 때 떠오르는 그 나무.

문득 〈제인에게 기타와 함께〉라는 셸리의 시 한 편이 떠오른다.

"어떤 나무는 지나간 가을을
어떤 나무는 재빠르게 다가오는 새봄을
어떤 나무는 사월의 꽃봉오리와 소나기를
어떤 나무는 유월의 암자에서 부르는 노래를
그리고 모든 나무들은 사랑의 꿈을 꾸었습니다."

나도 밀란 쿤데라처럼 그때 내 앞에 놓인 삶을 '한 그루의 나무'라고 상상했던 것은 아닐까?"

그 마을에 살고 있던 이해규가 이장과 협상을 통해 기부금을 내는 조건으로 느티나무를 전주로 옮겨오게 되었다. 계획대로 '느티다방'이라는 이름의 가게를 열었다가, 후에는 '다방'을 빼고 '느티'라는 이름의 커피숍으로 이름을 바꾸게 되었다.

다방을 개업한 것은 아버님의 장례를 치르고 한 달 반이 지난 2월 중순쯤이었다. 돌아가신 아버님의 도움 때문이었을까, 느티나무 때문이었을까? 신기한 일이 벌어졌다. 개업하자마자 며칠이 지나지 않아 아침 열 시에서부터 저녁 열 시까지 줄을 서서 손님들이 기다리는 기현상이 벌어진 것이다.

불행으로 점철된 삶을 살았던 나에게 드물게 찾아오는 행복의 여신이 도래했다고 할까? 하루하루가 신기했고, 달콤한 전율이 파도처럼 밀려 왔다고 할까? 감미롭고도 훈훈한 바람이 이른 봄날에 찾아왔고, 내 인생에 처음으로 말로는 형용할 수 없는 강렬한 즐거움과 행복한 감정을 누릴 수 있었다.

그때 커피값이 250원이었다. 그런데 하루 매상이 30만 원에서 35만 원까지 올랐으니, 말 그대로 떼돈을 벌기 시작한 것이다. 그런데 중요한 것은 그때 내가 경제개념이 없었다는 것이다. 장사가 잘되니 어려웠던 시절을 잊어버리고, 나는 책만 읽기 시작했고, 순전히 주먹구구식으로 살았다.

레지(서빙하는 아가씨)도 두었다. 그러다가 먼저 장가간 동생이 카운터는 아무래도 여자가 맡으면 좋겠다고 하면서 제수씨에게 맡겼고, 다시 동생 처제를 데려와서 카운터를 맡겼다.

그러니 내가 가게에 참견할 수가 없게 되었고, 나는 매일 다방 구석진 곳에서 책이나 읽으며 보냈다.

욕심은 시련을 재촉하는 길

"빚을 얻으러 가는 자는 슬픔을 얻으러 간다."

- T. 터서

가게는 안정되어 갔고, 마음은 평온해졌다.

가슴에 스미는 진한 커피 향기를 맡으며, 클래식 음악과 함께 나는 아침을 시작했다. 베토벤을 듣다가 지치면 브람스를 들었고, 거기다가 클래식 소품을 곁들여 들었다. 대학교 앞에 클래식 전문 다방으로 소문이 나자, 클래식을 좋아하는 사람들이 찾아들었다.

그런데 일하는 아가씨들이 클래식을 좋아할 리가 없었다. 어쩌다가 볼일이 있어서 집을 나서는 그 순간부터 종업원들이 그들이 좋아하는 대중가요로 음악을 바꾸었다가 내가 다시 들어가면 놀래서 음악을 바꾸곤 했다. 그런 일이 더러 있었지만, 그래도 내가 있는 그 순간만은 클래식을 고집했다. 그리고 개업하면서부터 입구의 네모진

벽에 '이 주일의 시(詩)'를 걸기 시작했다. 김지하, 신경림 시인의 시들은 물론 국내외의 시들이 매주 한 편씩 바뀌어서 단골손님들에게 읽을거리를 제공했다. 그뿐만이 아니라, 카운터 옆에 책장을 만들어 내가 보았던 책들을 꽂아 두고 빌려주기도 했다.

그러던 중에 떠올라서는 안 되는 다른 생각이 떠올랐다. 요즘 말로 여러 곳에 분점(프랜차이즈)을 내는 것이 어떨까 하는 생각이었다. 군산, 남원, 익산에 분점을 내보자는데 의견이 모아졌다. 그때 벌은 돈으로는 모자랐기 때문에 사채를 일부 빌리기로 하고 익산의 건물들을 물색하던 중에 180평이나 되는 폐업한 나이트클럽이 나왔다. 그곳을 인수해서 나이트클럽의 전선을 거두어 고물상에 넘기니 그때 돈으로 70만 원을 받았다.

이왕 장사를 하려고 했으면 나이트클럽을 하는 게 나았을지도 모르는데, 하여간 우여곡절 끝에 익산에 느티다방을 열긴 열었다. 그런데 생각보다 장사가 잘되지 않았고 빌리기로 했던 돈줄이 막혀버렸다.

사채업자들의 이자 독촉은 매섭기만 했다. 다시 시련의 시절이 닥쳐온 것이다. 친척들의 도움을 받고자 했지만 가능하지 않았다. 제주도에 있던 시절 서울의 외삼촌이 집을 지을 적에 모자란다고 돈을 빌려달라고 해서 빌려주었던 적이 있었다. 그래서 외삼촌을 찾아갔더니 매정하게 거절했다.

"외삼촌, 집을 지을 적에 우리도 빌려주었던 적이 있지 않습니까?"

그때 외삼촌의 대답은 이러했다.

"나는 갚을 능력이 있어서 빌렸지만, 너는 갚을 능력이 없을 것 같기 때문에 빌려줄 수 없다."

"돈은 매정한 놈이야, 돈에는 더 많은 돈 이외에는 친구가 없어."라는 러시아 속담을 실감하며 외삼촌 집을 나설 때의 막막함과 서러움, 어떻게 그날의 그 기억을 잊을 수가 있을까?

"빚을 얻으러 가는 자는 슬픔을 얻으러 간다."

T. 터서의 말을 뼈저리게 체험했던 시절이 그 시절이었다. 세상은 매정했다. 세상을 모르고 살았던 세월을 잊고 조금 잘된다고 너무 급작스레 세를 불리려다가 보니 이도 저도 아닌 것이 돼 버린 셈이다.

슬픔을 얻으러 가다

"작은 빚들은 사방에서 날라 와 피하기는 좀처럼 어려운 작은 총알과도 같고, 큰 빚은 소리만 크고 위험은 별로 없는 대포와 같다."

S. 존슨 〈조세프 심프슨에게 보낸 편지〉의 말처럼 은행 같은 곳에서 큰 빚을 빌렸으면 좋았을 건데, 사채업자들에게 돈을 조금씩 빌렸으니, 그것을 어떻게 감당하겠는가?

"빚과 거짓말은 대체로 함께 뒤범벅된다."고 라블레가 《전집》에서 한 말은 대체로 맞다. 돈을 주지 못하다가 보니 모든 것이 다 거짓말이 되었고, 나는 거짓말쟁이가 되었다.

사업을 하기 전까지 누구에게 돈을 빌린 적도 없었던 내가 빚쟁이가 되어 매일 시달려야 하다니, 말 그대로 지옥이 따로 없었다.

세상을 살아가는 사람 누구나가 겪을 수밖에 없는 일인데도 그 일이 막상 내 앞에 닥치자 사람 꼴이 말이 아니었다.

　설상가상으로 다방엔 '짭새'라고 불리는 안기부 직원과 기무사 직원이 항상 고정석처럼 자리를 잡고 드나드는 사람들을 면밀하게 감시하고 있었다. 그 사실을 알게 된 학생들의 발길은 차츰차츰 멀어져 갔고, 가게는 자꾸 적막강산, 다시 시련의 시절에 다다른 것이다.

　연암 박지원이 지은 《연암집(燕巖集)》 제4권 《영대정잉묵(映帶亭賸墨)》에 실린 '성백(成伯)에게 보냄'이라는 글을 보자.

　　문 앞의 빚쟁이는 기러기처럼 줄 서 있고(門前債客鴈行立)
　　방 안의 취한 놈들 고기 꿰미마냥 잠을 자네(屋裡醉人語貫眠)

　이 시는 당나라 때 큰 호걸 사나이가 지은 시입니다. 지금 나는 찬 방에 외로이 지내면서 냉담한 품은 마치 선(禪)에 든 중과 같은데, 다만 문 앞에 기러기처럼 늘어선 놈들 두 눈깔이 너무도 가증스럽소. 매양 비굴하게 말해야 할 때면 도리어 등(籐), 설(薛)의 대부를 생각할 뿐입니다.

　그가 언급한 호걸은 당나라 때의 시인인 이파(李播)인데, 유우석(劉禹錫)과 백거이(白居易)에게 칭송을 받았을 정도로 빼어난 시를 지었던 사람이다. 또한 연암이 인용한 시는 〈견지(見志)〉의 일부분이다. 위 시의 뒤는 이렇게 이어진다.

　"작년에 산 거문고 값 아직 내지 않았고, 올해 외상으로 먹은 술값도 주지 않으니, 문 앞의 빚쟁이는 기러기처럼 줄 서 있고, 방 안의 취한 놈들 고기 꿰미마냥 잠을 자네."

등나라, 설나라의 대부를 논한 것은 《논어》에 실린 글로, 맹공작(孟公綽)이 인물됨이 청렴하고 욕심이 없기는 하지만, 나라를 다스리는 재주가 부족한 것을 두고 말한 것이다. 연암의 이 글은 가난한 집안의 가장으로서 무능해서 아무것도 할 수 없이 빚만 많은 그 자신을 두고 쓴 글이다.

내가 겪은 그 시절이 그러한 시절이었다. 하는 일마다 일은 안 되고, 빚만 태산처럼 쌓여 무대책이 상책이던 그 시절, 그때 내가 가장 무서웠던 것은 빚을 받으러 오던 사람이었다.

문 앞에 난 창문이 어둑해진다.
누가 오고 있다는 신호다.
어둠 속에서
더 짙은 어둠 속으로 들어오는 사람

그 사람이
안경을 끼었거나 서류뭉치를 들었다면
예외 없이 피해야 하는
만나선 안 될 사람.
그것도 서른너댓 넘어
젊잖게 목에 힘주고 오는 사람에게

나는 나의 대리인을 통하여 나의 부재를 알리고

방속에라도 숨어 의자 밑에라도 숨어

나타나지 않아야 하는데,

나는 여행 중이거나 사업 중 나갔거나

초상집이나 잔칫집을 갔어야 하는데,

나는 그림자로도 남아 있지 않아야 하는데.

　그때 내가 〈나의 부재〉라는 제목으로 쓴 글이다. 빚을 지고 산다는
것은, 그것도 도저히 갚을 수도 없는 빚을 지고 산다는 것은, 정말로
쉬운 일이 아니고 사는 것도 아니었다. 사람들이 오죽하면 자살을 택
하거나 파산을 신청할까?

　조선 후기의 실학자인 이덕무(李德懋)도 나와 비슷한 시절을 겪었는
지《아정유고(雅亭遺稿)》에 실린 그 내용이 슬프기 그지없다.

　"조세(租稅) 독촉하는 소리에 양미간이 찌푸려짐은 가난한 생활을 진실로
알기 때문에 그러할 걸세. 그러나 왜 순탄하게 견디지 못할까? 나의 문전에
는 빚쟁이들이 날마다 기러기 떼처럼 오고 있네. 그렇지만 양미간을 태연스
럽게 하고 겸손한 말로 대해줄 뿐일세."

양식 주방장을 다시 만나면서
숨겨진 비밀이 풀리다

"이해의 기쁨은 슬픔이고, 슬픔은 아름다움이다."

- 레오나르도 다빈치

세월은 누가 뭐래도 흐른다. 그 흐르는 세월 속에 몇 년의 세월이 흐른 뒤였다. '당신들의 천국'이라는 이름의 카페를 하고 있을 때였다. 안기부로 끌려갔을 당시 양식 주방장으로부터 전화가 걸려왔다.

"어쩐 일이세요."

"사장님을 뵙고 싶어서요."

그래, 그때 내가 명색이 사장은 사장이었구나. 지금은 아무 데서나 돌부리에 걸리듯 째고 쌘 것이 사장이지만 그때만 해도 사장이라는 말이 그리 흔하지 않은 시절이었다. 그 젊은 나이에 내가 '사장'으로 불렸던 모양이다. 그와의 만남은 근처의 어느 다방에서였다. 원래 수염이 더부룩했었는데, 유난히 더 수염이 길어 있는 상태였다. 예의 공손한 표정으로 내 앞자리에 앉은 그가 내게 말했다.

"죄송합니다."

"아닙니다. 다 지난 일인데요."

"어느 날 어떤 여자로부터 전화가 왔어요. 급한 일로 만날 일이 있으니 옆 다방으로 오라는 거였지요. 가보니 삼십 대 후반의 어떤 남자와 젊은 여자가 기다리고 있었어요. 앉자마자 그 남자가 명함을 건네는 데 깜짝 놀랐어요. 〈안기부 전라북도 분실. 아무개〉 설마, 내가? 그런데, 그 남자가 다음과 같이 말했어요."

"걱정하지 마세요. 아저씨는 아니니까. 아저씨가 근무하는 곳 사장인 신정일 씨가 문제가 있어 그래요. 어쩌면 간첩일지도 몰라요."

당황하기도 했고 들려오는 말이 청천벽력 같아서 말문을 닫아 버린 나에게, 그는 계속 말을 이어갔어요.

"절대 오늘 일부터 비밀입니다. 이 아가씨는 오늘부터 아저씨의 사촌 여동생이에요. 우리가 필요할 일이 있을 때마다 찾아갈 것이고, 그러면 집안에 무슨 일이 생겼다고 같이 나오는 거예요. 그리고 일하는 곳에 어떤 수상한 사람이 오거나 그곳에서 신정일 씨가 비밀 회합을 하는 것 같으면 한마디도 남김없이 메모했다가 알려 주셔야 해요."

"다리가 후들거려서 겨우 돌아왔어요. 내게 어쩌다 이런 일이, 처음엔 '아닐 것이다'고 의심했어요. 저 사람들이 뭔가 잘못 생각하고 있다. 사장님같이 선하고 순수하신 분이 그럴 리가 없다. 그런데 달리 방법도 없지만, 주의 깊게 살펴보니 의심나는 것이 더러 있었어요.

책을 읽어도 다른 사람들이 읽는 책하고는 다른 책만 읽지. 음악도 그랬어요, 내가 듣고 살았던 대중가요는 안 듣고 사람들은 잘 알지도 모르는 음악, 클래식만 듣지. 그리고 운동권 애들하고 유난히 친하지, 저분이 진짜 간첩일까? 그래서 그만두고 싶었어요. 그런데 그 뒤에 그만두겠다고 하자, 그 여자가 아직 조사가 진행 중이니 계속 근무하라고 했어요."

그의 말을 듣다가 보니 여러 가지 의문점, 숨어 있던 그 비밀들이 하나둘씩 실타래가 풀리기 시작했다. 내가 그곳에 갔다 온 지 얼마 뒤에 주방장은 몸이 아파 집에서 쉬겠다고 했고, 나 역시 사업이 너무 안 되어서 주방장을 더 쓸 수도 없었기 때문에 잘 가시라고 보냈었다.

"죄송해요. 용서해 주십시오."

고개를 떨어뜨린 그가 내게 한 말이었다. 용서, 그게 무슨 의미가 있는가? 그가 나에게 잘못한 것은 아무것도 없다. 오히려 그 역시 피해자가 아닌가. 매일 나하고 만나면서 자기 자신의 어떤 조그마한 이익도 없이 프락치 노릇을 하며 얼마나 괴로웠을까? 오히려 나 때문에 인생의 여정에 큰 상처를 입은 그를 위로해주어야 할 것 같다.

"다 지나간 일입니다. 그리고 이렇게 살고 있잖아요. 그리고 나 때문에 입은 상처 이제 하나도 남기지 말고 잊어버리십시오."

세상의 모든 일은 순식간에 도둑처럼 오고 간다. 다 지난 일이다. 다 지나간 일 다시 되돌릴 수 없는 지난날을 내가 어떻게 할 수 있겠는가?

"모든 것을 이해한다는 것은 모든 것을 용서한다는 것이다."

《적과 흑》의 작가 스탕달이 말했지만 그때 그 일은 주방장의 잘못이 아니었다. 누구의 잘못도 아닌, 국가라는 거대 집단의 잘못이었을까? 그럴지도 모른다. 차갑게 식어버린 커피를 마시고 있는 사이 그가 말했다.

"먼저 가보겠습니다. 그리고 사장님 행복하게 사셔야 합니다."

그리고 한참을 서서 나를 바라보더니 나에게 이렇게 말했다.

"사장님, 제가 이런 말 드리면 어떨지 모르지만, 사장님은 이 세상에서 드물게 순수하고 순진한 분이세요. 그곳에 근무할 때 사장님의 그 순수함이 부러웠어요."

과연 그럴까? 그의 말이 맞단 말인가? 그가 다방에서 나간 뒤에도 나는 오랫동안 선돌처럼 그 자리에 망연히 앉아 있었다. 이렇게 격랑의 이십 대가 지나가고 있구나. '군대 생활, 제대, 그리고, 그 제주도의 암흑 같았던 노동의 시절, 레퀴엠과 항상 꿈꾸었던 자살, 그리고 안기부와 뒤죽박죽인 사업들까지.'

계단을 올라와 건물 밖으로 나서자 그사이 땅거미 진 대지에 어둠이 내리고 사람들은 내 마음하고는 아무 상관도 없이 총총히 어딘가로 걸어가고 있었다. 천천히 나는 어디로 간다는 의식도 없이 걸었다. 누구라도 좋았다. 이런 이야기를 나눌 사람이라도 있을까 생각했지만 내게는 그런 사람 하나 없지 않는가? 생각하니 가슴이 허해지는 것이 마치 몇 날 며칠을 굶주린 사람과 같았다.

사람은 절망의 순간에 글을 쓰고, 시(詩)는 곤궁한 다음에 쓰여진다고 했는데, 나의 생활은 지금도 절망이 아니고, 곤궁의 시절이 아니란 말인가? 내 인생의 처음이자 마지막이라고 여겼던 글은 안 써지고, 벌여놓은 사업은 자꾸 쪼그라들어 문을 닫을 형편이라고, 생각하니 가슴이 막 무너져 내리는 것 같았다.

천천히 걸었다. 어디였는지도 모른다. 허름한 음식점에 들어가서 라면 하나를 시키고 벽을 바라보니 달력이 걸려 있는데, 눈이 침침해서 그랬는지 마음이 어두워서 그랬는지, 정확히 보이지가 않았다.

때가 언제였지?

문득 유리창 너머로 한 사내의 퀭한 눈동자가 나를 뚫어지게 쳐다보고 있었다.

"당신은 누구지?"

〈그때 그 사람〉을 길에서 만나고
내 인생이 새롭게 시작되었다

사람들은 지상(地上)의 희망을 모질게 두드리지 않으면 안 된다.
참다운 희망으로 구원을 받게 되는 것은 오로지 그때인 것이다."

- 키르케고르

　삶이란 것이 원하는 대로 진행되는 것일까? 아니다. 우연과 필연
이 서로 맞물리면서 진행되기 때문에 한 치 앞, 촌각을 알 수 없는 채
로 진행되는 것이 삶이다. 그 순간은 모르고 지나가지만 지나고 나면
모든 것이 다 허용되고 있으며 선과 악의 구분이 없어진다는 것, 그
것을 라이프니츠는 네 문장으로 설명하고 있다.

"모든 자연(自然)은 너에게는 알려지지 않은 예술(藝術),
　모든 우연은 네가 보지 못하는 길의 계시(啓示).

모든 불화(不和)는 이해되지 못한 조화(調和)

모든 부분적 악은 전체적 선(善)."

그런데 이러한 세상의 이치를 젊은 나이에 알았더라면 얼마나 좋을까? 하지만 인생을 거의 살고 나서야 그 사실을 깨닫게 된다.

그래도 뒤늦게나마 깨달을 수 있다는 것은 얼마나 큰 행운인가?

"그 중간에 있었던 우연한 일들이 그에게 그 시기의 아름다움을 멀리서 슬그머니 바라볼 수 있게 해준다는 것을."

마르셀 프루스트의 《잃어버린 시간을 찾아서》에서의 한 구절과 같이. 수많은 우연과 수많은 필연들, 수많은 사건과 수많은 경험들이 모여 한 사람의 생애가 마무리 되고, 그것이 우연이든 필연이든 이 세계에 하나의 점(點)이 되기도 하고 하나의 산맥이 되기도 한다.

세상의 모든 일, 그것은 일어나야 할 일이 일어나고 일어나지 않아야 할 일은 일어나지 않는다. 우리가 우연이라고 여겼던 것들이 필연이 되고, 필연 또한 우연이 되기도 하며, 그 모든 것이 인연이고 운명이라는 것을 살아갈수록 더 깊이 깨달을 뿐이다.

운명적으로 태어나서 수많은 인연을 만나 살다가 운명적으로 사라져 가는 인생길, 우연이 무엇인지, 필연이 무엇인지, 확실하게 답을 내밀 수 없다. 하지만, 우연 같은 필연, 필연 같은 우연이라는 것이 삶의 요소요소에서 우리를 기다리고 있는 것이 아닐까?

그러다 어느 순간에 그 우연이 우리의 발목을 잡기도 하고, 우리의 정신을 새의 깃털보다 더 자유롭게도 하는데, 그 우연들을 우리들은 어떻게 만나는 것일까? 우리들이 긍정하든 부정하든 모든 것이 순간 속에서 비롯된다는 것이다.

행운이나 불행이라는 것도 마찬가지다. 어느 날 문득 내 앞에 나타나 구걸을 청하는 것처럼 순식간에 나타나는 것이다. 사람이 사람을 만나는 것도 사람이 사물을 만나는 것도, '매 순간 초감각적인 본질로 존재하는' 그 순간, 바로 그 순간, 그때가 아니면 아무것도 아닌 그 순간, 인연이라는 것이 얼마나 우연과 필연 속에 자리 잡고 있는가를 새삼 깨달을 때가 있다. 세상은 필연보다 우연에 의해 이루어지는 경우가 더 많다는 것을 깨달았던 때, 그런 순간이 있었다.

양식 주방장과 만난 며칠 뒤인 1984년 가을, 어느 날이었다. 은행잎들이 노란 나비처럼 흩날리는 시절, 몇 권의 책을 사기 위해 전주의 사회과학서점인 금강서점과 홍지서점에 가던 길이었다. 시내버스를 타고 가다가 고려당제과 앞에서 내렸다. 무심코 걸어가다가 아주 낯익은 사람을 만났다.

'누구지?'

도무지 생각이 나지 않았지만 서로 잘 아는 것처럼 인사를 나누고 걸어갔다.

"누구지?"

그런데, 열 걸음쯤 걸어갔을까? 눈앞에 번개가 내리치듯 생각이 났다. 그 사람이었다.

"비가 오면 생각나는 그 사람."

심수봉이 노래 부른 〈그때 그 사람〉이 느닷없이, 아니 불현듯이 내 앞에 나타난 것이다. 내가 〈지옥에서 보낸 한철〉이라고 명명한 그곳에 있을 때 내 자서전, 즉 자술서를 써준 그 취조관이었다.

그렇게 생각나지 않다가 열 걸음쯤 걸어가다가 뒤돌아보니, 생각이 난 그 사람도 나를 바라보고 있었다. 옛사람이 말한 너무 아름다운 경치를 만나게 되면 '가인(佳人)과 헤어지는 것과 같아 열 걸음을 걸어가다가 아홉 번을 뒤돌아본다.'는 말이 있지만, 어떻게 열 걸음쯤 걸어가다가 생각이 났는지.

'내겐 천년을 산 것보다 더 많은 추억이 있다.'

프랑스 시인 보들레르의 〈우울〉이라는 시의 한 소절과 같은 아름답고도 애잔한 추억이 아닌 내 인생에 지울 수 없는 깊은 상흔을 남긴 그 사건의 주인공을 까마득하게 잊고 살았다니. 백 년도 아니고, 십 년도 아닌, 3년 전에 그 환한 형광등 불빛에서 이상한 인연으로 만났던 그 사람을 이렇게 잊을 수가 있었을까?

저 사람하고 근처 다방에 가서 차 한잔 마시며 후일담이라도 서로 나누어야 하지 않을까? 하는 생각이 들었다. 하지만 부질없을 것 같다는 생각이 들었다.

내가 그에게 무슨 말을 물을 수 있을까?

그가 나에게 무슨 말을 대답할 수 있을까?

그때의 그 일은 지나간 것이고, 그와 나 사이에는 더 이상 어떤 다른 인연이 끼어들지 못할 것 같은 생각으로 가만히 바라보던 그 짧은 시간. 스무 걸음쯤 되었던 그 사이의 간격, 그 간격이 얼마만큼의 거리였을까? 나폴레옹은 말했지.

"숭고한 것과 우스운 일의 간격은 한 뼘밖에 되지 않는다."고. 아니

다. 이승과 저승을 나누는 레테의 강만큼이나 멀고도 먼 거리였는지
도 모르지만 다시 생각해 보면 아주 가까운 거리였을지도 모른다.

할 말이 가슴 속에 가득하지만, 다시 생각해 보자, 할 말이 없을지
도 모르겠다는 생각이 들었다. 나는 금세 차를 마셔도 되지 않을까
싶었던 그 생각을 접고, 그를 보며 환하게 웃으면서 손을 흔들었다.
그도 반가운 옛 친구를 만났다가 웃으며 헤어지는 것처럼 손을 흔들
었다. 그리고 저마다 갈 길을 가기 위해 뒤돌아섰다. 마치 영화 속 한
장면 같던 순간이 그때 그 순간이었다.

사랑이라는 것도 미움이라는 것도 어쩌면 그런 것인지도 모른다.
열 걸음이나 혹은 더 멀리 떨어져서 바라보면 더 가까워질지 멀어질
지, 미움이 가실지도 모르는 것이 우리들의 인연이다. 그때 그 상황
을 〈그때 그 사람〉이라는 제목의 글로 남겼다.

그는 여섯 사람 중에 나에게 유일하게 친절했다.
어디가 어딘지도 모르는
밖이 안 보이는 낯설은 방
하나의 소지품도 없이
팬티마저도 걸치지 않은 이상한 차림의 나에게
팔월의 성하(盛夏)가 무색하도록
오싹 한기를 느끼며 얼어있던 나에게,
둘만 있을 때에는 담배도 권하고, 커피도 권하고
자기는 문학에 뜻을 두었었다며
근간의 소설(小說)과 시(詩)의 경향을 얘기도 했다.

넥타이 단정히 맨 그는

점퍼 차림의 그의 동료들이

나를 데리고 놀(?) 때는

고개 숙이고 담배를 피우다가

그들이 사라지면 안쓰럽게 바라보았다.

그는 나에게 깍듯이 공손했고,

빰은커녕 욕 한마디 선물하지 않았는데,

단 마지막 자술서를 쓸 때

"다른 글은 당신이 잘 쓰실 테지만

이것만은 내가 부르는 대로 쓰시오."하였다.

나는 그가 시키는 대로, 부르는 대로 썼고 마지막에

"힘들었지요, 이곳에 왔던 것이 어쩌면 영광이라고 느낄 날이 있을 것입니다."라고 말했다.

세월 흘러 시내를 걸어가다가

떨어지는 은행잎 사이로

눈 안에 선뜻 안기던 사람

허리 굽혀 인사 나누었는데,

누구였더라. 뒷모습 봐도 모르겠더니,

열 걸음쯤 걸어 고려당제과점(현 대한문고) 앞을 지날 때

진열된 빵을 보니 배고픔처럼 떠오르던

그 속에서 유일하게 사람 같이 보였던

그때 그 사람.

−1985. 5. 31.

《반야심경》에도 실려 있지 않은가?

"인연으로 이루어진 온갖 현상은 물이며, 허깨비고, 물거품이자 그림자다. 더더욱 이슬 같고 번개 같거니 응당 이렇게 보아야 하리."

내 살아온 삶이 운명적으로 이런저런 일을 겪도록 예정되어 있었고, 그래서 그 길목에서 일어났던 일이며, 그 길에서 만났던 사람들이 그 사람들이었다.

언젠가 지인이 나에게 말했다.

"슬픔도 아니고, 기쁨도 아니고, 그냥 그런 것이지, 아님 기쁨이 되기도 하고, 슬픔이 되기도 하고, 생각 나름이 되겠지, 이분법적으로 자꾸 나누고 판단하려는 자신을 멀리서 바라봐. 그냥 그렇게 옆집 남자나 길 가는 사람을 바라보듯이."

그럴 수 있을 것이다. 옆집 남자가 대문을 열고 무심코 나가는 것을 바라보듯 자신을 바라다보면 지금껏 꼬여 있는 실마리가 풀릴지도 모른다. 어쩌면 이 세상엔 절대 선도 악도 없는지 모른다. 그런 의미에서 도스토예프스키가 《카라마조프가의 형제들》에서 둘째 아들 이반이 말한 '모든 것은 허용되고 있다'라는 말은 너무 지당하다. 그리고 일어날 일이 일어나고, 일어나지 않아야 할 것은 절대 일어나지 않는다. 다만 우리가 아니, 나 자신이 세상이라는 것을 그렇게 규정지어 놓고 있는 것은 아닌지, 어쩌면 관조나 무관심만이 최선일지도 모른다.

"전쟁과 피하기 어려운 죽음에 직면해서, 아타락시아, 모든 것을 방관하는 이외의 나은 지혜는 없다."고 프란시스 베이컨의 말이다.

그 시절의 혼돈스럽던 내 마음이 지금은 어떻게 변했을까? 지금도 역시 그때처럼 내 마음은 혼돈 속에서 깨고 혼돈 속에서 잠이 든다. 삼십여 년의 세월 속에서도 근본은 변하지 않는 것, 해는 뜨고, 지고, 꽃도 피고 진다. 나는 이렇게 저렇게 가는 세월 속에서 방랑하는 나 그네일 뿐이다.

지금 생각해 보면 그때 내가 동생과 함께 겪은 그 일, 간첩혐의를 받아 끌려가서 무지막지한 고문을 받고 풀려난 일이 일어나서는 안 되는 전대미문(前代未聞)의 일은 아니고, 있을 수 없는 일도 아니었 다. 박정희 정권 시절인 1970년대 중후반에서 전두환 정권으로 이어 지던 1980년대 후반까지 나라 곳곳에서 규모나 형태는 다를지라도 비일비재하게 일어났던 일이었다.

사회가 어지러울 때마다 독재정권들은 그들이 전 정권에서 배우고 물려받은 그대로 가끔씩 전국적이거나 국지적으로 '간첩 용공사건'을 만들어냈다. 그 사건들은 대부분의 사람들이 미심쩍다고 여기면서도 사회를 진정시키는 큰 힘을 발휘했다.

그러나 그것은 객관적이지 않고, 극히 주관적인 일로서 수많은 개 인과 그 개인에 속한 사람들에게는 엄청난 비극을 안겨주는 안겨주 었다. 봉건왕조시대로 비추어 말한다면 반역자이자 역적이 되어 그 집안은 삼족이 멸하는 쑥대밭이 되고 말았다.

김제가족간첩단사건의 피해자들의 예를 비추어 본다면 그때 그들 이 무리하게라도 더 심한 고문으로 '간첩단사건'을 조작해냈다면 우 리 집안은 어떻게 되었을까? 나와 동생은 그들 말대로 '간첩'으로 구 속이 되어 더 심한 고문을 받았을 것이고, 사형을 선고받았거나 아 니면 무죄로 풀려났더라도 폐인이 되어서 비실비실 살다가 제명을 못 살고 죽었을 것이다. 그리고 가족들은 '간첩'들의 가족이라는 천형을 짊어진 채 나와 동생을 원망하면서 가장 밑바닥의 삶을 살았을 것이다.

그렇다면 그것이 국가의 큰 틀로 볼 때 어떤 의미가 있는 것일까? 그것은 서양 속담과 같이 '넓은 부엌에서는 평범한 요리밖에 만들 수 없다'는 것, 별로 효용가치가 없다는 것을 만천하에 공표하는 것이나 다름없는 것이 아니었을까?

그러나 그것이 통하는 비문명화된 사회, 그것이 비극이라면 비극이고, 희극이라면 희극인 사회, 남과 북이 나뉜 대한민국, 그 나라가 우리나라였다. 다만 그것이 하필이면 나에게 느닷없이 다가온 일이었으며, 내 영혼의 근저(根柢)를 뒤흔든 큰 사건이었고, 내 인생의 커다란 전환점이 되었던 것은 부정할 수 없는 사실이다.

그때 나를 책임졌던 그 사람들, 취조와 고문이라는 이름으로 나에게 상처를 주었던 사람들을 한때는 증오하고 미워했었다. 하지만 세월 속에 그러한 감정들은 물 흐르듯 사라져갔고, 지금은 아무렇지도 않다. 그러나 언젠가 그들을 만날 수 있는 기회가 있다면 토마스 만의 〈과거에 대한 칭송〉의 결구를 들려주고 싶다.

"그렇든, 그렇지 않든, ……인간이 그런 것처럼 행동하면 된다."

그 끝자락의 말을. "그런 것처럼 행동하면 안 된다."라고.

세월이 약이라서 그런가, 세월은 모든 것을 잊게 만드는 망각의 주술사라서 그런가? 나는 가끔씩 사람들에게 묻는다.

"한 사람의 불행이 만 사람을 행복하게 한다."

"좋은 일입니까?"

글쎄요, 하고 대답을 망설인다.

"참으로 좋은 말이지요. 그러나 그 한 사람 한 사람이 우주라고 볼 때 그 한 사람의 불행은 누가 책임져주지요?"

아무도 책임져 주지 않고, 그 한 사람만 불행할 뿐이다. 그곳에서의 일주일, 길다면 길고 짧다면 짧은 그 시간들이 나에게는 몇 달, 아니 몇 년, 아니 몇십 년과 버금가는 긴 세월로 각인되어야 마땅했다. 그런데도 신기하게도 남의 일처럼 까마득히 잊고 살았다. 그 세월을 뒤돌아보면 그때 그 시간들이 나를 가끔씩 슬프게 하고 어쩌면 다행이었다는 생각을 하게도 한다.

"죽어야 할 운명을 지닌 인간은 아직 시간이 무엇인지에 대해 말하지 못했다. 죽어야 할 운명을 지닌 것은 시간이 무엇인지 알지 못한다."

독일 작가 아달베르트 슈티프터는 말했는데, 나는 그때 죽어야 할 운명이 아니라서 우여곡절 끝에 풀려난 것이 아닐까?

나는 그때 그 시간 이후 그 모든 것을 잊기 위해 하염없이 걷고 또 걸었다. 걷다가 힘들다고 느껴서 주저앉고 싶을 때마다 나에게 주문을 걸었다.

"잊어버릴 줄 모르는 이 마음이 슬픔이요."

그래. 잊어버리기 위해 걸었다. 내 운명의 한 페이지에 깊고 높게 낙인찍혔던 그 기억을 잊어버리기 위해 걷기 시작했다.

'강하게 살아남으라, 한 치의 타협도 없이, 그것이 네가 이 땅에 태어난 이유다.' 그 주문이 나를 이 땅에 굳건하게 발붙이고 살게 만든 원동력이었다.

언젠가 조용헌 선생이 나에게 한 말이 있다.

"형님은 행사 중생입니다. 행사 조금만 덜하면 책을 몇 권 더 쓸 것인데."

나는 작가이기 이전에 문화운동가였고, 그래서 눈앞에 다가오는 사회현상에 대해 눈감을 수 없었고, 이 행사 저 행사를 기획하고 실천하면서 나를 재발견해갔다.

"배운 것을 실천하지 않으면 안 배움만 못하고, 오히려 죄악이 된다."

지리산 자락에서 실천 유학을 펼쳤던 남명 조식 선생의 말이 한시도 떠나지 않았기 때문이다. 그리고 이 땅을 한 발 한 발 걸으면서 땅의 역사와 문화를 만나면서 역사와 문화가 깊은 잠에서 깨어난 듯 나에게 말을 걸기 시작했고, 조금씩, 조금씩 글이 쓰여지기 시작했다

왜 걸었는가."

사람들이 물을 때 나는 이렇게 답한다.

"군대 생활 삼 년, 그리고 안기부에서의 일주일, 나는 그 속에서 인간으로서, 인간의 대우를 받으며 자유롭게 산다는 것이 얼마나 중요한 것인가를 깨달았다. 명예나 권력, 그리고 재산은 자유에 비해 얼마나 작고 하찮은 것인가를 제대로 인식하는 계기가 바로 그곳들이었다."

하지만 그냥 솔직하게 말한다면 어떤 것에도 만족하지 못하고 새로운 것을 갈망하는 나의 영혼이 그렇게 멀고도 먼 길을 걷게 만든 원동력이었음을 이제야 실감한다.

나는 생사를 넘나드는 그곳을 거쳐 온 뒤에 세상에 대한 두려움과 공포감이 사라졌고, 그래서 내가 내 나름대로 설정한 방식으로 암울

했던 제5공화국 한복판에서 새로운 문화운동을 시작할 수 있었다.

내가 그곳에서 겪었던 그러한 상황을 스탕달은 다음과 같이 말한 적이 있다. "아직 표출되지 않은 감정의 창조"라고. 그 고난의 시절을 통해 나는 그때까지 겪었던 어떤 상황보다도 더 내밀한 체험을 했고, 그것이 글을 쓰게 한 하나의 큰 동력이었다.

그때 내가 안기부에 간첩 혐의자로 끌려가지 않았더라면, 그리고 내가 천운이 따라서 그랬던지 아니면 날조된 것이라 더 이상 엮을 수가 없어서 사실상의 무죄로 풀려나지 않았더라면, 나의 미래가 어떻게 펼쳐졌을까?

나는 어쩌면 세상의 통념으로는 공부를 많이 하지 못한 나약한 지식인도 아닌 이것도 저것도 아닌 전라도 말로 '반거챙이'처럼 어중간한 사람으로 변방의 삶을 살았을지도 모른다.

그 뒤로도 내 삶은 평탄하지 않았고 절망의 수렁에 곧잘 빠졌다. 그때마다 나는 안기부에서 겪었던 고문을 떠올리며 호메로스의 《오디세이아》에서 오디세우스에게 했던 말로 참고 또 참아냈다.

"그는 가슴을 치며, 자기 마음을 꾸짖었다. 참고 견디어라. 나의 마음아, 훨씬 더 심한 일도 참고 견디어 오지 않았는가!"

그때 그곳에 가서 생과 사의 고비를 넘긴 뒤로 나는 용감해질 수 있었고, 사회를 변혁시키고자 하는 마음을 갖게 되었다.

1985년 겨울, 이 땅 구석구석을 두 발로 밟으며 이 땅을 사랑하는 방법을 깨달은 여러 생각들이 모이고 모여, 비밀조직인 황토현문화연구소를 만들게 되었다.

그 단체의 구성원들과 함께 '시인과의 대화', '여름시인캠프', '여름

문화마당'으로 이어졌다. 그 행사를 통해, 신경림, 김남주, 김준태, 김용택, 김원일, 도종환, 안도현을 비롯 이 땅의 이름난 소설가와 시인들을 만나서 어우러지는 징검다리를 만들었다. 1989년에는 이 나라 이 땅의 역사와 문화의 현장을 찾아가는 우리문화유산답사 프로그램인 〈남녘기행〉을 만들어 풍수지리학자인 최창조, 곽재구, 권정생 등 수많은 문인들과 함께 이 나라 이 땅을 답사했다. 그때 황토연문화연구소의 상황을 시인 김용택은 다음과 같이 평했다.

"세월이 흘렀다. 수많은 여름시인학교와 기행으로 전북지역의 문화를 향상시키는 데 기여해 왔다. 전북문화운동사를 이야기할 때 황토현문화연구소를 떼놓을 수 없을 것이다. 독재의 서슬이 퍼렇던 시절, 고통과 어려움을 자처하면서 민주와 운동과 문화운동의 열기를 한껏 끌어 올렸던 황토현문화연구소는 문학과 사회와 역사와 환경문제는 물론 우리 사회의 당면과제들을 종합적으로 해석하여 총체적인 축제의 장으로 만들어 왔던 것이다. 황토현문하연구소의 여름시인학교는 그 열기가 얼마나 하늘을 찔렀던가.

문화에 목마른 사람들이 모여든 여름시인학교는 대단한 축제마당이었다. 전국에서 모여든 수많은 문인들과 문화인들이 지리산에서, 섬진강에서, 황토현에서 벌였던 문화축제마당은 그 얼마나 여름밤을 달구었던가. 신명 나는 일이었다. 아무도 예상하지 못했던 축제의 마당이었다.

'시인학교', '기행문화'의 단초가 되는 '황토현문화연구소'의 행사들은 마치 들불처럼 전국으로 번져갔다. 각 지역 문학단체와 문화단체에서 '여름시인학교'를 '역사문화 기행 시대를 열었다. 황토현문화연구소는 시인학교, '기행'의 전성시대를 열었던 것이다.

우리 기행문화를 열어 온 그 속에 신정일이라는 '촌놈'이 있었다.

그의 열정은 그 누구도 말리지 못했고, 그 열정은 식을 줄 몰랐다. 그는 신념의 사나이이다. 누가 뭐래도 나는 촌놈 '신정일'을 좋아한다. 많은 세월이 흘렀다. 세상도 많이 변했다. 문학과 문화운동에 대한 사회의 관심과 열정들도 식었다. 그러나 신정일의 열정은 식을 줄 모른다. 그는 동학에 많은 열정을 쏟았다."

하지만 모든 것이 열악한 지역문화운동이 쉬운 것은 아니었다. 악전고투의 연속이었다. 그동안에 1894년에 일어났던 동학농민혁명이 발발한 지 백여 년의 세월이 흘렀고, 1993년에 〈사람과 산〉에 〈동학의 산 그 산들을 가다〉를 연재하면서 우연처럼 필연처럼 글이 쓰여져 작가가 되었다. 역사 속에 부정적이었던 기축옥사의 주인공 정여립을 재조명해 《지워진 이름 정여립》을 펴냈고, 우리나라의 5대 강과 옛길을 답사하던 중 2001년 12월에 전화가 걸려왔다. 〈한겨레21〉의 김소희 기자였다. 마이니리티 〈나 홀로 연구소장〉이라는 주제로 나에 대한 기사를 쓰고 싶다는 것이었다.

"이들의 연구소에 전화하면 예외 없이 소장이 직접 전화를 받는다. 근사한 명패도 부리는 직원도 없다. 재택근무나 남의 집 곁방살이도 당연하다. 하지만 밤낮없이 연구에 매달린다. 성과가 쌓이면 꼬박꼬박 책을 낸다. 독보적인 분야에다 독보적인 방법론이지만 돈이 안 되는 연구들이다. 홀로 있어도 전혀 외롭지 않은 '나 홀로 연구소장'들이 있다. 누군가는 꼭 해야 할 일을 하고 있다는 자부심 덕분이다."라고 서문을 열며 (…중략…) 신정일 소장이 단재사상과 동양철학에 눈

뜬 것도 이때였다. '가방끈 긴' 동지들은 김수영 시인의 표현대로 '방을 바꾸어' 흩어졌지만 학벌도 배경도 없는 그는 계속 남았다.

김소희 기자의 말처럼 학벌이 높은 사람들은 시의원, 도의원, 국회의원도 되었지만, 가방끈이 짧은 나는 내 식대로 내 삶을 개척해 나갈 수밖에 없었다.

"이룩할 수 없는 꿈을 꾸고, 이루어질 수 없는 사랑을 하고, 이길수 없는 적과 싸움을 하고, 견딜 수 없는 고통을 견디며 잡을 수 없는, 저 하늘의 별을 잡자."

세르반테스의 소설 《돈키호테》의 주인공처럼 좌충우돌하며 내가 꿈꾸는 이상을 펼쳐 나간 것이다.

"사람은 자신이 어디로 가는지 모를 때만큼 높이 오르는 일은 없을 것이다."

나폴레옹의 이 말이 맞았단 말인가?

그 순간은 지옥이었지만 지내 놓고 나니 그때의 그 순간이 나를 용광로에서 담금질한 것이었음을 부인할 수가 없다. 모든 것은 이미 운명이라는 이름으로 예정되어 있고, 우리는 그 운명을 잠시 살다가 가는 나그네가 아닌가? 그러나 가끔씩 운명을 받아들일 뿐만 아니라 정강이를 걷어차듯 거부할 수도 있지 않은가? 라는 생각, 지금의 내 생각이다.

매일 매 순간 꾸는 꿈이 너무도 선명할 때가 있지만 대부분의 꿈은 그저 아스라할 뿐, 정확히 떠올릴 수가 없다. 그러므로 그 꿈을 누구에게 실제 상황처럼 펼쳐 보일 수가 없다.

2019년 순창도서관에서 강연을 하고서 그 사람과 만나고 돌아온 뒤 새벽에 꾼 꿈은 너무도 선명했고, 공포 속에서 꼼짝 못하고 보낸 꿈이었기 때문에 그 꿈에서 깨어났을 때 온몸이 땀의 바다였다. 나는 한동안 멍한 채 허공을 보며 앉아 있었고, 그 뒤 페이스북에 아래의 글을 쓴 것은 한참이 지나서였다.

너 간첩이지?
너. 제주도 서부두에서
밤배 타고 평양 가서 김일성이 만나서
돈 많이 받았지?
몇 번 갔어?
너 김대중이한테도 돈 받았지?

1981년 8월 그때 끌려갔던 그곳 안기부에
다시 끌려가다니.

꿈일 테지.
꿈이었으면 좋으련만
꿈이 아니고 밀려오는 공포감
지금이 어느 세상인데,

아! 이를 어떻게 한다.
내가 이곳에 온 줄 아무도 모를 건데.

깨고 나니
이른 봄날의
꿈이었다.
온몸에 후줄근한 땀.
삼십 몇 년의 세월이 지났는데도
이런 꿈을 꾸다니

"기쁨에 대한 추억은
이제 기쁨이 아니지만
슬픔에 대한 추억은
언제까지나 슬픔이다."
라고 술회한 발레리의 시 구절처럼
아픈 상처는
언제까지나 아파서
이렇게 꿈속으로 찾아오는구나.

그런데 기이한 것은 안기부 취조관이
우리 땅 걷기 도반인 서래봉 김영익으로 바뀌어 있었다.
그래서 더욱 경악했다. 아니 소스라칠 듯이 놀랐다.

내가 가깝게 지낸 이들이 지금까지도 내 곁에서 내 동태를 파악하
고 있었다니, 꿈에서 깨어 생각해 보니, 입암산 답사 당시, 서래봉이
지금도 전북 모청 사람들이 내 얘기를 하고 있다는 말을 들은 것이

그 꿈으로 연결되었음을 알았다. 아침에 일어나 그들에게 전화를 걸어서 꿈 얘기를 들려주었다.

"신 선생님이 나를 미워하시는 가보네."

나는 그때 그들에게 말했어아 했나. 이것은 부당하다고. 그런데 나는 말하지 못했다. 왜 겁이 많아서, 아니면 세상 물정을 몰라서, 어느 것이 맞는지 모른다. 나는 그때 경건하게, 아니 솔직하게 다 말했어야 했다. 누구에게 말한단 말인가? 그곳의 취조관에게? 아니다. 국가에게 말했어야 했다.

나는 가방끈이 짧았는데도 독학으로 배웠다. 그런데 그들은 내가 그렇게 초등학교 밖에 나오지 않았다고, 사실을 말해도, 나에게 대학을 졸업하고서 거짓말을 한다고 나를 협박했다. 황당하기 이를 데 없는 것은 내가 북한의 최고지도자인 김일성과 민주화운동의 상징이자 야당 지도자인 김대중 선생을 만나서 그들에게서 내가 돈을 받았다고 나를 윽박질렀다는 것이다. 언감생심 말도 안 되는 이야기였다.

그것이 20대 중반, 젊은 나에게 가능한 일인가? '국가의 권력은 국민에게서 나온다'고. 그렇다는 전제하에서, 나 개인은 어떤 면에서 최고의 권력이다. 그런데, 아무런 잘못도 저지르지 않은 국가의 최고 권력인 내가 국가로부터 월급을 받고 있는 국가의 '하수인'들에게 그렇게 부당하게 체포당해서 감금된 뒤 발가벗긴 채 두들겨 맞고 고문을 받았다.

"너, 여기서 죽어 나가도 아무도 모른다."는 공갈 협박을 받으면서, 그런 일이 있고서도 나는 아무런 항변도 못하고 살았고, 때 늦은 뒤에야 지금의 내가 아니 최고 권력자인 '나, 국가'인 '우주'가 그때의 일을 생각하고, 말하는 이 기이한 상황을 뭐라고 설명해야 한단 말인가?

그래도 세월은 가고 내가 나를 말하고 내 가슴속에 쌓인 추억이라고 여겼던 한들이 실꾸리에서 실이 풀리듯 풀려나오기 시작했다. 어느 시기, 영혼을 뒤흔들고 지나간 그 추억의 시간들을 어느 한순간에 대한 그리움이라고 할 때, 과연 나도 그 시대를 그리움의 시대라고 여길 수 있을까? 그럴지도 모른다. 그런 연유로 나는 어느 순간부터 반복해서 그 시절을 가끔씩 떠올리면서 이야기한다. 이 얼마나 신기하고 기이한 일인가?

지난 시절을 뒤돌아보니 모든 것이 운명이었고, 나는 '보도시' 살았다.

"인간의 위대성을 나타내는 나의 공식은 '운명애(運命愛)'이다. 필연적인 것은 감내하고 사랑해야 한다는 것, 나는 앞으로 긍정하는 자가 되고자 한다. 나의 유일한 부정은 눈길을 돌리는 것이 될 것이다."

니체가 말한 운명애와 같이 나는 그렇게 살도록 예정되어 있었기 때문에 전라도 방언으로 보도시, 즉 겨우겨우 살아낸 것이다. 하지만 내가 겪을 수밖에 없었던 그 삶을 사랑할 수밖에 없고, 감내해야 하는 것이었음을 절절하게 깨달은 것이다.

중요한 것은 이것이든 저것이든 나에게 다가왔던 것이 수많은 '한(恨)'을 남겨주었고, 나는 그 맺힌 한을 풀기 위해 지치지 않고 40여 년이 넘는 세월, 이 나라 이 땅을 걷고 또 걸으면서 새로운 내 삶의 지평을 열렸다.

나는 방외지사의 삶을 살았다

죽어야 할 때 죽지 않고 오래도 살았다. 그러다가 보니 내가 사람들로부터 여러 별칭으로 불리고 있다. '현대판 김정호', '현대판 이중환', '현대판 신삿갓', '향토사학자', '걷기 도사'라는 별칭 외에 작고한 박원순 서울시장은 '강과 길의 철학자'라고 했고, 도종환 시인은 '길의 시인', 조용헌 선생은 '방외지사'라고 했으며, 김지하 시인은 나를 두고 '삼남 일대를 걸어 다니는 민족민중사상가', '제주 올레의 서명숙 이사장은 '걸어 다니는 네이버'라는 별칭을 과하게 붙여주었다.

그중 내가 살아가는 방식만 놓고 보면 거기에 가장 걸맞는 말은 아마도 '방외지사'라는 말일 것이다. 강호동양학연구소장인 조용헌 선생이 나에게 붙인 이름이다. 그는 자신의 저서 《방외지사》의 서두에 다음과 같이 실었다.

"방외지사(方外之士)는 아무나 하는 게 아니다. 자격을 갖추어야 한다. 첫 번째 자격은 매일 정해진 시간에 출퇴근을 하지 않아야 한다. 조직을 위해서 출퇴근을 해야 하는 사람은 방외지사가 될 수 없다. 월급쟁이치고 자유롭게 인생을 사는 사람은 없기 때문이다. 두 번째는 여행을 많이 해야 한다.

독만권서 행만리로 교만인우(讀萬卷書 行萬里路 交萬人友)라고 하지 않았던 가! 만 권의 책을 읽었으면 만 리를 가 보아야 한다. 가고 싶은 곳이 생각나면 언제라도 떠날 수 있는 사람이어야 한다. 세 번째는 되도록 많이 걸어 다닐 수 있는 사람이어야 한다. 차를 타고 발통 위에 얹혀 다니면 주마간산에 그치고 만다. 산천을 두 발로 딛고 다녀야만 스파크가 튄다. 스파크가 튀어야 깊이가 생기는 것 아닌가? 이 세 가지 조건을 갖춘 인물이 전주에 사는 신정일이다."

말이 좋아서 방외지사지, 달리 말하면 할 일이 없어서 이곳저곳을 떠돌아다니는 사람이다. 그렇다고 내세울만한 직업도 없고, 비빌 언덕도 없었다. 가족이든 친구들이건 그 누구에게도 조그마한 금전적 혜택을 줄 수 없는 무능력자가 더 맞는 말일 것이다.

어떤 사람들은 나를 '영혼이 자유로운 프리랜서'라고 말한다. 과연 그럴까? 하지만 자유로운 직업이라고 모두가 선망하는 프리랜서의 삶은 고달프기만 하다. 소속이 없으므로 자유롭지만, 글을 쓰지 않거나 일을 안 하면, 통장에는 일 원 한 푼 들어오는 법이 없다. 프리랜서의 삶은, 철저한 자기 관리 외에는 달리 방법이 없었다.

방외(方外)란 유가(儒家)에서 도가(道家)나 불가(佛家)를 가리키는 말이고, 방내(方內)는 유가를 공부하는 사람을 말하는 것이다. 그런데 그 방외지사의 삶을 곧이곧대로 살다간 사람이 바로 매월당 김시습(金時習)이었다. 김시습의 외모에 관한 글이 율곡이 지은 《김시습전》에 보면 다음과 같이 실려 있다.

"사람 된 품이 얼굴은 못생겼고 키는 작으나 호매영발(豪邁英發)하고 간솔(簡率)하여 위의(威儀)가 있으며 경직하여 남의 허물을 용서하지 않았다. 따라서 시세(時勢)에 격상(激傷)하여 울분과 불평을 참지 못하였다. 세상을 따라 저앙(低仰)할 수 없음을 스스로 알고 몸을 돌보지 아니한 채 방외(方外, 속세를 버린 세계)로 방랑하게 되어, 우리나라의 산천(山川)치고 발자취가 미치지 않은 곳이 없었다. 명승을 만나면 그곳에 자리 잡고 고도(古都)에 등람(登覽)하면 반드시 여러 날을 머무르면서 슬픈 노래를 부르며 그치지 않고 불렀다."

매월당 선생의 행적을 보면 그 자신의 성품이 본래부터 아웃사이더였는데, 그 당시 정치 상황과 맞물려서 방외지사의 삶을 살다 간 것이라 볼 수 있다. 매월당 선생과 달리 나의 방랑은 가난으로부터 시작되었지만, 나의 성격 자체가 누구와 어울리지 못하는 내성적인 성격이었기 때문에 더욱 방외로 떠돈 것인지도 모른다.

"세속과 타협하지 않고 홀로 높은 경계에 올라가는 사람은, 그래서 속물이 되지 않으려는 사람, 곧 산과 골짜기에 숨은 사람은 제약받지 않는 사람이 아니다. (…중략…) 무릇 이치가 지극한데 이르면 내외의 분별이 사라진다.

방외에서 노닒음이 내외의 분별이 사라진 완전성에 이끌려 가는 경우도 없고, 내외가 여전히 구별된 곳에서 방외의 노닒음이 완전성에 이끌려 갈 수도 없다. 그러므로 성인은 항시 방외에 노닐어 내심을 확대시키고 무심으로 사물에 순응한다. 그러므로 종일 형상 지닌 것을 다루어도 그 정신과 기운이 변하지 않고 만 가지 조짐을 살펴보아 담담자약하다."

《장자》의 〈대종사〉에 실려 있는 글이다. 나 역시 장자에 실린 글과 비슷하게 살아보려는 마음 하나만은 잊지 않았다. 하지만 그 고매한 이상을 지닌 방외지사와 나하고는 하늘과 땅처럼 깊은 간극이 있다. 나는 학교를 다니지 않았기 때문에 정규교육을 받을 수 없었다. 그러므로 사회성이 떨어진다느니, 대인과의 관계가 매끄럽지 못하다느니, 하는 여러 말을 들으면서 아웃사이더로 살 수 밖에 없었다.

그러나 혼자서 세상을 바라보고 혼자서 나름대로의 공부법을 세웠고, 수많은 책을 읽고 세상을 편력하면서 공부를 하였다. 그러다 보니 다른 사람들과는 다른 창의적이거나 독창적인 생각을 하게 된 것만은 사실이었던 것 같다. 하지만 나의 창조성은 세상의 이치와는 조금은 동떨어진 편협한 것이 아닐까 하는 생각이 들기도 한다. 조용헌 선생은 다시 나를 이렇게 평했다.

"어찌 보면 그는 대안교육의 모델이 되는 사람이기도 하다. 제도권 교육을 받았다면 그는 방외지사가 될 수 없었다. 전국의 모든 강과 바다, 길, 그리고 옛길을 어떻게 걸어 다닐 생각을 하였겠는가. 무자식이 상팔자라는 말처럼, 무학력의 정신이 신정일로 하여금, 전국의 산하를 걷도록 만들었다. 그는 학별도 없고, 조직의 보호도 없었고, 월급도 없는 삶을 이제까지 살아 왔다. 뚝심 하나로 밀어붙였다."

그러던 내가 백팔십도 변하게 된 것은 혼자만의 생활을 끝내고 나라를 지키는 군인이 되고부터였다. 제대를 하고, 용감하게 제주도로 떠날 수 있었던 것도, 그리고 육지로 나와 사업은 부업이고, 문화운동이 본업이라고 할 정도로 그 일에 매진한 것도, 사람과 어울리는 법을 알게 한 군대가 있었기 때문이다. 한 번도 단체생활을 해본 적이 없었던 나에게 군대(軍隊)는 거대한 사회였고, 가장 많은 것을 가르쳐 준 대학 중의 대학(大學)이었던 것이다.

나 자신 속에만 매몰되어 있던 나의 영혼이, 나 자신 밖으로 나가서 '변화가 진리'라는 사실을 온몸으로 느끼고 체득하도록 했던 군대 생활은 나에게 있어, 잠자고 있던 영혼을 깨운 카오스였다고 할까? 하지만 그 우연 같은 필연, 내가 내 인생의 출구로 제주도를 선택해서 내 인생을 '지독한 노동의 시절'로 들이밀었던 것이 그 시대 상황 속에서 간첩용의자로 안기부로 끌려가게 만들었던 것만은 부인할 수 없는 엄연한 사실이다.

살면서 자주 들었던 말이 있다.
"후원자는 있었습니까?"
그때마다 나는 다음과 같이 답했다.

"후원자를 기다렸다면 아마 이렇게 자연의 보고인 강과 산과 길을 걷지 못했을 것입니다."

언제부턴가 나는 '자득(自得)'이라는 말과 '자력갱생(自力更生)'이라는 말을 좋아한다. 누구에게 배우지 않고 혼자서 깨닫는 기쁨이나 누구의 도움도 받지 않고 혼자서 성취해 냈을 때의 기쁨은 이루 말할 수 없는 것이다.

나는 두 갈래 길을 마주칠 때마다 과연 어느 길로 가야 맞는 것인가. 이 길이 과연 나의 길인가 하고 수없이 고민했다. 그러나 지내 놓고 보니, 내가 의심하면서 걸었고 고통 속에 걸었던 그 길이 어떤 길이었든지 간에 모두 나의 길이었음을 깨달았다.

1950년대 중반, 진안의 가난한 집에서 태어나 1960년대의 궁핍하고 외로운 생활을 살다가 1970년대에는 오로지 책과 군대와 건설 노동자의 삶을 살았다.

그리고 독재와 민주주의가 충돌하던 1980년대 초에는 영광스럽게도 '간첩용의자'로 안기부에 끌려가 모진 고문을 받은 뒤 풀려났고, '불순분자'로 낙인찍혀 1992년까지 '요시찰 인물'로 감시의 대상으로 살았다.

영화 속에서나 일어날 일들이 반복적으로 이어지면서 나는 잃어버린 줄 알았던 그날의 그 상처로 인해 더 많은 고통의 시간을 보냈다. 분명한 것은 시고니 위버의 〈진실〉(원래 제목은 〈죽음과 소녀〉)은 허구를 가지고 영화를 만들었지만 내가 간첩이라는 이름으로 보낸 7일은 더도 덜도 아닌 '진실(眞實)'이었다.

　그 고난의 숲을 헤치고 나온 뒤에 나는 문화운동을 시작했고, 틈이
날 때마다 이 나라 산천을 걷고 또 걸었다. 수많은 길을 걸으면서 내
가 나를 만나게 되고 진정한 나를 조금씩, 조금씩 찾기 시작했다.

　어린 시절부터 작가가 되는 것이 꿈이었지만, 작가가 되는 길은 하
늘의 별을 따는 것만큼이나 요원한 일이었다. 마음은 하루에도 열두
번이 아니라 수백 번씩 글을 쓰고자 했지만, 아무리 발광을 해도 써
지지 않았다. 그것은 그 무렵 민주화의 길목에 처한 나라의 상황이
한 인간의 삶과도 맞물려 있었기 때문이었는지도 모른다.

　나는 민주화의 길 속에서 문화운동의 길을 새롭게 발견했고, 문화
운동에 온 몸을 던졌다. 길은 험난했다. 하지만 그 길에서 나는 이 땅
의 역사와 문화를 알게 되었고, 그것이 하나의 변치 않는 역사의 길
이 되는 것을 온몸으로 실감하게 되었다.

　운명적으로 걷기 시작하며 내가 택한 그 문화운동이 나의 내면에
서 체화되어 길이 되기 시작했다. 나는 운명처럼 길에서 길을 찾다가
역사와 문화를 찾았고, 그 길에서 문화운동가를 거쳐 작가의 길로 전
이해 갔다.

　조선시대 9대로(九大路)인 역사의 길을 국가 명승으로 만든 것이나
해파랑길, 소백산 자락길, 변산 마실길 등 이 나라의 아름다운 길을
만들게 한 원동력, 그리고 〈한국의 5대강〉의 발원지를 명승으로 지
정하기 위해 끊임없이 노력했던 것도 길에서 체득한 숙명이었다.

　그리고 그때의 아픔이 역사를 공부하게 하였고, 역사 속에 불운했
지만 시대를 변혁했던 사람들의 생애와 불행했던 인물들의 삶에 천

착하게 만들었다. 동학농민혁명을 공부하면서 기축옥사의 주인공 정여립을 알게 되었고, 허균, 조광조, 정도전 등 역사 속 인물들의 삶을 공부하게 되었으며, 그 결과 이중환의 《택리지》를 11권으로 다시 쓰게 되었다.

더할 것도 뺄 것도 없는 그 지난했던 시절의 이야기를 쓰며 어떤 땐 가엾기도 했고, 어떤 땐 혼자서 눈물을 훔치기도 했다.

누군가가 말했지, "야만(野蠻)의 기록이 없는 문명이란 있을 수 없다." 그때 한 시절, 내가 겪었던 사건은 어쩌면 상상도 하지 못한 야만, 그 야만의 시절이었다. 세상 물정을 모르던 내가 그 혹독한 시절을 겪고 나서야 참다운 나, 나다운 나를 발견했던 것은 아닐까?

"지난날의 불행한 추억은 감미롭다."고 말한 키케로의 말과 같이 지나고 나니 그 시절은 아름다웠다. 아름답기도 하고, 슬프기도 한 것이 저마다 살아내어 마음속 깊이 각인된 삶이리라. 그 삶의 역정을 털어내는 마음이 그저 슬프기만 한 것은 그 무슨 연유일까?

"이봐! 내겐 꽃 시절이 없었어. 꽃 없이 열매 맺는 것이 무화과 아닌가?"라고 노래한 김지하 시인의 〈무화과〉라는 시 한 구절을 떠올리다가 보면 그 청춘의 시절, 꽃 시절을 보내지 못한 것 같아 괜히 허전할 때가 있다. 언젠가 읽었던 누군가의 시 구절이 생각난다.

"만들어 내라, 내 기억 밑바닥엔 잃어버린 축제가 없으니."

하지만 다시 생각해 보면 지금이 바로 꽃 시절이라는 것을 실감한다. 길가에 아무렇게나 피어 하늘거리는 망초꽃이나 코스모스, 그리고 그 누구도 꽃이라 여기지 않는 호박꽃이나 이름도 모르는 들꽃 같은 내 인생을 뒤돌아보면 그래도 '세상은 살아볼 만하다'는 생각과 함께, '세상은 걸어볼 만하다'는 생각이 든다.

세상을 오래 살면서 터득한 것들이 더러 있다. 삶이 예측 가능한 사람이 있고, 삶이 불확실성 그 자체인 사람이 있다는 것이다. 나는 후자다. 그래서 수많은 사람들로부터 '돈키호테' 같은 사람이라는 말을 들었고, 그 때문에 어떤 사람들은 불편함을 느꼈을 수도 있다.

그러나 어차피 한 번 밖에 못 사는 것이 삶이다. 마음이 내키는 대로, 아니, 자기 자신이 원하는 대로의 삶을 살아야 할 필요가 있지 않을까?

내 삶을 어렴풋이 예언한 사람이 김용택 시인이다.

"어떤 사람은 세상에 태어나 한 가지 것에 매달려 죽음을 맞이하기도 하고, 어떤 이는 살면서 온갖 것들을 겪어내며 산다. 어떤 이는 한 가지 것에 능통함으로써 한 가지 일을 정확히 이해함으로써 만 가지와 통하는 안목을 갖고 살기도 한다. 나는 뒤쪽이다. 인간이 몇 억 년을 산다고 해도 나는 이 작은 마을의 작은 산, 강, 논, 밭, 나무, 하늘, 별, 집, 몇 안 되는 사람들과 충분한 만족감을 느끼며 행복하게 살 자신이 있다. 그런데 정일이는 나와는 다른 인간임이 분명하다.

그는 다양한 사람을 찾아 나서서 겪어보고, 배우고 깨달아서 한 가지에 능통하고 세상을 보는 눈을 키워왔다. 그가 앞으로 무슨 일을 벌려 얼마만큼의 성과를 거둘지 나는 모른다. 아니 신정일이 저도 모르고 알려고 하지도 않을 것이다.

그가 그리고 꿈꾸는 높고 푸른 산맥들이 김제 만경평야에 들어서지 않는다고 해도 그는 결코 후회하지 않을 것이다.

그가 일을 벌이고, 그가 곳곳에 많은 사람들에게 심어주고, 심어준 것이 옳다고 믿으면 그는 주저함이 없이 행함으로써 행복한 것이다. 어느 잘난 사람이 자기가 뿌리고 자기가 당대에 거두려 하는 어리석음을 범하려 하는가. 역사가 어디 그런 것인가."

1995년에 펴낸 《동학의 산 그 산들을 가다》의 발문에 쓴 글인데, 대체로 살아온 내 운명을 맞혔다고 볼 수 있다.

가지에 매달린 오이나 박처럼 한 군데 꼼짝도 않고 서서 불어오는 바람이나 흘러가는 구름, 날아가는 새를 하염없이 바라보다가 그 자리에서 한 발자국도 떼지 못하고 살다가 사라진다면 넓고도 광활한 천지(天地)의 광대무변한 온갖 사물들이 얼마나 서운해할까?

그 마음이 이 세상을 지치지도 않고 떠돌면서 이런저런 일들을 벌리면서 마음이 아프고 정신이 시리고 시린 날들이 너무도 많았지만 나를 살게 한 원동력이었다.

나는 이것저것들을 체험하기 위해서가 아니라, 거부할 수 없는 '운명'에 의해 맞부딪칠 수밖에 없었고, 그러다가 보니 지금에 이르렀다. 두려움, 망설임, 슬픔과 고독, 그것들이 나의 친구였고, 그 속에서 내가 나, '진정한 나'를 만날 수 있었고, 그러다가 보니 다른 사람들보다 자유롭게 살 수 있었다.

하루의 3분의 2를 남을 위해 쓰는 사람은 노예고, 하루의 3분의 2를 나를 위해 쓰는 사람은 자유인이다. 니체는 말했는데, 나는 그런 의미에서 보면 자유인으로 내가 원하는 삶을 올곧게 살았다고 말할 수 있다.

'길 위에 삶이 있다. 그 삶의 길로 머뭇거리지 말고 나서라. 그리고 받아들여라.'

나의 운명, 나의 지론이다. 그곳이 천국이건, 지옥이건, 그 길을 따라 떠돌다가 어느 날 문득 지상에서의 삶을 '객사(客死)'로서 마감할 것을 소원한다.

왜 그런가? 길을 좋아하는 사람은 길에서 생(生)을 마감하고 왔던 곳으로 돌아가는 것 보다 더 좋은 일이 없고, 산을 좋아하는 사람은 산길을 가다가 생을 마감하는 것이 좋을 것이다.

그래서 나는 길을 좋아하므로 길에서 죽는 객사(客死)를 꿈꾸었다. 하지만 '산천을 유람하는 것은 좋은 책을 읽는 것과 같다'는 옛사람들의 말을 터득해서 그런지 몰라도 이 세상에 살면서 길보다 더 좋아한 것이 어쩌면 책일지도 모르겠다.

내가 문자를 알고서부터 어느 날 문득 문자중독증에 걸려 문자 조립공에서 헤어나지를 못하는 이것은 병인가? 기쁨인가? 이렇게 지금도 헤매고 헤매는 나, 나도 어느 날 용재 성현 선생의 말처럼 최후를 맞고 싶다.

"산다는 것은 떠돈다는 것이고, 죽는다는 것은 쉰다는 것이다."

2022년 9월 초이틀
신정일 씀

새우와 고래가 함께 숨 쉬는 바다

지옥에서 보낸 7일
— 안기부에서 받은 대학 졸업장

지은이 | 신정일
펴낸이 | 황인원
펴낸곳 | 도서출판 창해

신고번호 | 제2019-000317호

초판 인쇄 | 2022년 10월 21일
초판 발행 | 2022년 10월 28일

우편번호 | 04037
주소 | 서울특별시 마포구 양화로 59, 601호(서교동)
전화 | (02)322-3333(代)
팩시밀리 | (02)333-5678
E-mail | dachawon@daum.net

ISBN 979-11-91215-56-4 (03810)

값 · 16,000원

Publishing Club Dachawon(多次元)
창해·다차원북스·나마스테